拉薩
好時光

朱瑞　著

獻給達賴喇嘛尊者和他不屈的子民。

贈與朱瑞，這雪域的雪……

唯色

讀著《拉薩好時光》，就像是看見清澈湖水的倒影，呈現出深愛拉薩的朱瑞。於是我想起，多年前，我們都在拉薩的時候，每每與朱瑞在一起，總是見她拿著一個小小的本子，只要聽到拉薩的典故、歌謠、諺語，或者一個陌生的藏語詞匯，她都會著急地一邊追問，一邊匆匆地記錄。我見過那記得密密麻麻的小本子，不過我不知道像那樣的本子，朱瑞她在拉薩的時候積攢了多少個。

讀著《拉薩好時光》，其實只是最開頭的引子，已經讓我的眼睛濕潤。也許別人會以為朱瑞在虛構昔日的拉薩，因為她寫的達姆熱正是今日所說的拉魯濕地，而拉魯濕地哪裡有半點過去達姆熱的影子？可是前不久我回到拉薩，與一位寫作古典詩歌的老人談起消失的拉薩，他說甚至到了一九六〇年代，文化大革命前夕，還可以看見流沙河一帶有黑頸鶴在飛翔，這讓他想起六世達賴喇嘛倉央嘉措的詩句：「白羽之仙鶴，請借我雙翅；不飛往遠處，到理塘就回」，這表明當年倉央嘉措從宗角魯康眺望遠方，常常目睹那樣的美妙情景，故而寫下對來世的預言。當然，流沙河被填沒也有三十多年了，如今密布著汽車修理廠、水果批發市場和無數的商鋪、飯肆，以及越來越多的外來移民。

讀著《拉薩好時光》，想起在老詩人的家裡，衆人對朱瑞由衷的稱讚，雖然一別已過十年，還都記得她是那麼喜歡聽拉薩的老故事，知書達禮的她、温文爾雅的她、善解人意的她，至今讓認識她的藏人們深覺與印象中的漢人很不一樣。我其實寫過當年離別前夕的情景：

一個過去的貴族用已經衰老的聲音眞誠地說，我們之間是人與人的關係，而不是狼與狼，也不是狼與羊，所以我們是朋友，這跟民族無關。

於是那個將要告別西藏的人兒不禁落下淚。

哈達。敬酒歌。流動的盛宴。天下沒有不散的筵席。

有一首敬酒歌的歌詞是這樣的：在雪域下了很多的雪，像一朵朵花兒盛開，簇擁著一座金子一般的塔。啊，我的精神，我的歡樂，我的夢。

我還寫過朱瑞的，在另一篇散文中，我們一起去哲蚌寺。朱瑞說，有本書上講，我每次去哲蚌寺，都覺得回到了一千年以前。

朱瑞突然生起一念。她要從昌都搭車去德格。然後是甘孜。爐霍。道孚。康定。二郎山。那是我走過的路線。一路的無法形容的美啊。這個擔心再不走一回就老了的漢族女人。她很想趕在從此一別之前這麼走一回。哈爾濱，她的家。往後就是加拿大了。她難過地說，可我很想住在這裡啊。為什麼天文曆算所的卦說我不適宜留下呢？她幾乎要哭了。

也許會有人在讀到朱瑞的《拉薩好時光》時像我一樣，想起一部名為《*The Lost World of Tibet*》的紀錄片。我看過三四遍了，昨晚又看了一遍，但我依然不認為它是憑弔者的輓歌，雖然我們有越來越多的現實理由在為輓歌注解，就像影片中有個箭頭雖一閃即逝，卻可以瞥見圖博的輝煌，但已是最後的輝煌，如夕陽西下，或如迴光返照。

那是一九五八年的秋天，為通過最高學位的考試，尊者達賴喇嘛先是去哲蚌寺和色拉寺，與最出色的佛教學者辯論，而後又去了甘丹寺。彼時形勢越發危艱，入侵者已經露出猙獰之色，只剩下幾個月，不及二十四歲的尊者將不得不踏上流亡之路。然而那天，陽光下，尊者他腳步輕盈，且微笑著，自如地展開紅絳色的袈裟，這一瞬間，完全鋪滿整整一座山的甘丹寺出現了：從旺波日的這頭到另一頭，綿延而寬闊，重重又疊疊，剛剛刷白的牆體，火紅的殿堂，閃光奪目的金頂，被飄飄欲飛的袈裟輝映著，示現了一個絳紅色的佛之邦土。

如果此時有歌聲響起，應該是《拉薩好時光》裡，從藏戲《朗薩雯波》中摘錄的歌謠：

知道生的末尾是死
不敢貪戀人生
知道聚的末尾是散
不敢貪戀友情……

或者，是宗喀巴大師在親自建立了毀於文化大革命的甘丹寺後，向萬千信衆開示：

一切有爲法，都呈無常相，
積聚皆銷散，崇高必墜落，
合會終別離，有命咸歸死。

且容我將這些文字贈與摯友朱瑞，這是她前生、來世之故鄉的雪……

二〇一〇．十二．二九，於北京

引子：拉薩的綠

嚇人！走進達姆熱[1]，很可能一下子就沒了，被達姆遮住了，或者掉進了水裡。水下，藏著數不完的「海眼」！所以，進達姆熱之前，人們都在身子的兩邊繫上長木棍，一旦遇到「海眼」，木棍會救命的。

達姆熱的天上，飛翔著黑頸鶴、胡兀鷲、紅隼、岩燕、灰沙燕、大山雀、雪雀、戴勝，還有成千上萬叫不出名的鳥兒；達姆熱的地上，奔跑著高山蛙、裸趾虎、喜馬拉雅兔，還有成千上萬叫不出名的小動物；達姆熱的水裡，游著橫口裂腹魚、雙腹重唇魚、鏟齒裂腹魚、裸腹重唇魚、拉薩裸尻魚……

……不僅有魚，還有人人都沒見過的水牛。

水牛居住在達姆熱的下面——一片無邊無際肉眼看不見的海裡。偶爾，神不知鬼不覺地，水牛會叫起來，叫得整個拉薩都顫動了。這顫動可不像地震，儘是哭聲，不，是報告拉薩遇上好年頭了。大

1 藏語，蘆葦蕩。達姆，蘆葦；熱，林苑。

家就笑，抿著嘴低著頭笑，張著嘴撚著兩撇鬍子笑，摸著光頭笑，拍著大腿笑……連寺廟裏那一盞又一盞燃燒的油燈，都「嗞嗞」地笑著。

就有人在達姆熱的邊上搭起了帳篷，專聽水牛的叫聲。水牛叫起來，是這樣的：「嗚——嗚——」，所有的達姆就隨著水牛的叫聲樂顛顛地左右搖擺著。其實，這些達姆，都是噶廈[2]政府的馬料，還有一僧一俗兩個馬草官專門監管呢。馬草官是噶廈政府的七品官，每三年輪換一次。和別的官不一樣，馬草官不僅得不到好處，還要賠上差不多三千秤藏銀！當然了，噶廈政府也不裝糊塗，等馬草官任職結束，就送一個宗[3]管理三年，算是補償了。

說起來，在達姆熱偏南靠西的地方，出奇地長出一片森林，只聽葉子在風中「啦啦」地響，卻不見樹梢。太高了，又高又粗，七八個人伸出胳膊，也攏不起來呢。樹林之間，湖泊連著湖泊。湖水剔透，手伸進去，會受不了的：「啊，我被咬住了！」你就忍不住地喊了起來，疑心起黑壓壓游過的魚群，其實，是水太涼了。

太陽落去時，天神和水神就出來了，圍著湖岸，跳啊，唱啊……一陣又一陣的歌聲，拉開了拉薩柔軟的夜晚。拉魯嘎彩[4]，就這樣叫出了名。

拉魯嘎彩在根培烏孜山和甲立里蘇山之間，從布達拉宮出發，騎馬的話，也要半天的路程。可是，從拉魯嘎彩向南遙望布達拉，伸手可及；從布達拉向北回看拉魯嘎彩，也近在跟前。為什麼呢？沒人知道。

六世達賴喇嘛說，「我要在拉魯嘎彩立起房屋！」天神和水神就搬來了石頭和木料；人，也出現了，大家不分白天和黑夜，「叮叮噹噹」地幹起了活，不久，在最大的湖上，立起了一座三層的頗章[5]！完工那天，六世達賴喇嘛穿著得道者的紫紅色長袍，彩色松巴靴[6]，戴一頂黃色線帽，從布達拉啓程，直奔拉魯嘎彩。

「拉薩啊，拉薩美，拉魯比拉薩還要美……」背水女的歌聲，浸透了拉薩的大街小巷，甚至浸透了天空，天空湛藍湛藍的。

後來，拉魯嘎彩成了八世達賴喇嘛家族的祖業。不僅加蓋了房屋，還多了兩個莊園：尼木地方的雅德康薩谿卡[7]和伍佑地方的奴瑪谿卡。僅雅德康薩谿卡，每年可收取青稞五千多克，用做門窗垂帷的次等條紋氆氌五百度，菜籽油二十銅斗，紙張三捆；再說奴瑪谿卡，每年收得青稞四千克，從鐵匠處收得馬頭形鐵釘一千枚，油燈三盞。除此，八世達賴喇嘛的家族，還擁有了拉魯嘎彩周圍的拉魯廓村。

再後來，十二世達賴喇嘛家族併入了拉魯嘎彩。這時，又增加了工布的嘎恰谿卡，田地一百屯，

2 西藏國家權力機構，即西藏政府。
3 相當於今天的縣。
4 藏語，龍和神戲鬧的樂園。拉，神；魯，龍；嘎彩，樂園。
5 藏語，宮殿之意。
6 藏靴的一種。由牛皮、棉線、絲線、金線、毛線、氆氌、呢子等材料，手工製成，色彩搭配講究。
7 藏語，莊園。

折成酥油，每年收取一千克「外千內千」，熊皮三張，黃羊皮二張，紅色植物染料一口袋，帳篷繩索十根，豬肉二腔，核桃及桃乾二．五克。

十二世達賴喇嘛的父親去世後，公爵封號傳給了二公子益西諾布旺秋（大公子已出家）。十三世達賴喇嘛執政後，益西諾布旺秋被任命噶倫[8]，人稱噶公，既是噶倫又是公爵之意。藏曆第十五饒迥土鼠年（一八八八年），抗英戰爭中，噶公任軍事總管，親赴疆場；噶公還參與了簽訂圖博[9]與廓爾克[10]的議和條約；噶公甚至前往索宗旃檀寺，判斷訴訟案件……

總之，噶公是一位能幹的人。不幸的是，四十歲的盛年，化為一道彩虹，倏然隱去。封號，就傳給了噶公的兒子晉美朗杰。晉美朗杰時代的拉魯嘎彩，已是全圖博最斑斕富麗的亞谿[11]貴族莊園，房屋、谿卡多如天上的繁星。

從前的從前，拉魯嘎彩不屬於拉薩。拉薩人把拉魯嘎彩的村民，叫拉魯廓巴；把布達拉宮下面的雪村民，叫雪巴；把住在八朗雪的人們，叫八朗雪巴……而拉薩人呢，叫拉薩哇！拉薩，僅僅是一條環形的轉經路。香客從各個地方，拉達克[12]、廓爾克、不丹、印度、哲孟雄[13]、俄羅斯、蒙古以及外省的康、安多、衛藏……雲集而來，先轉帕廓[14]，後轉祖拉康裏的囊廓[15]，再後，進入祖拉康的佛殿。祖拉康的佛殿太多了，轉也轉不完，可心臟，只有一個，那就是覺康[16]。

走進覺康，撲面而來的是佛祖在世時，親自開光過的十二歲等身像。一千三百多年前，這尊佛像初到拉薩時，原來的檀香木佛像居然開口說話了：「請讓我的臉，對著我的背吧！」現在，覺康裏的檀香木佛像的臉，就新鮮地對著釋尊十二歲等身像的脊背。

十二歲的佛祖，戴著一頂鑲嵌著上等綠松石、珍珠和鑽石的金質玉佛冠；青翠的螺髮，若隱若現，雙唇微閉，目光靜謐，獨有的空性光芒四射。朝聖的人們首先埋進佛的右膝默默地許願，而後，頭觸檀香木佛像的脊背，讓佛的慈悲，順著細如煙縷的髮絲，純淨自己的心識；再後，埋進佛的左膝，又一次許願……佛，眷顧著每一個生命，凡是在十二歲等身像前許下的願望，幾乎都能得到滿足。

就這樣，佛祖十二歲等身像的靈性，傳遍了每一座莊嚴的石頭房子，每一座牆上貼滿了牛糞餅的小村莊，每一頂山谷裏的黑帳篷。朝聖的人們越來越多，帕廓也就越來越熱鬧了。商人們適時地出現了，擺開了五花八門的金子、銀子、鑽石、綢緞、松石、氆氌、酥油、牛肉、麝香、熊膽、豹皮、水

8 噶廈政府的三品官。
9 即西藏，包括多、衛、康三區。
10 尼泊爾。
11 指達賴喇嘛家族。
12 位於喀什米爾東南部，今為印度控制區。
13 錫金，曾為君主國，今屬印度錫金邦。
14 環繞祖拉康（大昭寺）的古老轉經路，也是拉薩著名的商業區。
15 拉薩的內轉經路。在祖拉康裡，四周飾有古老的壁畫。
16 供奉覺佛，即釋迦牟尼十二歲等身像的聖殿。

獺皮、蟲草、貝母……甚至槍支、歐美的報刊雜誌，真是應有盡有。

貴族、商人、百姓，沒有不渴望靠近佛的，所以，在環繞帕廓的地方，出現了一座又一座結實的，又重又厚的石頭房子。不丹的國王，哲孟雄的王子也蓋起了自己的別墅！還有拉達克、安多、康地的部落頭人……都把帕廓看作吉祥的源頭，也開始了修宅造屋。連乞丐、流浪藝人、托缽僧、遊棍、痞子、背屍人，都日夜徘徊不去。

後來，拉薩被放大了，不僅有帕廓，還包括孜廓[17]、林廓[18]，最後，還括進了遠在北方的拉魯嘎彩，以及那縱橫在房屋和轉經路之間的一塊又一塊林卡[19]。安靜的吉曲河谷，居然分佈著一四〇塊林卡呢！羅布林卡、仲吉林卡、孜仲林卡、德吉林卡、嘎瑪夏林卡、查吉林卡、多嘉林卡、甲拉林卡、尼雪林卡、多洛林卡、强措林卡、涅章林卡、朗敦林卡、察絨林卡、夏札林卡、宇妥林卡、欽秘林卡、波林卡、熱廓林卡、嘉瑪林卡…… 遠遠望去，不管仰視，平視，還是俯視，拉薩都是一片雍容的綠色。

17 環繞布達拉宮的轉經路。
18 環繞拉薩的外轉經路。
19 林苑。

主要人物表

央宗茨仁：西藏顯赫的貴族世家夏札家族的女兒，自幼出家，後還俗，為拉薩上流社會名媛。

朗頓・頓珠多吉：公爵。十三世達賴喇嘛之兄。央宗茨仁的初戀情人，兩人生有一子，即拉魯巴・平措繞杰。一九〇四年英人入侵西藏時，隨十三世達賴喇嘛流亡蒙古途中，因哮喘病發作，病逝於格爾木。

拉魯・晉美朗杰：公爵。拉魯莊園的繼承人。十二世達賴喇嘛的侄兒。央宗茨仁的第一任丈夫，盛年病逝。

格桑卓瑪：簡稱格卓。央宗茨仁的貼身傭人。

沁巴：詩人，央宗茨仁的情人。

雪尼・平措杰布：然巴家族的二少爺，入贅拉魯莊園，為央宗茨仁的第二任丈夫。後婚姻破裂，任察木多（昌都）總署官員時，病逝。

龍夏・多吉次杰：十三世達賴喇嘛時代的孜本，官位四品，央宗茨仁的情人。因謀求政變，被投入監獄，挖去雙眼。

拉魯・次旺多吉：孜本龍夏之子，後為央宗茨仁的丈夫。曾升任噶倫，官位三品。中共入侵西藏後，初為戰俘，老年時，入「政協」工作。

吞巴・索朗德吉：西藏文字的創史人吐彌・桑巴札家族的後代吞巴家族的女兒。為拉魯・次旺多吉的第二任妻子，稱拉魯小夫人。

夏札・班覺多吉：央宗茨仁的哥哥，十三世達賴喇嘛時期的噶倫，後升任倫欽（首相），總理西藏外交。負責簽定了有名的〈西姆拉條約〉。

索朗邊宗：夏札・班覺多吉的女兒，拉魯・晉美朗杰公爵的大夫人。因難產去世。

朗杰旺姆：夏札・班覺多吉的女兒，拉魯・晉美朗杰的二夫人。後出家為尼。

朗頓・貢噶望秋：朗頓・頓珠多吉公爵之子，十三世達賴喇嘛的侄兒。位居司倫，曾與熱振攝政王共同執政。

熱振攝政王：十三世達賴喇嘛圓寂後，曾任攝政王，在與其經師塔湯仁波切的權力之爭中失敗，被投入監獄，毒死。

塔湯攝政王：一譯達札攝政王。執政期間，西藏的軍事力量被削弱，政治、經濟倒退，為中共入侵，客觀上提供了條件。

噶雪・曲吉尼瑪：即噶雪巴。塔湯攝政時期的噶倫。因保衛了色拉寺，被陷害入獄，十四世達賴喇嘛執政時，獲得自由。

夏巴杰波：尼泊爾商人，半藏半尼。因違反龍夏的貿易規定，被通緝，躲入尼泊爾領事館，但被龍夏派軍入尼泊爾領事館抓捕，酷刑後死於獄中。此事件幾乎挑起藏尼之戰。

擦絨・達桑占堆：保駕十三世達賴喇嘛流亡印度途中，擊退中國騎兵，使達賴喇嘛順利抵達印度。歷任噶倫、圖博軍隊總司令等職。

夏格巴：塔湯攝政王時期的孜本。著有《西藏政治史》。

榮赫鵬：一九〇四年，入侵西藏英軍軍團總司令。

聯豫：最後一個安班（駐藏大臣），一九一二年，被驅逐出西藏。

趙爾豐：曾任川滇邊務大臣，在西藏的康省强行「改土歸流」，殺害藏人無數。鎮壓保路運動，屠殺四川平民，人稱「殺人王」。後在成都被處死。

陳渠珍：人稱「湘西王」。隨趙爾豐軍侵藏，升任管帶。著有《艽野塵夢》。

鍾穎：滿清皇戚，為慈禧太后寵愛。率軍侵藏，一九一二年，被驅逐，因聯豫構陷，回到中國後，被袁世凱處死。

夏札家族近代家譜

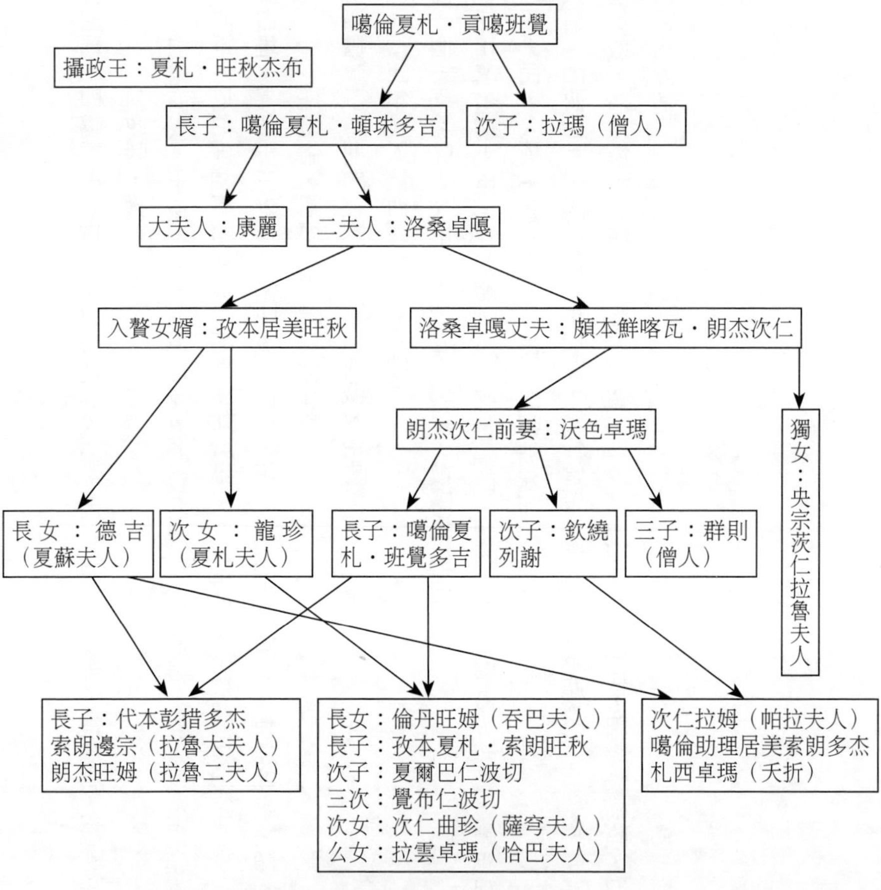
噶倫夏札・貢噶班覺
攝政王：夏札・旺秋杰布
長子：噶倫夏札・頓珠多吉
次子：拉瑪（僧人）
大夫人：康麗
二夫人：洛桑卓嘎
入贅女婿：孜本居美旺秋
洛桑卓嘎丈夫：頗本鮮喀瓦・朗杰次仁
朗杰次仁前妻：沃色卓瑪
獨女：央宗茨仁拉魯夫人
長女：德吉（夏蘇夫人）
次女：龍珍（夏札夫人）
長子：噶倫夏札・班覺多吉
次子：欽繞列謝
三子：群則（僧人）
長子：代本彭措多杰
索朗邊宗（拉魯大夫人）
朗杰旺姆（拉魯二夫人）
長女：倫丹旺姆（吞巴夫人）
長子：孜本夏札・索朗旺秋
次子：夏爾巴仁波切
三次：覺布仁波切
次女：次仁曲珍（薩穹夫人）
么女：拉雲卓瑪（恰巴夫人）
次仁拉姆（帕拉夫人）
噶倫助理居美索朗多杰
札西卓瑪（夭折）

西藏政府（噶廈）主要組織機構

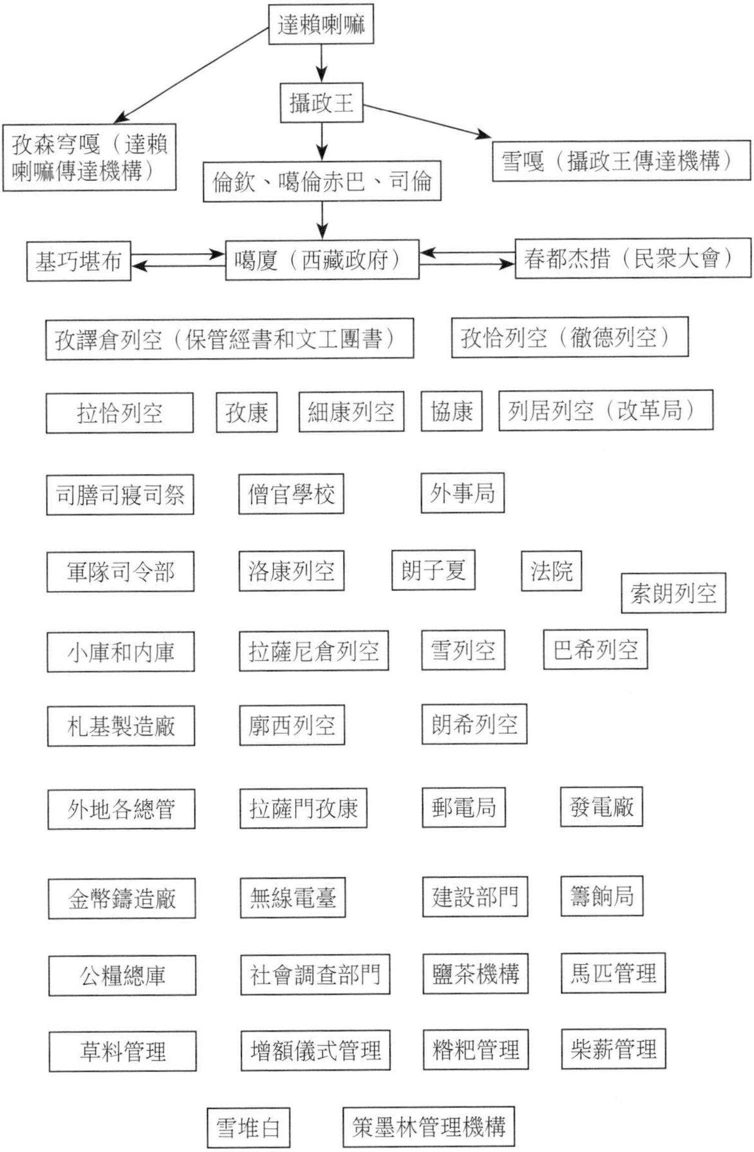

目錄

第七章　佈施

第八章　沒有儀式的婚姻

第九章　兩種破碎

第十三章 日出

第一章 還俗

公爵來晚了

那幾棵抽筋扒骨的楊柳樹，「啦啦」地響了；還有幾個由遠而近的香客，身體和大地觸碰時，發出「咚咚」的聲音，以及雙手舉過頭頂時，那兩個裹著牛皮的木板在空中發出「啪啪」的聲音；除此，什麼都沒有了，天地安安靜靜的。不，還有這個豁嘴的嵌花紫銅水瓢，在風中敲打著水灌，發出「叮鈴鈴」的聲音，還有……還有那條從羅布林卡延伸而來的小路上，似乎響起了腳步！我側起耳朵，一動也不動。

「明天，我還會來。」公爵摟緊了我，低下頭。

「不！」我把食指和中指，豎在公爵的唇上。

「不許吻你，還是不許我再來？」公爵輕輕地拿開了我的手指，攥著。

我不吱聲。

「告訴我？」公爵的腰，彎得更低了。

「兩樣都有。」我沒看公爵，而是越過他的肩膀，看著吉曲河上，那一對剛好游來的鴛鴦。

「既不允許吻你，也不許我再來？」公爵不再呼吸了。

「我……還是……一個尼姑呀！」我眯起眼睛，「自從十歲出家，如今七年了，還從沒有違背過戒律呢。」

「違背戒律，又怎麼樣？」公爵略微直了直腰。

「你——」我僵住了。

「你成了戒律的奴隸！」公爵雙手捧起了我的臉。

「你——要我破壞戒律？」我又一次眯起了眼睛。

「要你順從這裏！」公爵放下一隻手，拍了拍我的心口。

「那，就是破壞戒律啊！」我後退一步，盯著他，「可是，像從前一樣修行，我已經做不到了，就是這顆心挖出來，跳動的也是公爵你的名字呀。」

公爵上前一步，再次摟住了我，低下頭，先是蜻蜓點水似的親了親我的上下唇，而後猛地把舌尖送給了我，我不自主地迎接著、吸吮著。

「明天，羅布林卡那邊的工作一結束，我就來，來看你。」公爵終於鬆開了我。

可是，他沒有來。那剛剛響起的腳步，不過是我的錯覺，通向羅布林卡的小路上，仍然空蕩蕩的。天空現出了淺淺的橘黃色，又變成了淺紅色，淺紅色在漸漸地變濃，成了一片火紅的燃燒的晚霞。

「牛肉包子都涼了，吉尊[1]古修啦[2]。」貼身傭人格桑卓瑪已站在了跟前。

「知道了。」我答應著，轉身走過三色紫羅蘭、萬壽菊、翠雀花，靠近那些喜瑪拉雅罌粟時，我停了下來，看著身後的格桑卓瑪：「我到河邊轉一轉。」

「骨髓湯也好了……」格桑卓瑪小聲地嘟囔著。

「不會太久，一轉就回來。」我任性地拐進林卡，朝吉曲河走去。

河水，倒映著柏樹、楊樹、柳樹，還有老得差不多禿了頂的楊柳樹。這些樹木，都是先祖在至尊宗喀巴時代種下的，幾百年了。還有爸啦種下的杏樹、櫻桃樹、海棠樹，也長高了，辟辟啪啪地開著花兒。鮮嫩的清香，穿過木頭柵欄，進入了隔壁的朗頓林卡，又穿過厚實的石牆，進入了朗頓公館。朗頓公爵夫人忍不住走了出來：「這麼濃的花香，我在佛堂裏都聞到啦。」

「那是你讀經不專心嘛！」朗頓．頓珠多吉公爵也出來了。

「能不能閉上你的嘴呀？」夫人笑盈盈地嗔了丈夫一眼，朝我走來，「古蘇德布仁貝[3]？」

1 對皇族或顯赫貴族世家的女子的尊稱。
2 古修，指出家人，啦，敬語。對出家人的尊稱。
3 日常問候語。意為你好。

「拉依，德布仁[4]。」我輕聲地應著夫人。

「百聞不如一見哪！」朗頓．頓珠多吉公爵轉向我時，一動不動了。

「對不起。」公爵突然站在了我的背後：「羅布林卡那邊出了一點事，我……我來晚了。」

「出了什麼事？」我盯著公爵，所有的往事，都像豌豆一樣散開了。

「袞頓[5]，有些……不舒服。」公爵吞吞吐吐起來。

「真的？」我看著公爵。

「先回日光室吧，」公爵抬起右臂搭在我的肩上，「到了日光室再細說。」

我們向林卡之間的別墅走去。那搭在我肩上的手，不重，也不輕，是公爵心氣平穩的徵兆。一定沒有大礙吧？我想著，心，還是怦怦地跳個不停。任何事，在我們圖博，只要和袞頓的身體有聯繫，就不能不讓人心跳。

「還沒有吃晚飯？」公爵把桌子上的牛肉包子、酸蘿蔔和冒著熱氣的骨髓湯，往我的跟前挪了挪，「吃吧，我看著你。」

我盯著公爵，「現在怎麼樣了？」

公爵笑了：「吃了飯再說。」

我目不轉睛。黃昏的餘輝，這時，正穿過落地玻璃窗，映著公爵古銅色的皮膚和十三世亞谿家族[6]特有的又黑又深的大眼睛。那眼睛裡，此時，儘是陽光，亮晶晶的。他站了起來，彎下腰，拿起我的左手貼在自己的臉上，吻著，「你真像群星中的月亮。」

我不吱聲。

「好吧，告訴你。說起來，有些日子了，只是這些天沙子沉入了水底，渾水終於清了。」

我仍然不吱聲。

「的確，有些日子了，袞頓常在夢中看見有人像影子一樣，老是跟著他。」公爵向窗外望去，眼裏的光亮沒有了，「最近，他尤其感到身子無力，我就請了降央曲瓊熱廓金巴[7]護法降神。」

「神說——」

「在白拉措湖的四周、布達拉宮山下、還有羅布林卡的馬圈裡，都埋著變成了蠍子的詛咒經。」

我打了一個冷顫，不自主地站了起來，另一隻手也給了公爵。

「我又請了乃瓊護法[8]降神，也說近來有人詛咒袞頓。」

「誰呢？」

「神說，有一名喇嘛送給德頓索加一雙高底彩靴，追究便知。」

4 拉依，是的，是。德布仁，很好。
5 指達賴喇嘛尊者，有求即來之意。
6 十三世達賴喇嘛家族。
7 護法神。
8 指位於哲蚌寺下邊的乃瓊護法神，也是西藏國家神諭師。

「是康地來的寧瑪[9]派上師德頓索加？」

「就是。」

「他法術不凡，能咒死人哪！」

「開始，索加說，『沒有人送靴子』。我們又說，『好好想一想』。他說，『啊，想起來了，幾年前，丹吉林寺的索本群覺，送我一雙黃色團龍緞翹尖彩靴』。噶廈立即派人搜出了那雙靴子，當眾割開。果然，在鞋底夾層的緊裏面，藏了一道畫著法輪的密咒：『火鼠年土登嘉措[10]福壽衰敗』」。

「這是第穆[11]喇嘛在加害袞頓啊！」

「這些惡咒，據說踩在寧瑪派喇嘛的腳下最靈驗。不過，索加當時異常恐懼，臉上的肌肉都在顫抖，還一把又一把地揪自己的臉皮。」

「第穆在哪裡，現在？」

「關進了夏欽角[12]，令他誦《懺悔經》十萬遍。」公爵看著我，「哥哥噶倫班覺多吉啦，在這件事上立了不小的功啊。」

忠誠袞頓，本來就是我們家族世代的義務，我沒再說什麼。

「哥哥噶倫班覺多吉啦把娘珠喇嘛關進了監房，因為，給靴底夾咒和施咒的都是娘珠喇嘛，不過，一進監房，他就自殺了。」

「娘珠喇嘛法術高明，屍首……」

「已經決定埋在聶當寺，怕他的陰魂不散，伏在國家護法師身上，擾亂神諭，還要建一座佛塔，壓在上面。」公爵向前邁了一步，看著我，「這回放心了吧？」

「送靴人索本群覺呢？」

「一聽說水落石出，也自殺了。」

我歎了一口氣：「康區的索加呢？」

「因為不知內情，無罪釋放。」公爵說著，順勢抱起了我，坐在了椅子上，我呢，就坐在公爵的腿上，貼著他的胸脯，透過那龍雲飛捲的黃色緞子長袍，我聽到他的心「怦怦」地跳著，像天空的雷聲。

公爵拿起了一個牛肉包子，沾了沾紅辣椒，遞了過來。我呢，往後一閃，躲開了，舉起右手，五指豎起，念起了供養經：

納摩古汝唄（頂禮上師）

納摩布達雅（頂禮佛）

---

9 指西藏佛教四大傳承之一的寧瑪教派。較之於其他三大教派，噶舉、薩加、格魯，寧瑪最早出現在西藏，也稱舊派。

10 十三世達賴喇嘛的法名。

11 指八世第穆呼圖克圖，曾位居攝政王。但，十三世達賴喇嘛執政後，因涉嫌施咒謀害達賴喇嘛，被革除呼圖克圖名號。丹吉林寺，為第穆呼圖克圖的寺院。

12 布達拉宮下面的監獄。

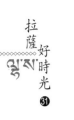

納摩達日瑪雅（頂禮法）

納摩桑葛雅（頂禮僧）

而後，咬了一小口公爵手裏的包子，把剩下的接過來，放進了公爵的嘴裡。

「我剛剛在羅布林卡那邊吃過飯，」公爵還是咽下了那半個牛肉包子，又拿起一個，沾了沾辣椒，放進了我的嘴裏後，挑了一塊酸蘿蔔，遞給了我，端起骨髓湯，「喝吧。」

我這才吃起了晚飯。

「奇怪，在我的夢裡，你總是穿著俗家的緞子丘巴[13]，站在盛開的海棠樹下，而不是這身袈裟。」公爵自言自語著。

「你要我還俗？」我咽下包子，用食指和中指揪著他的鼻子尖。

公爵笑了，轉向窗外，越過吉曲河，視線落進了那一岸的朋巴布山。那裡，經幡顫動著，桑煙一團又一團地飄來：「如果阿媽啦和爸啦都活著，也會同意的，我是說，同意你還俗。」

「我們家族，每一代有三個人出家，都延續九代了。為了修行，從十歲起，阿媽啦就陪我住進了這片家族林卡。爸啦活著的時候，還立了一個規矩：從夏色莊園的收入中，每年撥出四百五十克青稞，供我平時零用。可是，自從阿媽啦去世，我卻在修行林卡與你相識……」

「這樣下去，忠誠佛，又和欺騙佛有什麼不同呢？」

我不吱聲。

「明天，在噶廈那邊，見到哥哥班覺多吉啦，我們的事，說給他吧，啊？」

「還是，先和兩位拉魯夫人商量吧！」

「當阿尼的居然還要聽尼尼啦[14]的意見？」

「在輩份上，兩位拉魯夫人雖然比我小，可我是阿媽啦洛桑卓嘎和爸啦鮮喀瓦·朗杰次仁結合後生的，是家中年齡最小的女孩，比兩位小我一輩的拉魯夫人還小，我們其實如同姐妹。」

「哥哥班覺多吉啦又和二夫人龍珍生了倫丹旺姆呑巴夫人、拉雲卓瑪，侄兒索朗旺秋，這些人，都不對你的心思？」公爵挑肥撿瘦地逗著我。

「瞧你說的！怎麼能不對心思呢？！還有大姐德吉啦和二哥欽繞列謝結合後，又生了次仁拉姆帕拉夫人，我們都是無話不說的，可我還是覺得哥哥班覺多吉啦和大姐德吉啦生的兩位拉魯夫人，在這裏和我最近。」我指著自己的腦袋。

「為什麼大哥沒能和大夫人德吉啦過到底呢？」公爵終於一本正經了。

「當大哥班覺多吉啦在卓木[15]解決圖博和哲孟雄的邊界糾紛，簽定條約時，大姐德吉啦懷了身孕，當然，孩子是二哥欽繞列謝的，那以後，就分家了。大哥班覺多吉啦再也沒和大姐德吉啦一起住過。」我解釋著。

13 藏式長袍。

14 貴族家庭對小女孩的愛稱。阿尼：對姑姑或姨姨的稱謂。但同時也是對出家女性的稱呼。這裏是姑姑之意。

15 今亞東。

「好吧，我只有等待兩位拉魯夫人的裁判了。」公爵攤開雙手，又回到了正題。

清晨的帕廓

日月同輝，是拉薩大多數早晨的風景。尤其今天，月亮和太陽，都有點咄咄逼人呢。祖拉康前的煨桑爐，已飄起了淺灰色的香縷，拉薩在上升，我的心，成了一塊彩緞，閃著七色光芒。

「不如先朝佛。」我在祖拉康前下了馬。

「早就料到您會這麼說，吉尊古修啦。」格桑卓瑪也下了馬，從懷裏掏出一條阿細哈達[16]，又從牽馬人丹增手裡，接過一束格桑花，遞給了我，「剛剛在林卡裏剪的。」

「一、二、三、四、五、六、七、八，正好八瓣，俗話說，找到了八瓣的格桑花，就找到了幸福。」我自言自語著，接過格桑花時，把轠繩遞了出去，又把那條阿細哈達，揣進了懷裡。格卓，也就是格桑卓瑪，是瞭解我的，每次到祖拉康，我都要為覺仁波切獻上一條阿細哈達，為囊廓路上的導師佛獻一束鮮花。

「別去擲骰子啊！」格卓把兩匹馬轠繩塞給牽馬人丹增時，囑咐著。

「放心吧，我就待在那邊。」丹增抬起攥著馬轠繩的起著白茬的粗手，伸出食指，指了指煨桑爐旁，又往上緊了緊卡在肩胛骨兩邊的托著青稞酒罐的皮繩，向賣香柏木的池巴走去。池巴，是我們拉薩哇對吉曲河南岸池村人的稱呼。池村那邊，出奇地長著一片片香柏樹，有的還開著花呢。每天早晨，池巴就划著牛皮船，到祖拉康的香爐前賣香柏木。遠遠地，他們那扣在吉曲河岸的牛皮船，像一座座褐色的小山。一些外鄉人看著池巴在黃昏裏扛起牛皮船回家時，就說，「不得了啦，那些池巴，扛起了一座山哪！」

「又去和那些池巴擲骰子了！丹增啊，總是把僅有的錢輸個淨光。」格桑卓瑪噘起了嘴。

「他可不會輸掉青稞酒，瞧著吧。」我看著丹增大步地向那些池巴走去，連背在身後的酒罐，都興奮得一顛一顛的。

「唉——」格卓歎息了一聲。

我從懷裏掏出綢子錢袋，給了格卓：「這是今天的佈施。」

接過錢袋，格卓跟在我的身後，不言語了。同是傭人，格卓就不打牌，不賭博。從小，上師教我《三十頌》《音勢論》《詩詞學》的時候，她還站在一邊聽，甚至忘記了獻茶。格卓是不同的，儘管她出生在拉孜宗的差民薩昂巴的家裡，可是，她是不同的。就拿我和公爵的事吧，她從沒有說三道四，這一點，我從她的眼睛裏就知道了。俗話說，稀有的花牛犢生在富人的家裡，依我看，也生在差民薩昂巴的家了。

繞過那些磕長頭的香客，我從祖拉康邊上賣酥油桶的店鋪開始，按正時針轉起了帕廓。那家尼泊爾店鋪開門了，半藏半尼的店主尼瑪，正把一些松石項鏈、手鐲、戒指、耳環曬出來。

16 上等哈達。

「啊，美麗的格桑卓瑪，今天的太陽從西邊出來嗎？你家小姐吉尊古修啦居然放下了經書！」身後傳來了尼瑪的聲音，儘管很輕，像蚊子在「嗡嗡」，我卻聽到了。

「小姐去看望兩位拉魯夫人，我呢，特別來看望你呀。」老實巴交的格卓，居然會打情罵俏呢，儘管她的聲音，也像蚊子在「嗡嗡」，我還是聽到了。

「是特別轉經朝佛吧，這可瞞不過我呀。」尼瑪的聲音抑制不住地高了：「對了，到了拉魯宮，別忘了向琪美拉姆問好！」

「就是拉魯大夫人的貼身傭人嗎？放心吧，忘了世上所有的珠寶，也忘不了你的話呀。」

「為什麼？」

「做個媒人唄！」

「嘖嘖嘖，嘖嘖嘖……」

月亮不見了，太陽在高高的藍緞子一樣的天空，放射出淺黃色的光芒。我眯起了眼睛，打著手罩，看見幾個乞丐尼姑一字形地坐在格林古西[17]右邊的牆角，搖著鼓，唱著歌。格桑卓瑪打開錢袋，彎下腰，每人給了一個十兩的銀質章嘎[18]。又走到那個倚著牆根，正在吸鼻煙的麼拉[19]跟前，也給了一個章嘎。

念珠數到第五遍的時候，就到了松卻熱，這是默朗欽莫[20]期間，袞頓講經說法的地方。正是夏天，離藏曆新年還遠著呢，一些洛嘎[21]來的農夫，在松卻熱的臺子上鋪開了五顏六色的柳[22]，鮮豔豔的，像一片彩虹。有一條柳，實在太美了：乳白色的底上，織著兩個暗紅色的豎條，豎條中間，是暗紅色和綠色交織起來的細細的橫條。

我「啊」了一聲，停下腳步，撫摸著。

「去拉魯莊園，還有一段長路呢。」格桑卓瑪說話了，這是阻攔我買柳呀。是的，拉薩的貴族小姐、太太們都喜歡江孜的卡墊。牧人和農夫才使用柳，把柳蓋在身上，冬天防冷，夏天驅熱。

「買柳，就降低了我？」我看著格卓。

格卓紅紅的臉蛋更紅了。不過，我還是放棄了那條柳。格卓的話，不是沒有道理，去拉魯莊園還有一段長路，馬要受累了。

「吉尊古修啦，」格卓突然笑了起來，指著坐在太陽底下抓蝨子的警察。

我也「撲哧」一聲，笑了，笑得彎下了腰。其實，貴族小姐不該這樣笑，尤其我，還是一位阿姑！可是，這能怨我嗎，就是一塊石頭，也會笑得打起滾。看吧，那警察光著上身，獨出心裁地抓著蝨子：不是用嘴咬，也不是用手掐，而是一個又一個地從油膩膩的巴札[23]上捏起來，放在腳下的樹葉

17 祖拉康後身的轉經房，裏面置有一個大轉經筒。
18 藏幣單位。
19 對上了年紀的女性的尊稱。
20 指拉薩傳昭大法會，也是一年中最隆重的宗教節日，始於一四〇九年至尊宗喀巴時代，已被中共禁止。
21 今西藏山南地區。
22 手工編織的毛氈。
23 藏式立領帶大襟短襖。

裡。

「這普[24]，把蝨子當母犛牛養起來了！」一個康巴老人小聲地嘀咕著，連他那紅色的扎繡[25]，也在陽光的流蘇裏興奮得前後遊蕩起來。一群剛剛進城的阿布霍[26]，牽著犛牛也不知好歹地圍了上來。

「看什麼看？」員警忽地抬起頭，交織著血絲的雙眼，瞪住一個阿布霍，撒起了野，「連你老婆的大腿窩都夾著蝨子呢！」

「抽不出身逛妓院，這普，悶得慌啦！」一位戴著紅色扎繡的康巴嘟囔著，捅破了天窗。

「時候不早了。」我說著和格卓擠出了人群。

帕廓街上，一共兩個警察。另一個呢，這會兒，在祖拉康前的蔭涼裏吸鼻煙呢。那顆上了鏽的門牙，鬆動得成了隨風搖擺的柳葉，他不時地翹起舌尖舔著。

朝聖的長隊已經排出了祖拉康。我看著前面的香客，舉著酥油，一勺一勺地盛進佛殿的油燈裡。從蓮花生大師到薩迦五祖，從阿底峽到至尊宗喀巴大師，從唐東杰布到射殺朗達瑪的拉龍白多，一個也沒有錯過。

就到了覺康前。我對著覺仁波切，磕了三個長頭，又把阿細哈達橫放在佛祖的雙膝上，而後，埋在佛的右膝裏：「洞察一切的佛啊，現在，看不見他，我的心就空了，比沙漠還空。繼續穿著這身袈裟，就是對您的不忠，這是他說的，現在，我也這麼想。我要把他和我的事情，今天，如實地說給我的兩位侄女；洞悉一切的佛啊，讓她們幫助我，給我忠告吧。」我站起來，又走到會說話的旃檀佛像的背後，頭觸佛陀脊背，讓佛的慈悲，沿著我的髮絲，進入血脈。最後，我埋進了佛的左膝，我說，

「洞察一切的佛啊，儘管我會脫下這身袈裟，可對您的信心是不會改變的，生生世世都不會改變。」

轉囊廓時，已有三束鮮花先我而供在了釋尊的像前。一束是不同顏色的魯冰花，還有一束是風信子，也是三四種顏色呢，最後，是淺藕荷色的飛燕草。我的格桑花，在這時，過於樸素了，甚至不會引起任何人的注意。不過，她是鮮嫩的，在花蕊和花葉之間，還含著露珠呢。

宗角祿康

我們主僕一行三人都停下了。怎麼能不停下呢？這楊柳樹之間清澈見底的湖水，實在太美啦！這是當年第悉．桑結嘉措[27]修建布達拉宮時，取土而成的湖泊。湖底儘是泥土，湖水本該是混沌的，可偏偏是清的，清清地劃出一圈又一圈的波紋，波紋散開時，現出了各種各樣的魚兒。有金色的，紅色的，淺灰色的，還有白色的呢。噶廈的官員們工作結束以後，常在這裏划起牛皮船，對詩作畫，享受政務以外的優雅。而現在，湖裏、湖岸都靜悄悄的，連那些魚兒，也一動不動，進入了冥想似的。

24 男孩子。

25 康區男子扎在頭上的彩線，一般為紅色，也有黑色。

26 拉薩和其他地區的藏人對藏北牧人的稱呼。

27 五世達賴喇嘛圓寂後，曾執掌西藏政務，主持擴建布達拉宮，並著有《藍琉璃》《白琉璃》《五世達賴喇嘛傳》等。一七〇五年，被蒙古拉藏汗所害。

我們都下了馬，丹增放下酒籃子，拿出青稞酒陶罐，撥出木頭塞，聞了聞，又摘下黑氈帽，剛要倒酒，突然想起了什麼，又插回木塞，直起身，朝格卓走去。格卓正從羊皮褡褳裏拿出酥油茶壺，丹增呢，就幫她，在另一邊褡褳裡，拿出乾牛肉和卡普塞。我在一個楊柳樹下，剛坐穩，格卓就過來了，拿出了兩隻碗，一個是她自己的木碗，另一個是我的。那是一個帶著高腳金座和金蓋子的紫花瓷碗，格卓先為我斟滿了酥油茶：「吉尊古修啦，趁熱喝吧。」

話音未落，只聽「咕嚕」一聲，丹增咽下了氈帽裏所有的青稞酒，又把帽子往臉上一扣，一條腿伸開，另一條腿彎曲著，十指交叉在胸前，靠著另一棵楊柳樹，睡了。

「咕嘰咕嘰[28]，丹增啦！」一個脆脆的聲音，引得我和格卓都轉過了身子。

「你這普，哪裏聞到的酒香？」丹增鬆開交叉的十指，一翻身，把氈帽扔進了草裡，瞪起紅腫的雙眼，「是不是在祖拉康的煨桑爐那邊？」

說時遲那時快，丹增兩隻粗壯的胳膊往草地上一支，「忽」地站了起來，向小乞丐猛撲過去。小乞丐不但沒跑，還上前一步，撿起氈帽，雙手端到了丹增眼前。丹增的兩隻手立時攥成了拳頭，用力砸去，平頂氈帽無聲地塌出一個不深也不淺的坑，丹增呢，抓起陶酒罐的兩隻耳朵，不動了，看了看小乞丐。那普舔著舌頭，咧著兩片薄嘴唇，「嘻嘻」地笑了。

「你這普……」丹增嘟囔著，慢慢地提起青稞酒罐的兩隻耳朵，往氈帽裏倒了一口，而後，閉上右眼，左眼貼著酒罐嘴，往裏看了又看，搖了又搖，一跺腳，又倒了一口：「再也不能倒了，再倒，我就哭啦。」

小乞丐直起腰，對著氈帽，一口咂個底朝天，抹了抹嘴巴，一歪身子，翹起一支胳膊，把氈帽撇進草地，吹起口哨，走了。

「呸、呸」，丹增往草裏空吐了兩口。

「後悔啦？」我和格卓異口同聲，都笑得倒在了草地上。笑夠了，又轉過身，看著眼前的布達拉。幾乎從吉曲河谷的每一個角落，不管是帕廓的深巷，還是流沙河[29]邊，只要抬頭，眼前總是布達拉宮。即使在遠處的深谷裡，甚至鄉下，遠遠地，也可以看見布達拉宮光芒四射的金頂。現在，我們就坐在布達拉腳下，新鮮的深紅色，像一片燃燒的祥雲，而袞頓、我們的嘉瓦仁波切、益西諾布，就在這片祥雲之間，有時用肉眼，有時用望遠鏡，有時用觀世音的眼睛，護佑著我們。

幾片肥碩的葉子，在微風中懶洋洋的碰撞著，發出「簌簌」的聲音。這些楊柳樹實在太老了，即使我們三個人加在一起，也圍不過來，總有五、六百年了吧？那樹根，個個佝僂著冒出了地面，像藤蘿一樣，從這棵樹下，又爬到了那棵樹下，交織在一起，誇張著湖邊的安靜。一隻挺著白肚皮的黑野狗走了過來，嗅著幾片去年的乾樹葉。格卓拿出一隻無油餅子，撕了一片，扔向天空，那野狗立刻抬起頭，兩條前腿騰起，向上一串，接住了。立時捲起尾巴，跑開了，是小跑，不緊也不慢。

幾隻畫眉「吱吱」地叫了起來，還有燕子。不過，我最喜歡的還是雨雀的聲音，真是太好了，

28 藏語。求求你。

29 曾經橫貫拉薩市內的河流。經過中共的「根治」，如今差不多了無痕跡了。

「啾啾，啾啾」……。遠處，燒茶的炊煙，筆直地上升著，我甚至想像得出茶鍋下面那三塊灶石，這會兒準薰得漆黑，散著牛糞餅燒糊的好聞氣味。

牧人的笛聲響起。樹木，草，還有湖水，都豎起了耳朵，連雨雀也不叫了。那是喜和悲合二為一的聲音，比風吹過寺院時，房檐上傳出的鈴聲還要好聽：

人的行為，有黑有白
人的心啊，有濁有淨
心靈混濁時，天地混濁
心靈潔淨時，天地潔淨
我的心啊，是我的主宰

兩位拉魯夫人

過了宗角祿康[30]，就看見了切熱（小沙山）。幾隻犛牛和綿羊大搖大擺地走來走去呢。穿過切熱，就出現了兩個林卡之間的草甸。濕潤的清風拂面，一些水鳥低低地飛著，撲打著翅膀。我們選了一塊柔軟乾爽的地方，又坐下喝起了茶。不遠了，那暗紅色的大門上，兩片橫著散開的祥雲，已經隱約可見。甚至門前那塊青色的下馬石也有了輪廓。高高的大樹，亮晶晶的湖泊，還有向根培烏孜和甲立里蘇山擠去的達姆熱都清晰了。

「達姆熱裏有人?不少呢!」我吃驚地數了起來，「一、二、三、……簡直數不過來啊!」

「正是割草季節嘛，」格卓轉向我，「每個宗都要派烏拉[31]，大一點的宗要派出四、五十個，小一點的宗也要派二、三十呢。」

又上路了。我們徑直朝著達姆熱裏那片蔥鬱的大樹林走去。大山雀、麻雀、雪雀、戴勝，在我們的頭上飛來飛去。還「吱吱」地叫著呢。

「拉魯莊園是個好地方呀!」格卓感慨起來。

「是六世達賴喇嘛有眼力啊。」我接過了話頭。

「拉魯莊園是我們拉薩的肺!」丹增也插了進來。

「什麼意思?」格卓看著丹增。

「沒有這片達姆熱，我們的拉薩就不能呼吸了，」我替丹增解釋著。

拉魯宮前，幾個傭人陸續地出來了。那馬夫甚至搶在丹增的前面，接過我的韁繩，牽著馬，向下馬石走去。

30 藏語。宗角，宮堡後面；祿康，龍的宮殿。有第悉·桑結嘉措在擴建布達拉宮時，因取土而形成的湖泊，有古老的樹林，是拉薩著名的風景名勝。

31 雜差。

「兩位夫人正在日光室等著您哪，吉尊古修啦。」一位女傭人摘下盤在頭頂的辮子，搭在胸前，上前一步，舉起右手，靠近了馬匹。我呢，右手扶著她的右手，左手扶著她的肩膀，下了馬：「你們的資訊比我的馬跑得還快呀！」

傭人只是笑，抿著嘴，低著頭，引我到了頗章前面。現在，這座六世達賴喇嘛在湖中心修建的宮殿，已和地面連成了一片。由於在八世和十二世達賴喇嘛時期都有擴建，曾經的湖泊，早消失在房子的下面了。只有夜深人靜時，才可以聽到水的「嘩嘩」聲。還有，拉魯宮西側湧出的八功德水，也讓人想到從前的湖泊。說起這八功德水，冬暖夏涼，有著甘、冷、軟、輕、淨、無臭、飲不傷喉、食不傷腹的功能，像阿里的桃子一樣越品越甜。聽說，拉魯廓巴都到這裏背水呢。

我逕直上了二樓的日光室。這是頗章最大，也最明亮的房間，有三十二根柱子，每根柱子上，都畫著格魯教派大師的故事，包括吉祥燃燈智阿底峽尊者為解開絳曲沃[32]的迷惑，寫作《菩提道燈論》的情景；仲敦巴[33]與阿底峽尊者半路相遇時，全身伏地頂禮，而尊者手置仲敦巴頭頂，用梵語講說《吉祥贊》的情景；還有仲敦巴用僅有的酥油製成一盞通宵燃燒的油燈，供在阿底峽尊者枕邊的情景；以及仲敦巴修建熱振寺的情景……

乳白色的陽光，透過寬大的玻璃窗，灑在牆上那幅古老的釋迦牟尼唐卡上，還有六世達賴喇嘛用過的一對達瑪鼓上。也灑在兩位拉魯夫人索朗邊宗和朗杰旺姆姐妹飽滿的臉上，以及那光閃閃的又粗又黑的髮絲上。甚至她們鑲著鑽石的手鐲上、包金的松石耳環上。

索朗邊宗比妹妹朗杰旺姆大兩歲，長著一張好脾氣的圓臉，大眼睛，唇不厚不薄，看上去雅致柔軟；妹妹呢，瓜子臉，笑起來的時候，露出一口玉齒，雙眼不大，可眼仁格外的黑，眼白又格外的白，真夠新鮮。只是朗杰旺姆那線條分明的紅潤雙唇，略厚了一些，不知怎麼的，總讓我想到準備脫韁的西寧馬。姐妹倆，現在，分別地坐在方桌兩邊的長形卡墊上，喝著甜茶呢。

「就知道你今天會來，阿尼啦。」索朗邊宗放下了茶杯，聲音輕輕的，像拉薩六月的晨風，濕潤而涼爽。同時，把一個皮質的果盤推到了我的跟前，在乾桃子、乾杏子，還有核桃之間，選出了一個不丹橘子，放進了我手裡。

「你們的消息，比我的馬跑得還快呀！」我挨著索朗邊宗坐下了，一邊剝著橘子。一邊看著女傭拿過一只帶著包金茶托的茶碗，放到了茶桌上，倒過甜茶，又蓋上了茶蓋後，雙手端到我跟前，另一個女傭端來了餅乾盒。

「吃吧，是剛從印度寄過來的夾心餅呢。」朗杰旺姆也說話了。

「誰叫琪美拉姆啊？」我看著兩位女傭。

「是我，吉尊古修啦。」倒甜茶的女傭抬起了頭。

「帕廓街的商人尼瑪，向你問好呢。」我開起了玩笑。其實，像我這樣出生在貴族世家的小姐，是不該這樣放任自己的。可是，有些時候，我是一匹未馴的野驢。

32 阿里地區的首領，曾派納錯譯師邀請阿底峽來西藏，復興佛法。

33 阿底峽尊者的弟子，建熱振寺。

「謝謝吉尊古修啦。」琪美拉姆的臉紅了。

「一大早，我和朗杰旺姆都看見了有三、四隻烏鴉繞著房頂飛來飛去，還『咕咕』，『咕咕』地叫個不停。」索朗邊宗沒有忘記我們的話題。

「烏鴉是吉祥鳥嗎？」我拿著茶杯蓋子的手，停在了空中。

「烏鴉的叫聲有兩種，一種是『咕咕，咕咕』，就是說，有喜事要來了；另一種是『呱——』，『呱——』，是報告凶事……」朗杰旺姆解釋著。

「怎麼知道是我來呢？」我打斷了朗杰旺姆，又看了看索朗邊宗。

「前段時間，拉魯公把敏珠林[34]寺的僧人久美仁波切請到了家裡，今天一大早，他就卜了卦，他說，『娘家有人要來了，還是一位小姐。』」朗杰旺姆看著我，「這才想到你。」

「在湖心島吃午飯吧，都準備好了，是拉魯公特別吩咐的，今兒早晨，他左等右等，也不見你來，太陽都爬到了山頂，才不得不去噶廈喝早茶。」索朗邊宗說。

「就怕拉魯公等我才沒敢報信，我是專門找你倆的。」我看著索朗邊宗，又看看朗杰旺姆。

「私事嗎？」兩人異口同聲。

「是啊，也實在不好意思在拉魯公面前開口。」我咽下一口甜茶。

姐妹倆相互看了一眼，笑了，「我們猜對了。」

「猜對了什麼？」我怔住了。

「先去湖心島吧，到了那裏再說。」索朗邊宗起身了。

我跟著她，朗杰旺姆跟著我，她們一前一後地呵護著我，讓我想起了拉薩背水女的歌：

夏札府上一對花，
芬芳婀娜美如畫，
若不看好姐妹倆，
準會飛入拉魯家。

索朗邊宗和朗杰旺姆兩姐妹果然同時嫁給了拉魯公晉美朗杰。背水女的歌，其實是女神班丹拉姆的諭言，也叫阿嘎調，預告拉薩將要發生和已經發生的大事小情。所以，早晨起來，不管男女老幼，貴族平民，都要聽阿嘎調。

就到了拉魯宮後面的林卡裡。一座銀光閃閃的大湖中心，立著涼亭，四面亭柱上掛著黃色緞子窗簾，那是只有法王，才能享用的顏色。

我和兩位拉魯夫人，坐上了一條有馬頭的小船，船夫是從桑耶[35]渡口那邊來的。在他的手裡，這小船，就是帕廓街大藝師手裏的六弦琴，百般聽話。接近湖心的時候，他特意來了個一八〇度轉彎，也

34 西藏寧瑪教派的三大寺之一。位於山南地區。藏曆第十一繞迴的火龍年（一六七六年），由寧瑪派的伏藏大師德達嶺巴·吉美多杰創建。
35 指位於雅魯藏布江北岸哈布山下桑耶寺，也是西藏第一座佛法僧三寶俱全的寺院。始建西元七六二年。

許是讓我們開開心，可我，天旋地轉地閉上了眼睛。再睜開時，船已靠岸，清風吹拂著索朗邊宗和朗杰旺姆前額的頭髮，一起一落的。

我們是不能坐在涼亭裏面的，那是專門接待袞頓的地方。裏面，一個高一點的厚墊上，放著黃緞靠墊，鋪著深紅色的上等氆氌[36]。兩邊一對較矮的墊子上，鋪著漢地的緞子：深藍色的底和淺藍色的雲，一團又一團的。對面，是兩個更矮一些的薄墊，也鋪著氆氌。是暗紅色和綠色織成的彩條，又美又質樸。墊子之間，是一對高矮不等的木桌，厚墊前面的木桌，高一些，那是袞頓坐過的地方。差不多每年夏季，袞頓都要到拉魯莊園的湖心亭坐一坐。

草地上，傭人們早已鋪上了三個厚墊，中間還放著一個不高不矮的木桌。坐下後，朗杰旺姆朝索朗邊宗眨了眨眼，兩人都看著我笑。

「聽到阿嘎調了嗎？」索朗邊宗先說話了。

「沒有。我是先朝了佛，經過宗角祿康來這裏的。」

午飯上來了，有油拌人參果，優酪乳米飯，還有糌粑蜕[37]。

「都是關於你的，我是說背水女的歌。」朗杰旺姆說著，把酸奶米飯放在了我的前面，又看著索朗邊宗，笑了，那雙紅潤的厚唇，在這時顯得格外細嫩，甚至沒了野性。

不會停止不會枯乾的吉曲河啊！
當你流過，

那位三依尊者的心窩，
可聽見，
她呼吸著風流女人的歡樂。

不會停止不會枯乾的吉曲河啊！
當你流過，
那位風流女人的心窩，
可聽見，
她呼吸著三依尊者的淡泊。

索朗邊宗輕聲地哼著。
「現在，幾乎連帕廓街裏的背屍人，都知道了你和公爵的事。」朗杰旺姆接過了話。
「真的？」我咽下了酸奶米飯。
「當初，因為你是麼拉最漂亮也最聰明的女兒，就讓你出家了。」索朗邊宗並不回答我。

36 手工毛織品，也稱西藏毛呢。藏人生活必需品。
37 把糌粑、酥油、奶渣、搗碎的紅糖放在一起攪拌，均勻後根據需要可製作成各種形狀。

「我們家族的習慣就是把最好的孩子獻給佛。」朗杰旺姆紋絲不動地坐在卡墊上，「當然，你自己那個時候也整天吵著出家，還準備了好幾套袈裟。其實，你喜歡的僅僅是那身衣服。」

「僅僅是那身衣服？當帕幫卡大師[38]到咱們家講解《菩提道次第廣論》的時候，我總是最先到，最後才離開。」我轉身看著朗杰旺姆。

「熱心聽經，不能說你就理解了佛，像種子撒在土地上，不一定都能長出莊稼。」

「是說，我的根不淨？」我停止了咀嚼。

「我是說，形式並不重要，如果抓住形式不放的話，只能離佛越來越遠。」朗杰旺姆放低了聲音。

「你是要我……還俗？」我怔怔地看著朗杰旺姆。

「是啊，為什麼不換一種更適合你的方式信仰佛呢？」朗杰旺姆並不看我，而是看著滿桌的飯菜，「對你來說，目前，也許還俗才是對佛的忠誠吧？」

「公爵也這麼說。」我又低下了頭。

「還俗？」索朗邊宗也不再吃飯了，直愣愣地看著我和朗杰旺姆，過了一會兒，又說「也好，聽說，頓珠多吉公爵對你的喜愛超過了正式夫人。」

「這個，我不清楚。」我的心「突突」地跳了起來，「我只知道腦子裏整天想著他，嘴裏說不見他，可心，在等著他，甚至抑制不住地站在門前，朝西張望。」

「朝西？」朗杰旺姆重複著。

「因為他的家和他上班的羅卜林卡，都在咱們夏札林卡的西面呀。」我解釋著。

「還俗後，依我看，還應該住在林卡，挨著公爵的府邸，也方便他照顧你。」索朗邊宗想了想，又說，「應該和爸啦商量一下，也許，他有更好的注意呢。事不宜遲，今晚你應該回主宅那邊……」

黃昏的帕廓

回到帕廓街時，太陽已經落山了，那些賣香木的池巴，早就不見了蹤影；還有賣酥油桶、綠松石、地毯、氆氌、馬鞍的商人，也離開了。轉經的香客多了起來，「踏踏」的腳步聲，悶悶地敲擊著土地。磕長頭的人們仍然在祖拉康前集聚著，沉重的呼吸起伏跌宕。

「丹增，你先回家吧，我和格卓去朝佛。」

「洛索[39]。」丹增也樂得牽著馬先走，「格卓，這回你也不能說笑話了，人家尼瑪的店鋪也關門了。」

格卓捂著臉笑了起來。

「他把你的行蹤打聽得一清二楚，沒準相中了你呀？」我看著格卓。

「吉尊古修啦，真的嗎？」格卓放下了雙手，臉蛋更紅了。

38 一譯帕邦喀。西藏享有盛譽的佛教上師。

39 藏語。是的。

僧人們三三倆倆地向强巴拉康走去，深紅色的袈裟，在清風中一飄一飄的，成了舒展的旗幟。頌經就要開始了。覺康前，不盡的朝聖長隊已經散去，只有三、兩個僧人在磕長頭，還有一個僧人對著覺佛，雙手合十，默默地發願。我徑直走向覺佛，雙手合十，舉過頭頂，再回到額頭、唇、心口，匍伏在地，磕了三個等身長頭。而後，在佛的右膝裏埋下身子：「洞察一切的佛啊，請原諒我最後一次穿著袈裟朝拜您吧。我不敢説是為了忠誠才還俗，但是，我敢説，決不會放棄信仰您。您是我生命的起點，也是我生命的終點。」輕觸過會説話的旃檀佛像，我轉到了覺佛的左邊，頭深深地埋進了佛的左膝：「明察一切的佛啊，請讓公爵喜歡我，一生都喜歡我吧，不管什麼時候，只要他看見我就高興，如同在那個杏樹下第一次相遇……」

雙手相合，我轉到覺仁波切的身前，三盞金質的長明供燈，正在燃燒，火苗筆直地升騰著，這是阿媽拉洛桑卓嘎獻給佛的，是家族不變的虔誠。走過松贊干布、赤松德贊、赤熱巴巾三勝王塑像，走過薩迦五祖、瑪爾巴、密勒日巴的塑像，我在先輩唐東杰布的像前站立：「您是家族的智慧，無所不知，請幫助我吧，原諒我的還俗，享受普通人的恩恩愛愛。」

經聲湧起。鈴聲、嗩吶聲、鼓聲、鈸聲，刹那間，淹沒了我。我順從地閉上眼睛，進入了沒有風暴的大地。經聲停了，一個年輕的僧人打開哈達裏著的一頁經文站在卡墊中間，開始了獨自念誦，聲音悠長渾厚，即使六弦琴最美的音符，也會在這時嘎然而止。又是長時間的靜默，經聲再次掀起，如海如潮，潮漲潮落。每個人的雙手，都在結著不同的手印，其實，那是敬獻佛的鮮花、河流、樹木、高山……是人間所能想像的最美、最芬芳的一切物質和精神。

在佛的世界裡，是沒有敵人的。所謂敵人，就是心靈的污點。當佛還在畢波羅樹下跏趺靜坐，集中思索世間諸苦和解脫之道時，群魔擾亂，呼嘯著投擲漫天如雲的武器，有的是整座火山，有的是熱雨鐵丸，有的是刀輪、劍戟、爐炭，可是，靠近佛的時候，都化為寶蓋花環。佛的每一次覺悟，都是在戰勝精神的瑕疵中，為世人開闢了一條超越煩惱的捷徑。

經聲變得低沉緩慢甚至悲涼了，節奏也更加抑揚……

從祖拉康出來，囊廓靜悄悄的。只有一個老乞丐，在我前面兩、三步遠的地方轉著嘛尼輪：

嗡嘛呢唄咪吽

嗡嘛呢唄咪吽

……

格卓跟著我，也轉起了囊廓。一束新鮮的格桑花，在五百年前五世達賴喇嘛時期繪製的佛祖的壁畫前，舒展著。

「吉尊古修啦，看啊，這是早晨我們放在這裏的，一天了，花葉裏甚至還存著露珠呢！」

是啊，花瓣和花蕊之間，還在散著鮮嫩的氣味。我停下了腳步，仔細地聞著這股清新。

帕廓街上，只有唐卡店還亮著油燈，門開著，畫師正把一塊乳白色的畫布，固定在長方形的木框裡，又用細麻繩，從畫布裏穿過去，纏到木框上，再從畫布裏拽出來……反覆地重複著一個動作，一會兒，那張空白畫布就結結實實地和木框連到了一起。接著，畫師又從身旁那只青銅筆筒裡，拿起畫筆……

橘黃色的燈光，照亮了四周幾幅已經完工的作品，那幅白度母最清晰：一輪光環裡，卓瑪美妙地盤腿而坐，七隻眼睛，凝視著七個世界……油燈的光暈，又從敞開的木門，傾瀉到帕廓街上。一支遠道而來的蒙古商隊，牽著幾匹矮種馬，慢慢地轉著經。還有幾匹駱駝呢，馱著行李和淺褐色的羊皮口袋。也許，他們是從西伯利亞來的，不是蒙古呢！我在心裏説著，看著商隊在帕廓東北角的甘丹達爾欽前停下來，雙手合十，開始了默禱。甘丹達爾欽是一個經幡柱，一六八一年為了紀念一位蒙古將領而建。那位蒙古將領似乎叫噶丹·才旺貝桑，曾率領藏、蒙聯軍擊潰拉達克的入侵，將西部大片疆土歸入了甘丹頗章王朝[40]。

「吉尊古修啦，我們還去主宅嗎？」

「是啊，必須見哥哥班覺多吉啦和二姐龍珍啦，就在今天。」

「太陽早就落山了。」

我不得不加快了腳步。

先祖的故事

就看見了我出生的那座石頭房子，在帕廓的深巷裡，筆直地立著：黑色的窗櫺上，懸掛著祥布，頂邊橫起紅黃藍三種顏色。有人說那是觀音、文殊和金剛手的顏色，還有人說，那是水、土、火、風四種象徵，因為加上主調白色，一共四種顏色呢。一年四季，我們博巴的窗楣上，永恆地飄揚著祥布，不知傳承了多少代了。由於爸啦的去世，房頂上彩色的風馬旗中，最上面的綠色，已換成了哥哥班覺啦的藍色，和祥布一起，在晚風中「啦啦」地抖著。真的，家族的主宅——夏札平措康薩，幾乎和別的貴族宅子沒有什麼不同。

不過，每年藏曆二月三十日，舉行五世達賴喇嘛圓寂年祭時，會供隊伍繞行祖拉康後，還要特別到夏札府前，這是從先祖夏札・旺秋杰布攝政時沿襲而來的。還有，我家主宅那雕花的門楣上，獨出心裁地掛了一幅黑底金字的橫匾，以藏、蒙、漢三種文字重複著一句話：樂善好施。那是清朝皇帝在藏曆土鼠年（一八二八年）贈與外祖父的。八十多年過去了，凡是得到中國皇帝賜封的官員，經過我家的主宅時，都必須下馬步行，而安班[41]坐著轎子時，是寧願繞道而行的。

「對任何人都不懂尊敬，包括自己的皇帝。」外祖父對女兒，也就是我的阿媽啦叨嘮著。

「他們沒有德嗎？」阿媽啦問。

「誰知道呢，那些安班，差不多都是犯過法的！」外祖父搖了搖頭。

「為什麼中國皇帝派些犯過法的人來我們圖博？」阿媽啦不依不饒的。

40 藏曆第十一繞迴的水馬年（一六四二年），五世達賴尊者在哲蚌寺的甘丹頗章，取得了西藏的政教大權，從此開始甘丹頗章王朝，直到今天。

41 中國駐西藏代表，即駐藏大臣。

外祖父長歎一聲，沒有接茬。

外祖父曾為噶廈政府的首席噶倫。九世達賴喇嘛隆多嘉措的金塔，就是在外祖父的設計和監督下完工的，如今，已成了布達拉宮的風景之一。藏曆火鼠年（一八一六年），桑耶寺主殿和佛像毀於大火。攝政第穆．晉美嘉措委任外祖父擔當工程總管。和五百多名役夫一起，外祖父不分晝夜地幹活，到了第七個年頭的時候，主殿和外圍牆上的一〇八個小塔出現了！並且，塔內都藏著舍利子。外祖父又雇用畫師，在主殿牆壁上畫出了從勘察到竣工的維修過程。有人說，這是唯一看得見，甚至摸得著的桑耶史。在維修中，外祖父還捐獻了銀元四錠、鑲有上等松耳石的金蓮花一朵，由一百二十二顆珊瑚串成的八兩五錢重的念珠一串。所以，清朝皇帝贈送了這個匾額。

樂善好施，並不是從外祖父開始的。從前，屬於蔡巴萬戶長的小幫首領之一，白岩女官，就以佈施傳遍衛藏，甚至東部的康，北部的安多，也都清清楚楚呢。我的家族，說起來，是白岩女官屬下的貴族。當至尊宗喀巴創立默朗欽莫時，先祖就成了主要施主之一。每年都要從家族的扎西饒丹、勒巴林兩個谿卡中，選出純淨，籽粒飽滿的青稞供養甘丹寺[42]。家族主宅的頂樓裡，還設有至尊宗喀巴的寢室。寢室內，珍放著至尊宗喀巴讀過的大藏經、從安多來衛藏時用過的背物架和法號、念咒後用青稞粒拋撒過的佛像、整套萬卷六字真言轉經筒。在石板鋪墊的院子裡，還有一個石頭法座，至尊宗喀巴曾端坐其上，向眾信徒宣講《甚深二道次第經》。

第九繞迴的火馬年（一五四六年），甘丹寺第二十八任法台座，誕生在我的家族。誕生於第十三繞迴鐵龍年（一七六〇年）的先祖貢噶班覺，在征討廓爾克的戰爭中，作為噶倫，因為處理圖博和廓爾克邊務有功，噶廈賜我家族永遠領有工布地區的俄絨谿卡。

到了外祖父這一代，正如《施捨供養簿》記載，除了按時禮佛，施捨額外的供養外，每月還為色拉寺、哲蚌寺、甘丹寺熬茶。每逢新年、神變月初八、十五、六月初四降神節、薩噶月，還為布達拉宮、嘎楝寺，以及祖拉康的覺仁波切、無量壽佛殿的主佛像前的金燈換上新鮮的酥油。

但是，外祖父時期，安班不僅增加了百姓的馬匹馱畜之苦，還要求在寺院裏固定僧人的數量。外祖父說，「這是欺壓我教我民哪！」於是，和其他三位噶倫：帕拉、吞巴、多卡爾，共同提出：

「卑職四人才疏學淺，有噶廈政府的律法福澤百姓，還可站立，如今，困難重重，進退維谷，故卑職四人一同辭職。」

「請道出何為『進退維谷，困難重重』？」安班裝起了糊塗。

四位噶倫就細數了百姓怎樣因為增加了各種賦稅徭役，受苦累累，還有布達拉宮與噶廈兩倉支出增加，請求遵守噶廈律法，提出建議一百一十一條。

安班求饒：「汝等生於斯，長於斯，深諳習俗，言之有理。」

「善神得勝啦！」拉薩的大街小巷迴旋著喊聲。流浪藝人、香客、商人、要飯的、背屍的、貴族、僧人、尼姑、農夫、牧人……所有的崗堅巴，奔相走告。背水女也在太陽初升的時候，傳出了班丹拉姆女神的頌讚：

42 由佛教格魯派創始人至尊宗喀巴親自籌建，格魯派的祖寺。與哲蚌寺、色拉寺合稱拉薩三大寺。

星星出來的時候，
第二天準會晴朗，
四位噶倫一起發怒的時候
不會說話的安班
也憋出了「洛索」

夏札家族，還出現了一位攝政王——旺秋杰布。最初，大家叫他掌燈人拜喜，掌管著桑耶寺所有的供燈。那一年，是掌燈人拜喜的凶年。三天三夜沒有停歇的大雪，把供燈的酥油來源——存放在牧人家的犛牛，全部凍死、餓死了。掌燈人拜喜欠下了吉曲河一樣無窮無盡的債務。外祖父就說話了，「天下有壓死牛的大雪，沒有壓死人的債務！」不僅幫助拜喜還上了所有的債務，還請他搬進了夏札平措康薩。外祖父去世後，掌燈人拜喜以我家族的名義，請求更名為夏札・旺秋杰布，並申請官職，成為前藏代本[43]。

第十四繞迴的鐵牛年（一八四一年），圖博和拉達克、森巴之間發生戰爭。說起來，從鐵鼠年（一八四〇年）開始，森巴的多熱王就給拉達克王傳話：不把公主格桑白瑪嫁與本王，我將掃平拉達克！拉達克王，本是圖博法王後裔，走投無路之中，逃往拉薩避難。森巴的支持者，喀什米爾王派軍一路攻打拉達克，拉達克大臣歐珠丹增向喀什米爾投降，每年向喀什米爾繳納貢賦五千盧比。六年後，森巴軍六千人進抵拉達克首都列城，中止了拉達克為圖博官員提供吃住的慣例。說起來，每年，孜恰列空[44]都要派一名官員去拉達克賣氆氌、羊毛、茶、綢緞等，換回拉達克的乾桃子、乾蘋果、乾梨……每到這時，拉達克要為圖博的枯主巴[45]提供吃住、馬匹和馬料。延續多年了。可是，森巴軍阻止了這一切，同時，還派遣拉達克與森巴聯軍入侵阿里。為了驅逐森巴軍，圖博方面派出噶倫多卡瓦·久美次丹率後藏代本索康·次丹多吉及藏兵數千，進行反擊。藏軍使用的是蒙式火槍，手持弓箭、刀、矛作戰，而敵方有後坐力槍炮，藏軍節節敗退，拉達克軍尾隨追擊，逼近普蘭上方的果扎、綽雪地方。這時，噶廈派出噶倫白布率前藏代本夏札·旺秋杰布增援。

狂風捲著雪花呼嘯不停，天寒地凍，森巴軍無法抵禦，藏軍乘機全面出擊，斃敵三百多人，俘獲七百多人。後來，大多數俘虜被發往雅隆、瓊結、桑日，安家落戶，種植果樹。所以，在我們的洛嘎，至今，還有森巴人的後代。

乘機，圖博和拉達克訂立協議，恢復了從前的關係。拉達克王兄二人攜夫人及公主格桑白瑪返回拉達克，並向噶廈定期交納貢品。從此，各方固守領土，相安無事。前藏代本夏札·旺秋杰布和後藏代本索康·次丹多吉，升任噶倫。

第十四饒迴的木兔年（一八五五年），尼泊爾軍事首領藏嘎巴都，當上首相，為了實現擴張野心，向尼泊爾百姓宣講：「圖博向我商人增收稅額，殺人越貨，刁難我商，我們斷不能再裝聾作啞

43 團長。
44 噶廈管理物資的機構。
45 噶廈政府辦事員。

了！」於是，派出大軍，侵入聶拉木、吉隆、絨朗、宗嘎、絨轄、普蘭等地。

藏方派前藏代本壤群和後藏代本拜喜率兵反擊。同時，噶廈派出噶倫白倫前往德格、定其二十五族、類吾齊、察木多、八宿等地徵兵；又派噶倫哲康到巴塘、理塘、甲拉、中甸、阿壩、白利等地徵兵。另外，三大寺還派出了大批僧兵增援。

仗，越打越酣，煙石滾滾，塵土飛揚，雙方都看不出得勝的希望。

於是，藏嘎巴都同意噶廈派代表和談。火龍年（一八五六年），以噶倫夏札．旺秋杰布為主的圖博代表，在加德滿都，與尼泊爾首相藏嘎巴都簽訂了〈博尼條約〉：同意每年向尼方賠款三千尼元；不准對尼商徵收貿易稅、過境稅及其它各類之稅；同意在拉薩建立尼泊爾領事館；同時，尼泊爾也歸還了已經佔領的圖博領土。

火羊年（一八四七年），青樸[46]一帶發生地震，桑耶寺主殿金頂下面的木結構錯位，鎏金水管散落。噶倫旺秋杰布被任命為工程總管。歷時六年，維修了主殿金頂、牆壁、壁畫、四大洲、八小洲、及佛母洲。在白色外圍牆上，還放置了一〇二八座陶製尊勝塔。前後經過，記載於噶倫旺秋杰布親自編纂的木刻：《桑耶寺目錄——賢劫信門開啓者明海之匙》之中。竣工之際，噶倫旺秋杰布捐出一尊十三兩二錢重的蓮花金蓮，嵌有各種寶石的祝禱詞，還敬獻了一盞金質長明供燈。從此噶倫旺秋杰布的名字如日中天。

這時，攝政王熱振．阿旺益西楚臣，不能嚴格遵守噶廈法律，對親朋好友的請求，隨意加蓋王印。早在五世達賴喇嘛時期，第悉．桑結嘉措就制定了〈法典明鏡二十一條〉，規定：「攝政王因一時不明底細而觸犯綱紀，不能任其自流，必及時規勸。」於是，幾位噶倫一同建議熱振攝政王，將王印和聖佛達賴喇嘛的印章交與專人管理，並推薦夏札・旺秋杰布擔此重任。於是，熱振攝政王罷黜了旺秋杰布，令其返回夏札莊園——聶拉木[47]的恰果谿卡，安分守己度日。

那是一座三層的石頭別墅，建在麻尼塘的平壩子上，四周圍繞著古老的柳樹，除了鳥叫，再也沒有別的聲音了。現在，卸任噶倫夏札・旺秋杰布在此閉門修行。一天早晨，一群群鳥兒，忽啦啦地飛了，翅膀撲打的聲音，驚動了卸任噶倫。旺秋杰布走出大門，恰好一夥尼泊爾商隊經過，捎來了尼泊爾王藏嘎巴都的書信：「……閣下音信杳無，近來一切可好？甚是掛念……」夏札・旺秋杰布立刻回信，提到了自己被罷黜一事：「時下閒居家中，最為重要的莫過於誦經念佛，做一些行善積德之事……」接著，與信函一起，夏札・旺秋杰布向尼泊爾王藏嘎巴都贈送了一張聶拉木產的折疊式雕花條桌。不料，夏札夫人暗中將信的底稿呈交攝政王熱振，並透露，旺秋杰布勾結尼泊爾王入侵圖博。熱振攝政王將信轉給噶廈處理。噶廈令代本吞巴率兵捉拿。

一個霧靄濛濛，冷滲滲的早晨，吞巴代本一行，包圍了恰果谿卡。破門而入之時，卸任噶倫夏札・旺秋杰布坐在茶桌旁說話了：「常言道『殺虱豈用宰牛刀』，我等主僕僅此數人，何須大動干戈？」

代本吞巴無語。

46 西藏重要的修行地，在桑耶寺附近。
47 位於西藏南部，喜馬拉雅山與拉軌崗日山之間，屬西藏邊境。

旺秋杰布左手端著酥油茶，右手轉動著杯蓋，說起了自己為政府效力的往事。提起與尼泊爾王通信時，他說：「我們不過是在訂立〈博尼條約〉時相識，此次回信中，僅僅說明了原委，朋友間的敘舊，如果也是罪過的話，是砍是剮，隨你發落。臨死之朽，毫不憾恨於世！」

「既然如此，我豈能傷害無辜?!」吞巴代本說罷，將噶廈的緝拿令毫無忌憚地遞給旺秋杰布。卸任噶倫不由倒抽了一口涼氣，原來，這緝拿令暗含就地正法之意啊！

「為使我等順利交差，消除攝政王的懷疑，請卸任噶倫，暫時搬入杰齊寺。」

杰齊寺的主要施主就是吞巴代本，這也算保護起了夏札．旺秋杰布。

後來，一個賣鼻煙的商人經過杰齊寺時，被夏札．旺秋杰布發現了。「請把此信捎給甘丹赤巴[48]的管家白登頓珠[49]。不可洩露點滴！」旺秋杰布囑咐著。

賣鼻煙壺的商人深深地點頭。

白登頓珠收到秘信後，立即啓程，幫助旺秋杰布連夜返回了拉薩。熱振攝政王聞迅逃往中國，旺秋杰布擔任了攝政王。

阿媽啦洛桑卓嘎的前夫，爸啦夏札．居美旺秋時期，家族一度衰落。性情急躁的居美旺秋，擔任孜本期間，曾跟隨十三世達賴喇嘛前往拉蒙拉措觀湖，途中，因責打俗官吉蘇瓦，聖佛降旨查詢。爸啦受挫，鬱悶而死。而後，阿媽啦洛桑卓嘎嫁給了鮮喀瓦．朗杰次仁，我是他們夫婦唯一的女兒。生父鮮喀瓦．朗杰次仁，和前妻活色卓瑪生有三個兒子，即大哥班覺多吉，二哥欽繞列謝，和三哥群則。阿媽啦洛桑卓嘎，和前夫夏札．居美旺秋生有二女：大姐德吉和二姐龍珍。

大哥班覺多吉從小潛心學習文算，從日出到日落，在日光室的桌子前，一動也不動。長大後，從七品官，直升入五品官，這在噶廈的歷史上也是一個新鮮事。

土鼠年（一八八八年），安班和英國官員就開放圖博口岸和設商埠一事達成協定，但被全藏官員大會否決。鐵兔年（一八九一年）大哥班覺啦被派往印度大吉嶺與英方再度交涉，有功，升任噶倫。水蛇年（一八九三年），前往卓木[50]解決圖博和哲孟雄之間的邊境問題，協商簽訂條約，有功，升任噶倫赤巴。

二哥欽繞列謝和三哥群則出家為僧。父親提升頗本後，大哥班覺多吉啦同時娶了大姐德吉和二姐龍珍為妻。後因大哥班覺多吉啦在卓木解決圖博和哲孟雄之間的邊界事端之時，大姐德吉和二哥欽繞列謝相好，懷有身孕，此後，分家另過。

夏札平措康薩

「古蘇德布仁貝！」大哥班覺多吉啦走了出來。

48 甘丹寺的最高主持人，也稱甘丹寺法台。

49 曾為甘丹赤巴的管家。幫助夏札·旺秋杰布從攝拉木返回拉薩，取得攝政王位。在夏札·旺秋杰布執政期間，成為著名的實權人物。

50 今亞東。

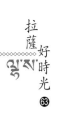

「德布仁！」我答應著，看見大哥抬起右手，為我撩開門簾，就一低頭，先進去了。在二樓的日光室裡，我選了一個靠窗子的卡墊。

「剛從拉魯莊園回來？和兩位拉魯夫人嘀咕私事啦？」大哥班覺啦在另一邊的卡墊上坐下了。自從兩位女兒結了婚，大哥總是一口一個「拉魯夫人」地叫著，是啊，這個婚姻是他決定的呀，能不滿意嗎?!

「請用茶，吉尊古修啦。」二姐的貼身傭人扎西卓瑪端著三個茶碗進來了：「夫人正在獻曼札，一會兒就過來。」

「龍珍啦剛剛還說要去林卡那邊看看，不禁叨咕，自己來了。」不等我回答，大哥又從另一邊的卡墊上，移到了我的身邊，壓低了聲音，「兩位拉魯夫人給你出了不少點子吧?」

「你怎麼知道的？」我的臉火燒火燎起來。

「從阿嘎調裏聽來的呀。」哥哥班覺啦坐直了身子，端起酥油茶，喝了一大口，「再說，今天在噶廈那邊，朗頓公爵也都如實地告訴了我。公爵說，你將是他最後一位女人啦，看卦相，也是吉多凶少。」

「他有過多少女人？」我看著哥哥班覺啦。

「我的吉尊古修啦，你這張嘴啊——」哥哥深深地喝了一口茶。

「我要你回答。」我直視著哥哥。

「除了大夫人，他只有一個心愛的尼姑夫人，這是班丹拉姆女神說的呀。」哥哥搔著頭頂的帕覺[51]，笑了。

我轉向了窗外。

「我說小妹，依我看哪，即使沒遇上公爵，你也該還俗了。」哥哥的聲音更低了。

「為什麼?」我掉回了目光。

「你的心，泡在俗世裏啦。」大哥指著自己的心口。

我拿起杯子，喝了一口茶，沒再說話，只等酥油的香氣，慢悠悠地潤濕我的胸腔。

「還俗後，回來住吧。從前的臥室，每天早晚，扎西卓瑪都進去燒燒香，薰一薰，還是你在家時的樣子。當然了，也可以待在別墅那邊，挨著公爵，看你啦?」

「還俗的話，也得好模好樣地嫁個人家!」二姐龍珍的聲音，先傳了進來，今天，她穿著深藍色的無袖緞子丘巴，深紅色文久[52]，色彩斑斕哪。尤其那藍色和紅色相間的彩條幫典，正恰到好處地映著她上身的嘎烏[53]、伯珠[54]、耳環，更顯出二姐龍珍的雍容。尤其是隨著她的進來，掀起的英國老牌巴波利香水的好聞氣味，像是倏然之間，世上所有的花兒都盛開了。只是，她說起話來就不那麼中聽了：

「前些日子，哲孟雄派人為王子說親，我都一口回絕了，我告訴他們『小妹已經出家了』。」

51 象徵政府官員的帽子。

52 西藏女式短上衣。一般裏面還有一個彩緞質地的小衣服，露出來，點綴上胸部。

53 藏人隨身攜帶的小型佛龕，內裝小型佛像、經文、舍利子、七寶、藏紅花等物，類似護身符。裝飾精美。

54 西藏女人頭上的飾物。有兩種：拉薩女人的伯珠一般為三角形，後藏為弧形。點綴著珊瑚和珍珠，下面有簾子，假髮製成。

「說得有道理龍珍啦，那年，我在卓木處理邊務時，不丹王子也暗示過呢。不過，朗頓公爵，依我看，喜歡小妹超過了正式夫人……」

「你是打定主意讓小妹就這麼不聲不響地當個外室？」二姐龍珍一眨不眨地瞪著大哥。

大哥班覺啦站了起來，繞到茶桌的另一邊，把手搭在二姐龍珍的肩上：「龍珍啦，咱們那兩位寶貝女兒的婚姻怎麼樣？不是我的決定嗎？!」

「啥時候都忘不了對自己滿意。」二姐龍珍啦白了大哥一眼。

「還俗的事，我已經和大管家丹增杰布商量了，」大哥又轉向了我，「明天，他就去曲桑寺[55]，為那裏換上所有新鮮的經幡、祥布；給阿尼們獻茶一次。儘管你出家後，一直在林卡這邊，可曲桑寺畢竟是你的寺廟，咱們是大家族，人家會有不同的期待啊。」

二姐龍珍拿開大哥的手臂，轉身出去了。其實，二姐說得有道理。不過，我已經改變不了自己了。現在，就是為了我們圖博不再有戰爭，要我嫁給一位鄰國的王子，我也不會同意，是的，不會同意。

二姐龍珍啦再次出現時，手裏托著一摞緞子衣服。又打開最上面那個深紅色的緞子丘巴：「這是爸啦從前在加爾各答買的，還有這個綠色的漢緞，是爸啦從噶倫堡帶回來的，說是一位班禪大師堪布廳的四品官，在那裏開了個商店，專賣中國綢緞，這塊布料，是從那裏買的。」

「難道爸啦早就知道我會還俗？」我睜大了眼睛，看著這些早為我準備的俗家衣服。

「聽說，一位寧瑪派的老僧人，對爸啦預言：『有一天，你那出家為尼的小女兒，將還原為人間的花朵。』」

群星中的月亮

很早很早以前，在印度，人們喜歡白色，白色象徵聖潔，而紅色呢，那是下等的顏色。佛祖就選擇了紅色，作為出家人的衣服，因為，出家人在俗世以外。

後來，紅色成了崗堅巴[56]最愛的顏色。我呢，當然最喜歡的也是紅色了，儘管我已經還俗。

就拿起了這如同晚霞，不，如同朝霞一樣的深紅色無袖丘巴。一時間，雙手舒服極了，心也意想不到地成了綢緞，柔軟起來。從前，儘管侄女、侄兒，大姐、二姐，還有阿媽啦，幾乎家裏所有的人，都穿著這些彩緞，我的心卻一次也沒有癢過。從前，在我的眼裡，沒有比袈裟更美的了。我的袈裟，是洛嘎那邊杰得秀的鮮瑪[57]做的，越穿越軟，軟得不僅擋住了冬天的寒冷，也擋住了夏日的陽光，還有雷雨。可今天，我迷上了俗家的綢緞！啊，什麼東西從丘巴裏掉了出來？一件豆綠色印度紗文久！爸啦太細心了，連文久都想到了！我最先穿上薄薄的幾乎透明的豆綠色的文久，又套上深紅色丘巴，繫上了藏在丘巴腋下的兩個紫銅鈕扣，拿起兩條長長的裙帶，交叉著從後面繞到前面，再繞到後面的腰間，緊緊地繫上一個結，而後，翻出綠色的衣領，折在胸前，別上一個小小的金剛杵別針，固

55 拉薩附近的尼姑寺。海拔三千七百公尺。
56 雪域人，西藏人。
57 杰得秀的農人編織的上等氆氌。杰得秀，西藏山南小村。以製作優質藏靴、氆氌而著名。

定了兩片衣領的末梢。

深紅色的緞子丘巴里，我纖細的腰如同細柳，高而挺拔的鼻樑，在我又大又黑湖水似的雙眼之間聳立著。最可笑的是我厚厚的唇，喝過酥油茶似的，濕潤而閃著光。這個十七歲的女孩子是我嗎？站在鏡子跟前，我真的不敢相信，我是這麼咄咄逼人，逼人而嬌豔，簡直是含露的格桑花！可是，這剃得光光的頭，分明是我的標記。想像不出，當我的黑髮長長地彌漫了腰間，又扣在銀子的伯珠下面時，不，是莫地土廓[58]的下面時，會什麼樣子？

「啊，太美了，比我的想像還要美！」

「在偷看我？」

我反身摟住了公爵的脖子，右手攥成拳頭，捶打他的前胸，他卻接住了我的手，放到唇邊，吻了又吻，末了，指著他放在卡墊上的綢布包裹：「裏面是專門在我家的作坊裏為你織的各種幫典，還有這雙松巴拉姆[59]，也是特別在杰得秀為你做的。」

我放開公爵，一層層地打開那個綢布包裹，不僅有各色幫典、松巴拉姆，還有：

珍珠伯珠一個
鑲有玉石的耳環一對
珊瑚佛珠一串
水晶佛珠一串

金子上鑲著上等鑽石的嘎烏一個

九眼石項鏈一個

戒指四枚

不丹的土布襯衫六件

緞子丘巴三件

緞子文久三件

……

我拿起那雙松巴拉姆，仔細地看著：乳白色的底，深藍色和淺藍色相間的鑲邊，綠色的鞋幫上繡著兩朵玫瑰，和綠色的鞋面搭配起來，豔麗得沒法說啊。

「試試吧。」公爵說著彎下腰，為我脫掉舊靴，往上提了提我那落下來的毛襪子，打開了一隻松巴拉姆的靴腰，為我穿上了一隻，又一隻。

「還有這個！」公爵站起來，從懷裏掏出一個小包裹，放進我的手裡。是綠色，紅色，還有黑色織著圍城圖案的長長的羊毛靴帶！

58 四品官以上的夫人頭上的飾物。

59 藏靴的一種。花色十分講究。

「這……你也想到了?!」我看著公爵。

「怎麼會想不到呢？」公爵說著，用食指刮了一下我的臉蛋，蹲下身子，為我綁上鞋帶，把那個結繫在了我的靴腰後面。接著，又打開了一條幫典，「聽話，我的寶貝，圍上幫典吧，我可不想短壽啊，我要和你一起活到一百歲。」

「阿媽啦活著的時候，也常說，女人不繫幫典的話，男人就要短壽了。」我看著公爵，他正忙著把幫典兩邊的帶子，從我的背後繞過來，繫上。

「看一看自己吧，」公爵抱起我，站在鏡子前，「真是群星中的月亮啊！」

不是公爵的錯

他的體溫，從那鉗子一樣的雙臂和寬闊的胸脯，傳入我的體內，即使我是一塊鐵，也會融化的。我吻著他的前額，他那十三世亞谿家族特有的又黑又深的大眼睛，還有他的雙唇、心口……

「在因為你而跳動啊。」公爵看了一眼自己的心口，從懷裏放下我，為我拿掉那個別在衣領上的金剛杵別針，而後，吻起我的脖子，向下，再向下，在我敞開的衣領之間，吻著，長久地。他的雙唇，都燃燒成了兩座火山，燃燒著、蠕動著……他一層層地，解開自己的衣服，扔到了彩色的阿嘎[60]地上，一堵粗糙的牆，被推倒了，他毫不保留地，細節地現出他的一切！

「啊！」我閉上了眼睛，緊緊地摟起他，遮擋著他，即使窗外的罌粟花看見了他健壯的赤裸的身子，也會讓我難為情的。我的臉在發燒，心怦怦地亂跳。

「很難看？」公爵趴在了我的耳邊。

「不，我只是，只是，驚訝。」

「那……應該是什麼樣子？」

「想念你的時候，我看見的是另外一些東西。」

「另外一些……東西？」

「你的呵護，還有你的聲音。」

公爵顫抖著解開了我的幫典，又解開了我的丘巴上那兩個砸花紫銅紐扣，只剩下了我的綠紗文久。這時，公爵那雙又黑又深的大眼睛，蒙上了一層羞赧，孩子似的，他埋下身子，去解我的彩色鞋帶，脱掉了我的松巴拉姆、毛織襪子，而後，雙手撫摸著我透明的腳丫，吻著……突然，反身撩起我的綠紗文久！啊，我堅硬的乳房，被他捧了起來，吸吮著那兩隻袖珍的透明的櫻桃粒似的淡粉色的乳頭，一會兒吸著左邊，一會兒吸著右邊，難道真的有櫻桃汁，源源地流進了他的嘴裏、胸膛？連我自己都覺出了那兩隻乳頭的膨脹，決堤，像山洪一樣爆發了！那男人特有的强壯的氣味，穿過他那烏黑的森林般的長髮，越來越濃地托舉著我。啊，他迫不及待地抱起我，又輕輕地把我放在床上，那身

60 土石相兼的微晶灰岩，西藏特產。比較講究的房間地面，都是由阿嘎土鋪成：將開採的阿嘎土塊搗成不等的顆粒，邊澆水邊夯打，直至表面平整與光潔。

體，他那強勁的身體，仍然沒有離開我，不，是更緊地，貼近了我，有如我們從來都是一體！他其實，是在我的軀體之上，我卻沒有感到他的重量和壓迫，只是，只是覺得連我的骨骼都在迎接著他，柔情地生出彈性。啊，我們之間，噴薄出另一個宇宙！我閉上了眼睛，閉上眼睛時，公爵更加清晰了：「我要和你一起渡過每個夜晚！」

「那樣的話，我會懷孕的。」

「我就立你為正夫人。」

「大夫人呢？」

「會同意的。她像你一樣善良。」

「像我一樣，你為什麼還要找我呢？」

「和你不一樣的是，她不能讓我如醉如癡。」

「那年春天，她頌讚那些海棠花兒的時候，簡直像度母。我卻佔有了她的男人。」

「這不是你的錯！」

「那是誰的錯，你的錯？」

「也不是我的錯。」

「她的錯?!」

「她也沒有錯。誰都沒有錯，是命運的錯。錯在，我該遇到你的時候，卻遇到了她。她該遇到另外一個人的時候，卻遇到了我。不過，我還是得到了補償，畢竟，我們相遇了。」

「她，得到補償了嗎？」

「這個，我說不準。遇到你，不是人人都能經歷的幸事，所以，我不能欺騙自己，明明喜歡你，卻和你擦肩而過，明明不喜歡她，卻和她朝朝暮暮。我做不到，只能跟著我的心。我已經告訴了她，甚至從第一次發現你光芒四射地站在林卡裡，我就告訴了她，我說，我的心，已經留在了鄰居的花園裡。」

「她很難過？」

「她很平靜，讓管家去門孜康[61]抽了羊籤兒[62]，從卦相看，她一生都好，越到晚年越好。」

「她男人的心已經給了另一個女人，還會好？」

「好的含義，也許是多方面的吧？」

61 門，藏醫藥，孜，天文曆算，康，院。意為藏醫院。

62 星算師用作天文曆算的工具：長形木板裡，撒上草坯土，再用象徵文殊菩薩的金剛針，在沙土上計算和占卜。

第二章 逃亡

等

看著房頂上橫起的藍色大圓木，還有大圓木之間豎起的又短又細的小圓木，小圓木沒有染色，像無邊的大地。一、二、三、四……，我數完藍色的大圓木，又數起了無色的小圓木。數了一遍又一遍，而時間，還是多得像庫房裏的青稞粒。窗外，月亮仍然掛在暗藍色的天空，炫耀著那虛無飄渺的圓滿。太陽還沒有出來，也許早就出來了，只是藏在了雲層的背後，是凡俗的眼睛看不見的。

我還是起床了，到了吉曲河邊，向西望著。西面，朗頓公爵的林卡裡，靜靜的，只有那些老榆樹，楊樹，柳樹，有氣無力地搖著樹梢。森林之間的宅子，也靜靜的，連黑色窗櫺上的祥布，也似乎靜靜的，沒有了呼吸；花兒都不再生長了，耷拉著腦袋瓜。只有那些從來也沒有播種過的草，在長，是瘋長，抄襲著朗頓公爵的院子。我向吉曲河走去。成群的野鴨游過，留下一圈又一圈的水紋。擊碎水紋的，是一對相親相愛的鴛鴦，這顯而易見的幸福，絞得我心煩意亂，我閉上了眼睛。

天空恢復了常態，藍得耀眼起來，幾朵潔白而鮮亮的雲，悠然飄過，大地在我的腳下，沉甸甸地響了起來。那是遠道而來的香客，匍伏時，身子敲擊大地的聲音，還有一陣陣煨桑的香縷由遠而近。一切都是原來的樣子，只是我的身子軟綿綿的，連花兒盛開的聲音，也可以擊倒我。

和公爵相遇以來，尤其在我還俗的那個晚上，肌膚相親以後，他總是在我呼喚的時候及時地趕來，甚至還沒有來得及呼喚，就來了。他來了，還帶來了各種各樣的禮物。有時是從漢地買來的翡翠手鐲，有時是從印度捎來的緞子披巾……應有盡有。

「如果在遙遠的塔波省[1]，我一輩子也不會遇上你，你是袞頓給我的禮物啊，我要好好地和你在一起……」

可現在，我們已經有三個日出和日落沒見面了，他拋棄了我！

「千萬別著涼啊，我的寶貝！」他自言自語著。在最後的一個夜裡，幾次為我掖好被子。早晨起來時，他平伸著兩隻胳膊，又向後仰了仰頭：「怎麼搞的，我的背又酸又痛，脖子也僵硬了？」

我讓格卓找出了十七味沉香丸：「吃了這副藥，今晚準能睡個好覺。」

「只要和你在一起，我就能睡好，這個信心我有。」說著，他用食指刮了一下我的鼻子：「聽你的，吃下這副藥，一會兒就吃。」

他還是忘記了。十七味沉香丸仍然擺在臥室的桌子上，那杯溫水，早就涼透了。

「吉尊央宗啦，今天的糌粑太好了，是青稞皮都剝了出去後磨出來的，又細又白，簡直和古榮糌粑[2]一樣呢。」格卓來了。

對了，自從我還俗那天起，格卓就改口了，不再叫我吉尊古修，而是吉尊央宗，因為我的名字是央宗茨仁。不過，還是沿用了從前的吉尊，那是對皇家和大貴族家的小姐的尊稱。

「我怎麼沒聽到阿嘎調？」我叨咕著。現在，除了背水女的歌，我對一切都打不起精神。

「自從公爵離開這裡，班丹拉姆女神也不開口了。」格卓停下了腳步，「讓丹增去帕廓街那邊打聽一下吧？」

「叫他快去快回，千萬別誤在池巴那邊！」我一反往日地囑咐著。

「我這就告訴他，如果擲骰子耽擱了事，您就得發落我回老家了。」

「就是天塌下來，他知道，我也不會讓你走的。」

格卓笑了，連眼睛眉梢都在笑：「吉尊央宗啦，您的意思是，丹增挺聰明唄？」

大紅的木碗裡，今天的糌粑誇張地閃著細膩的乳白色。我卻沒有胃口，剛剛咽下一小口酥油茶，肚子裏就倒海翻江起來了，坐也坐不穩，站也站不牢，連花園裏的陣陣香氣，都像毒藥一樣，薰得我不敢呼吸。終於憋不住了，一張嘴，全吐了出來，五臟六腑都錯了位。

「吉尊央宗啦，您病了？」格卓瞪大了眼睛。

「連衣服觸著皮膚，都像針扎一樣的疼。」我有氣無力地抬起頭，打了一個冷顫。

1　今山南地區，朗縣一帶。

2　為專供達賴喇嘛尊者食用的上等糌粑。產於拉薩近郊堆龍德慶縣。

「有個從安多來的老喇嘛，住在凱墨家，聽說，能穿過皮膚，一直看到人的內臟呢，要麼，您也去看一看？」

我點點頭。

帕廓街上，青色的桑煙，沿著祖拉康前面的香爐，放射性地飄向每一條小巷，拉薩在上升。連平日小商販的打情罵俏，都停止了，當然，也許是被經聲淹沒了⋯

唵嘛呢叭咪吽

唵嘛呢叭咪吽

⋯⋯

轉經的人們，今天明顯地多了，有的數著念珠，有的拿著供燈，還有的舉著焚香。鑼聲、鼓聲、鈴聲、嗩吶聲，正在祖拉康的院子裏洶湧澎湃，又折向藍寶石一樣的天空。

「究竟發生了什麼？」我左右地看著。

「和往常不一樣啊！」格卓也蹙起了兩道眉毛。

安多來的老喇嘛就住在帕廓街頂頭的巷子裡，那是凱墨家族的主宅。門前，春夏秋冬不變地放著兩個淺色的陶罐，一個裝糌粑或者無油餅子，另一個裝水，專供路過的雲遊僧、乞丐、游棍享用。聽說，有一回，一個瞎眼乞丐經過時，手伸進陶罐，摸了好一會兒，什麼也沒摸到。

「這母牛的樣子擺的倒好，卻是個沒長屁眼的！」瞎眼乞丐大口地罵了起來。

凱墨家的老太太可沒生氣，追了出來，到底掖給了瞎眼乞丐一個無油餅子。

現在，凱墨家門前排出了一條長隊，有貴族、平民，有舉著哈達的、提著酥油茶的，還有端著卡普塞的……有的為了看病，有的為了婚喪嫁娶選個吉日，有的為了消災驅邪……。每個人，都有一大堆囉哩囉嗦的要緊事。格卓陪著我，排在了長隊的尾部。不遠處，夏札平措康薩也就是我家主宅的大門，緊緊地關著，窗檽和門楣上的祥布在微風中一飄一飄的。

「我想回家看看。」我轉向身後的格卓。

「是啊，老爺一定知道發生了……」格卓壓低了聲音。

「啊，吉尊央宗啦！」丹增氣喘吁吁地打斷了格卓。

「打聽到了消息？」我和格卓異口同聲。

「我沒有去擲骰子，連擲骰子的人也找不到啦，所有的人都在祈禱。」丹增擦了擦額頭的汗珠，「英國人打進了江孜。聽說搶走了乃寧寺的金像，還放火燒掉了乃寧寺，正向拉薩打來。還有，老爺噶倫班覺多吉啦……被撤職了！」

禳災

推開大門時，眼前儘是紅色，紅色的袈裟穿過日光室寬大的窗子顯現在我的眼前，如同一座寺院迎面而來。鈴聲，鼓聲，嗩吶聲，鑼聲……所有的法器都在響。震得我腳下的土地都在顫動。

「吉尊央宗啦，我不得不說，您來晚了一步，兩位拉魯夫人剛剛離開。」大管家丹增杰布走近了我，「安慰安慰嘉古秀[3]吧。」

「她在哪裏？」

「三樓佛堂裡。」

「很多僧人啊！」

「都是甘丹寺夏孜札倉的古修啦，在為老爺祈福禳災。」

「哥哥班覺啦在哪裏？」

「被押在羅布林卡。」

二姐龍珍果然在佛堂。儘管隔著一層門簾，我還是聽到了她柔軟的呼吸和那緞子丘巴觸摸阿嘎地時發出的窸窣聲。她在磕長頭，我索性等在門簾外面的陽臺上。門簾是白底鑲著深藍色的邊，中央有一個偌大的深藍色的吉祥結，象徵佛法將帶來智慧和覺悟的珍寶。最上面點綴著紅、黃、藍三色，加上主調的白色，是寓意深遠的水、土、火、風四種象徵。我在三樓的木廊兩邊徘徊著，那些從墨竹工卡塔巴村運來的花盆裡，蓬勃著杜鵑、龍膽、報春、馬先蒿、綠絨蒿、鳳仙花、喬木刺桐、薔薇、越橘……和上次我回來剛剛播種時相比，個個都長大了，舒展著厚實的綠葉，有的，還結滿了花骨朵，幾隻蝴蝶飛來飛去，一會兒貼到了花瓣上，一會兒又飛開了，當然，沒有飛遠，只在花盆之間打著旋……

「都說花兒長勢好，日子就興旺，可是……」二姐龍珍啦撩開了門簾。

「到底為什麼？」我扶著雕花欄杆，打斷了二姐龍珍啦。今天，她只穿了一身素淨的淺灰色緞子丘巴，黑色的紗質文久，藍色和紅色，還有黑色相間的幫典。普通的珊瑚伯珠，甚至沒有用香水，也沒有化裝，唇乾乾的，幾乎不見血色，我擔心一陣微風，也會把她吹倒，或者她剛剛被吹倒過。

「民眾大會決定，『男盡女絕，也要抗英到底！』可是，班覺啦和其他三位噶倫認為，『英軍武器比我們好，硬拚的話，怕是凶多吉少。』可哪有人聽得進去呀！還有人說，班覺啦在大吉嶺時，接受過英國人的珊瑚筷子，現在，終於到了為英人效力的時候了！說班覺啦早就有幫助英國人打進拉薩的計畫。甚至說，班覺啦袞頓的諭旨心存抵觸，用指甲摳過……。袞頓也疑心起了四位噶倫，查封了噶廈，收回大印，四位噶倫，如今都關進了羅布林卡，只等民眾大會審訊發落。聽說，還有人建議把他們都拋入吉曲河呢！」

「真的？」

「真的。送飯的傭人回來說，班覺啦咳嗽不停，我擔心他的癆病又犯了，剛剛準備了八味森地石灰丸，一會兒就叫送飯人捎過去。」

「英人不來，也不會攤上這個災難。」我看著二姐龍珍，「應該讓袞頓知道真實情況！」

「朗頓公爵，我看，是最合適的人了，如果他願意告訴袞頓的話。」二姐龍珍看著一隻飛來飛去

3 對四品官以上的夫人的尊稱，這裏指噶倫班覺多吉的二夫人龍珍。

的蝴蝶。

「已經三天三夜，我沒有見到他了……」

「是噶廈那邊太忙了。對了，噶倫霍康・索朗多吉已趁夜跳入吉曲河自盡。聽說，民眾大會上還有人放風：『霍康畏罪自盡，其他三人豈能無罪?!』」

「依我看，還是請個護法降神吧。」

「已經找了丹吉林寺的孜瑪熱[4]，可人家堅持不開口，說是『如果不恢復丹吉林拉章，我永遠也不開口！』」

「門孜康的星相師咋樣？」

「找過了。說是，班覺啦的噶倫職務不能恢復啦。」

「真的？」

「真的。還說，現在，我們應該多念經，消災祈福，越多越好，老爺剩餘的生命，會比做一個噶倫更有用於圖博。」說到這裡，二姐龍珍啦放低了聲音，「現在，部分甘丹寺僧人打算劫獄救出班覺啦！」

「這……」

「他卻捎出了話，說是『這個冤屈，日後一定能洗雪。英人入侵之際，萬萬不可反政府。就像諺語說的：水鳥儘管一時得到陸地，終要被獅子吃掉。』」

「那該怎麼辦？」

「只有禳災，多多地念經了。」

離別

「公爵老爺的貼身傭人剛剛來過，」格卓彎下腰，貼著我的耳邊，「讓您好好吃飯，別著急。」

「圖潔且[5]。」我有氣無力地回了一句。

格卓的腳步越來越輕了，而後，消失在門簾的後面。是啊，任何人走近我，這會兒，都是多餘的，連鳥聲，水聲都太吵鬧了。好在天黑了，聽不到了這些聲音，只有眼淚一滴一滴地落入我的鹿戎枕蕊。

不知道過了多久，我的眼前都成了塵土，連我的頭頂也是塵土，塵土圍剿著我，天空消失了，對面的崩巴布山消失了，吉曲河消失了，林卡消失了。塵土裡，人們撕打著，有的舉著雪亮的刀，有的端著長矛，還有的搬起了石頭，「山都沒有了，哪裏來的石頭呢？」沒有人回答我，都在忙著打仗。一個又一個地倒下了，倒下的人又變成了塵土，天地越來越混沌，幾乎什麼都看不見了。可是，可是，我看見了公爵啊！他穿著黃色團龍緞長袍，白綢子襯衣領翻在外面，朱紅色腰帶上佩著刀、碗套、荷包……天地，剎那間，連一粒塵土都沒有了，打著卷的風兒，也像綢子一樣鋪開了，平展展地

4 第穆呼圖克圖的寺院——吉林寺的護法神。

5 謝謝。

落進了大地，我光著腳，踩著細軟的綢子，向公爵跑去，抱住了他，是真的抱住了他啊，他的體溫，沿著我的兩只小小的櫻桃似的乳頭，深入了翹立的乳房，直抵我的血脈。他緊緊地摟著我，吻著我的前額，還有我的嘴。可是，我把食指和中指，豎到他的嘴邊，拒絕了，就像那個不久前的黃昏。我說，「請告訴我，袞頓還好吧？」可是，公爵不說話，伸出右手，輕輕地，先用手心，後用手背，撫摸著我的臉，歪著頭，仰著頭，從各個角度看著我，不相信我就在眼前似的。我又說，「你為什麼不說話呢？現在，人心惶惶，我惦記你，惦記得心都開裂了。」說著，我上前一步，雙手摟起他的脖子，踮起腳尖，親吻他的前額，他也彎腰，低下頭，讓我可著性子吻他。突然之間，他從我的雙臂之間滑落，倒下了，不見了，消失在了塵土裡。「啊，公爵！」我大聲地喊著，一下子醒了。

透過窗子，我看著鉛色的天空，沒有月亮，沒有星星，不知道是什麼時辰了，早晨了吧？我聽到了格卓在小聲地祈禱，一聲低一聲高的，還有茶水倒入酥油茶桶的聲音，「嘩啦啦」，「嘩啦啦」，爾後，是甲洛[6]來回抽打的聲音，一，二，三……

我數著那聲音，數完了，又開始數天棚上那些藍色的圓木，有一百個，還有那些又短又細的沒有染色的小圓木，也許有幾萬個、幾十萬個吧。鈴聲，嗩吶聲，鼓聲，還有經聲，這時，細細地越過石頭牆，進了我的臥室。祖拉康開始了佛事。我敢肯定，色拉寺，哲蚌寺，還有甘丹寺，以及所有的寺院，安木多、康、衛藏，甚至拉達克、哲孟雄都在念經呢。

起來後，我先進了花園，豎起耳朵，等待著帕廓街那邊，傳來班丹拉姆女神的歌聲……可是，我的整個身子離開了地面，我被抱了起來，被抱著進了臥室，而後，我的雙唇被深深地吸住了。

「你的唇是苦的？」公爵的臉緊貼著我的臉，甚至我都看不見他的眼睛、鼻子、嘴巴。

「我在吃二十五味沉香丸。」我從他的懷裏掙脫了出來，可是，他又伸開雙臂攬我入懷，而我，冷不防地一低頭，從他的臂下逃了出來：「讓我看看你，看看你是不是真的就在我的眼前？我要看個究竟！」

「不，我不讓你離開，一步也不讓。」公爵說著，上前一步，張開雙臂，又摟住了我，吻著我的前額，眼睛、鼻子、嘴巴，把我的舌尖飽滿地含在他的嘴裏時，我感到了他的身子在發抖，他鬆開一隻手，向我的腋下挪去，解開了我的丘巴，又脫去我單薄的文久、松巴拉姆……，我呢，也迫不及待地解開了他那黃色彩雲騰龍緞長袍……

他聽話地，一動不動地任我撫摸著那儘是肌肉的健壯的軀體，他的存在，只是為了讓我成為女王、女兒、情人、妻子、母親，成為一切女性的化身？這沒有任何雜質的專屬於我的身軀，如此完美，每一個部位，都在鑄造著我！他抱起了我，輕輕地，又急迫地，放我回到床上，始終摟著我，彷彿一鬆開，我就會成為空氣，無影無蹤了。就這樣，他成了十二級颶風，成了傾盆大雨，成了無雲晴空。而我，只能是，也自然是無邊無際，洶湧澎湃的大海，情意綿綿地隨著他的起伏而起伏。我身子的每一個毛孔，都呼吸著他的氣味，他的强壯和柔弱。

「做一個人多好！可以享受我的女人，也可以讓我的女人好好地享受我……有了這個幸福，我甚至能挺過所有的痛苦。」

---

6 抽打酥油茶的木棍，頂端鑲有長方形的小木塊。

「你有痛苦？」我也學著他，用食指刮著他的鼻子。

「很多。」他坐了起來，看著我。

早晨的酥油茶格外地濃，剛剛喝了一口，我的唇就成了帶著露珠的玫瑰，執著地盛開了。公爵又忍不住地吻了起來，爾後，擦了擦被他弄濕的我的嘴角，輕輕地，如微風掃過。我眯起了眼睛：「為什麼英國人要打我們呢？搶我們的佛像，霸佔我們的寺院？」

公爵的目光移開了，越過吉曲河，看著遠外的朋巴布山：那裏仍然桑煙彌漫，經幡飄蕩。公爵呷了一口酥油茶，「他們感興趣的不是佛教。在江孜，他們特意剪壞了白居寺新舊兩幅緞繡佛像。很多經書也都被燒了，很多僧人被打死，差不多有上千人哪。」

「這不是變著法要自己墜入惡趣道嗎？」

「也許，他們從不知道這個世界還有惡趣道。」

「他們不識字，不讀經？」

「他們不信佛教。」

「烏孜啦，他們是人嗎？」

「他們有兩隻眼睛，一隻鼻子，一個嘴巴，兩隻胳膊，兩條腿，什麼都和我們一樣，就是不像我們這樣，梳著長頭髮。」

「是光頭，像出家人一樣？」

「不，比出家人的頭髮長，是分頭。我想，主要是藏在分頭下面的腦袋瓜，和我們不一樣。」

「你怎麼知道？」

「他們要和我們做生意，要我們的錢。」

「錢，如果不是用來供佛，能有什麼用呢？」

「錢的用處很多。可以讓英國強大，讓所有的小國、窮國都成為英國的屬國。聽說，英國霸佔了比本土大一百五十倍的地方呢！」

「那就讓我們成為英國的屬國唄，省著死人。」

「那就是讓我們在自己的土地上成為外人。」

「還會允許我們信教嗎？」

「僧俗官員們擔心的也就是這個。現在，拉薩的各大寺院，色拉寺，甘丹寺，哲蚌寺，每天都在念經，禳災，祖拉康佛前的酥油燈整夜整夜地亮著，祈禱英國人不要打進拉薩。」

「為什麼不要安班請求中國幫助呢？」

「有泰說，他正在生病，等病好了就跟中國說。」

「這不是把我們的性命往火裏送嗎?!」

「他比英國人還毒。我們的軍隊失敗後，他致電北京：『假如英國人能成功地壓住圖博的話，要比在途中達成妥協更符合我們的利益。』」

「英國欺侮我們，他幸災樂禍。聽說，他見到我們嵩堅巴，從來都不站起來，就是告別時，他也只是欠一下屁股。」

「這倒是真的，他蔑視我們，可是，我們餵飽了他。」

「對了，三大寺的祈禱，為什麼到現在也沒有效果呢？」

公爵又呷了一口酥油茶：「念經就比不念强。前幾天，民衆大會決定：『不讓一個英人入藏，一寸土地丟失。』這其實是做不到的。英國人用的是洋槍洋炮，是當今世界最强的國家，而我們用的是土槍土炮和長矛。硬打的話，我們的損失太大了，我認為哥哥噶倫班覺多吉啦的意見是上策。」

「可他被關押起來啦！聽說，還有人建議把剩下的三位噶倫都投入吉曲河呢！」

「在抗英這件事上，噶廈做出了一些錯誤的決定。我們請求乃瓊護法時，聽說，鎮妖塔裂開了一條縫，娘珠活佛的魂鑽了出來，所以，袞頓的經師林倉仁波切一面念『懾妖經』一面把燒紅的酥油灌入塔縫中，希望澆在娘珠的心上……」

「還不是一樣附在了護法神的身上。應該和袞頓說說，哥哥班覺啦的觀點有道理啊！」

「臨行前，袞頓已經令三位噶倫暫回各自莊園。我相信，日後國家會委任哥哥班覺啦更重要的職務。」

「袞頓離開了拉薩？」

「就是。英軍已經到了曲水吊橋渡口，袞頓指派基巧堪布阿旺歐珠帶著噶廈指示，與英軍談判，而榮赫鵬，英軍首領卻堅持要到拉薩與袞頓直接交談。袞頓說，『如果見他們，談判時只能屈從英方條件，難以承擔給政教大業帶來的危害。』」

「那，你為什麼沒有去？袞頓需要你啊！」

「我必須看你一眼。」公爵在我的唇上輕輕親了一下，「我放心不下你啊，儘管有哥哥班覺啦和二龍姐珍啦照撫，可是……」
「去吧，守著我們的孩子，我就不會太難過了。」
「我們有了孩子？」
「我有這個把握。」
「真的？」
「我們如膠似漆，怎麼會沒有孩子呢？」
「如果生個兒子，就叫平措繞杰，生個女兒，就叫倫欽旺姆吧。」公爵彎下腰，撫摸著我的肚子。那五指的温暖瞬間注入了我的體內。
「你瘦了，」我雙手捧著公爵古銅色甚至飛揚著塔波省牧草氣息的臉，「這些天，你沒有被女人温暖過，看得出來。男人需要女人的撫愛，沒有女人，男人就不會强大和沉穩。如果路上見到你喜歡的女人，跟她們睡覺吧，只要你高興，我就高興。」
「沒有你的時候，它是枯萎的，是一個物質。」公爵指著自己身體的重心。

被掏空的心飽滿起來

還沒有出生的時候，我就顯現了安靜的個性。阿媽啦說，當家裏來了客人，尤其人多的時候，我就在她的肚子裡，拳打腳踢，攪得她直打趔趄，甚至一陣接一陣地吐酸水。可是，當她走出人群，一個人在佛堂，或者林卡裡，我就消停了。她甚至說，那時，我像是走在她的身邊，扶著她，而不是在她的肚子裡，壓迫著她。有一次，她去哲蚌寺朝佛，那時，已近九月懷胎了，肚皮都被我撐得亮晶晶的，眼看就要生下我了，可是，她卻沒有感到重量。從甘丹頗章去措欽大殿的陡峭石階上，她甚至一步邁了兩蹬，「那時，像有一雙翅膀在舉著我，」阿媽啦說，「如果我伸開雙臂的話，可以毫不費力地飛起來。」

我出生的時候，是個黃昏，月亮早早地掛上了天空，星星又多又亮。阿媽啦說，那是十一月的最後一天，外面很靜，還掀起了陣陣雪花飄落的香氣。爸啦說，吉曲河裏的水，也更加清亮了，看得見魚兒在水底貼著沙石一群又一群地游過。

爸啦就決定在吉曲河邊，家族的林卡裏為我蓋一座別墅。可是，直到我六歲的時候，那些從多底溝運來的大石頭，才算有了著落，我是說，別墅才全部完工。樓上正面是小客廳，依次為佛堂，藏經室，以及我和阿媽啦的臥室。所有的地面，都是精心砸出來的彩色阿嘎土，光潔瑩亮。樓下，是貼身傭人的臥室、庫房、還有廚房。爸啦說，「林卡裏安靜，我的寶寶準能喜歡。」

可是，自從公爵走後，我變了，被安靜折磨得團團轉，一心扎在人群裡。還好，吞巴夫人派人找我打麻將了。這一生，我還從來也沒有碰過麻將呢。

愛好，是與生俱來的。當麻將的聲音唏哩嘩啦地響起來的時候，我的內臟就倒海翻江了，直想吐。大家說笑時，我也笑不起來，那是一種被擠在門外的感覺。

安靜受不了，喧鬧也受不了，究竟什麼才能填充我，滿足我呢？有過男人後，我的身心都變了，也就是說，完整以後，再也承受不起殘缺了。我在尋找另一半？可是，沒有人，也沒有任何物可以替代我的另一半，我的另一半獨一無二。

我被失望、寂寞、思念、折騰著，不得不離開麻將桌。麻將與我，像談情說愛找錯了對象，讓我空虛的心，更加空虛。讀書，有時候會好一些。曾經，我喜歡讀《阿古頓巴》的故事，《大智渡論的故事》，尤其是《白瑪文巴》、《勳努達美》，真是太好了，讀起來的時候，我甚至忘記了日出日落，格卓就點燃一盞又一盞油燈。當然，我也讀經，經書中，我喜歡阿底峽尊者的《菩提道燈論》，那是至尊宗喀巴大師的《菩提道次第廣論》的根本論啊。可是，現在，我的心被掏空了，任何文字，無論是圓潤的長、短腳行書，還是佈局嚴緊的楷書，甚至珠匝體，還有佛從忉利天賜予我們的天降體，都無法趕跑我的空虛。當然了，天降體，如今已經很少了，不過，羅布林卡的門楣上，還在明亮地閃爍著那種非人間的輝煌。

「要麼，去拉魯莊園看看？」我轉向了格卓。

「聽丹增說，榮赫鵬已經住進去了。」格卓提醒著。

「拉魯莊園成了英軍司令部？」我瞪大了眼睛，「兩位拉魯夫人呢？」

「聽說，搬進了哲蚌寺。」格卓從嗓子眼裏擠出了幾個字，細細的。

「去哲蚌寺吧，」我站了起來，「這就備馬。」

遠遠地，哲蚌寺措欽大殿之上，兩隻跪臥的小鹿，心滿意足地相守著金光閃爍的法輪。這是暗示佛陀在鹿野苑初轉法輪、佛教緣起的永恆時刻。大殿下，深褐色的犛牛簾，默默地流動著我們雪域的滄桑和沉重。

馬兒不緊不慢地向哲蚌寺走去。狹窄的山路兩旁密集的小灌木叢，倔強地在微風中一動不動。一個瞎眼格啦[7]，在叮叮噹噹地刻著真言呢。幾十年了，從我記事起，他就在這裡。他的勞動是沒有報酬的，或者說他的報酬將在死後，進入善趣道的一瞬間顯現出來。善業，就這樣在輪迴中主宰著我們的生命。幾塊彩色的麻尼石，在陽光裏顯得神神秘秘，我看得清楚，那是三怙主，也就是觀世音、文殊，還有金剛手，連觀世音菩薩身後的花葉，文殊手裏的智慧劍都清清楚楚的。另一個石片上刻著飛僧，那高僧以紅色的袈裟為翅，向藍天飛去，兩手高擎，與兩隻白色的鴿子嬉鬧。我不得不說，儘管我們佛教信徒認為，當修行達到一個不同尋常的時刻，可以像鳥一樣飛翔，可是，這塊石刻，還是完全超出了人的想像，我勒住了馬。這個瞎眼格啦是怎麼刻出來的？難道他的天目已經開了？幾隻羚羊無所事事地圍著他轉悠著。

「我們的習慣是把麻尼石堆在山上，而這裏呢，卻在坳底，奇怪！」每次經過這裡，格卓都叨嘮幾句。

「我也納悶呢。」我看著下面。

格卓下了馬，從褡褳裏拿出酥油茶罐，向瞎眼格拉走去，羚羊閃開了，遠遠地盯著，還歪著頭呢。

「圖潔切。」老人沙啞的聲音，在岩壁之間撞擊起來。

「我們忘記了乃瓊呀，吉尊央宗啦！」格卓提著酥油茶罐回來時，站在馬鞍旁，盯著山下那片深紅色的邊瑪牆，一動不動了。

乃瓊寺，是國家預言大師乃瓊護法神居住的地方，座落在通向哲蚌寺這條山路的起點。凡是到哲蚌寺朝佛的人，沒有不轉乃瓊的。我也一樣，尤其喜歡乃瓊寺門廊的天花板。那些繪在橫木上的一條又一條深淺不同的褐色的龍，個個翻騰著，噴著火焰，火焰裏還夾著白色的泡沫。在我們崗堅巴的習俗中，鵬、獅子，還有老虎，都象徵著法力無邊，在這裡，龍，象徵著什麼呢？護法的威猛嗎？可今天，也只有今天，我感到心急火燎的：「先去哲蚌寺吧，不知道兩位拉魯夫人怎麼樣了。」

清風，飄來根培烏孜山的清香，現出了半山中刻在兩塊巨大山石上的至尊宗喀巴和五世達賴喇嘛的祥顏。聽說，那其實是神在一夜之間完成的。是啊，所以在日復一日的風雨中，色彩從不衰褪！我把念珠在左手腕上，纏了三圈，牽著馬，向山上爬去。

嗡嘛呢唄咪吽

嗡嘛呢唄咪吽

……

我和格卓的真言聲，在灌木之間一起一落，又消失在馬的喘息裡。

---

7 西藏人對男性老人的尊稱。

「不得不下馬了。」我停止了誦經。

「可憐見的，它喘得多厲害！」格卓先下了馬，而後，右手拉過我的馬韁繩，右肩靠近馬背，我便扶著她的肩下了馬。如果這會兒我沒有身孕，說實話，是不需要格卓的，有時，我比她還靈巧呢。

山路又陡又長，我們的喘息蓋過了馬的鼻息。還好，哲蚌寺就在眼前了，到了！那錯落有序的石頭房子，有序地向山上鋪開，一條又一條狹窄而彎曲的石板小路，在石頭房子之間，伸延著，沒有開始，也沒有結束。幾株綠草，在石板的相接處，默默無聞地生長著，一點也沒有引起人們的注意。一些背著水罐的紅色背影，從小河那邊，向阿巴密宗院走去。哲蚌寺靜靜的，此刻，正是哲蚌拉欽——僧人們聚在一起誦經的時刻，鋪天蓋地的僧靴，一雙又一雙地鋪滿了措欽大殿的石階，甚至霸佔了石階下面的辯經場。不上經課的時候，滿山遍野都是紅色，一如盤旋的朝霞，在根培烏孜的山坳裏自由地迂迴。

一個碩大的白色扎西朋巴[8]，也就是集在一起的八吉祥[9]，在一扇木門前的石板路上出現了，兩邊的白線無限地伸延著，看不到盡頭。不知道哪一位大師正在此講學？這哲蚌寺，我們可以見到所有當代的班智達，可以和精通五明的格西辯論，可以為所有的精神疑慮找到答案。這裡，是雪域最有名的學府，名聲都傳到了遙遠的英國、瑞典、俄羅斯、蒙古。這裡，還專門有一個蒙古人的扎倉[10]呢。

「別的佛殿就不去了，轉一圈甘丹頗章[11]吧？」我徵求著格卓。

「是啊，我也心急火燎的，不知道兩位夫人怎麼樣了！」格卓說到了我的心裡。

甘丹頗章，說起來，居住過的四位法王，也就是二、三、四、五世達賴喇嘛，卻沒有奢華。陽光正從又窄又長的窗子裏擠進來，把所有的佛像都塗了一層金，又暖起一個又一個紅色的木柱。經聲清越，還有鼓聲，那是怎樣的鼓聲呢？我不能自已地站在了那個盤坐在牆角的小僧人跟前，格卓也來了，獻出了一個一．五兩的章嘎。因為這一切聲音，都是這位小僧人發出來的，他在一邊誦經，一邊擊鼓。

甘丹頗章裏的每一樣東西，在我看來，都有著解釋不完的內涵。連卡墊上那些嶄新的達崗木[12]，也儘是內涵，我的焦燥一掃而淨，被掏空的心，這時飽滿起來了。這種內涵，超越了我對心愛的人的想念。並且，我喜歡甘丹頗章裏的幽暗。當然，這不是說我不喜歡陽光，不，如果在山林裡，或是在我的花園裡，我就非常非常地願意陽光照耀著我，越亮越好。而在房間裡，如果陽光過於擁擠，連那些裝滿了供水的青銅碗，也會喧鬧起來。所以，在我自己的臥室裡，總是拉著窗簾的。

8 與扎西達杰相似，為畫在一起的八吉祥圖案。

9 象徵佛教威力的八種物象。由八種識智即眼、耳、鼻、音、心、身、意、藏所感悟顯現為：吉祥結、妙蓮、寶傘、右旋海螺、金輪、勝利幢、寶瓶和金魚。

10 類似大學裏的學院。在西藏的寺院裡，不同的扎倉，學習的佛學內容也不同。如格魯教派的三大寺之一哲蚌寺的阿巴扎倉，以密宗為主，而洛賽林扎倉，以顯宗為主。同一個扎倉的僧人，往往來自同一個地區。

11 藏曆第八繞迥的鐵虎年（一五三〇年），由第二世達賴喇嘛尊者根敦嘉措主持修建，後成為第三世達賴喇嘛尊者索南嘉措、四世達賴喇嘛尊者雲丹嘉措、五世達賴喇嘛尊者阿旺．羅桑嘉措的駐錫地。布達拉宮竣工之前，五世達賴喇嘛在此建立了著名的甘丹頗章政權，開始了執掌圖博政教事物。

12 僧人的紅色氆氌斗篷。

我在五世達賴喇嘛像前站立，雙手合十，拇指緊扣手心，舉過頭頂，又回向額頭，口，還有心，匍伏在地，磕了三個等身長頭。我說，「至聖至尊的嘉瓦仁波切啊，是您在這裏建立了甘丹頗章王朝，使格魯教派，不僅在圖博，也在蒙古人中間，遍灑無與倫比的恩澤。造福了藏人，也造福了蒙古人；而今天，英國人闖入了我們的家園，啊，願他們也能像蒙古人一樣，皈依我們的佛教吧，沒有佛教，衆生就都成了餓鬼和螻蟻……」

離開拉魯莊園的拉魯夫人

一見我，索朗邊宗立刻放下了毛線活，嘴都合不攏了。

「高貴的拉魯夫人居然織起了毛衣？」我開著玩笑。

琪美拉姆抿著嘴笑了，為我和兩位拉魯夫人倒上甜茶後，立刻和格卓站在院子裏送起了太陽。

「拿起毛活，我這心就靜了。」索朗邊宗把毛線和織針都往裏推了推。

「拉魯莊園那邊，我一時也待不下去了。」朗杰旺姆從小佛堂走了出來，剛磕完長頭的緣故吧，還不住地喘著粗氣呢，「住在寺院這邊，我好受多了。」

「依我看，那些英國人挺有人味，張嘴閉嘴的，都不離『請』和『謝謝』。」索朗邊宗倒對英國人滿意起來了。

「一見那些拿槍的外道人，我這雙眼睛就疼，扎得慌。」朗杰旺姆看也沒有看索朗邊宗。

「當然寺院比家安全了，我們的三怙主[13]都在這裏呢。」我附合著朗杰旺姆。

「乃寧寺還不是讓人燒了?!跟那些外道人打交道，寺院也不安全哪。」朗杰旺姆抱怨著。

「可在拉薩，那些英國人還算守規矩。」索朗邊宗接過了話。

「這羊毛咋這麼軟?」我拿起索朗邊宗身邊的毛線，轉了話題。

「從尼木那邊的雅德康薩谿卡捎來的，都是羊脖子下面的細毛嘛。」索朗邊宗說著，又拿起織針。

「自從榮赫鵬住進了拉魯府，我這身子就發冷。」朗杰旺姆坐在了我的對面，「聽說靠近廓爾克那邊的羅巴[14]，一見拿槍的人就射毒箭!」

「說是這麼說，可小時候我見過的那些羅巴，一個帶毒箭的都沒有。」我接過了話頭。

「你見過羅巴?」索朗邊宗放下織針，瞪大了眼睛。

「那年，我和阿媽啦朝聖，住在一個寺院裡，一大早，那些羅巴就來了……」

「長得什麼樣?」朗杰旺姆也伸長了脖子。

「都留著打著捲的長頭髮。女的只在兩只乳頭上和那個中間部位掛著串起來的珠子。在他們看來，那些珠子，就算衣服了吧?男的呢，中間那裡，只有一個布條，什麼也沒有擋住，我嚇得捂起了

13 即佛法僧。

14 羅，在藏語裡，為南方之意，巴，為人的敬語。也為珞巴。但，在這裡，含野人之意。

臉，可是，阿媽啦說，『他（她）們好得很，你給一點吃的吧？』那些羅巴都向我伸手，不住地說，『年巴』、『年巴』」。

「『年巴』是什麼意思？」兩人異口同聲。

「給點東西吃。」我解釋著。

「他們會說話？」索朗邊宗的眼睛瞪得更大了。

「我只聽他們說『年巴』，還說『哈、哈、哈』……」我學著羅巴，從嗓子眼裏擠著聲音。

「他們平時吃什麼呢？」索朗邊宗又問。

「竹筒裏的烤肉。他們住的山洞裏有火，一年到頭也不滅。有幾個羅巴還抱著小孩子，對阿媽啦的幫典指指點點的，像是喜歡。」

「他們沒拿毒箭？」朗杰旺姆往我的身邊挪了挪。

「當然沒拿了。他們對貴族好得很，我們一到那裡，就都來了。」

「為什麼對貴族好得很？」索朗邊宗又問。

「我們喜歡佈施呀。」我說。

「你佈施了嗎？」倆人又是異口同聲。

「我給了糌粑，可他們接過去就送進了嘴裡，臉上都掛上了糌粑粉。」

倆位拉魯夫人都笑了起來。末了，朗杰旺姆又說：「我就是不明白，為什麼英國人偏到我們圖博，又殺又砍的？」

「哪裏又殺又砍了？在拉魯廓村那邊，百姓不願意賣馬草料，他們就和拉魯公談，還求拉魯公和噶廈商量，沒搶劫任何東西呀?!」索朗邊宗接過了話題。

「聽說，安班給榮赫鵬送去了一些牛馬，還有幾袋麵粉，一共有一萬五千兩到一萬六千兩白銀，可是，有泰向北京報賬，說是支出四萬兩白銀。」我又一次又開了話題。

「有泰是一個裝謊言的口袋呀！」朗杰旺姆說。

「跟我們的僧俗官員說話，『安班』的身子都不欠一下，見到英國人就不一樣了，老早就搖起了尾巴。」索朗邊宗又拿起毛線，織了起來，「拉魯公也說過，有泰總是用不易覺察的點頭，表示接受了博巴的問候。」

「他在我們遇到困難的時候，幸災樂禍。」朗杰旺姆說。

索朗邊宗和朗杰旺姆的觀點，終於達成了一致。

「覺啦[15]的意見是對的，不該和英國人硬拚。」我又說。

「又能怎樣，還不是恪守在了俄絨谿卡。」索朗邊宗噘起了嘴。

「這是暫時的。朗頓公爵透露，也許覺啦將來會為國家做些大事。」我輕言輕語起來。

「都被撤職了，還能做啥大事？」朗杰旺姆嘟囔著。

15 哥哥。

從俄絨谿卡捎回來的故事

從拉薩騎馬，少說也要七天的路程，才能看見俄絨谿卡。遠遠地，汽球似的飄在綠草之間的，是一雙雙母犛牛的乳房。陽光下，掛著犛牛頭、畫著日月的大門，鮮亮亮地迎著每一個路人。一條羊腸小路，從俄絨莊園開始，穿過牧場、山谷，還有達頂卡的丘陵，就到了普隆地方，俄絨谿卡和普隆的分界線，是幾間稀稀拉拉的竹葉小屋。

在達頂卡的丘陵之巔，不丹人白瑪噶寶修建的寺廟裡，那個最大的佛殿，供有一尊兩層樓高的陶製釋迦佛祖塑像，以及聲聞二世佛、文殊等八大菩薩，大藏經《甘珠爾》和《丹珠爾》恭敬地擺滿了牆壁。這裏的佛和人的開支，全由俄絨谿卡發放。

對了，在俄絨谿卡的麥普寺內，還收藏了五世達賴喇嘛時期，俄絨酋長索南班杰製作的《甘珠爾》。那是專門用金粉寫在深藍色厚紙上的，兩端的方格裡，嵌著凸起的佛像，紙面四周裝飾了三排上等珍珠和松耳石，包書布全是上好的黃色團龍古緞，標籤的編制是用紅藍黃三色彩緞。還有一部目錄，詳細記述這套《甘珠爾》製作過程，也是用金粉漿寫的。這部大藏經，通常封在箱內，只有俄絨新舊酋長交替時，才打開一次。

二姐龍珍描述著俄絨谿卡的情景，還把原來俄絨谿卡供奉的慈悲坐佛，都拿出來讓我看。那是用印度響銅、鍍金古銅、還有泥巴塑造的，我還從沒有見過呢！二姐龍珍啦又打開了兩個黃色大箱子，裏面是各種各樣古彩緞鑲嵌的精製欲界天、十六尊者、古如上師唐卡……

「什麼時候，才能允許覺啦回拉薩呢？」我從古如上師的唐卡上移開了目光，看著二姐龍珍啦。

「春都杰措已經決定允許班覺啦回來了！」二姐放下唐卡，坐在一邊的卡墊上，打開了話匣子，「可班覺啦說：『沒有袞頓的最後恩准，在下不敢擅自回拉薩。』在俄絨谿卡那邊，他也沒閑著，每天念經、淨水、燒香，還拜了龐仁曲德寺的隆白倫珠仁波切為上師。」

「收成怎麼樣？小時候，爸啦常叨咕，那裏有不少荒地。」我尋思著，轉了話題。

「就是缺少勞力，那邊，我們有一百八十屯[16]的差地呢，是啊，大部分都荒了。為了不讓百姓上交荒地差務，班覺啦減免了百姓的實物賦稅，還鼓勵開墾荒地，規定五年之內歸個人享用。百姓都說，『夏札家族個個都是樂善好施呀。』」說著，二姐龍珍笑了。

「對了，朗頓公爵說，在抗英這件事上，覺啦是有遠見的。」我又犯了跳躍說話的老毛病。

「是啊，袞頓批准了春都杰措轉呈的報告，都和朗頓公爵的幫助有關。」二姐又拿起唐卡，捲了起來。

「真的？」我從卡墊上跳起來，「袞頓批准了……」

「還特別賜班覺啦更高一級的待遇，差不多和歷史上的頗羅鼐一樣，協助攝政王洛桑堅贊……」

「為什麼覺啦沒和你一起回來？」我打斷了二姐。

16 每屯折合土地七十五克。圖博的度量衡與中國不同。

「誰說沒回來？剛剛出去，見攝政王洛桑堅贊去了。」二姐調皮地反問著我。
「為什麼不早說，你跟我兜了這麼大一個圈子？」我坐回了卡墊。
「就想拿你開心嘛。」二姐又笑了起來，連眼梢都是笑容。
「瞧把你樂的！」我也笑了。
「能不樂嘛，剛剛傳來袞頓的消息。」二姐看著我，停下了手裏的活。
「袞頓在哪裏？」我把身子探向二姐。
「正在五臺山講法呢。」二姐終於一本正經了。
「不是想從大庫倫，轉道俄羅斯尋找救援嗎？」我問。
「聽說，滿清皇帝派欽差到了大庫倫，再三邀請袞頓進京，還獻給袞頓一件織有九幅彩雲盤龍圖案的名貴黃緞僧衣，不少的禮物。」二姐的聲音放輕了。
「是怕我們和俄羅斯聯合！依我看，去俄羅斯是上策。」我說。
「俄羅斯在對日戰爭中失敗了，想幫我們，也使不上勁了。」二姐的聲音更輕了。
「是這樣……」我不吱聲了。
「聽說，在五臺山，袞頓與東科呼圖克圖，各大仁波切、朱古[17]、格西[18]一起討論佛教的疑難點，直到夜裏呢。」二姐龍珍自顧自地說著，「袞頓還向五臺山的所有僧尼發放了佈施，講授了戒律護持法。」
「五臺山的人幸運了！」我自言自語著。

「連那些果洛大盜也感到幸運呢！」二姐的聲音放大了。

「為什麼？」我看著姐。

「聽說，當袞頓在唐古喇山口祭祀了藏北戰神，正要啓程時，打頭的衛兵，忽然跑回來報信，說，來了白十餘騎果洛大盜！大家都慌了手腳，有人甚至要求返回拉薩。可袞頓說，『不必慌亂，我們按計劃前行。』到達日切木山一帶歇晌時，忽然捲起一陣塵土，跟著出現了一千多人，打頭陣的，是部落酋長，名字怪怪的，叫什麼王晴嘎爾完，還有一位朱古，叫松熱。」

「後來呢？」我問。

「他們趕來了幾千隻羊、幾千頭犛牛，還有幾十匹精壯高馬，還有唐卡、佛像，用金銀汁抄寫的經書，都是送袞頓的贄見禮。而袞頓呢，只留下了馬匹，那些羊啊，牛啊，都分給了當地的窮人。」二姐有滋有味地講著。

「格薩爾在果洛度過了大半生，殺殺打打，滅掉了不少部落，留下了果洛人崇武的習慣。聽說，果洛的女人打架罵街，樣樣在行，她們不比針線活好壞，專比舉刀射箭，沒有人可以太平地通過果洛，全部落都是强盜。什麼都搶，包括女人。聽說，就是不搶漢女人。」我接過了話頭。

「為啥？」輪到二姐睜大了眼睛。

「和漢女人結了婚，會生出帶尾巴的孩子。」我想起了果洛的古老傳說。

17 為轉世喇嘛。
18 善知識。

我的一天

一

我穿上深紅色緞子文久，外套一件藍色緞子丘巴，繫上公爵送我的綠色、紅色、灰色、黑色等，幾種色彩相間的幫典，戴上金子鑲邊的綠松石艾廓，嵌著鑽石的嘎烏，還有伯珠，這是萬萬要戴的。婦人，尤其是貴族婦人，是不該光著頭的，那是對人的不敬呀。最後，我穿上松巴拉姆。這是我最平常的打扮了。我先去了佛堂。一邊淨水，一邊念經。每天早晨，我都要為佛供養一百零八碗水，碗是青銅的，是阿媽啦的阿媽啦留下來的，我喜歡老舊的東西，不輕佻。

回到臥室，我先喝了一碗白開水，而後，坐在床上，一邊喝酥油茶，一邊念經。我念的是至尊宗喀巴的修心經。格卓又端上了一碗糌粑，還有分別裝著酸奶、酥油和白糖的三個小碟子。可是，我一動也沒有動。

「吉尊央宗啦，您為什麼不吃早飯？」格卓又進來了。

「吃不下。」我看著那三個碟子。

「連酸奶也不想吃嗎？」格卓站著不動。

「好吧。」我拿過酸奶，格卓端起了白砂糖。

「不，還是不放糖吧。」我抬頭看著格卓。

「公爵走後，您總是吃得很少，昨天早晨，只在糌粑裏放了一點奶渣和白糖，連酥油都沒放，這是以前沒有的事啊，吉尊央宗啦，莫不是……」格卓笑了，咽下了後半句。

「懷孕了？」我接過了話。

「我就是這麼想的。」格卓眯起了眼睛，看著我，「公爵知道了，說不定多高興呢！」

「你肯定嗎？」我看著格卓。

「十有八九，我觀察您好幾天了。」格卓得意地抿著嘴笑。

「我該怎麼辦？」我的臉火燒火燎起來。

「門孜康的强巴醫生，在這方面了不得，是不是請他診斷一下？」

二

强巴醫生先把我的尿放在舌尖，點點頭，又開始摸我的脈搏：「已經懷孕六週啦。」

「六週了？」我猛地抬起頭。

「是啊。」强巴醫生的手始終沒離開我的脈搏，「好好地磕頭，佈施吧，這孩子幸運啊，生在這樣的家庭裡。說起來，靈魂進入什麼樣的子宮，只有一瞬間。那一瞬間，就決定了來世的品質。欲望多的靈魂，在投胎的那一瞬間太容易迷失啦，常把蚊子、蒼蠅，還有其他一些動物的胎，看成宮殿。只有善業俱足，才能找到正確的胎。」强巴醫生學究十足在嘮叨著，可我一句也聽不進去。

「六個星期了，該怎麼保護我的孩子呢？」我打斷了强巴醫生。

「作為母親，你是應該知道這些，是的，應該知道，孩子的生長有一個過程。」

「什麼過程？」

「比如：

第一週，靈魂和奶血融在一起。

第二週，變成了液體，但是，我們的手捏不起來。

第三週，可以捏在手裏了。

第四週，更稠了，如同酸奶。

第五週，初步形成了臍帶，也就是命的根基。

第六週，出現了大概輪廓。孩子，我是說你的體內，現在你的孩子已經形成了大概的輪廓。」

「那……是男孩還是女孩？」我又一次打斷了强巴醫生。

「我還沒有説完呢。

第七週，產生了生命。

第八週，形成中脈，也就是出現了大腦。

第九週和第十週，形成左脈和右脈，及左臂和右臂，如果是男孩的話，先形成右臂。

第十三、十四週，形成了腦部的輪廓，有了記憶。

第十五、十六週，全部身子初步形成。

第十七、十八週，背上形成了線一樣的東西，關節的皺形。

第二十、二十一週，胸兩邊的肋骨形成。

第二十七週，三百六十個骨節形成。

第二十八、二十九週，一百萬個毛孔出現，皮膚鋪上一層白色。

第三十週，頭上出現八萬四千個乳毛。男孩面朝母親，女孩背向母親。

第三十五週，人的全部身子形成。

這以後，孩子和媽媽都累了，產生了出來的念頭。女孩子一般為九個月零四、五天，男孩子一般為九個月零十五天。

還有，母乳的營養，是最好的，有的貴婦為了保持體形，專門有奶娘，那是不對的，母乳的免疫力，可以在人體裏保存六十一年。所以，人，一般過了六十二歲，很容易生病，衰老的也快。」

「您知道得這麼多！」我目不轉睛地看著强巴醫生。

「不過是在重複我們祖先的知識，一千三百多年前，這些都寫在《四部醫典》裏啦。對了，別忘了早晨起來喝一碗開水。這是我們藏藥中的第一藥。」

三

午飯照例是糌粑，兩個菜：犛牛肉炒芹菜和素炒白菜，還有一個奶酪湯。

公爵走後，我很少在飯廳吃飯了，我怕想起那個特別的時刻：那時，太陽的光線漸漸地柔軟了，又成就出一片深紅色的天空。我坐在公爵的腿上，他把骨髓湯，朝我挪了挪，拿起一個牛肉包子，沾了沾紅辣椒，放進了我的嘴裡。而後，就暗示我，到了該還俗的時候了。他說，「很奇怪，在我的夢裡，你總是穿著俗家女人的緞子丘巴……」

第一次，透過他那龍雲飛捲的黃色緞子官服，我聽到了他的心跳……那時，一點也沒有想到，他會離開我！而那一時刻，如今，成了我和他之間，意味深長的故事。不知為什麼，偏偏是那一時刻，而不是床上的肌膚之親。那一刻，如今，使我的飯廳，迂迴著太多的憂傷。

臥室裡，彩色的阿嘎地上，鋪了四個方形卡墊，卡墊上還放著幾個筒形的靠墊。中間，是畫著和氣四瑞圖的方形木桌。每天，我在這個方桌上用餐。用餐時，我常看著雪不仲（床）對面的櫃子入迷。那上面的八吉祥，其實是八種物象，由眼、耳、鼻、音、心、身、意、藏，感悟化現的法輪、海螺、寶傘、白蓋、蓮花、寶瓶、金魚、吉祥結。不過，有的家庭在櫃子上畫了一些別的圖案。比如，帕拉家的櫃子，就畫著中國《紅樓夢》的人物，還配了一些中國字，聽說，都是詩呢，可那些方塊字，在我看來，太複雜，一點也不符合我的審美。

擺滿了傢俱的臥室，淡化了我的殘缺，我是說，就不感到那麼空蕩蕩了。有些時候，我還會突然有種靠近他的感覺，越來越近，我甚至觸到了他的體溫！所以，我喜歡在臥室裏吃飯。現在，我停止了咀嚼，再次向他靠去，等待著他的手臂，繞過我的肩，摟住我。就抬起頭，閉上眼睛。同時，我似乎拿起了他的另一隻手，放在了我的肚子上，要他知道，他的生命，正在我的身內一起一伏呢。

屋裏靜靜的，我睜開了眼睛。睜開眼睛時，仍然是那兩盤菜和奶酪湯，還有陽光，這時，從窗外的樹葉上掉了下來，嘩啦啦地響著。

「我想讀經。」吃過午飯，我對格卓說。

格卓就解開了黃色的包書布，一頁頁打開經書：「吉尊央宗啦，這是上次您沒有讀完的《入菩薩行》。」

「還是先散散步吧。」連我自己也不知道該做些什麼。

太陽，正懸在我的頭頂，晃得我睜不開眼睛。可我還是看見了隔壁的朗頓公爵夫人：一個傭人為她打著傘，另一個傭人扶著她，向吉曲河走去。她也在散步？格桑花、繡球花，還有杜鵑花，都在她的石板小路兩邊盛開，也在我的院子裏盛開。蝴蝶飛來飛去，環繞著她，而後，又朝我飛來，這些蝴蝶，知道嘛，我們的寂寞，其實，來自同一個男人！

「去哪裡，吉尊央宗啦？」

「孜廓[19]，就轉孜廓吧。」

四

我和格卓，一前一後地向孜廓走去。這是圍繞著布達拉宮的轉經路。儘管嘉瓦仁波切去了蒙古，可人們照例對著那扇黃色的小窗磕長頭、轉孜廓。就是在遠處，只要抬頭，看一眼高高的布達拉，所有的人，不分男女老小，都會不自主地雙手合十。

釋迦牟尼佛在世時說過，「轉動經輪，功德殊勝，可使日月、山河、大地、眾生都得以解脫，圓

19 環繞布達拉宮的轉經路。

滿」。佛還說，「大地的塵埃可一一數盡，轉動一圈經輪之功德不可數，衆生作一次生命佈施的福報我可知，但轉一圈經輪之功德不可知。」

轉孜廓時，還可以轉動那些經輪。不過，去孜廓的路有點遠，通常，我只是轉帕廓，或者沿著我的房子周圍的石板小路轉著，數著念珠。先念卓瑪經，後念嘛尼咒。可今天，有點奇怪，我似乎有用不完的勁，甚至可以繞瑪旁擁措轉上三圈呢，如果我在上部阿里的話。

「人家的太太、小姐，不管出遠門，還是近門，都有專門的傭人扶著，還有專門的傭人打傘。可您，吉尊央宗啦，從來也沒那麼做過，為什麼呢？」格卓跟在我的後面，叨嘮著。

「我喜歡簡單。」

「剛剛呑巴夫人捎信說，請您過去打麻將。我說，吉尊央宗啦要出去散步。」

「這就對了。」

「不過，吉尊央宗啦，為什麼您不喜歡麻將呢？」

「這個嘛，我也說不好，也許前世就註定了。對了格卓，別忘了告訴廚師，晚飯就一個菜、一個湯吧。」

他有七十歲了嗎？前額的皺紋，成了曬乾的牛皮，看起來又結實又耐寒，他就坐在布達拉宮經輪開始的地方，塑著各種各樣的擦擦。一個粗糙的擦擦吸引了我，那是結趺而坐的十一面的觀世音，雙手合十，其他四臂上舉，兩臂放在膝上，第一層，二層，三層，分別是三面頭像，十八隻眼低垂著，無悲無喜，第四層和第五層，都是一面頭像，仍然低垂著眼睛，造形無拘無束，也沒有塗色，如天然而成。啊，還有一個彩色的金剛勇士像！仍然低垂雙目，右手托著金剛杵，左手握著鈴，盤腿而坐，和前面的觀世音不同，這一個做工精細，甚至清晰地分辨出衣服的皺折，還有小腹那凹進去的溝壑，呈現著顯而易見的彈性。此刻，老人在做百佛擦擦[20]，還故意在右上角留下殘缺，那些佛，個個像是經歷了千年的風霜雨雪。

「買下這些擦擦吧，放到布達拉後身的佛塔裡。」我看著格卓，拿起了那個十一面觀世音擦擦。格卓就抓了一把章嘎，有銅幣有銀幣，放在了老人的氊帽裡。老人並不看我們，只是做著他的百佛，甚至沒有抬頭，如果給一座金山，他會不會抬頭呢？也不會吧？

「但願是個男孩，像公爵一樣，可以到噶廈裏為衮頓服務。不過，女孩也行，可以成為阿尼，只是，只是不要像我，遇上公爵，可是，不遇上公爵，怎麼體驗生命中的這些快樂呢？啊，我敢肯定，不管男孩還是女孩，公爵都會喜歡，非常喜歡……」我一邊走，一邊胡思亂想起來。

五

正像我叮囑的那樣，晚飯，僅僅是羽棧和粉條燉犛牛肉。羽棧是我們博巴對噶倫堡大米的叫法。拉薩至少有三種大米。一種是從噶倫堡運來的羽棧，另外是不丹運來的主遮。還有一種，我們叫瓊遮，就是印度的大米。而我，最喜歡噶倫堡的羽棧了，聽說，即使在林廓路上，也會聞到帕廓街上掀

20 陶製的佛像。

起的羽棧的香味呢。

也許轉孜廓時，我花了力氣，也許是羽棧太香了，今天，我吃得比往常多，還吃了不少的粉條。肉，我是一塊也沒有吃。格卓就笑，「吉尊央宗啦，你應該吃素了！」

「的確，素菜更適合我，下次真的不要放肉了。」

晚飯後，我照例到林卡裏散步。有幾瓣格桑花的葉子捲了起來，可憐巴巴的。秋天來了，何止這幾片格桑花，那些楊柳樹的葉子都在泛黃，斑斑駁駁，長了蛀蟲似的。一年中，我最喜歡秋天了；而一日之中，我最喜歡的就是黃昏。現在，我就走在秋天的黃昏裡，本該心滿意足，可是眼淚莫名其妙地湧了上來，在這個完美的時候，我感到了殘缺。

睡覺前，我一如既往地獻曼札。這是帕邦喀上師告訴我的，一年至少獻一百個曼札。曼札，是梵文中壇城的意思。獻曼札，可以熄滅貪心，和修《利他六度》相同。什麼是利他六度呢，就是，佈施、持戒、忍辱、精進、禪定、般若（智慧）。現在，我在胸前圍上黃綢布，又把圓形的白銀曼陀羅放在綢布上，把綠松石、青稞粒、麥粒、玉米粒、珍珠、珊瑚，一次又一次地裝進曼陀羅。我說：

我獻上一個純淨的佛國
嗅班扎博咪呵吽
這裏的一切存在，都是乾淨的
尤其金子般的大地，承載著無盡的力量

嗅班扎瑞克呵吽
鐵山環繞在外圍
中間的須彌山頂
帝釋天居住
持國天王多羅吒，彈著琵琶，住在東勝神洲
增長天王毗琉璃，手擎寶劍，住在南贍部洲
廣目天王留博叉，攥著赤龍，住在西牛賀洲
北方多聞天王毗沙門，掌著寶傘，住在北俱盧洲

珍寶之山啊
有如願的樹，如願的牛
有成熟的莊稼，珍貴的法輪
有寶貴的皇后們、侍者
大象駿馬將軍寶瓶
還有仙女的美麗，花環，歌聲
舞蹈，鮮花，焚香，油燈，香水

太陽月亮
珍貴的寶傘和所有的勝利的旗幟
……

平措繞杰

是被尿憋醒了。可上廁所得走出房間，推開門時，温暖濕潤的清風，迎面而來，像進了公爵的懷裡。我不由站住了，等著他强壯的雙臂攬我入懷，而後，摟著我，不，是抱起我，緊緊地抱起我，回到臥室……我雙臂交叉地放在胸前，等著……然而，公爵沒有來，連腳步聲也沒有。我仍然雙手交叉在胸前，一動不動，任憑微風，蒼白地撫摸著我。星星正在消失，漸漸地，成了淺白色，現出了山脈，河流，樹木，還有林卡裏花的輪廓。

從廁所回來，剛躺下，又想去。有什麼東西綴著肚子似的，不，是綴著肚子下面的小腹，只有蹲下，才好受一些。

「吉尊央宗啦，快生了吧？」格卓端來了我的漱口水。

「我該做點什麼呢？」我接過水時，另一隻手放在了鼓脹得幾乎透明的肚子上。

「該做的您都做了，讀經啊，轉經啊，磕長頭啊……」格卓向外走去，又轉身停下了，「如果公爵在就好了，不，還是像現在這樣好，等公爵回來，烏孜拉，笑得合不攏嘴啦。」

我也笑了。開始了漱口，洗臉，梳頭……

淨過水，我的小腹絲絲縷縷地疼了起來，像有一根線牽著，一會兒鬆，一會兒緊的。我回到床上，躺下。躺下時，疼痛消失了。可我仍然躺在床上，我懶了，一動也不想動。

自從懷孕，我就沒有好受過。前六個月，吃什麼吐什麼，任何一種氣味都可以引起我的嘔吐：酥油的氣味、牛肉的氣味、羊肉的氣味，甚至花開的氣味也受不了。每天，我只能吃白砂糖和開水攪起來的糌粑。格卓就笑：「這樣一來，吉尊央宗啦，你真像個不會吃糌粑的人，像我們小時候見過的那些羅巴！」

「笑話人不如人哪，這就是對我的懲罰。」我自嘲地笑了。

我更多地轉著房子了。也轉過帕廓街一次，不過，那麼多的人，那麼多眼花繚亂的珠寶、香水、馬鞍……讓我越發想吐。我喜歡沿著吉曲河，向西散步。看著那些洛嘎來的農夫在河邊做紙：先把樹葉砸碎，泡在水裡，而後，放進一個帶木框的鐵網裏（木框限制著碎樹葉飛到外面），再後，把裏面的葉子打平，放進陽光下曬乾……有一次，中午時分，一個女人，送來了午飯，一個農夫，乘機掐了一把那女人的屁股，女人回身給了農夫一記耳光，農夫呢，「吃吃」地笑了。這種平常的圓滿，讓我淚眼朦朧，為什麼偏偏我的男人不在呢？出生在一個平常的家庭，多好！

過了六個月，我漸漸地止住了嘔吐，正常吃飯了。這個時候，肚子裏的孩子經常地對我大打出手，這是公爵的血脈在我的體內洶湧啊！不管男孩還是女孩，公爵都會一下子抱起來，舉向天空，轉著圈地笑，一定的！

聽說，吞巴夫人懷孕時就沒這麼遭罪，人家想吃什麼就能吃什麼，一點也不受孩子的氣。人和人不一樣啊，也許，她的丈夫在身邊，心裏高興唄。胡思亂想著，太陽已穿過玻璃窗，暖融融地照著我的身子。真想到外面曬曬太陽啊。可是，一翻身，又不對勁了。

「啊——」我捂著疼痛的肚子，看著格卓向我走來，手裏還端著一個帶著蓋子的包金茶杯。

「先喝茶吧，你需要力氣啊。」格卓扶起了我，又把酥油茶放到我的嘴邊，「放心吧吉尊央宗啦，孩子投生在你的身上，是前世修來的福啊，不會折磨你的，你做了那麼多的善事。」

「可我的肚子，像有一塊大石頭墜著。」我閉上了眼睛，「啊，疼，太疼了！」

不知過了多久，一雙柔軟的手伸了過來。這是二姐龍珍的手。像一個溺在水裏的人，我拚命地抓著這雙甚至比緞子還柔軟的手。就傳來了呻吟，是我弄疼了她？得放鬆一點，或者乾脆鬆開。可是，我的手，不聽使喚了，我更加用力地拽著，喊著，一聲比一聲高。「用力，吉尊央宗啦，再用力……」這是格卓縹緲的聲音，像是從山的那邊傳來。不知道我的力氣都跑到哪裏了，找也找不回來了。這時，似乎有一雙手，擦去了我的汗水，還有淚水，是公爵嗎？只有公爵，才會這樣憐惜我，除此，沒有第二個人啊，沒有！「你讓我受了這麼多的苦啊，我的愛！不過，我們就要有一個孩子了，這是你的孩子……」我哭了起來。

「挺住，挺住，再用勁，用勁。」

我沒有力氣了，我的身子被汗水淋著，濕濕的，眼前儘是橘黃色。是酥油燈亮了，天黑了？我折騰了一整天？

「快了，都看到頭髮了，這孩子的頭髮真黑啊！」

「再挺一挺，用勁，再用勁，孩子就要出來了，出來了啊！」

尖厲的哭聲，穿透了一切空間，那沉重的，有如石頭一樣沉重的東西，不再撕裂我了，我一下子泄了氣，癟了。

「是個男孩，朗頓公爵有了一個兒子！」

睜開眼睛，我看見二姐龍珍、拉魯大夫人索朗邊宗、二夫人朗杰旺姆，還有吞巴夫人、帕拉夫人、大姐德吉……所有的親人，都在圍著孩子笑呢。

「平措繞杰。」我喊了一聲，可是，我的聲音太輕了，輕得大家都沒有聽見。

我閉上了眼睛，淚水又一次淌了出來。掀開被子，我掀去所有的柵欄，讓孩子一點點接近那帶著露水的粉紅色的透明乳頭，她們等得太久了，都鼓漲成了兩座山。

夢

我「忽」地撩開了臥室的門簾。可是，只有江孜卡墊上的二龍戲珠，圖有虛表地嬉鬧著，床上空蕩蕩的，飄來詭祕的不祥的氣味。我又進了佛堂、日光室，甚至傭人的臥室，還有庫房，都沒有我的平措繞杰！那小小的、可憐的身影在哪裏？陽光直射著我的花園，那些有名有姓的花朵，個個露著笑臉。我又跑進吉曲河邊的林卡，一塊又一塊的蔭涼，班禿似的在肥碩的綠葉下面，寂寥地等待著什麼。我的平措繞杰，你到底在哪裏？格卓迎面而來，一個勁地搖頭。牽馬人丹增也來了，還有其他的所有的傭人都來了，可是，沒有人看見我的平措饒杰！我跑進帕廓街，橫衝直撞地逆行在人群之間，連那個警察的油膩膩的巴札[21]底下，都找遍了。我找啊，找啊，又到了孜廓，那個做擦擦的老人，不懷好意地朝我笑呢。我就停下腳步，連他的前額上那些又深又密的皺紋，也扒開了……

「哇」的一聲，我大哭起來：「孩子啊，你在哪裏？」這時，我的臂彎裏蠕動了一下！我的孩子，我的平措繞杰，就在我的懷裏呢！他睜著眼睛，兩張嘴唇還不時地吸吮著，發出「啪嗒啪嗒」的聲音。

我醒了，徹底嚇醒了。現在，我不再是孤單單地一個人了，公爵的骨血，和我相依相偎。是的，這又黑又亮的眼仁，正來自朗頓家族啊！

「媽——」

「你在叫媽媽？啊，你會叫媽媽了！再叫一聲，叫爸，爸啦，叫啊，我的兒子！」

偏偏不叫了，伸出胖乎乎的小手，拽住了我的衣領。「你要吃奶？不，還是先淨水吧。」我抱著兒子，來到隔壁佛堂，一邊淨水，一邊叨嘮：「這個，拿著骷髏叉，坐在蓮花之上的，是古汝仁波切；盤坐在綠色的卡墊上，拿著紙和筆，看著前方的，是吐彌．桑巴札；還有，我的兒，聽媽媽說啊，把手鬆開，別拽媽媽的衣服，看呀，這是至尊宗喀巴，頭戴黃帽，右臂的蓮花，象徵方便慈悲和不被污染，蓮花之上的《波羅經》象徵著無悟的道理，還有，《波羅經》之上的三個果子，看到沒有，上面有三個果子呀，象徵著報身、化身和法身！還有，看啊，我的兒，至尊宗喀巴的左臂，那是一把文殊菩薩的智慧寶劍，象徵著斷除一切邪見，比如，把無常執為常法……」我自顧自地說著，明知道我兒平措繞杰根本聽不懂這些，可是，我還是忍不住要說，我說，「是至尊宗喀巴，清淨了我們的佛教，嘉瓦仁波切，老佛爺袞頓，就是他的弟子啊！」

兒子目不轉睛地看著端坐在寶座上的袞頓、我們的嘉瓦仁波切、益西諾布[22]，袞頓雙唇微閉，眼睛裏儘是笑容。深紅色的袈裟外面，是高貴的黃色王袍。「我的兒，為袞頓磕頭吧，沒有袞頓，就沒有我們崗堅巴的幸福！」我把兒子放在阿嘎地上，合起他的一雙小手，舉過頭頂，又收回來，停在額頭，嘴角，心口，而後，他全身匍伏在地，迅速起來，就這樣，做了三次。我說，「兒呀，等爸啦回來，會領你到袞頓的布達拉宮，也許是羅布林卡，這要看是什麼季節了。不過，你得等，耐心地等，你的爸啦，正在護駕……」

「媽——媽——」平措繞杰的小手，張牙舞爪地隔著一層衣服，拽住了我的乳頭。「啊，你還是想吃奶，餓了，對嗎？說起來，今天，你應該吃一點牛奶，為了你，我們從丁瑪谿卡運來了兩頭奶牛，還專門找了一個擠奶的小姑娘桑結卓瑪。是從洛嘎的塔波省老家來的……」

我絮絮叨叨著，解開了衣服。我的平措繞杰，一下就含住了我的乳頭，「咕咚咕咚」地咽著奶水。另一隻小手，準確無誤地拽住了我的另一隻乳頭呢。啊，又來精了！「格卓，快！」奶水噴薄而出，穿過格卓遞上的木碗，濕了彩色阿嘎地上的卡墊。

21 傳統藏式短襖。

22 充滿喜悅的寶石、如意珍寶。

如果公爵在這裏就好了，會一下子含住我的乳頭，像我兒平措繞杰一樣，甜滋滋地咽下奶水。一邊是我的兒子，一邊是我的男人，我的兒子吃著我的奶水長大，我的男人吃著我的奶水老去……我甚至看到了公爵接住奶水時，像小狗一樣，滿足的搖著頭，而那只索金[23]，前後擺動著，敲打著我的兩乳，癢癢的，直想笑，我就笑了，低下頭看著那兩乳之間的深溝，可是，空無一物。

「這是花，我的寶寶，前面蔭涼的地方，往上看，是大樹，還有鳥兒、天空、白雲……」我和兒子平措繞杰在林卡裏轉著，後來，看見什麼，我就教兒子說什麼：野兔啊，猴子啊，鹿啊，真是太多了。陽光毫不猶豫地穿過那些肥大的綠油油的葉子，落在了我和兒子的身上。他就笑，露著還沒有長牙的嫩嫩的粉紅色牙床。幾隻跑來的猴子，為了搶一個小松塔，相互追趕著，在我們跟前，兜著圈子。

「媽——媽——」，平措繞杰喊了起來。

「是猴子，哪是媽媽呀？這孩子，看什麼都叫媽。」我看著迎面而來的格卓。

「我們博巴稱眾生為『如母有情』，他是把所有的生命都看成了母親哪。」格卓說著，打開了手裏的陽傘：「到房頂坐一會兒吧，吉尊央宗啦。」

「好啊。」我抱起孩子，看著打傘的格卓，「你啊，這張嘴越來越巧了。」

格卓就笑，還往我的頭頂挪了挪傘。

每天午後，我們都坐在房頂喝一會兒甜茶。那裏差不多是我們的另一個客廳和花園呢。我們把經幡插在房頂，牛糞餅曬在房頂，燃燈節的時候，還把酥油燈供在房頂，黃昏裏說話嘮嗑時，坐在房頂。

「聽說，孩子小的時候，多看紙啊，筆啊，長大了，識文斷字的。」格卓抱起了平措繞杰。

「那我們就使勁地朝吉曲河那邊看唄。」我向房頂走去。

「是啊，可以清清楚楚地看見造紙呢。」格卓指著吉曲河邊。

我們在房頂的卡墊上坐下，看著那些洛嘎過來的農夫，忙著把樹葉搗碎，還有幾個女人也跟著忙呢。

情人的心啊，
是難琢磨的雅魯藏布江。

一個女人唱了起來。

昨夜你還情意綿長，
天一亮，你暴露了女魔的凶相。

23 貴族官員的松石耳環。

男人的聲音。

你撩起門簾，
就成了斷線的風箏，
再也不把我念想。

女人又唱。

我有我的工要做，
你有你的活要忙。

男人頭也不抬。

我照顧你吃喝拉撒像是侍候我的孩子，
那成想，你是忘恩負義的狼！

女人氣哼哼地唱著。

我是你的孩子你的孩子，
阿媽啦我餓了我要吃你的奶你的奶你的奶你的奶……

男人唱著就去摸女人的乳房，那女人一抬手，冷不防，把男人推倒在了樹葉上，跑了。男人們轟笑起來。我的平措繞杰也在笑呢。

「對了，吉尊央宗啦，我剛剛看見了嘉古秀的傭人扎西卓瑪，她說，袞頓已經到了北京。」

「二姐龍珍啦是怎麼知道的？」

「老爺班覺多吉啦說的唄。還說，八月二十日，袞頓身披袈裟，頭戴通人冠，於晨鼓二響時分，乘著黃色大轎，在那些大臣的陪同下，進入了紫禁城。後來，中國皇帝和皇太后，獻給袞頓黃色團龍緞長頂尖帽一頂，五色彩緞長袍一件，上等綢緞製作的四季服飾一套，還有珊瑚和琥珀念珠，各種玉器和數不完的綾羅綢緞……」

「真的嗎？」

「你可以問老爺班覺多吉啦或者嘉古秀？」

「等公爵回來，一切都清楚了。」我說著，從吉曲河邊抽回了目光，轉向北方。

遠遠地，陽光正從卡日山移向色拉寺。此刻，黃昏的玫瑰色，襯映得措欽大殿的金頂一片憂鬱，使得阿巴、麥、吉三個扎倉，那深紅色的邊瑪牆，更加深沉莊嚴，有條不紊地成就了一個完整的磁場。那磁場線，已經波及到了我的中樞，汗毛都立了起來！掠過色拉寺林廓路上那一幅幅神秘而美輪美奐的岩畫，我看到了那幅沒有遵循任何畫規而繪在一個普通的石頭斷面上的至尊宗喀巴：色彩自然，連宗喀巴大師的神情、動作，也是自然的。大師端坐著，右肩之上，是文殊菩薩的智慧之劍，右手為筆，左手托著《波羅經》，獨一無二的尖頂黃帽四周，是一輪淺綠色的光環，最外層，是更大的深紅色的光環；神聖的黃色外衣之內，若隱若現著深紅色的僧衣，生命的喜悅，淋漓盡致地飛揚在這黃紅兩色之間。我不敢移開視線，盯著至尊宗喀巴大師不放。

「不要向上看，」我勸慰自己。和宏偉的色拉寺相比，上面的卡日貢巴（寺廟），這座小小的尼姑寺，不過是個青稞粒，坐落在卡日山的折皺裡，從沒有引起過任何人的注意。卻莫名其妙地牽動著我，每到太陽離開小小的卡日貢巴，進入色拉寺，隱向大山背後之前，我的心，就酸疼起來，又酸又疼，有時，還會不自主地流下眼淚。

「媽——」平措繞杰用勁地撕扯著我的衣服。

「我來哄他吧，吉尊央宗啦。要嘛，我們回去？我知道，你從來都不喜歡夕陽裏的卡日貢巴。」

不是不喜歡，是太喜歡了，或者說，我的前世，一定和那裏千絲萬縷，所以，一看到夕陽掩埋它的時候，我就難過。可是，我說不出話了，我的心，這一次不是酸疼，而是擰著勁地難受。

「媽——媽——」，平措繞杰又開始抓我的衣服，從格卓的懷裏往我這邊伸著身子，哭了起來。而我，什麼也沒有聽見，似乎突然之間，有什麼東西揪住了我的心，堵住了我的耳朵，我喘不過氣了，很悶，也想哭，大聲地哭，可是，我哭不出來，我被窒息了。

袞頓的桑札

「和他的爸爸一模一樣，簡直是個小朗頓公爵！」覺啦把平措繞杰抱在了懷裡，而平措饒杰呢，抓著覺啦的食指，一個勁地往嘴裏放。二姐龍珍從懷裏掏出手帕，擦去了平措繞杰流出的口水：「他正在長牙，癢得很。」

「就是。見什麼吃什麼，連一塊石子也不放過。」我說著，撩開了門簾，「怎麼沒通知一聲就來了，有要緊事嗎？」

「媽——」因為吃不到東西，平措繞杰又向我張開了小手。

「我哄少爺一會兒吧。」格卓說著抱走了平措繞杰。

在卡墊之間的方桌上，桑結卓瑪，擠牛奶的小姑娘，現在，成了我的另一個貼身傭人，倒了三杯甜茶。覺啦端起杯座，慢慢地打開杯蓋，喝了一口，又放下了。二姐呢，連看也沒有看，只是順著玻璃窗，盯著格卓抱著孩子遠去的背影。

「這孩子長的真是像公爵啊。」二姐並不看我，而是看著覺啦。

「袞頓也會喜歡的。」覺啦說。

「袞頓什麼時候回來啊，有消息嗎？」我看看覺啦，又看看二姐龍珍。

「不會太久了，甘丹赤巴已經在條約上簽了字，英軍就要撤出拉薩了，」覺啦看著我，目光散亂，或者說，我的話題，並沒有引起他的興趣，「他們正在準備行李。」
「誰在準備行李？」我看著覺啦。
「榮赫鵬，還有其他英軍軍官。」覺啦說。
「公爵有信嗎？」我看著覺啦。
「我和龍珍就為這事來的。」覺啦拿出了一個四周刻著木雕的長形薄木板，「我帶來了桑札。」
「為什麼要袞頓親自寫信？」我不自主地捂著心口，全身抖了起來，「出了什麼事？」
覺啦不吱聲，二姐也不吱聲。
「到底發生了什麼？」我站了起來，捧起袞頓的手札。
「我來說吧，」覺啦從我顫抖的雙手裏接過了桑札：「公爵行至途中，水土不服，得到嚴重哮喘，病逝於格爾木……」
「小妹，你已經長大了，可以挺住比這再大的打擊，對吧？」二姐說著，站起來，像母親一樣，把我拉進了懷裏：「再說，公爵留給了你一個兒子，多好啊，不要太難過，奶水不夠，孩子就苦了！」
「小妹，你可得替孩子著想啊！」似乎是覺啦的聲音。
這以後，我就什麼都不知道了。

榮赫鵬走了

骨頭都被抽走了，身子軟軟的。眼看著兩位拉魯夫人索朗邊宗和朗杰旺姆，還有大姐德吉啦、二哥欽繞列謝、三哥群則仁波切、帕拉夫人、吞巴夫人……太多的親戚都來了，我卻坐不起來，也不知道已經躺了多少天了？

「執著於情感，會在苦惱中越陷越深，」三哥群則仁波切，坐在遠處說話了。

「這是命中註定的事兒。現在，帕廓街那邊，都在傳說，公爵的前世，是卡日山的一位山神，看著拉薩的香火不斷，就想看看人間，到了這裡。可是，卡日山的大神終於發現了，下來召他回去，他是不得不回呀。」拉魯夫人索朗邊宗挨著我坐下了。

「活著，就是苦的，也是導師佛出家的原因。」朗杰旺姆坐在了另一邊的床上，「也好，多一種創傷，就多一種成熟。」

「連一滴奶水也沒有了，這些天，孩子就靠那兩頭小奶牛養活了。」大姐德吉啦，也坐在了我的身邊。自從她和二哥欽繞列謝搬出去，成立了夏蘇家族，也就是夏札家族的分支，我們幾乎很少見面了。但是，公爵走後，吞巴夫人經常過來找我打麻將，我想，都是大姐德吉啦的吩咐吧。吞巴夫人和帕拉夫人這會兒，站在一邊，什麼也沒有說，眼睛紅紅的。

「養奶牛的時候，我可沒想到會有今天啊。」我說著，淚水又不聽話地流了下來。

大家沉默著。尤其二哥欽繞列謝，一直低頭坐在卡墊上不說話。
「你們都在這裡！」二姐龍珍和大哥班覺多吉啦進來了，龍珍打開手裏的綢布袋，取出了幾粒珍珠大小的褐色藥丸，放在了我的桌邊，「這是門孜康的醫生特意為你作的『清心沉香丸』，每天吃六粒，每次二粒。」
「你們太費心了。」我有氣無力地看看二姐龍珍啦，又看看大哥班覺啦。
「快好起來吧，好好地照顧孩子，也算對亞谿家族盡了力。」像是大哥班覺啦的聲音。
「都是英國人給我們帶來的災難啊。」我看著兩位拉魯夫人，還有站在遠處的拉魯公，「你們搬回去了嗎？」
「早就搬回去了。」索朗邊宗又往我身邊挪了挪，「傭人說，他們常看見榮赫鵬站在甘丹赤巴給他的那尊佛像前，嘰哩咕嚕地說著什麼。」
「榮赫鵬和他的部隊，已在藏曆八月九日（西曆一九〇四年九月二十二日）撤走了。」拉魯公站在遠處也說話了。
「佛爺不久就會回來了。」是大哥班覺啦的聲音。
「最要緊的是為公爵超渡。」我有氣無力地張了張嘴。我知道，就是在那一時刻，公爵往生了：當我的目光從色拉寺移到卡日貢巴時，突然一陣錐心的疼痛，而後，憋得喘不過氣，想哭，又哭不出來，喉嚨被卡住了似的。我的所有的期望和等待，就在那一刻被折斷了。我的孩子，平措繞杰也哭了起來，拽著我的衣袖，也感到了疼痛，那是失去爸啦的疼痛啊！

沒有了肉身的依靠，奔向目的時候，是否飄乎不定？我不能讓這個曾與我如膠似漆的親人，稍微的孤單和迷失。儘管說他是卡日山的山神，不得不返回，可還是需要超渡。要祈禱、佈施，還有點燈，那靈識才能筆直地飛向他該去的地方。

我們博巴認為，生命是在三界六道中川流不息：行善者可進入善趣道，行惡者必進入惡趣道，而三界，欲、色、無色界也是無常的，在成、住、壞、空的階段，周而復始。三界之外才是佛國淨土，居住著獲得了覺悟，免除輪迴之苦，超越生死的佛。我們平常人，最好的願望，也不過是進入三善趣。

超渡，就是為了那靈識不迷失，在歸去的路上插起一座又一座路標。

第三章

動盪

報恩（上）

新一任安班聯豫說：「有泰駐藏期間，整日苦悶於耍花招向噶廈政府借債，不把圖博變成我大清帝國的行省，我也得在圖博成為乞丐！」

其實，人人都知道，有泰淪為乞丐，是以下幾個原因：

1. 他見到噶廈官員時，僅僅欠一下屁股。
2. 女人在他的房子裡，比尿壺還廉價。
3. 他張嘴撒謊時，像吃了一頓回鍋肉。

開始，我認為有泰是外道人，不懂我們的法，可同樣外道人，當英軍入侵拉薩時，我們博巴，並沒有像敵視安班一樣敵視他們。

聯豫不僅沒有從他前任的行為中吸取教訓，還躍躍欲試。為了護住自己的地位和面子，居然要毀滅我們有著也許比中國歷史還要輝煌的清涼雪域！是的，是比中國的歷史還要輝煌，如果把我們的象雄之迷講得清清楚楚的話。

如果說有泰是低俗的，而聯豫呢，依我看，就是惡毒的。現在，聯大人借袞頓遠在漢地的當口，開始了獨出心裁的「新政」。這與圖博律法公開作對的行為，引起了幾乎所有噶廈官員和百姓的反應。他一出現，如同瘟疫現身，人們紛紛離開；而他的「新政」，和他興辦的報紙一樣，僅僅是一個笑話。連班丹拉姆女神也看不下去了，拉薩的大街小巷，響起了背水女的歌聲：

外道的猴子，
偏說自己是大王。
太陽就會升起，
光芒萬丈。
我們的珍寶，
我們的父親，
我們的佛王，
就要返回家鄉。

你呀，外道的猴子，
紅臉可往哪裏藏。

四面受敵的聯大人心生一計，謊報大清國朝廷：「藏蕃强橫，已非一朝，現今更是尋釁鬧事，闖入衙門，潑糞叫罵，我等如懸入空中之蛋，旦夕之危，難於安眠。非兵力，難揚我國威！」於是，土雞年（一九〇九年），大清帝國命鍾穎率川軍，開向拉薩。

不顧皇上和皇太后的諾言，拋掉信譽的清廷，使正在路上的袞頓失望之極，寫信噶廈，正式啓用哥哥夏札・班覺多吉，還有雪康、羌勤等三位前噶倫為司倫，並調兵阻擊清軍，任命噶倫喇嘛色拉寺堪布登珠為統領！

同年十一月，鍾穎軍抵達察木多，等候與趙爾豐會師。此時，納貢山的另一面駐紮著萬名藏軍，招募於恩達附近的洛隆宗、碩板多和邊壩等地。而僅有二千左右的川軍，怎敢貿然前行?!

鍾穎部下陳渠珍自我推薦，前往臘左塘探險，卻被圖博哨兵抓送恩達。陳渠珍被帶到統領登珠跟前時，早已忘記了一直折磨著他的轆轆饑腸。此刻，他知道，自己只是一塊肉，任何意識，對於他來說都是痛苦，更是恥辱。他的戎馬生涯剛剛開始，所有的關於出頭露臉的夢想，現在都不過是一枕黃粱。且不說父母家人妻兒老小聽到他死去的消息該怎樣難過，但說他自己，也愧對男兒一場！陳渠珍甚至無顏抬頭，只等一陣羞辱後，像豬一樣被宰殺。尤其面對這群博兵，一向對入侵者和褻瀆法王達賴喇嘛的行為毫不留情。前面鳳全，未等上任，只因在康地限制僧人人數，違反噶廈律法，途中莫名被殺，何況我今日，已然俘虜……

「給我一槍吧，行行好，不要折磨我……」陳渠珍連自己都不知道中了什麼邪，娘們唧唧地成了一灘泥。

「是啊，你年輕，對痛疼更加敏感，怎麼會折磨你?!我在這裏是為了阻止入侵者，而不是殺戮。」

陳渠珍猛然抬頭，原來，這位圖博統領是一位耄耋之年的老人！白髮乍現頭頂，如初冬的霜雪。

「您，善良得超凡脫俗啊！」陳渠珍靈巧起來。

「不要打我的注意！」統領又來了個九十度拐彎。

陳渠珍沉默了。

「中國皇帝母子誓言與圖博相安為鄰，可那母子剛剛駕崩，朝廷就聽信小人讒言，進兵我雪域，不殺你，何慰軍心?!」

陳渠珍瑟縮起來。

「趙屠夫殺了我們多少人??!在康地，你們拆毀寺院，熔化佛像，焚燒經書，殺我僧尼，明明在毀我佛我教啊！」

陳渠珍越發瑟縮著，連衣服的前後襟都抖了起來。

「沒有佛教，我們和畜牲螻蟻無異。我守在這裡，就是為了保護我佛我教！如果你們深明皇上母子的誓言，自此撤軍，我自然留你一命。」

「請……容……容我……回去稟明。」陳渠珍囁囁著，仍然低著頭。

於是，統領登珠書於趙爾豐，申明無意與川軍甚至任何人對峙，只是為了國家的安危而為之。請川軍遵守大清國太后母子誓言，和睦為鄰。而後，讓人端上乳酪骨頭湯，牛肉包子，外加酸蘿蔔，款待陳渠珍。

陳渠珍卻抬不起手，儘管腸胃早已萎縮成了一團。末了，「吧嗒吧嗒」地掉下了眼淚。

「不要以為我在善待你，我是善待自己呀。」登珠自言自語著，又像勸慰老朋友，「不僅對人，就是對一隻蚊子，我們博巴也不會隨便傷害。夏季，在蟲子最多的時候，我們比丘以上的出家人，都有四十五天的夏日安居，只怕出門踩了那些小生命。」

陳渠珍慢慢地抬起頭，看著眼前這位老人，心想，是什麼動力，把這樣一位善人推上了軍統之騎，究竟是什麼動力，使他放下佛珠舞起了軍刀？

「軍統，」陳渠珍托口而出，冷丁跪下了，「我日後定將報答您的救命宏恩！」

報恩（下）

趙爾豐不僅沒有理會登珠的信，還對陳渠珍大發雷霆。倒不是懷疑他做了俘虜又回來，身分可疑，而是看透了陳渠珍功名心之切，到了魯莽探險，不計後果，折了軍威之極！這樣的野心之人，留下來是危險的。殺陳渠珍，可以正軍紀！

然而，趙爾豐之幕僚，為陳渠珍做了辯解。幾經周折，陳渠珍不僅保住了性命，還升任管帶，率領部下過恩達、類烏齊、三十九族，於土雞年（一九〇九年）年底到達拉里。

不想，川軍在工布一帶遇到了强烈抵抗。駐守工布的博軍將聯豫預先積存那裏的糧草搶燒一空！火光染紅了灰暗的天空，遠遠望去，如火山爆發一般！然而，川軍最大的優勢是言而無信；藏軍呢，最大的劣勢，就是不緊不慢，吃飯睡覺事事不誤。川軍看在眼裡，幾次夜襲成功。藏軍在酣然入睡中當了俘虜不說，連袞頓從印度運來的未經分發的槍支，也被川軍掠去了。陳渠珍率兵抵達拉里時，信心大增。也趁夜偷襲了藏軍營地，捕獲藏軍四十餘人，包括軍統登珠。

又見陳渠珍，這一次月亮是白晝，太陽是夜晚，天地翻了個兒。儘管如此，作為俘虜的登珠溫和如初，一如抓獲陳渠珍的夜晚，即不傲慢也不畏縮，是溫和，永遠不變的溫和：「看來，你沒有說服趙大人趙屠夫啊！進我博地，毀我佛教，不怕在轉世中沉入惡趣之道嗎？」

登珠深紅色的袈裟在晚風抖動著，成了陳渠珍眼前的一面旗幟。

「可是，對於不信善的人，這面旗幟，不過是可以任意踩在腳下的布頭。」陳渠珍所問非所答地開口了。

登珠迷茫地眯起了眼睛。

「我是說，也許在這個世界裡，的確有惡趣道，不過，軍人的眼睛裝的總是搶劫和殺戮。」陳渠珍看著登珠，儘管黑暗中，他們其實是看不清彼此的：「我說過要報答您的救命宏恩，現在，陰差陽錯地來了機會。」

登珠笑了：「每一個剎那構成了無常。」

陳渠珍被登珠的平靜嚇住了，再次保證：「放心，我不是隨便說的！」

然而，川軍行至工布江達時，陳渠珍接到了聯豫的密令：「處死登珠！」

又是一個夜深人靜的時刻，陳渠珍甚至聞到了牛肉包子和奶酪牛骨湯的香味，不僅如此，那裊漫的熱氣，正在環擁著他。他吸了吸鼻子，香味卻了無痕跡了。在他的軍旅生涯中，那實在是一頓最為豐盛的晚飯。而他能回報登珠什麼呢？遠處的山巒現著黑黝黝的輪廓，天空浩瀚莫測，星星也都躲開了，藏進了雲層。幾隻野兔跑過，留下了草葉的「沙沙」聲。如同野兔跑過時那麼迅猛，又是一聲動靜：什麼東西砸入了草裡，隨後，天地驚出了大汗。

陳渠珍執行了聯豫的命令之後，瓢潑大雨中，拾起了登珠的全部財產：一串珊瑚念珠、一把小銀刀和一個帶有橢圓形花紋的朵雅木碗，這是出產在圖博南部邊境的特殊木頭製做的，一個碗差不多值一千多個章嘎呢。

川軍向拉薩奪去。沒有人想起這句薩迦格言：玻璃塗上寶石的顏色，遇見水就會露出本色。

奔向敵人

穿過迎接的人群，袞頓徑直回到了布達拉宮。這一天，是土雞年（一九〇九年）十二月二十一日，甘丹赤巴洛桑堅贊辭去攝政王職務，哥哥夏札·班覺多吉啦、雪康啦、羌勤啦三人，在布達拉宮舉行了就任司倫儀式。
「達賴喇嘛藏有俄國軍火！」聯豫不僅揚言，還親自率兵進入布達拉宮搜查。在袞頓從中國運回的第一批行李裡，聯豫發現，除了俄國皇帝及駐北京公使的厚禮、蒙古哲布尊丹巴的專使卻拉大堪布和貝子兩人敬獻的一套衣服，以及烏珠親王的厚禮以外，剩下的就是慈禧太后和光緒皇帝的禮物：
繡有十六尊佛像的繡佛像一幀
如意一柄
白玉瓶一對
白玉碟一對
去紋緞四匹

上等內庫哈達一條
珍珠念珠一串
黃綾大傘一把
太后的親筆匾一個
珊瑚如意一柄

寶石念珠一串

黃色團龍緞長頂尖帽一頂

五色彩緞長袍一件

上等綢緞四季服飾一套

珊瑚和琥珀念珠各一串

數不盡的綾羅綢緞

織有九幅彩雲盤龍圖案的黃緞僧服一件

織有吉祥圖案的長哈達無數

……

顯然，以上禮物，怎麼說也不是軍火。可聯豫的臉不僅沒有泛紅，還嚷嚷著：「必藏在第二批行李裡！」於是，率騎兵直奔黑河。聽說，袞頓的馱騎，那時，正在雪山之下的綠草之間歇息，包括庫羅貝子官民奉獻的三匹駿馬、馱架駱駝一百八十多峰；那時，每一頂阿布霍的黑帳篷，因為袞頓的經過，都飄起新鮮的五彩經幡，天地一片豔美，牧笛迴旋。

聯豫官兵一到，就像盜匪一樣，不，就是果洛那些有名的盜匪，見到袞頓，也要帶上豐厚的供養，獻上卑微的虔誠呢。這些清兵，簡直和魔鬼無二，踢箱翻櫃，查看了一遍又一遍，而軍火，連個影子也沒有。

聯豫的這一折騰，使袞頓的私人物品，從黑河運回布達拉宮時，丟失無數。

「決不能養活這些外道暴徒！」不僅拉薩人這麼說，連藏北的阿不霍也這麼說。

噶廈停止了供應聯豫糧草。袞頓說，「我在漢地旅行的時候，看見牲畜一邊幹活，一邊還要不停地挨主人抽打。不管馬、牛，還是驢，都一樣，他們使勁地打那些牲畜，大叫大罵。最不好過的是耕田的牛，走一步，就要被抽一鞭子……他們對佛尤其不敬，聽說，在巴塘，理塘，察雅，洛絨，佐貢，三岩那些地方，趙爾豐的軍隊砸毀了寺院，焚燒了所有的佛像，還打死一千多僧人。甚至，把寺廟裏的佛像熔化後，鑄成子彈，用羊皮紙的經書為士兵墊靴底……」

繼續向拉薩開去的清兵，證明了他們的惡行。那是鐵狗年一月三日（一九一〇年二月十二日），鍾穎派部下張鴻升帶領四十名騎兵，從小路先行進入拉薩。正是默朗欽莫期間，清兵在街上碰到大法會總管彭康台吉扎西多吉和孜准嘉木樣堅贊主僕，不由分說就是連踹帶打，還向祖拉康，布達拉宮放槍。

聽說，聯豫正在唆使這些清兵逮捕袞頓和四位噶倫！大哥班覺啦立即通知了大家，當天下午太陽落山時，袞頓召見了策墨林呼圖克圖，任命為攝政王，聶吾夏·欽繞平措為助理。半夜時分，袞頓離開布達拉宮，前往羅布林卡。天亮前，帶領大哥班覺多吉，噶倫雪康巴、强金巴、薩窮巴、古加基堪俄西瓦、代理噶倫桑頗、貢塘丹增旺布等人離開羅布林卡，從熱巴崗乘牛皮船，過吉曲河，直奔印度。

聯豫二百騎兵窮追不捨，子彈「嗖嗖」地穿過。吉曲河邊，袞頓看著堅色朗嘎（親信侍衛）：「你暫且留在這裏阻擊聯豫，我圖博是否再陷劫難，在此一舉！」於是，堅色朗嘎選出了達克熱、色克熱等十五名隨從。

堅色朗嘎一行，使用的都是弓箭，較之聯豫官兵武器落後。然而，勇氣和技藝，使堅色朗嘎一個人，已讓對方目瞪口呆了。不管他粗壯的身子，是站是蹲，只要一拉弓，箭箭入穴，轉眼間，中國兵七十餘人死亡！剩下的，越來越畏縮不前，聯豫舉起皮鞭，狠狠地抽打起來。

再說袞頓擺脫了追兵以後，在羊措雍措的桑頂寺休整三天，選擇一個風雪之夜，經下司馬，過印藏邊境，直抵噶倫堡。

後來，人稱堅色朗嘎為達桑占堆，就是「好箭法」之意。說起來，達桑占堆生於彭波[24]地方世代造箭之家，早已修鍊得爐火純青。

內憂外患

當班丹拉姆不再歌唱，
雪域啊將成爲魔鬼的舞場，

24 今林周縣。

白晝落幕黑夜猖狂，
太陽遠走他鄉。

從前，和鳥聲一起叫醒拉薩的，總是背水女那婉轉而餘韻纏綿的歌聲。於是，對著上升的火紅的太陽和將去未去的月亮，博巴們淨水焚香後，便猜起班丹拉姆女神的謎底。

然而，今天的歌聲內蘊了然。是的，拉薩的大街小巷，早已出現了一種新玩意兒，專門扼住女神的喉嚨：那是一張張貼在牆上的帶字的紙，叫做文告。人們都好奇地圍了上去，開始，帕廓街這邊最多，後來，在孜廓和林廓，也不稀奇了。

文告一：

……據聯豫等電奏，川兵至拉薩，該達賴未經報明，即於正月初三夜內潛出，不知何往……不足名為呼圖克圖之領袖，即革去達賴喇嘛名號，以示懲處。嗣後無論逃往何處，及是否回藏，均視與齊民無異。「安班」迅即訪尋靈異幼子……

文告二：

以司倫夏札・班覺多吉為首的噶廈官員，隨達賴出逃，一路護駕者，懸賞捉拿。賞錢為：兩千盾盧比活捉夏札・班覺多吉，其他大臣懸賞一千盾盧比。

「兩千盾盧比？這不是做夢嗎！」二姐龍珍是鐵了心和聯豫作對，「你就留在林卡吧，想必聯豫官兵不能咋地你們母子，孤兒寡母的，別折騰了。」

我點點頭，幫著二姐龍珍把各寢室的長明銀燈、官服黑月虎皮緞衣，還有一些古綢緞，寄放到了離主宅夏札平措康薩不算太遠的倉古寺。又把所有的首飾，都戴在了身上。因為凡是戴在身上的珠寶，是不允許沒收的。我目送著二姐龍珍帶著孩子們和上下傭人，向甘丹寺浩浩蕩蕩而去。

為什麼二姐龍珍選擇了避難甘丹寺？傳說，至尊宗喀巴曾在我家夏俄莊園的內、外院子，宣講過精奧佛法，聲音洪亮，遠播雪域的每一座石頭房子和每一頂黑帳篷。如今，這兩處至尊宗喀巴坐過的法台，已為聖物，遠近人們紛紛前來朝拜。並把居住在此的我的家族稱夏札，把山上的甘丹寺，稱上札，表明我家與甘丹寺非同尋常的福田與施主的關係。後來，甘丹寺，專為我家族建立了甘丹拉康，在這所不允許女人居住的格魯教派的寺院裡，我家族世代享受著居住權。

現在，沒有人再看那些佈告了，不僅如此，一發現那些貼在牆上的玩意兒，都遠遠地躲開，捏著鼻子。因為，有人在佈告上潑了糞便！怪誰呢？聯大人在剜我們崗堅巴的心哪！

聯大人耀武揚威起來了。派清兵到圖博各地，截斷了對袞頓的供應，還要檢查給袞頓的各種信件，封了拉薩的庫存，搬空了軍械庫，霸佔了造幣廠，甚至，毫無緣由地抓起袞頓的代表助手欽繞彭措，押送打折多[25]。說起來，老人已經七十多歲了。

25 一譯打箭爐，即今日康定。

像二姐龍珍預料的那樣，清兵闖入了我家主宅夏札平措康薩，那尊從俄絨莊園帶回來的印度響銅和鍍金古銅合製的慈悲坐佛像、祖孫三勝王像、至尊宗喀巴、克珠杰、嘉措杰三師徒像，都被扔到了院子裡，熔煉了所有供水銀碗，焚燒了各種古彩緞鑲嵌的精製欲界天，十六尊者，古如上師等畫卷……

不僅如此，還在我家的主宅夏札平措康薩住下來。那彩色的門楣陳舊了，斑駁地裸露著木頭的原色，顯得衣不遮體的。還不時地從裏面傳出醉酒的聲音，有時，狼嗥似的在帕廓的深巷裏打轉，伴著抽大煙的糊味……我家的主宅成了一座兵營，或者說一個土匪窩。有一次，我從敞開的大門望去，看見三樓兩邊的雕花欄杆，東倒西歪的。幾個花盆，確切地說，是花盆陶片，七零八落地扔在院子裡，有的，被踢到了門外。

這些中國官兵，也沒放過我家族的谿卡。僅在俄絨莊園，就花了兩個多月查抄。有一部《甘珠爾》，都是赤金寫的，底面用薄板保護，板面為寬五寸，長二尺的長方框，中間鑲嵌著寸許金佛，框緣綴著珊瑚珠百餘顆，框內由碧洗瑪瑙和紅藍寶石嵌成花紋。金佛周身都由大鑽石三十六顆環繞。佛頂圓光中，還嵌著圓潤的蚌珠，框面又以五色錦緞交互掩蓋。說起來，也許沒人相信，中國兵摘掉了珠寶後，經文也沒有留下，被付之一炬！

如果一定要在英國人和中國人之間比較的話，英國人，不過是青蛙，而中國人呢，是毒蠍。青蛙跳幾下就走了，毒蠍住了下來。

怪了！有人看見噶倫擦絨・旺秋杰布出入聯大人的宅府了。還有人說，當袞頓停止供應聯豫糧草時，擦絨曾私下賣過去一些呢。常出入聯大人宅子的，還有哲蚌寺洛賽林扎倉的堪布，以及丹吉林寺那些擁護過第穆呼圖克圖的人。聽說，這些人在私下裏商量改變噶廈的定制！連班禪喇嘛也似乎有了變化。說起來，七世班禪丹白尼瑪時期，曾將札什倫布寺所屬烏郁定瑪莊園、昂仁赤卡爾莊園，和拉孜雪莊園贈給祖父夏札·頓珠多吉。然而，聯豫懸賞捉拿哥哥班覺多吉的文書一貼出，札什倫布寺就收回了這些莊園。

內憂外患。班丹拉姆女神啊，又一次示諭了。那是一個霧靄淹沒了群山的早晨，背水女憂傷地唱了起來，所有的人，農人、牧人、貴族、官員、僧人、尼姑、還是乞丐、背屍人、遊棍……除了中國兵和聯大人，都在這時，停下了手裏的活兒，側耳細聽：

彩窗密室孔雀鳴，
水摻牛奶混不清，
日為金鳥飛噶廈，
夜變凡雀棲衙門。

拉魯夫人朗杰旺姆出家的消息，並沒有讓我吃驚。親人中，她最著迷於佛法了。小時候，幾乎每個下午，她都坐在三樓的佛堂裏讀經。有一次，還自做主張地讀起了《菩提道次第廣論》。

「尼尼啦，那必須要上師指點才能理解啊！」哥哥班覺多吉啦咧著嘴，喜孜孜地看著女兒。私塾裡，朗杰旺姆也總是和大家擰個勁。人家練習楷體的時候，她偏寫草體，人家背誦《三十頌》的時候，她偏背五部大論的《根本頌》。學校裏有個規定，違反校紀，男生打屁股，女生打手。她的手總是青一塊紫一塊的。那時，哥哥班覺多吉啦還給她和索朗邊宗各請了一位甘丹寺的上師，教授《詩詞學》和《音勢論》，以及《佛學基本原理》。奇怪，凡是老師教的，她沒有不會的。「慧根不淺哪！」上師不住地讚歎。

本應該她出家，可是，我嚷的厲害，而表面上，我似乎比她聰明，就讓我出家了。不過，當時，她也沒有反對和索朗邊宗一起嫁給拉魯公呀。也許是拉薩的阿嘎調，讓她相信了她的命運？也許她真的喜歡過拉魯公？誰知道呢。不過，有一點可以肯定，並不是為了拉魯的榮華她才嫁過去。虛榮俘虜不了她的心。婚後，她一直沒有懷孕。是因為沒有懷孕才出家，還是因為她一直想出家才沒有懷孕？真是一個謎。

索朗邊宗的懷孕我甚至一點也不知道。很久沒有去拉魯莊園了，她們也沒有到我這裏來。中國兵進來後，對所有和袞頓一起出走的官員家庭進行了查抄，除了女人身上的珠寶。見了值錢的東西就搶，搶過後，還要放火燒得乾乾淨淨。我家的主宅夏札平措康薩，這樣看來，還算幸運，畢竟沒有被燒掉呀。

現在，拉薩人見了面，要相互問候「扎西得勒」了，而從前呢，見了面，都問候，「深木桑[26]」？從對心的看護，退居到日常的平安，說明，拉薩不再從前了。單說從拉魯莊園到帕廓一帶，中國兵就設了幾個關卡，見到博巴，尤其有錢的博巴，盤問起來沒完沒了。聽說，是怕大家聯合起來，援助遠在印度的袞頓。這種情況下，誰還願意出門？

唉，幸好我不知道索朗邊宗懷孕，否則，該怎麼承受呢？也許可以承受吧，人的承受力，簡直越拉越長呢。不過，經歷了失去公爵的打擊後，我的心粗糙了，什麼事都引不起反應，幾乎沒有什麼知覺了。不過，得知索朗邊宗和孩子一起因為天花死去，我還是有許多天不能吃飯。格卓說，「吉尊央宗啦，你活著，不僅為了親人，還為了孩子啊！」

「可是，活著，有時候太苦了，為什麼要承受那麼多無常呢？」

好在二姐龍珍帶著孩子們悄悄地去了印度，已經和哥哥班覺多吉啦在噶倫堡見面了。不知道還有沒有回來那一天了，就是回來，也失去了一切，連主宅夏札平措康薩也變質了。

大姐德吉拉和二哥欽繞列謝怎麼樣了？聽說也被抄了家，因為大哥班覺啦隨袞頓出走引起的。吞

26 你的心好嗎？

巴夫人那邊也好長時間沒有派人叫我打麻將了，每個人都在膽戰心驚地守著日子。

天空和大地，顯得那麼無可奈何，暈過去了似的。而我，必須活著，要為我的兒子好好地活著。可是我的兒子整日整夜地哭鬧，剛出生那會兒，不是這樣的，那時，天黑了他就睡覺，天亮了他就吃奶，難道他也知道世道混亂，黑白顛倒了？

「色拉寺倒是有辦法治療小孩子的哭鬧，還真是靈通。」格卓提醒著我。

「就去一趟色拉寺吧。」我應著。

在色拉寺吉扎倉的主供佛前，我們為那盞金質長明供燈換上了新鮮的酥油，又讓一位古修啦把平措繞杰的名字用金粉寫在紙上，遞給了香燈師。那香燈師一邊念經，一邊燒了紙條。同時，還請回一條打著金剛結的哈達。

而後，我們轉起了色拉寺的林廓。每次來這裡，都必轉林廓。偌大的山岩上，刻滿了佛教大師的畫像。有佛祖釋迦牟尼、蓮花生大師、密勒日巴、阿底峽、宗喀巴、當然，最多的還是觀世音菩薩、文殊菩薩、金剛手。對佛的虔敬，點燃著繪畫大師的靈感，使這些岩畫，如同種子長出泥土，自然生成一般。是的，當你看到一幅岩畫的時候，博巴總會告訴你：「這是自然生成的。」現在，格卓也忍不住指著文殊菩薩：「那是自然出現的呀，吉尊央宗啦。」

「在我看來，卻是畫上的，」我指著文殊菩薩盤腿的姿態，「你看，菩薩沒有結趺而坐，而是寬鬆地雙腳相疊，甚至那彩色橫條的寬褲，也是印度式的。」

格卓不吱聲了，也許同意了我的說法，也許保留著她自己的觀念，誰知道呢。

最吸引我的，還是那幅岩石斷面上的宗喀巴大師畫像。在朗頓公爵往生的那個黃昏，我站在別墅的平頂上，曾良久地盯著這尊畫像，那時，它是一條航船，救我於溺水之間。今天，我再次凝視著這幅岩畫，那簡潔而無拘無束的線條，使那大紅大黃的色彩，此刻，變得如此穩固、深沉，超越了一切畫規，也超越了人間之美。連我兒平措繞杰也不吱聲了，睜大了眼睛，他也被這幅岩畫震撼了？在我們圖博深陷囹圄的今天，我真的擔心，這些伸手可及的圖博之美，有一天，會被外道漢人擊得粉碎。

回到家裡，我把請來的哈達在平措繞杰的額頭上，輕觸了一下後，放在了他的枕邊。為了驅邪，我又請了四位噶棟寺的僧人，念了三天的經。而後，按照習俗，我取出曆書，選了三個傍晚，為平措繞杰做了「古巴促決」儀式。第一天傍晚，我抓了一把青稞，到了樓頂，對著四個方向說，「各位神靈，請不要惦記著孩子，他一切安好！」之後把青稞撒向四方。第二天晚上，我抓一把鹽巴，到了樓頂，對著四個方向又說，「各位神靈，請不要惦記著孩子，他一切安好！」接著，把鹽巴撒向四個方向。第三天傍晚，與前兩天相同，只是我手裏抓的是糌粑，再次向四周的神靈表達感謝。

果然，平措繞杰不再哭鬧了。哥哥班覺多吉啦說過，「其他的族類，並不完全相信我們圖博的法術。」是啊，每一個族類都有自己的法術。許多劫以前，人們發明了許多的法術。可是，他們用創造的智慧作惡，這樣，一場洪水，淹沒了人類，淹沒人類的同時，也淹沒了人類所有的智慧。後來的人類，就不得不從頭開始。聽說，由於博巴持戒行善，也由於這裏是高高的高原，大水無能為力。這樣，那些古老的智慧，唯有圖博保留了下來。

「爸，爸啦。」孩子醒了。

「你在說什麼？再說一遍，再說啊！」我抱起了孩子。

「爸，爸，爸……」他的小嘴一張一合，清清楚楚地發著那個字，黑亮的眼睛，盯著我。

「是的，你也和其他的孩子一樣，有一個爸啦。只是你的爸啦，在英國侵佔我們的時候，護駕袞頓流亡途中，哮喘病突發，去世了。我的孩子，沒有人能戰勝病魔……」

「吉尊央宗啦，一隻奶牛死了。」桑結卓瑪進來了。

「它像奶娘一樣，餵過我的孩子。」我看了看窗外，「埋在果樹下面吧，一來，果樹可以越長越旺，二來，那裏空氣好。」

牛也覺得生在這樣的年月裡，不如死了省心。可是，我不能死，不僅因為人身來之不易，還因為，我的兒子需要我。

道聽塗說

就是閉上眼睛，也能認出布達拉宮那扇神聖的黃色小窗，並對著那裡，匍伏。忠誠袞頓，就是忠誠我們頭頂的光明。一代又一代的博巴用最有力，也最柔軟的語言呼喚著益西諾布、嘉瓦仁波切、還有袞頓。蒙古汗王俺達汗，也受惠於袞頓那大海一樣無邊的智慧，又贈送了一個名字：達賴喇嘛。在這些呼喚中，一代又一代的袞頓：根敦主、根敦嘉措、索南嘉措、雲丹嘉措、阿旺羅桑嘉措、倉央嘉措、格桑嘉措、降白嘉措、隆朵嘉措、楚臣嘉措、克主嘉措、成烈嘉措、土丹嘉措……放棄了完美的佛國淨土，平凡地降落在貧富不同的各種人家，以遼闊的、無邊無際的慈悲，救渡我們這些精神的迷路人。不管在哪裡，袞頓都能照耀著我們，這是人和魔都無能為力的。

還是少了一些歡樂。當默朗欽莫期間，不見了袞頓講法的身影，當雪頓節[3]看戲時，格桑頗章[4]那扇獨有的黃色小窗，不再閃過袞頓的法相，我們的歡笑，也無影無蹤了。甚至，我無法辨認春夏秋冬了，因為沒有了琪久杰巴[5]那莊嚴而嘹亮的法號，沒有了那壯麗的遷宮儀仗隊的指引，我在季節裏迷失了，一直穿著那年冬天袞頓離開時的衣服。

我卻不能和其他博巴一樣，前去大吉嶺朝拜。平措繞杰實在太小了，小得我不敢輕易帶著他，遠走異國。

聽說，流亡他鄉的袞頓，常祈福禳災，念誦《麻摩楚貢》，還撰寫出版了一部《敦促請聖諦護佑祝詞》，開始在印度散發，後來，悄悄地傳到了圖博，連我也得了一份。

那是一個灰濛濛的早晨，一個雲遊僧敲開了大門，說是從嘉絨而來去崗仁波欽朝聖，餓了。格卓回身取糌粑時，他就把那份《敦促請聖諦護佑祝詞》，用一條紅線，掛在了門上，待格卓端著糌粑，

3 酸奶節，西藏重要的傳統節日。時間為藏曆的六月底七月初。同時，有大型曬佛活動和藏戲演出。

4 初建於藏曆第十三繞迴的木豬年（一七五五年），七世達賴喇嘛尊者在位時期。堅色頗章落成之前，十三世達賴喇嘛尊者曾在此居住。

5 指達賴喇嘛尊者的遷宮儀式。每年兩次。一次為入冬前，從羅布林卡夏宮遷到布達拉冬宮。一次是入夏前，從布達拉冬宮遷往羅布林卡夏宮。這時，僧俗百姓和官員，也要隨之換上不同季節的衣服。

再到大門口時，連個人影都沒了。

聽說，接待袞頓的英國人叫查理斯．貝爾。貝爾的藏語像我們圖博的那些善知識一樣好；他瞭解圖博如同瞭解自己的國家，常一個人與袞頓討論圖博、英國、還有這世界上其他國家的大事。

聽說，中國派了不少探子到印度暗殺噶倫們，尤其哥哥班覺啦，可都被貝爾先生識破了。聽說，貝爾先生，還為袞頓提供了適合於講經祈禱位於森林中的房子，叫做「希爾賽德」。每個星期，貝爾先生都要為袞頓和噶倫們送去足夠的大米、羊肉、還有水果，像橘子、蘋果、香蕉，真是應有盡有。

聽說，哥哥班覺啦已和貝爾先生成了好朋友，倆人常聊到日暮，晚霞燃燒天空的時刻。甚至貝爾先生逢人便說，「夏札司倫，是圖博的民族支柱。」「夏札司倫位居三位噶倫之首，是圖博無愧的首相。」貝爾先生還對二姐龍珍和我的小侄班覺索朗旺秋，也有很高的評價呢：「他的夫人也是個賢淑的女子，他的孩子也都很有教養……是非常好的年輕小夥，極其用功，責任感很強，常識豐富。」

二姐龍珍有一回拿起一只香蕉，感慨起來：「和這只香蕉恰恰相反，倫欽貝爾的外皮是白的，而裏面是黃的。」是啊，貝爾先生雖說外表是白種人，但有著一顆崗堅巴的心。其實，不僅二姐龍珍，在圖博，人人都傳說倫欽貝爾的前世是個博巴，只是這一世為了方便支持圖博的政教大業，才轉世為白人。

祖拉康裏的經聲、鈴聲、鑼聲、鼓聲長久地響著，酥油燈數也數不完，尤其在袞頓生日的時候，幾乎所有的博巴，都在誦長壽經，祈禱袞頓早一天回他的子民身邊。噶廈政府，甚至請求丹吉林寺神通廣大的護法神孜瑪熱降神卜卦，可是，他堅決不開口：「如果不恢復丹吉林拉章，我永遠也不會開口。」孜瑪熱甚至還經常捉弄那些在第穆事件中支持過噶廈的官員們。有一次，總堪布阿旺洛珠，在家裏引見一位桑耶寺僧人，可走到跟前，那僧人突然變成了一個身穿工布裝的紅臉人，堪布慘叫一聲暈了過去，不久，往生了。聽二姐龍珍說，哥哥班覺多吉啦也在夢中，被卡住過脖子，差點就喘不過氣了。「那是娘珠活佛的魂從裂縫的塔裏鑽了出來！」也有人這麼說。

中國人不願白人進入圖博。就說：「白人想滅佛」。博巴信守承諾，阻止了那麼多的白人。連哥哥班覺多吉啦還有過一次這樣的經歷呢。那年，哥哥還是噶廈的五品官，也就是拉薩的涅他勒空的主管時，與一位秘書、一位孜本，同赴藏北勸阻了稱為「法國王子」，以及隨從的一夥人。雖然當時有秘書長和孜本負責，但是，哥哥班覺多吉啦辦事幹練，一點也沒有被洋人的準確槍法嚇住，到底阻止了他們進入拉薩。現在看來，也未必是好事啊。我們博巴，上中國人的當，還少嗎？

第四章

朝霞染紅了天空

囉哩囉唆

一隻瞎眼蒼蠅，在玻璃窗上撞來撞去，終於累了，落在黑色的窗框上。說時遲那時快，我兒平措繞杰伸出右手，扣住，五指撐起，手心懸出了一個空兒，攥成一個小小的拳頭，掀開門簾，放飛了。

「真是一個博巴[1]呀！」我不住地點頭。

博巴都是這樣的。我們相信：人生無常，輪迴無盡，所有生命，宛若母親。就說雨季吧，草裏又熱又悶，那些螞蟻，因為沒辦法呼吸，都爬到了路上。大家經過的時候，就彎下腰，看著腳下。還有人撿起樹葉，或小木棍，讓螞蟻抓上去，再送到路邊草稀的地方。知道黃甲蟲嗎，就是喜歡躲在樹

1 西藏人對自己的稱呼。

下裝死的小蟲子？落下時，總是迫不急待地收攏翅膀，常鬧個四腳朝天，我就讓平措繞杰跑到樹下，幫黃甲蟲翻身子。還有小黑蜘蛛呀、花甲蟲呀，幾乎對所有的生命，我們都可憐。牽馬人丹增有個習慣：蚊子喝他的血時，他總是一動不動：「讓它喝個夠吧，不餓不飽的多難受。」這是丹增的邏輯。我不行，常鼓起一口氣，吹開。

為了不踩傷那些小蟲子，從六月十五日開始，比丘們要進行九十天的閉門修行，也就是夏日安居，我們圖博話叫壓奈。前壓奈，四十五天，後壓奈也有四十五天。守壓奈期間，還要特別地念經，長善淨惡，祈禱風調雨順、五行平衡，尤其防止冰雹和洪水禍害生命。比丘的二百五十三種戒，這時，都要嚴格遵守。不僅在這期間不能吃肉，還要過午不食。

在我們圖博，眾生遵守佛規。比如，各種各樣的鳥兒，每年四月初，都到洛嘎[2]地方的且薩拉康參加法會。聽說，講經的是鳥王杜鵑，布穀鳥做秘書，烏鴉做廚師。凡是報到的鳥，自動對號入座，千百年來，沒有變過。講經結束時，犯了法的鳥要受懲罰。像麻雀，因為偷東西，雙腳就被拴住了，不得不跳著走路。對守戒的鳥，噶廈政府是讚許的，還要派一僧一俗兩位官員，帶去糌粑和卡普塞等許多好吃的東西呢。

別說杜鵑講法，就是叫起來，也夠惹人高興了。春天的頭幾天，我總是穿上好衣服，帶上好吃好喝的，到德吉林卡專門聽杜鵑唱歌。「咕咕卡」，「咕咕卡」，杜鵑的高音，是不會和別的鳥兒叫混到一起的。

俗話說，人無法，鳥無法，世上就亂了。

現在，不知道洛嘎那邊，鳥兒的法會是不是還每年一次？而拉薩這邊，連一隻鳥也不見了，就是跑來跑去的狗也不見了；不見的還有袖狗，那是專門給人取暖，呆在袖子裏的小狗。聽說，天底下只有圖博才有。現在，是絕種了。而沒有絕種的馬，驢、牛、羊，以及河裏的魚、蝦……所有肉眼能見到的生靈，也都不見了，除了人。

只有人在動。瞄準對方，扣動扳機。還有炮聲，悶悶地響個不停。有人說，這是中國兵在打中國兵；還有人說，是中國兵在打我們的博兵；另外一些人說，是博兵在打中國兵。聯豫跑進哲蚌寺躲了起來。這個毫不在意佛的人，現在，跟哲蚌寺洛賽林扎倉的堪布打得火熱。還有丹吉林寺，居然打開大門，讓中國兵藏進裏面，攻打博兵了！

噶倫擦絨・旺秋杰布，也當然地站在了中國人一邊。不過，擦絨父子已受到了懲罰。俗話說，「遇上害佛之人，淨修者也會生起拔刀之心」。這就是為什麼，祖拉康裏供奉著一個殺人英雄的塑像：因為他刺死了滅佛的朗達瑪。

「噶倫旺秋杰布是內奸！」這一次，是色拉寺的出家人闖進噶廈的會議室，抓住擦絨的髮髻宣佈的。而後，把噶倫擦絨推下石階，拖到多仁朗瑪處，也就是布達拉宮下面的第一個石碑前，刺死了。擦絨的兒子，也被抓到宇拓林卡，捆在楊柳樹上，被人在胸前畫了一個黑圈，當場擊斃。現在，擦絨家族只剩下了四個女孩和一個兒媳，無依無靠，債務重得像珠穆朗瑪。

2 今西藏山南地區。

我的傭人們都不再出門了，大門緊緊地關著。那口供路人喝水的陶罐，也搬進了門裡。我幾乎和所有的親人都斷了聯繫，儘管同在拉薩，每個家庭，都成了孤島。這倒似乎給馬倌丹增和格卓帶來了機會。丹增的眼睛，老是不離開格卓，就是在花園裡，他也不停地往別墅這邊瞟。

「格卓，你喜歡丹增嗎？」我問。

格卓使勁地點點頭。

「那就結婚吧。」我建議道。

「不少傭人都在說閒話，說我害了自己。」

「你真的喜歡丹增嗎？」我又問。

「除了丹增，就是倫欽[3]我也不嫁。」格卓低下了頭。

「分開你們，那才是害了你，當然也是害了丹增呀。」我感慨起來。兵荒馬亂的，兩個人也沒舉行像樣的婚禮，只是上下傭人湊在一起吃了頓團圓飯，算是成全了兩個好人。我又騰出一間側房，做了格卓和丹增的新房。我說，「等哥哥班覺啦從印度回來，我會請求他們把夏札家族在帕廓街出租的房子，借你們一處，不收租金，丹增也好瞅準機會，做點小生意。」

古老的預言

薩迦[4]格言說，「大象到樹下乘涼，大樹會遭遇禍殃。」自打中國兵進了拉薩，拉薩就遭了禍殃。

他們見到噶廈官員經過時，居然強迫下馬叩拜。聽說，還向噶廈伸手借款十萬兩，理由是回中國，可錢到了手，又賴著不走。開始，他們只搶噶廈官員的家產，後來，不分貧富，尋個由子就搶。尤其寺廟裏的珠寶，早饞得眼睛都癢癢了。

這天，一群中國兵進了祖拉康！他們早就看好了阿媽拉洛桑卓嘎獻給佛的那三盞金質長明供燈了。無奈，強巴拉康的門緊緊地關著，中國兵推了幾次，也沒推開，就找來了一個又粗又長的木樁，幾十人抬著向那個千年的雕花木門砸去，可是，那扇滿目滄桑的老舊木門，連縫也沒欠一下。於是，中國兵們點起了大火！

「你們這群畜生，居然搶劫起了大昭寺，這是鑄成千年冤仇啊，還有臉回中國嗎?!」鍾穎及時趕到了。

以後，那幾個中國兵幾次謀殺鍾穎未成，錯殺了鍾穎的老婆了事。然而，吉曲河南岸崇壽寺的儲糧，到底在夜裏被中國兵搶光了。不僅如此，還企圖搶劫色拉寺，把四門大炮架到了色拉寺的門口，開炮了！

色拉寺的古修啦呼嘯著震天撼地的經聲，衝了出來。

「阿媽拉，這是什麼聲音啊！」我兒平措繞杰也驚住了。

3 首相。

4 西藏佛教四大教派之一薩迦教派的誕生地。薩迦王朝期間，曾為西藏的政治、經濟、文化中心。

「是色拉寺的古修啦，在保衛我教我民哪。」我說著，頓感一陣昏厥。

「『中國兵哪見過這比大海還洶湧的紅色，比大炮還響的經聲啊？沒有，一點也沒有。』丹增說，『他們丟下大炮，跑得無影無蹤了。』」格卓後來這樣告訴我的。

我盯著格卓：「召集所有的傭人，從現在開始，見到中國兵就殺，沒有大刀，拿剔肉的小刀也無妨！」

從此，就是晚上睡覺，我的枕邊也沒離開過刀。

自從攻打色拉寺，漢藏兩族公開為仇。不時地傳出中國兵被圖博僧俗百姓殺死的消息，尤其在拉薩，三天兩頭，就有一次傳聞。袞頓在大吉嶺那邊感歎：「中國人不能依據舊約，撫我圖博，信用大失，蹂躪我主權，坐令我臣民上下，輾轉流離，逃竄四方，苛殘惡毒，於斯為極！」

達桑占堆回到了圖博！他的生命，人人都說，這一世，就是為了袞頓而來。博巴紛紛向日喀則一帶聚集，投向達桑占堆。轉眼，達桑占堆就組織了萬名圖博民軍：僧人、牧人、農人……簡直各行各業，為保護我佛重歸，驅逐漢兵，人人拔出了長刀。當然不止長刀，他們還有了現代槍支，都是從印度運來的。

在達桑占堆的指揮下，博軍首先圍攻了江孜和日喀則，中國兵投降，槍支以低價賣給圖博民軍，繞道印度，回了中國。

現在，只剩下了拉薩的中國兵，還有聯豫和鍾穎。於是，達桑占堆率軍直抵拉薩。圖博軍，這時已達幾萬人，還有自發從四面八方不斷趕到拉薩的支援者，共同包圍了聯豫和鍾穎的官兵。

曾任中國軍陸軍士兵第一營管帶的謝國梁宣告：「中國兵構亂，始而自相殘殺，繼且擾及圖博」，「此次交戰，始於在中國兵不守軍紀！」於是，謝管帶投降博軍，回身大戰中國兵！

然而哲蚌寺的洛色林扎倉和丹吉林寺的僧人在明暗兩處幫助中國兵。戰前，丹吉林寺的僧人，請求護法神孜瑪熱降神後，問：「這次征戰，我們應該站在噶廈一邊，中立，還是投靠中國軍？」

神答：「投靠中國軍。」

中國軍和丹吉林寺的僧人吃光了糧食，博軍罵道：「你們作亂打仗，打得無糧飽腹，不得不吃死馬死驢，這一世就淪為了牲畜！」

「你們噶廈軍的跑彈，走得比炮手還慢，連泥坑裏的青蛙大腿都打不斷！」丹吉林寺的僧人回罵道。

其實，博軍是盡力不殺生，僧人們念著咒法，與中國軍作戰，最後包圍了聯豫、鍾穎的盤據點，斷了糧草。

無奈，中方與博方達成協議，簽署了〈和平條約〉四款：

1.中國軍槍彈交廓爾克代表封存於堯西，無中國、廓爾克、圖博三方出面不得擅取。
2.中國軍全行退伍，由印度回國，但欽差、糧台、夷情各官，照舊駐在圖博。
3.欽差留槍三十枝，統領留槍六十支。
4.中國兵出關後，所有兵變損失財產房屋，照實議賠。

但是，博軍這邊堅持中國官兵全部撤出，一個不留！於是，再次達成和約：

1.中國人全部由雅魯藏布江南岸撤離。
2.沿途烏拉糧秣柴草，由圖博供應。
3.百姓出圖博所需之烏拉，則需出價購買，每騎五兩，每馱三兩。
4.陸軍出圖博後，留在博地的中國家屬之生命財產需照常保護。
5.中國人出圖博日期不得逾一九一三年四月初十日。
6.中國人出博需由博軍及廓爾克人護送。

聯豫帶領中國軍交出武器，向博軍投降。

袞頓自噶倫堡頒發了蓋有印章的指令：

拉薩全體民眾知曉：駐圖博的中國官兵因糧餉斷缺，內部爭搶嚴重。提出如果解決糧款盤纏即可返回。並具保結，目前，他們已領到銀兩十萬多。對有秩序返回的人員要給以馱畜行裝等幫助，使他們順利返回。

圖博古老的預言說，鐵狗年，將同中國打仗，水鼠年，結束戰爭。經歷了近兩年的槍林彈雨，圖博的太陽輝煌地升上了天空。

嶄新的經幡

水鼠年的冬天，林卡裏的格桑花，居然盛開了。黃的，粉的，紅的，鮮豔豔地連成了一片。天上的雲，也格外地潔白，潔白的雲，映得天空湛藍湛藍的。

我並不是第一個發現這些花的。格卓、桑結卓瑪、丹增，幾乎所有的傭人都看到了。大家早就起來了，穿上了最好最好的衣服。我呢，更是一番細心打扮：紅色文久外面，套著長袖深藍色丘巴，深藍色的緞子上飛揚著深藍色的藍花，不細看，真的認不出來呢。我把紅色的文久圓領，翻在丘巴的外面，繫上幫典，又拿出一雙新的松巴拉姆，帶上伯珠、艾廓、嘎烏……自從公爵去世，還是第一次，我站在鏡子前。我的平措繞杰，也穿上了鮮紅的緞子長袍、彩色呢靴。走出大門時，我們這條小小的溪流，立刻匯入了大海。我是說，幾乎同時，人們從每座石頭房子，每條小巷裏流了出來：貴族、官員、僧人、尼姑、商人、農人、牧人、乞丐……有的，後面還跟著放生羊、狗，在這條並不是常有行人的土路上，大家不時地停下，剷除刺玫和其他的小灌木，有的人還蹲下了，把凹凸的路面，潑水墊平，鋪上細碎的彩色石子。就這樣，大家不約而同地向著達龍定林卡走去。

天，大亮了。儘管中國兵搶去了我們差不多每家每戶的財富，儘管作戰中，死去了那麼多的博巴，我的眼前，還是人的花園。人們手持焚香，「一」字形在路邊展開，天氣裏飛揚著沉香、丁香、草紅花、紫檀香的氣味，那是圖博特有的氣味，清潔的氣味，神聖的氣味。長長的嗩吶響了，那朝朝暮暮的等待啊，此刻變成了聲聲呼喚：袞頓來了！

「我看不見袞頓呀？」平措繞杰在格卓的懷裏伸長了脖子。

「來，騎在我的肩上！」丹增從格卓的手裏接過了平措繞杰，「看見了嗎？」

「還是給我吧。」我把平措繞杰抱在了懷裡。

「啊，袞頓，袞頓來了！」格卓的眼睛亮亮地盯著前方。

是怎樣幸福的長隊啊，以攝政王策墨林呼圖克圖為首的全體僧俗官員、三大寺仁波切、僧人列隊走在前面，為袞頓引路，我顧不上尋找哥哥班覺啦，更沒有尋找任何其他的親人，因為，袞頓的轎子不緊不慢地向我移來，越來越近，越來越近了！從轎窗裡，袞頓伸出手，向經歷了淒風苦雨的拉薩僧俗致意，那雙大慈大悲的眼睛啊，儘是讚許。他看到了我，特別地擺動著手，甚至微笑了，不，是看著平措繞杰，點頭呢！像是在說：我瞭然你們母子經歷的一切……我彎下身子，所有的人都在九十度地彎下身子，連我兒平措繞杰也在九十度彎腰呢。

儀仗隊走過後，我們跟著袞頓的隊伍，向布達拉宮挪去。通向布達拉宮的道路上，盛開著右旋海螺、寶瓶、寶傘、吉祥結、法輪，金魚、妙蓮、和勝利幢。走過這吉祥的八寶，我們目送著袞頓直接回到了布達拉宮的日光殿。

無一例外地，每個家庭的房頂，都換上了嶄新的經幡，不僅房頂，還有每一扇窗楣上，都飄起了嶄新的祥布。拉薩，沉浸在自木龍年（一九〇四年）以來，第一次無憂無慮的喜悅之中。連藥王山上的經幡都換得嶄新，清風中，也飄揚著喜悅。祖拉康的香爐前，桑煙尤其濃郁，把拉薩舉向了三十三重天。

格卓打開大門，把水罐和糌粑罐又放在了門前，水罐裡，還細心地放了一層沙子，保證水的清涼，格卓也沒有忘記放一個銅瓢，那是一個沒有豁嘴的嶄新銅瓢呢。

背水女的阿嘎歌飛揚起來了：

一百頭牛馬的重擔，
一輛大車可以運完，
眾信徒難挑的擔子，
菩薩一人擔在雙肩。

背水女的歌停歇的時候，風兒又捎來了另外的歌聲，那是又從我家的主宅夏札平措康薩傳來的，不過，不是傭人們調情的歌，是打阿嘎土的歌兒：

嘎哇拉當嘎[5]，
記吧拉當記吧[6]，

5 高興呀高興。
6 幸福呀幸福。

聚寶大地之上，
中間是須彌山，
環繞須彌山的是七大金山，
七大金山之間是七大海洋，
七大海洋周圍，
是四大洲和十二部小洲。

殊勝大象在南部世界洲，
三百六十個民族，
七百二十種語言，
四大區域，
十六大地方，
東方的五臺山在中國，
南方的搭拉山在印度，
西部是鄔堅，
北部是香巴拉。

而我們，
由三怙主教化的殊勝之地，
不同於那一切的一切，
紅臉十三萬戶，
雪域大國的疆域，
上部阿里三圍，
中部衛藏四茹，
下多康六崗，

衛藏法區，
多堆人區，
多麥馬區，
……

哥哥班覺多吉啦在擴建主宅夏札平措康薩了。為了驅走中國兵留下的穢氣，特意從裏到外，每個角落都粉刷了一遍。染色工是一位特別的畫師，那顏色的方法，是謎啊。我甚至懷疑，哲蚌寺西邊的那兩塊山石上，關於至尊宗喀巴和五世達賴喇嘛岩畫，就是他一夜之間完成的，他是神！你看，他把那個層層雕花的大門，染得新鮮如初，還有，他說，「放心吧，不會褪色了。我的染料是用野生植物的汁、礦石、還有色土，配出的顏色，不管颳風下雨，還是冰雹，都不會褪色！」

「中國兵來了，不褪色又有什麼用呢？那不是裝飾人家嗎？」二姐龍珍嘮叨著。

「中國兵來不了啦，在東部邊境，我們布下了大批軍隊！」大哥班覺啦安慰著二姐龍珍啦。

「住在這裡，難為那些中國兵了，我們所有的好東西，對他們來說，都是礙眼的。」我說。

「所以，他們打碎了一切。」二姐龍珍又說話了。

「其實，這裏對漢人是不合適的，我們是浪漫的，他們是現實的，住在這裡，除了對搶劫有快感外，真是活受罪。」我說。

「所以，佛可憐他們，放他們走了。」大哥班覺啦接過了話。

第五章 默朗欽莫[1]

聽經

拉薩的默朗欽莫，從沒像今年這樣人山人海的。和中國兵在這裏時，每扇大門都關閉的情景恰成對比，現在，祖拉康的每扇大門都打開了。

我向帕廓走去。格卓和其他的傭人跟在後面。我看見了大姐德吉、二哥欽饒列謝、帕拉夫人、吞巴夫人，都帶著孩子；還有拉魯公、哥哥班覺啦和二姐龍珍啦、小侄班覺索朗旺秋、侄女拉雲卓瑪……除此，還有很多很多的人，有的來自安多、康、衛藏，還有的來自拉達克、不丹、哲孟雄……很多貴族家庭的管家，在這個時候，都站在帕廓上，向窮人和乞丐佈施，有的發放章嘎，有的提著卡普塞、吐巴……

1 即傳昭大法會。西藏傳統的宗教節日，為宗喀巴大師所立。

嗩吶響了，悠長的旋律，在拉薩的上空祥雲般翻捲。兩個焚香的人出現了，而後是卓尼欽莫[2]，兩位經師，再後是袞頓！袞頓的個子不高，眼睛卻格外黑而亮，和公爵的眼睛多麼相似啊……淚水流入了我的嘴裡，還沒來得及擦掉時，袞頓已經走近了我，我立刻九十度彎腰，雙手合十。

「孩子你培養得很好啊！」袞頓說著抬起手，在平措繞杰的頭頂，摸了摸。

我哽咽，淚水一滴接著一滴地流著。

袞頓向松卻熱的法座走去，坐在了法座上，向圖博的僧俗講授《釋迦牟尼本生記》了！

「……雖然我們的身體會老，但是，內心卻可以留下菩薩心殊勝的功德。佛教裏主要說的是，一切法，並非無因而生，無論情世界，還是器世界，都在相互依賴。《俱舍論》[3]講，一切都是緣起的，無我的。龍樹菩薩說，千萬不要失去信心。不斷地反省內心。只要下定決心，就能成就果位。

「我們每一個如母有情眾生，都是平等的，想離苦得樂，每個人只要學習，不分男女，都會得到善果。希望你們回去以後，繼續學習經論。」

袞頓接著講下去：

「導師佛釋迦牟尼，所以成為一切如母有情眾生喜愛的對象，就是累積善業的結果。許多劫以前，導師佛釋迦牟尼誕生在一個非常貧窮的家庭，當時他所在的地方，遇到了百年不見的乾旱，很多昆蟲都死了。為了求雨，祭祀天神，人們殺了一些動物，有的，還殺生供血。導師佛釋迦牟尼說，為什麼要殺害這些生命呢，難道天神就沒有慈悲心嗎？他想出了一個善巧的方法，跟當地的國王和眾人說，如果殺生能求來雨水的話，為什麼我們不去殺人呢？人比動物的生命看上去更重要。讓我們殺一千個人去供奉怎麼樣?人們都嚇壞了,一個又一個地退了出來……」

太靜了,拉薩在這時,靜得可以聽到一粒青稞落地的聲音。很快,開始供應酥油茶了,還有帕查磨姑[4],哲瑪哲希[5]。小僧人們在人群之間奔跑著送茶,還抬著裝飯的大籃子,風一般地來來去去。

今天的茶和粥,都是大哥班覺多吉啦佈施的。每年的默朗欽莫,我家族都按慣例向所有與會的僧眾供養齋茶兩次、青稞片粥一次。一般來說,事先,所有的佈施和敬神哈達,都要通過布達拉宮的總務處呈獻,只有一些特殊貴族的敬神哈達通過噶廈。我家是通過噶廈呈獻的,呈文如下:

> 世族夏札門下在今年舉行的大願法會上,獻常規供養齋茶兩次,青稞片粥一次,乞請安排在八日中午受用。

一共二百多貴族家庭,幾乎每家都渴望在今天佈施呢!衮頓看著大家又吃又喝,笑了,「你們接著吃喝,我呢,接著給你們講故事。」衮頓的身子略微前後搖著,有時也左右搖著,温和的聲音,有如雪域清涼的晨風:

---

2 一譯仲尼欽莫,主持達賴喇嘛行政事務的管家。
3 全稱《阿毗達磨俱舍論》,作者:印度人世親。為格魯教派修行人必讀之經典。
4 藏餐,由麵、酥油,加適量紅糖、碎奶渣攪拌而成。
5 藏餐,即人參果米飯。

「不要傷害別人，你最大的敵人，就是你自己的內心，調服內心，是我們每日的重要課業……」

覺阿曲巴[6]

連神，也數不完這些彩燈！這兒，是三界六道之外的佛陀淨土！木架上，那酥油彩塑，高高地與圓月相映，今夜，沒有瑕疵。

環形的帕廓，為什麼如此五彩繽紛？這得從土牛年（一四〇九年）說起。那年正月初八至十五日，在至尊宗喀巴主持的祖拉康祈願大法會期間，僧俗百姓用酥油塑成各種花卉草木、奇禽異獸、還有吉祥八寶、轉輪王七寶、以及六供手等，惹得十方佛子皆大歡喜，笑聲和花雨一起降落，從此，成了習俗。博巴說，這是覺阿曲巴，也就是花燈之夜。

太陽落去，帕廓的各個地段上油燈燃起，男神女神、飛鳥飛龍，都活靈活現起來。尤其仙女跳舞、和尚翻跟斗、護法降神，逗得孩子們大聲地笑著。還有吉祥八寶、國政七寶、和睦四瑞、長壽六仙、蒙人打虎、獅虎大鵬，還有鮮花、果子、曼札[7]、金戈[8]……老人們也樂了，乾脆唱了起來：

月亮圓，
油燈高懸，
是布達拉的彩雲，

升起這殊勝的夜晚。
年輕人也唱了起來；

繁星閃，
桑煙悠遠，
是羅布林卡的春風，
加持了這十五的圓滿。

狂歡起舞的人群，居然跳起了索那揚珠啦。

然而，我沒有去帕廓。一個貴族婦人在深更半夜和著眾人一起沸騰，是不合適宜的。再說了，我喜歡遠看，遠看時，更加完整。現在，格卓在房頂上鋪了卡墊、木桌，放上了風乾羊肉、水果、橘子、糖，印度夾心餅乾，當然，少不了卡普塞。一切看上去都是完美的，我們面朝祖拉康和帕廓，那

---

6 藏曆新年期間的十五花燈夜。

7 裝滿五穀、各色石子、貝殼、碎瑪瑙、松石、珍珠等物品的圓形或方形的器皿，常置於寺廟供桌上，象徵須彌山。

8 神佛的居所。

裡，星星般移動的花燈若隱若現，還有那些在山巒之間迂迴的歌，讓我不自主地流下了眼淚，不知因為太高興了還是太憂傷了。

「阿媽啦，你想念爸啦了，對嗎？」平措繞杰從格卓那邊跑了過來，爬到了我的膝上。

雅索[9]的榮耀

一

正副兩個騎兵隊長也就是雅索，在默朗欽莫期間太威武了！每人都擁有五個貴族女子專門獻扎西得勒。而我，被正雅索請去當了第一個獻扎西得勒的女人。

我穿上紅色的絲綢文久，墨綠色金絲緞丘巴，純絲織成的五彩幫典，五彩披單，珍珠和紅珊瑚製成的伯珠，金子鑲邊的綠松石艾廓，帶穗的珊瑚耳環，以及鑲著四個大鑽石和無數珍珠的嘎烏，珍珠圍腰，蠍子腰鏈，珊瑚項鏈，長筒布底的彩色松巴拉姆靴上，繫綠色的繡著圍城的羊毛靴帶……

當我來到布達拉宮前面的盧布那噶底[10]時，兩個雅索在馬背上挺拔的英姿，已然清晰。說明哲蚌寺的鐵棒喇嘛在祖拉康的露天裡，宣佈完了拉薩的秩序，噶倫赤巴也給兩位雅索講了話。

當騎兵全部到達盧布那噶底後，正雅索特別地直了直身子，向下面的官員和牧民宣佈了規章制度；副雅索也直了直身子，念起了噶廈政府的佈告，也就是雅索和騎兵的律制。

我和其他九位女子，開始了向雅索奉獻扎西德勒。這時，幾乎所有的貴族夫人，太太小姐們都來了，圍成了一個圈，從各個方位看著我們，專門欣賞我們的服裝。

「啊，我喜歡央宗茨仁啦的頭髮，真濃啊，又黑又亮。」

「人家當尼姑時，就是出了名的美女，儘管那時頭頂光光的。」

「大家族的小姐就是不一樣啊。」

「要麼，能成為朗頓公爵的情人?!」

「尼尼啦，你的精神不錯呀。」哥哥班覺啦也來湊熱鬧了，還有拉魯公和幾個我不認識的戴著帕角的噶廈官員。

「這不是我們拉薩的月亮嗎?!」拉魯公也開起了玩笑。自從拉魯夫人索朗邊宗去世，我還是頭一次這麼近地看著他。他瘦了，有些蒼白，這位亞谿家族的後代，睡眠不足地眯著眼睛。

「水靈靈的樹蕊，別讓乾樹皮裹住，這麼美的人兒，別老是藏在林卡裏！」一個戴著帕角，左耳墜著長長的索金[11]的男人走了上來。

「這是鼎鼎大名的龍夏，剛從英國回來。」哥哥班覺多吉介紹著，「吹拉彈唱，樣樣在行，他自己就是一個戲班子！」

9 騎兵隊長。
10 布達拉宮前的草坪，現已消失。
11 松石耳墜，噶廈官員的象徵。

「真是不見不知道。」我看著龍夏。

「一見嚇一跳？你們這些大貴族才不會稀罕我這套流浪藝人的行當呢！」龍夏向哥哥班覺啦挑釁了。

「我不是習俗的奴隸。」我看著龍夏，緩和了氣氛。

「怎麼樣，我家的尼尼啦喜歡你呀！」這是哥哥的厲害，從不與任何人為敵，除了在丹吉林事件中，毫不猶豫地打擊了那些暗害袞頓的人以外。

「被龍夏唬住，這後半生就殘廢啦。」一個穿著灰緞子長袍的高個兒男人說話了，「他這次回來，是太太十月懷胎，怕在英國生出個黃頭髮藍眼睛的孩子。」

「結果呢？」我看著男人翻在外面的優雅的白綢內衣和沒有佩戴索金的赤裸的左耳。

「畢竟，大吉嶺是我們的鄰居，小孩子一聞到酥油味，就變成了博巴。」男子無遮無攔地開著玩笑，他沒有噶廈官員的帕角，飛散的長髮，顯得清風秀骨。

龍夏就笑，還摸了摸臉，像有蚊子貼在那裏「嗡嗡」似的。

「你，不在噶廈……」我欲言又止。

「他怎麼會稀罕我們的官位呢，人家是大名鼎鼎的詩人呀！」拉魯公也說話了。

「只有默朗欽莫時，沁巴老爺才從洛嘎清淨的鄉間，光臨拉薩，為了聽袞頓講經。中國兵在拉薩這兩年，他拒絕出門，詩人的眼裏裝不下砂子啊！」哥哥班覺啦半開著玩笑。

「沁巴可是有名的騎馬好手啊！」龍夏倒不和沁巴計較，也說起了好話。

「所以才能和拉魯公成為朋友。」我知道拉魯公最喜歡的就是騎馬射箭了。

「我說吉尊央宗啦，你這是在誇我嗎？」拉魯公的眼睛睜得大大的，睡意跑得無影無蹤了。

二

元月二十三日這一天，叫扎基孜卜夏。雅索帶著騎兵先到了北郊扎基。從三品官噶倫到最小的七品官馬草官，所有的噶廈俗官都到齊了。雅索穿著藍色緞子的占西服，坐在前面。那緞子上的龍、雲、山、水，映得天地光彩奪目。騎兵坐在左右兩排。一家一家地到前面接受檢閱。每報告一遍，俗官們就從騎兵的帽子一直讚頌到馬鞍，人人都張著嘴笑個不停。

最後，所有的官員聚在一起，吃起了香坡寨（咖哩飯），那是用夏多啦，一個有蓋子的大銅鍋做的，所有官員的衣服裏都揣著一個淺黃色的朵雅[12]木碗。吃過飯後，騎兵們站成兩排，右排在前面，左排在後面，在兩個雅索的帶領下返回到拉薩。

三

元月二十四號，是莫羅木多加，送鬼的節日。由布達拉宮的朗杰扎倉和哲蚌寺的阿巴密宗院主辦。所有的噶倫都要先到祖拉康，還有甘丹赤巴也到了，每個拉薩哇都到了，人山人海地圍著祖拉

12 西藏南方的一種名貴木材製作的藏式木碗。

康。

今天，袞頓將透過祖拉康日光殿的玻璃窗，觀看莫羅木多加。而人們都是來見袞頓的。我的松巴拉姆靴，已被踩了好幾個腳印，當然，我也踩了別人，都顧不上道歉了，人人仰著臉，等待著。二姐龍珍啦來了，還帶來了孩子們。格卓、桑結卓瑪也來了。平措繞杰高高地坐在大管家的肩上，啊，袞頓出現了，在微笑呢，那雙又黑又大的圓眼睛都笑彎了。人們雙手合十，彎下身子，不管什麼時候，只要袞頓出現，大家就會彎下身子，那是亙古以來的博巴式的虔敬。我趕緊向平措繞杰望去，他卻雙手合十，目不轉睛。

「低下頭，我的寶寶！」我輕聲地警告。

開始了送鬼。先立起草，點著了火，幾百個僧人吹著嗩吶，把一年中不好的東西都送走了。雅索也帶兵前來了，在吞巴家族的門口，墊上很高的墊子，就坐。而後，親朋好友們為兩個雅索獻哈達，我也去了，穿著紅色的鑲著玫瑰花的長袖丘巴，墨綠色的文久圓領翻在丘巴的外面，還有少不了的伯珠、艾廓、嘎烏、耳環，項鏈，都興奮地閃著光芒。我是專門為雅索獻哈達的。兩個雅索並肩而坐，前面各放了一個專門接哈達的小桌子。當我拿著一條長長的阿細哈達向正雅索走去的時候，兩位雅索都看著我，儘管我沒有抬頭，卻感到那兩雙眼神的赤熱。我大汗淋漓，像過了一劫那麼長，才穿過人群。

四

再說元月二十五日的强巴丹真。天一亮，强巴佛就坐在了馬車上，在帕廓街先轉了一圈，宣告强巴佛的世界到了。人們急著見强巴佛，環形的帕廓，站滿了人群。有的乾脆站在自己家的房頂上，我就是站在房頂的，帶著孩子和傭人。看得最清楚的是接下來的賽馬和賽人。這時的賽馬，是沒人騎的，自己跑。從哲蚌寺那裡，跑到古當桑巴。有政府的馬、噶倫的馬、其他官員的馬，然後表彰第一個，第二個，第三個……。賽人，就是人跑。從功德林開始，跑到清真寺這邊，叫坡了瓊，是中間賽跑的意思。也在江湯那噶的草坪那邊跑，一直跑到秋拉加。當然，人也騎著馬跑，先排隊，開了火槍，才能跑，大家騎的都是好馬，一直到帕廓南街，到達終點時，脱帽，向噶倫敬禮。

這天結束後，三大寺及鐵棒喇嘛就都回寺院了，也就是說，默朗欽莫結束了。可正月並沒有結束，還有許多節目在後邊呢，尤其是雅索，還在榮耀地吸引著大家呢。比如，元月二十六日，是宗結香陪。兩個雅索帶著騎兵到拉魯嘎彩前面的草坪上，那裏是公認的跑馬賽場。雅索要在騎兵中選出最好的騎手，而後，噶廈為他們獻哈達，與二十三號這天一樣，雅索和其他的官員在帳篷裏看比賽，比如開火槍、射箭、舞劍……

而元月二十七日，我們叫那木達。拉魯嘎彩附近有個沒有窗的房子，遠看，像柵欄，上午雅索帶兵到那裏射箭，最遠的是一千步，也就是說，到一千步，就是第一名了。下午呢，要玩「帕拉噶」。也就是噶倫和射箭的人打賭，輸了喝青稞酒。四個噶倫，四個警衛。警衛們先把噶倫的碗放在桌子上，由射箭人脱掉帽子，敬禮，表示敬酒的意思。如果射箭人輸了，便拿出自己的碗，跪著捧在噶倫面前，有人斟上酒。碗由兩個綢子包起來，有的是綠的，有的是紅的，還有的是藍的。如果噶倫輸了，由警衛員替噶倫喝酒。噶倫的警衛是政府的七品官，三年以後，可以得到一個好的宗。雅索在這一天要換兩次衣服。也就是說，雅索在六天裏穿七種衣服。二十七號穿的兩種衣服都是古緞縫製的，不是街上的一般緞子，買是買不到的，天知道他們是在哪裏弄到的！

整個正月，都顯得豐富多彩，當然了，雅索更是多彩中的多彩了。但是，作為噶廈的官員，一生中，也只有一次當雅索的機會，是輪流的。

第六章 拉魯夫人

價值兩千盾盧比的腦袋

門楣上，那錯落有致的木頭雕花，不能不讓人聯想到祖先輝煌的政績。而哥哥班覺多吉啦，又繁榮了這個家庭。現在，院子裏增加了太多、太多的花兒，花盆都是從墨竹工卡的塔巴小村運來的。石板臺階兩邊，以及二樓的走廊裏和三樓的木頭雕花欄杆下，儘是花兒。植物的清新和佛堂裏的焚香，交織在一起，清清爽爽的。

九世班禪卻吉尼瑪又將烏鬱定瑪谿卡、昂仁赤卡爾谿卡、拉孜雪谿卡退給了我們。並寫道：「先佛丹白尼瑪早已將此賜予夏札，為防其不落入敵方之手，曾暫且收回。先內臣夏札・班覺多吉功績卓著，且前幾代人與札什倫布寺結為福田與施主關係，盟誓堅貞，故將上方谿卡歸還其主。」

「聽說，倫欽貝爾[1]稱讚您，『是位訓練有素的外交家呢！』」我看著哥哥班覺啦。

1 指英人查理斯・貝爾，著有《十三世達賴喇嘛傳》。名字前面慣以倫欽，表達藏人對他的尊重。

「龍珍啦說得對，倫欽貝爾的前世，一定是位博巴。」哥哥答非所問地自語著，目光聚集在手裏那個茶杯蓋子的鍍金鑲邊上。

「聽到今天的阿嘎調了嗎？」二姐龍珍適時地進來了。其實，老遠，我就聽到了別在她身上那串鑰匙的簌簌聲。

白髮老人來遠方，
身穿洋服面如霜，
助我政府助我教，
倫欽貝爾美名揚，
願他消災災病免，
願他長壽壽無疆。

二姐龍珍啦自己先唱了起來。哥哥班覺啦就笑了：「我們博巴，還從沒有喜歡過一個外道人，像喜歡倫欽貝爾這樣呢。」

「因為他敬重袞頓呀，聽說，在大吉嶺時，倫欽貝爾經常為袞頓送吃的，乾羊、大米、水果，還有雞蛋……對了，聽說，我們圖博的風俗，沒有他不知道的！」我看著哥哥。

哥哥突然想起了什麼似的，不眨眼地盯著我，「小妹，我叫你回來，可不是為了跟你探討倫欽貝爾的好名聲呀！」

「有什麼要緊事嗎？」我漫不經心地端起了甜茶。

哥哥也呷了一口茶：「自從索朗邊宗去世，朗杰旺姆儘管名譽上還是拉魯夫人，可實已出家。拉魯家分出波熱莊園，作為她的生計來源，每年支付二百克青稞和柴禾，也算不錯了。小時候，實在該讓她出家，而不是你央宗茨仁啦呀。」

「是我吵著要出家，其實，我真正喜歡的不過是那身袈裟。」我嘲弄著自己。

「事出有因嘛。那年，康地來了一位朱古[2]，一見你，他就說，『這孩子有根器啊！』恰好那時，你吵著出家，而朗杰旺姆，什麼都不說。」哥哥班覺啦安慰著我。

「剛剛迎娶她們姐妹的時候，拉魯公也是合不攏嘴。沒想到……兩夫人，連一個子嗣也沒留下。亞谿家族，不能沒有繼承人，再說，拉魯公，也是相貌堂堂。」二姐龍珍一眨不眨地盯著我。

「我和拉魯的大管家也說了：如果晉美朗杰公爵再娶的話，還是央宗茨仁啦為好。她是公爵原配夫人的親戚，能和睦相處。再說，就是婚後不能生育，因為平措繞杰是袞頓的侄兒，承襲公爵封號順理成章。」哥哥班覺啦喘了一口氣。

「拉魯宮的大管家，立即將此言稟告了拉魯公，他一個勁地點頭啊。」二姐龍珍笑吟吟地接過了話。

2 轉世仁波切。

「儘管拉魯莊園啥都不缺，可我還是要陪送你夏色莊園和一尊赤金佛像。畢竟，你是爸啦和阿媽啦最疼愛的女兒啊。」哥哥班覺多吉啦補充著。

「原來，你這個價值二千盾盧比的腦袋，想的儘是這些芝麻事呀！」我指著哥哥班覺啦的腦袋，眯起了眼睛。

白石子黑石子

婚禮前一天，拉魯家派出十二人，騎著馬，轟轟烈烈地到了夏札平措康薩。頭一個就是密宗大師，騎著白馬，穿著一套不丹產的白不熱[3]，披著一塊花不熱[4]披肩，舉著避邪唐卡，唐卡的後面寫著祝詞。當迎親的隊伍來到我面前時，誦祝詞也就開始了：

願得吉祥！
品善技全爲神猴，
聰穎伶俐爲智兔，
妙乘具忍乃大象，
二利普喜是松雞，
和氣四瑞聚一地，

人壽年豐萬世長。

說的是古時候，有個叫古夏的地方，一位叫量丈夫的佛祖，在森林裏教導大象、猴子、兔子和松雞，好好地相處，尊老敬賢。在這四個動物的帶領下，所有的生靈，都和和氣氣的，過著安寧、幸福、心想事成的日子。這個故事，一直在圖博流行不衰。我們相信，甚至僅僅說一說，都會吉祥如意，萬運亨通，所以，和氣四瑞被製成唐卡，畫在櫃子上、門簾上、牆壁上……幾乎無處不在。

上下傭人都到齊了，作為賞錢，迎親的人們開始為我家的每個傭人發放一百兩銀子，並且，還給我帶來了豐厚的聘禮，這可是每個待嫁的小姐，不管出生在怎樣富有的貴族人家，連想也不敢想的啊：

一雙松巴彩靴，只有四品官員以上的太太——拉嘉木才可以穿

一對絲線織成的鞋帶

一條粉紅色綢子襯裙

藍色、淺灰色、粉紅色、灰色等綢緞製成的襯衣各一件

---

3 不丹出產的棉布。

4 也是不丹出產的棉布的一種。

一件紫色帶花的上等氆氌製成的披風：無袖，肩豎，有裏襯，只有拉嘉木可穿

幫典，幾種顏色相間，兩邊鑲有絲緞，配粉紅色緞帶

一件皮子包邊的絲緞製成的上衣

一個雕刻精美，鑲有寶石的銀製錢袋針筒

一個雕刻精美，鑲有寶石的金製扣環（定熱）

寶石佛珠三串

一個金製的嘎烏松卓瑪（嘎烏是珠寶嵌成匣狀的裝飾品，嘎烏松卓瑪，是純金打成的三個小盒，由一珠寶鏈子相連，中間大兩邊小，四品官以上的太太盛裝佩戴的裝飾品）

珠寶鑲成的金製嘎烏

一套珠寶串成的髮卡

一串松石佛珠

鑲有玉石、黑寶石、藍寶石的金戒指各一枚

一套耳環

一對埃果，鑲松石金製耳飾

一個玉石和紅珊瑚組成的伯珠

上等珍珠串成的頭冠一頂

一件氆氌面製成的披肩

一條金錢圍巾
緞面毛邊製成的女式帽一個
青岡木製成的茶碗一個，內裝一塊綢布
一套華麗緞面的藏服和一條上等的哈達
……

這最後一個晚上，我睡不著了，出神地盯著床頭的坐式小經筒。還是阿媽啦從前放在這裏的呢。那時，我只有六、七歲光景，幾乎每天都在這個時刻，捻著這個經筒上面的銀軸，一遍又一遍地祈禱：我要出家，出家多好，可以穿袈裟，那真是天下最美的衣服啊，再也找不出比深紅色更美的顏色了。為什麼女人要找一個男人呢，真是麻煩……我一遍又一遍地捻著那個經筒之上的銀軸。也許因為我虔誠的祈禱吧，就真的出家了。再後來呢，因為不在乎名份，成了朗頓公爵的外室，儘管在拉薩的大家族裡，幾乎找不出先例，可也沒有聽到太多的閒言碎語。如果說印度女人是活在情的地獄，而我們圖博女人，那是活在情的天堂，可以由著性子地愛我們愛的男人。

如今，這個坐式的小經筒，依然像從前一樣安安靜靜地等著我，一點也沒有變化，既沒有顯老，也沒有年輕，它是永恆的。它的做工極為精細，延伸的外簷上，墜著五串紅珊瑚和綠松石，透過青銅的雕刻外形，可以看到隱藏在裏面的小小的金質經筒，經筒之內，是豐富的裝藏，裏面的主軸還是白檀香木做的呢。我伸出拇指和食指，再次捻動著頂部的銀軸，經筒轉動了。而這中間，相隔了多少年啊，我的生命都變質了，融入了俗世。

我喜歡清淨，今天，卻成了喧嘩的中心。很奇怪，我沒有煩躁，人的精神，有著意想不到的張力啊！時間過得真快，一回頭，我就二十二歲了。當年，我出家為尼，離開這個房間的時候，一點也沒想到，有一天，再回這間臥室，為了完成一樁婚姻。

可是，我的心為什麼「突突」地跳呢？當我在拉魯莊園，對著柔軟的陽光，尋問索朗邊宗和朗杰旺姆是還俗還是繼續為尼的時候，無論如何，也沒有想到，那其實是我成為拉魯夫人的開始！儘管婚禮不過是一種形式，我更在意內容，可是，這隆重的場面，還是表明了一些什麼，是什麼呢？是一種熱烈的期待和接納嗎？

拉魯公曾嘟囔過，「該出嫁的偏要留在家裡，該留在家裏的偏讓出嫁！」難道他早已看出了我懷有世俗之情？他為什麼同意娶我呢，難道欣賞我這個懷有世俗之情的女子？那天，在盧布那噶底看見他時，我的心確是一陣亂跳，如果沒有那一天，也許我不會同意這樁婚事的。其實，他的亞谿地位和不盡的財富，可以吸引所有圖博的貴族小姐、太太、夫人。可是，他為什麼同意了哥哥的安排，娶我這樣一個當過外室的女人？

腳步聲由遠而近，越來越近，近到了我的門前。

「這麼早？」我打開了門。

「一夜都沒有睡好，就惦記著起來打扮你，我要你漂漂亮亮地嫁出去。」二姐龍珍説著，進來了。

「是的，這回你滿意了，我終於名正言順地嫁人了。」話到嘴邊，我又咽了回去。

格卓和扎西卓瑪還有其他幾個傭人也都來了，對了，格卓和丹增將陪我一起到拉魯家，我不願讓他們夫婦分離，嘗夠了分離的滋味。哪怕僅僅一個晚上。大家一起幫我戴上了伯珠、綠松石艾廓、用銀子和純金編織的嘎烏，説起來，這個嘎烏不一般，不僅交織著名貴的綠松石，彩色寶石，更重的是鑲嵌著四顆色澤沉靜的大鑽石，那含而不露的光芒，即使一位不懂鑽石的人，也容易判斷出，這是鑽石中最好的鑽石。而後，我戴上了處珠，處珠由紅珊瑚、珍珠、兩顆九眼石、一顆七眼石和一顆三眼石組成。眼石中，九眼最貴重了。聽説，我們圖博的山上，生長著一種不起眼的沒名沒姓的草，當女人從那草上不小心邁過時，生殖器會散出晦氣，那被污染的草因而無法生長了，就變成了眼石。我又換上了柔軟的深藍色的緞子文久，長長的深紅色丘巴上，盛開著大朵大朵的深紅色玫瑰。

「我最喜歡的就是這雙松巴拉姆，紅色中，交織的黑色和綠色，都是我喜歡的顏色！」二姐龍珍啦説著，遞過一雙羊毛編織的帶著長城圖案的靴帶，把它們繫在黑色的靴腰上時，我才發現，這兩隻松巴拉姆底層四周，也繡著長城圖案呢。「真是相配呀。」我感歎著。

格卓為我打開一瓶嶄新的印度面乳，不僅在臉上，連同脖子，雙手，我都細緻地擦了一遍，還用了一滴老牌的英國香水。「僅僅一滴，已足夠。」二姐龍珍提醒著我。是的，優雅的香氣，已使我的房間，迴旋起女人的神秘和尊貴了。

「好福氣啊，我是説拉魯・晉美朗杰，」二姐龍珍左右地檢查著我衣服的每一個皺折，唯恐有不適當的地方，「他把我們夏札家最美的女子都霸去了。」

「到了拉魯宮，可不要輕易下馬呀吉尊央宗啦……」格卓突然住了嘴，「啊，該叫您夫人，您已經是拉魯夫人了，從現在開始。」

婚禮的隊伍出發時，天空還是一片深藍，除了男方迎親的十二人，又加上了送親的十一人，算我的話，一共二十四人，浩浩蕩蕩起來向拉魯宮走去。迎親隊伍在前，送親隊伍在後，我在中間，這盛開著玫瑰花兒的丘巴，在高大的西寧黑馬上，引來一片朝霞。

剛到宗角綠康北面那片切熱[5]，第一批迎接的隊伍就出現了！每人的手裏都是滿滿的，有的端著青稞酒，有的端著切瑪[6]。在兩個林卡之間的加熱[7]地方，又出現了第二批迎接隊伍，又是拿著青稞酒、切瑪。到達拉魯莊園門前時，出現了第三批迎接隊伍！除了青稞酒和切瑪以外，這一次，多了哈達，獻給每一位送親的人。

拉魯宮門前，今天多了兩堆黑、白石子。我知道黑石子，是用鍋底灰拌酥油抹成的，象徵鬼和惡，白石子象徵神和善。

立刻有人牽著我的馬，走過下馬石，來到摞在一起的幾個青稞袋子前，最上面的青稞袋子上，華麗地專為新娘鋪了一層豹皮。可是，我堅持著，穩固地坐在馬上。送親隊伍裡，這時，突然出現了一個高昂的聲音：「祖祖輩輩忠於甘丹頗章，畢恭畢敬地奉侍三怙主，神奇戲劇的創作者唐東杰布的嫡傳後裔，夏札小姐吉尊央宗茨仁啦，嫁給了如意郎君拉魯公爵，這就是十二世亞谿皇族中品行高貴的晉美朗杰啦！」

「呵嘖嘖！」大家歡呼起來。

「你家有沒有五穀？」送親的隊伍，又有人唱了起來。

「有，有啊！」迎親的隊伍中，立馬有人回答。

「你家有沒有金銀綢緞？」

「有，有啊！」

「有沒有一百袋青稞？」

「有，有啊！」

「有沒有一百張豹皮？」

「有，有啊！」

「有沒有一百張虎皮？」

「有，有啊！」

……

這時，我才由兩位傭人攙扶著下了馬。我首先踢倒黑石子，同時，為白石子獻上了一條阿細哈達。就有人把早晨打來的第一桶水放在我的手裡。木桶很小，水是加了鮮牛奶的，又有人往我的另一隻手裏塞了一塊牛糞餅。我便拿著這兩樣每天生活中離不開的東西，徑直進了庫房。

送親的隊伍緊緊地跟著我，在庫房前，唱起了寫琴[8]：

5 小沙丘。位宗角綠康北面。

6 裝著青稞小麥的吉祥斗，插有麥穗、雞冠花和孜珠等，表達吉祥如意。

7 拉魯莊園附近的小沙丘。

8 西藏歌舞的一種。一般不少於十人。多在婚禮等喜慶場合表演。

陽剛之氣的金柱子，
你頂天立地不動搖，
陰柔之氣的玉大樑，
你完好無損保平安，
椽子木頭條條如兒女，
祝願一家人永聚不分離。
……

送親的隊伍，又跟著我走向日光室。三十二根柱子刷得嶄新，一切都已擺好：佛龕、肚子裏塞滿了羊毛的整隻羊（表示不空，都是滿的）、幾十袋青稞、麥子、豌豆……都一字形擺放著，還有幾坨酥油、幾箱磚茶、冰糖、紅糖，每一樣東西上都苫著五種顏色的五條哈達。

迎親和送親的人們分兩排坐著，中間呢，是拉魯公晉美朗杰和我的坐位。我被引導著一就座，就看到前面擺了兩個小碟子，一個盛著一串鑰匙和一個鶴齡緞外皮的登記冊，另一個盛著麥子，麥子上鋪了一層紅綢子，綢子上放著一塊大翡翠，拉魯公的眼睛眯了起來，站在了我的面前，嘴已經合不攏了。

「啊，拉魯公準備就這樣看著夫人一輩子嗎？」

「看一輩子也看不夠呢！」

大家的戲言，使拉魯公緩過神，臉，紅了，抬起雙手，從我的頭髮裡，取下了瓊[9]放在小碟裡，而後，拿起翡翠插進了我的頭髮，他的手很輕，唯恐傷著我似的。又從那個小碟子裡，拿起鑰匙放進了我的手裡，仍然是輕輕地，柔情蜜意地把這個家的權力交給了我。是的，從此，我便是拉魯莊園的女主人了。送親的隊伍，又唱了起來，對著佛龕唱，對著羊唱，對著青稞唱……

雪域啊，
上天是八輻條的吉祥輪，
大地是盛開的八瓣蓮花，
天地間一座永恆制勝的寶殿裡，
自現著八幅瑞相，
向佛主的身、語、意祈禱吧！
吉吉、索索
吉吉、索索
願神佛保佑
……

9 西藏未婚女的頭飾。

其他的人不停地跳著「寫琴」：而樓上吹起長短不等的嗩吶。四個盛裝的女人為大家開始了獻青稞酒。第一個和第二個女人，舉著銀子鍍金的杯子，第三個和第四個女人，舉著銀子做的長壺，人們依次手沾三下，向空中彈去，向佛法僧祝福。這時，拉魯府的管家和强佐開始請所有的客人吃切瑪，措瑪哲希，還有喝酥油茶。

它它系開始了，這是婚禮的第一頓飯。是粉絲、肉、還有大米合在一起做出的稀飯。送親的人們一個也不落地吃了起來。我首先得到了一碗，儘管我什麼也吃不下，但是它它系表達著吉祥。拉魯公也吃了，吃了一口，又看看我，手搭在我的腰間：「吃吧，多吃一點！」今天，他的眼睛格外亮，連寬闊的額頭，也一個皺紋都沒有了，光潔閃著光。他穿著金絲緞的長袖上衣、彩緞披單，頭戴黃色碗形氈帽，腰配荷包、飄帶、碗套、純金筆筒，罩底皮靴之上，露著黑氆氌的多褶褲。英俊而高貴。

「多吃一點吧。」他又說話了，看著我，像看著女兒。

我點點頭，一小口一小口地吃下了那碗它它系。

拉魯廓村裏的人們也都陸續地來了，為我和拉魯公，還有所有參加婚禮的男女不分小孩、大人，敬獻了哈達。有的甚至用白布每人包了五十兩銀子。有的還給我和拉魯公各做了一套新衣服……

午飯是煮熟的大塊牛肉、羊肉、圖博豬肉、牛肉乾、羊肉乾、煺[10]、粉絲湯、土豆燉牛肉、蘿蔔燉肉。主食為糌粑。大家隨身帶來了小刀，津津有味地割著肉。

拉魯公幾次站在了我的身邊，不過，他沒有說什麼。當然他也不可能說什麼，總是有許多人，在笑眯眯地盯著我們尋開心呢。

晚飯很早，拉薩時間午後五點鐘就開始了。共有三十二道菜：有從中國運來的海鮮、海帶、公參，有印度運來的英國白酒，白酒並不是純粹的白色，由五種顏色組成，依我看應該叫色酒，不知為什麼，大家都叫白酒。當然，也少不了我們的青稞酒。人們吃啊，喝啊，還有歌聲，從窗外陣陣傳來。

「是天神和水神來了，就在湖邊，每到太陽落去，他們跳啊，唱啊，鬧啊……」拉魯公解釋著。是啊，一陣一陣的歌聲，霧靄一樣飄來，大家也唱了起來，又跳起了寫琴，窗裏窗外，歡喜成了三十三天[11]。

第二天，大哥班覺多吉啦和二姐龍珍啦騎著馬，帶領七八個傭人來了。後面還跟著二哥欽繞列謝、大姐德吉、三哥群則仁波切、帕拉夫人、吞巴夫人，小侄班覺索朗旺秋、侄女拉雲卓瑪……家人都來了。我的嫁妝被三、四十匹馬馱著，裹在山羊皮的箱子裡。

嫁妝箱一字形地擺進了日光室。管家丹增杰布分別拿起每只箱子的樣品單，大聲地念著，一一地打開，除了各色緞子、金、銀製品外，正像大哥班覺啦答應的那樣，還特別陪送了一尊赤金佛像，所有的人都圍了上來：

「啊，與祖拉康的覺佛何等相似！」

10 酥酪糕。由酥油、碎奶渣，以及碎紅糖攪拌揉合而成。

11 梵文 Trayastrimsá 的音譯，佛教宇宙觀用語。指忉利天，位於須彌山頂。

「難道是贊普時期的作品？」

「不，是佛在世時的作品！」

「這比拉魯宮所有的寶物都更加寶貴。」拉魯公接過了大家的話頭。

婚禮持續了十四天，還請來了覺木隆藏戲團，唱朗瑪的藝人也來了，所有能唱能跳的人都來了。

拉魯公的陰謀

「那年，你見我削髮出家時，說過一句話，『該出家的偏讓出嫁，該出嫁的偏要出家？』」

「是啊，我一直覺得朗杰旺姆應該是一個出家人，而你——」

「我就不該出家嗎？」我笑了，「這也是我一直想問你的問題，沒想到，過了這麼多年，經歷了這麼多的事以後，才有機會。」

「的確，你有人間以外的清淨，可同時，我從你的身上，看到了雍容，這很貼近人間，所以，你躲不過入世這一劫。正常的男人都會為你而不能自已啊！」

「你也是正常的男人嗎？」我說起了傻話。

「我是一個再正常不過的男人了。」丈夫笑了。

「你不介意，我曾是朗頓公爵的外室？」

「只能說明你的身體成熟了。」

「沒這麼簡單吧，我……愛他。」

「可以想像，他見到你時的震撼，而你是一位少女，不，是一位阿尼，深居林卡，從來也沒有見過異性。」

「你是說，我經不起誘惑？」

「我是說，你是一個完整的人。選擇出家，不過是選擇了風俗，在那樣幼小的年齡，吸引你的，不過是佛教中的幾個光點，其實，佛是一個宇宙。當然，你那時是無法體會的。不過，也有一些人從小出家，一生為僧為尼，成為成就者。那是因為他們在觀想佛的時候，格外地精進，沒有縫隙可以鑽入虛假的景象。當然，也有的人一生為僧為尼，把佛理看成了法規，唯命是從，成了佛的奴隸。」

「我屬於哪一種呢？」

「你只屬於你自己。」

「那，又是一種什麼情況呢？」

「不偽裝。」

「我也偽裝。是朗頓公爵勸我跟著心行事，對了，這還是和兩位拉魯夫人商量後，作出的決定呢。」

「是啊，那天，我很想見你，等了你好久。」

「為什麼等我？」

「想見你，看看有了情愛以後，你變成了什麼樣子？」

「你知道了我的事，那時？」

「我是從阿嘎調裏聽來的，只是沒有對兩位夫人說，不過，我猜她們也知道。」

「如果沒有那天她們鼓勵我還俗，今天，可能我們也不會成為夫妻吧？她們如果此刻在這裡，會是什麼心情呢？」

「會高興吧。因為我在高興。尤其是朗杰旺姆，我對她來說，既不是男人，也不是女人，僅僅是一個生命，她願意我幸福。」

「索朗邊宗呢？」

「不說這些了吧，都是過去的事了。」

我沉默了。

「他愛你是真的，幾乎人人都知道，如果你生個兒子，他會立你為正夫人的。」丈夫又說話了。

「是說朗頓公爵嗎？那年，朗頓夫人也生了一個兒子，幾乎與我同時。其實，我更在意他的心。不說了吧，唉，都是英國人要了他的命。」

「是呀，沒有英國入侵，袞頓就不會出走，他也不會……是啊，不說這些難過的事了。」丈夫的手搭在了我的肩上，「今年的默朗欽莫，我才發現，你簡直是拉薩的月亮呀，人人都在注意你呢。」

「你當時就想娶我啦？」

「我願意天天看著你，從很早很早的時候就開始了。」

「是哥哥主動提出來要把我嫁給你的呀？」

「如果我的管家跟班覺啦提出，繼承人對於拉魯莊園來說比什麼都重要，就由不得他不為我張羅人選，如果管家又强調親戚的作用，就由不得他不想到你啦。」

「這是你蓄謀……」我看著丈夫。

「我的陰謀不僅包括你，還包括孩子，我是說平措繞杰，我們的拉魯色[12]。」

「你喜歡他？」

「他是你的孩子，是你身體和精神的一部分，沒有他，你就不完整。」丈夫看著我，雙唇抖著。

鑲著鶴齡緞外皮的登記冊

把拉魯府的鑰匙交給我的時候，也交給了我一本鶴齡緞外皮的登記冊。現在，婚禮一結束，我就打開了：

收入：

青稞：一四七五〇克

酥油：二七三〇克

藏銀：一〇六八三四兩

12 色，在藏語中為少爺之意。這裏指平措繞杰隨媽媽央宗茨仁進入拉魯莊園後，正式成為拉魯少爺。

羊肉：三〇腔
羊毛：一三四四克
鹽：一二〇克
鹼：二八克
粗奶渣：二〇皮袋
細奶渣：一〇皮袋
氆氌：一〇〇疋
不生不死母犏牛：四〇〇頭
出租房屋：十六個柱子九間（帕廓街達隆夏的二層樓下）房客七戶

開支：

工薪：
正副管理：工薪糧五〇克
小管家：工薪糧二五克
甘珠爾神殿和法王殿的念經人
甘丹寺夏孜僧院區僧人一人
專做酬補儀軌的下密院僧人三人　工薪糧五四克，合計糧食二七〇克
總務室正副管家二人

司庫一人
差務頭人一人
房管員一人
漢餐廚師二人
司茶一人
各大小主人的侍寢官和丘侍女僕等共十一人
無量壽佛殿香燈師一人
念嘛呢經者一人
發放柴份子者一人
甘丹寺秋季供施會出納員一人
門衛一人
背水女一人
裁縫一人
釀酒女一人
馬官一人
治安巡邏員一人
警察一人

從印度運送過年用品的三批騾幫的騾伕三人
從德慶溝馱運燒柴的兩批驢幫的驢伕二人
船伕二人
兩輛馬車的車伕二人
幹雜活兒的七戶女僕
每年每人工新糧以十八克計，共需糧食一二八九克，所有工薪人員還發衣料氆氌四八尺。
……
我實在累了，上眼皮和下眼皮一個勁地往一起湊，看來，不花上幾天的時間，是讀不完的。

種豌豆的時候

陽光執著地穿過樹隙，落進了湖邊的田地，那幾株突兀的蘆葦被照得鮮亮亮的，尤其纏著達木上升的牽牛花，更是昂著頭，神采飛揚的。說時遲那時快，格卓一下子撥去了達姆，牽牛花趴下了。
「是該留下牽牛花，不過，那些蒲公英啊，狗尾草啊，還是鏟掉吧。」我叨咕著。
「那是我的田地嘛，阿媽啦？」一邊的平措繞杰說話了。
「當然了，我的拉魯色，這是阿媽啦特意為您開墾的豌豆田呀。」正在鬆土的琪美拉姆直起了腰。現在，她成了我的貼身傭人。那年，當我把帕廓街的商人尼瑪的問候捎給她時，可一點也沒有想到會有今天啊。

「這個夏天，我的拉魯色，你有活幹了。」琪美拉姆放下了鋤頭，向平措繞杰眨了眨眼睛。

「為什麼？」平措繞杰看看琪美拉姆，又看看格卓。

「因為麻雀啊、燕子啊、野兔啊都要來你的田地呀。」我接過了話頭。

「來幹什麼？」平措繞杰來了興趣，向田地又挪了幾步。

「禍害豌豆唄。」我說

「為什麼要禍害豌豆呢？」平措繞杰徹底糊塗了。

「也想吃豌豆呀！」琪美拉姆又接過了話。

「就讓它們吃嘛。」平措繞杰還是不解。

「那怎麼行呢，豌豆就不能熟了，這片田地也荒了。」格卓接過了話頭。

「就像中國兵到我們拉薩一樣？」平措繞杰眨了眨眼睛。

「啊，我的寶寶，你長大了呀！」我回身放下豌豆，抱起了他。

格卓和琪美拉姆也笑了起來，放下了手裏的活。

「休息一會兒吧。」我說，「一會，你要自己把豌豆撒進田裡。」

「我也是這麼想的，」拉魯色看著我，「阿媽啦，我要和你一樣，你幹什麼我就幹什麼！」

「不，你的任務是學習，有太多的東西要學習了，將來，你長大了，不僅要管理這麼大一個拉魯宮，還要到噶廈工作，像爸啦一樣，為袞頓工作。所以呀，你必須明白有好多好多的東西要學呢。」

「尼瑪還好吧？」格卓轉向琪美拉姆，兩人也開始了聊天。

「聽說中國兵打拉薩那會，他的商店被搶了，不過，現在好了，法王一回來，都正常了。」

「尼泊爾人在這裏做生意不必交稅，對尼瑪很有利呀。」

「是呀，從火龍年（一八五六年）就開始了。說起來，還是夫人的先祖夏札・望秋杰布簽訂的呢。」

「阿媽啦，我要吃豌豆！」平措繞杰扯著我的衣領，打斷了格卓和琪美拉姆的對話。

「豌豆可不是現在就能吃的，不能急呀。」格卓轉向了拉魯色。

「你想吃什麼呢？蛋糕？餅乾？桃子？」琪美拉姆也轉向了拉魯色。

「蛋糕。」拉魯色眉開眼笑了。

「我親自為你做，我的寶寶，我的小兒子，我的大兒子，我的唯一的兒子，我的生命……」我絮叨著，向頗章走去。

「嘉古秀，你們一家人很像啊，夫人索朗邊宗啦在世時，也常待在廚房，還把廚師送到印度，專門學習廚藝，他後來還帶回了一個烤爐、做甜點的錫紙、盒子。」琪美拉姆說著，跟上了我，「那個烤爐是太好了，又能烤蛋糕又能當爐子。冬天，如果屋子冷的話，打開烤爐就暖和了。」

「聽說，擦絨家的廚師，最先去了印度，還帶回了一些做沙拉的菜，很貴呢。」我回頭看著琪美拉姆。

「咱們的廚師到了印度，捎信說，那個菜很便宜。」琪美拉姆加了一句。

「有這樣的事？」我笑了起來，「聽說，擦絨家新近把兩個德國人接到家裡，又從他的古布塘谿卡收入中撥出一些豌豆，讓兩個德國人釀了不少豌豆酒。」

「就是。開始，在帕廓那邊，每瓶五兩銀子，後來，漲成了七兩五錢銀子，現在呢，是十五兩銀子一瓶了。」琪美拉姆說著噘起了嘴。

擦絨就是指達桑占堆，擊退過聯豫官兵，救了袞頓姓命的那位射箭好手。後來，親自組建藏軍，趕走了中國兵。袞頓回來後，賜達桑占堆拯救負債累累的擦絨·旺秋杰布的家庭，娶噶準的太太，也就是擦絨·旺秋杰布的兒媳。當然，也是為了讓達桑占堆得到貴族身分，名正言順地升官。誰知，噶準的太太一聽這消息，出家為尼了。剩下擦絨·旺秋杰布的四個女兒，差不多都做了達桑占堆妻室。從此，人稱達桑占堆為擦絨·達桑占堆，有的只稱擦絨。

擦絨·達桑占堆做了許多前人沒有做的事：修通了加爾曼水渠，建起赤桑橋，興辦了造幣廠……更有趣的是，他一反噶廈從前對外國人的戒備，把美國人白納悌請到家裡，不僅如此，在這位美國人離開拉薩時，擦絨·達桑占堆還幫助搜集了三百多捆圖博的珍寶，用自己的騾馬運到了噶倫堡。

「一個素昧平生的美國人，借去了那麼多財物，到如今連封信都沒有……」大太太抱怨著。可是，擦絨跟沒聽見一樣。大約過去了三年，擦絨突然接到了一封電報：速去噶倫堡收貨。

那批美國貨物運到拉薩，在三位夫人面前打開時，大家都一動也不動了：儘是綢緞！有遊蓮午風圖緞子、彩雲騰龍圖緞子、金絲緞、八角圖形的紅黃藍三色緞子……而綢子裏面裹著鍍金的嵌著鑽石的膀圈、鑽石戒指、珍珠項鏈！有些貨包，是帶有雙鎖的美國製造的小箱子，裝著毛料、呢絨……還有一支美國製造的小手槍，槍套用純金鏤花鑲嵌，表達著對擦絨・達桑占堆的謝意。

擦絨・達桑占堆開始出售這些貨物了，第一批，賣給了拉薩各寺廟；第二批，賣給了各大貴族；剩下的，發往安多、康區，還有雲南的結塘[13]。我呢，買了一塊金絲緞、兩個鑲有鑽石的鍍金戒指，一個給我的丈夫，另一個給了我自己。

話再說回來，大貴族們都仿效擦絨家，也把廚師送到印度學習西餐。拉魯家的廚師，也就派到了印度，這個，我早就聽說了。

我和兒子拉魯色、貼身傭人琪美拉姆、格卓向頗章走去，頗章就是當年龍和神，還有人一起為六世達賴喇嘛修建的，在八世和十二世達賴喇嘛時期，都有擴建，成了是我們的主宅。看上去，像是經歷了千年的風雨：莊嚴的深紅色邊瑪牆，在青褐色的大石頭之上，顯得愈加沉鬱莊嚴，黑色的窗欞，窗欞上的祥布，還有三層的臥室玻璃之外白底藍色鑲邊的遮陽簾，都顯得不同尋常。那些我新近種的花，在石板小路的兩邊盛開，花的後面，不遠處，湖泊一個連著一個，參天大樹搖曳著，在湖泊之間的小路上撒下陰涼。一兩隻魚，跳出了水面，又猛地扎了下去。那個帶龍頭的木船，悠然地停在湖邊，我曾和索朗邊宗，朗杰旺姆吃過飯的亭旁的草坪，如今，越發綠了。

更遠處，達姆熱仍然老舊地在根培烏孜山和甲立里蘇山之間擁擠著，蓬蓬勃勃的。聽說，水牛一叫起來，這片達姆熱就跳起了踢踏舞。

「嘉古秀，您聽過水牛的叫聲嗎？」琪美拉姆說話了。

「沒有。」我說。

「還專門有人搭帳篷，在達姆熱的邊上等著聽水牛的叫聲呢。」琪美拉姆又說。

「真的，很多人都聽過水牛的叫聲呀。」格卓說。

「嗚——嗚——，」拉魯色的兩隻小手捲成了一個喇叭，學起了水牛的聲音。

私塾

「嗡阿呀吧咋吶地地地地地地地地地地地地地地地地地地地地地地地地地地……」

「後邊的『地』說得越多，人就越聰明。為什麼不說啦？」丈夫蹲下了，擦去了拉魯色流出來的一股青鼻涕。

拉魯色不說話，深沉得像個老人。

「那就學《三十頌》吧！」丈夫隨手撿起一個又細又尖的小灌木，在豌豆田邊，寫下了三十個字母，「看哪，從嘎到砸，是陽性，升調；從喀到娃，是陰性，降調；從挖到察，是中性，平調；訝和啊是無調，我們說，那是石女。有意思吧，我們圖博的三十個字母組成了生命的宇宙。」

「爸啦，我聽累了！」

「累啦？看看爸啦送你的禮物就不累了。」

13 後改為中甸，現為香巴拉。

「禮物？」

「在日光室的桌子上呢。」丈夫抱起拉魯色向頗章走去。我不吱聲，看著他在賣乖子。

佛堂的書桌上，已擺好了寫字板、竹筆、鋼製的小墨水瓶，還有墨水，那是由木炭製成的土墨水，為了增加黏性，還滲了一些砂糖，管家索朗多吉又把這種摻糖的墨水倒進一個青銅的墨水瓶中，擰好瓶蓋。

「想去塔不林嗎？」丈夫蹲下了，摩挲著拉魯色的頭頂。

丈夫就是在塔不林畢業的。現在，又想把平措繞杰送到那個學校了。那裏的老師是農墾局的秘書，有名望的人，很少說話，跟學生打罵也不多。

「同意上學的話，你讓我騎馬嗎？」拉魯色歪著頭。

「那當然！」丈夫一下子把平措繞杰舉過頭頂，又放到自己的脖子上騎著，「平措繞杰同意上學嘍，從明天開始就上學嘍。」

「塔不林嘛，好是好，可聽說當老師下鄉收糧時，他的侄兒唯色堅贊喇嘛就來代替管理學校。這個人脾氣大，粗暴，常打學生。」我走近了他們倆。

「那是好事呀！總是順風順水的，腦袋瓜都生銹了。」丈夫自有一套理論呢。

「我想騎馬，」拉魯色指著窗外的馬圈，「現在就騎！」

「好啊，小夥子就該騎馬，不會騎馬的話，長大了找不到好姑娘。」丈夫說著，拉起了平措繞杰的手，朝外面走去。兩個人，一高一矮，高得像一棵樹，矮得像一株豌豆。

「你不會騎馬嗎，爸啦？」
「你小屁孩，這不是明擺著小看爸啦嗎?!」
「那，為什麼你還娶了我阿媽啦？」
「別小看了我的吉尊央宗茨仁啦，她可是全拉薩最美的美人啊！」

琪久杰巴[14]

今天，是冬天的最後一天。袞頓該遷宮羅布林卡了，也就是說，該從冬宮遷到到夏宮了。噶廈政府七品以上的僧、俗官員，三大寺的仁波切、堪布、執事，軍隊代本以上的軍官，包括所有出席人員都要換上夏裝，平民百姓也不例外。

一大早，我就為丈夫找出了夏天的官服：白色綢內衣、黃色緞子丘巴、水晶石頂珠兒紗帽、紅色毛呢彩靴，我還親自為他繫上了紅色綢絲腰帶。

「為什麼老爺的腰帶永遠是紅色的？」我說。

「因為老爺的春雨永遠是白色的嘛。」丈夫吻著我的頭髮，「對不對？」

「你呀，整天就惦記那點事。」我說著騰出一支手，用勁捏了一把丈夫的鼻子。

14 大型出行儀式。

「那說明，你使我激情蕩漾啊！」丈夫敏捷地低下頭，又輕吻著我的唇，輕得如同一滴山泉進了我的嘴裡，「我的寶貝，你也該打扮自己了。」

是的，我的確該打扮了。我敢肯定，每個博巴，今天都有好心情把自己打扮得新鮮鮮的。不僅自己，連家家戶戶房上的經幡都是新鮮的。「對了，我們房頂的經幡，窗上的祥布，都換了嗎？」

「我的寶貝，大管家康嘎索朗多吉，正在派人換呢。」丈夫已經走了去了，又轉身回來，在我的鼻子上刮了一下。是的，家家戶戶房頂的經幡、窗上的祥布，都會在今天一片嶄新。連拉薩的大街小巷，也都變了，尤其袞頓將經過的道路，不僅被打掃了又打掃，還要灑上水，路兩旁，還要用黃紅白三色土繪出長線，而中間呢，那是巨大的八吉祥。樂聲如花雨，將從高高的布達拉宮散落，是的，唯獨聽不到鼓聲，這一天，噶廈有一個專門的規定：不准擊鼓！為什麼呢？怕馬受驚。

當格卓和琪美拉姆陪著我來到布達拉宮下面的雪村時，雪巴們早就出來了，拉薩哇，也都出來了，有的一步一個長頭，專為了朝拜袞頓，特別從安木多、康省，還有阿里三圍遠道而來。

朗杰扎倉派出了第一批人，騎著馬，列著隊。是要趕在袞頓出來前，鋪好黃緞地毯。膳食大廚師也出現了，為袞頓的近侍和官員安排飯菜去了。而孜康列空的四大孜本，騎著馬，扛著黃緞子包好的袞頓金印、玉璽、金冊，走在出行的儀式之前。我看見了龍夏，今天，他筆直地騎在馬背上，看著前方，專注而莊嚴，一改在盧布那嘎底與我相識時的靦腆。

冬欽和宮廷喀爾巴舞樂隊，已登上了布達拉宮金頂，那長長的佛樂大號響了，響了三次。我雙手合十，誦念真言。而我的前前後後，聚集著數不盡的圖博僧俗，也都在雙手合十，真言的聲音如濤如浪，向著已經起身的袞頓致意。

大四品僧官森本堪布，將袞頓出行中必備的衣服頂在頭上，森本的助手森尤，將袞頓用的坐墊，也頂在頭上，送出平措多朗雄果的大門，供奉在了轎內。這時，我看見丈夫手托朗尊哈達出來了，步子不緊不慢，那樣英姿勃發。還有基巧堪布丹巴達杰和哥哥班覺啦，扶著袞頓走出寢宮，走過鋪著黃緞子的地毯。袞頓抬起手，向大家致意，在雄果宮前上轎。舞樂隊又一次奏樂三次。

我的心悠揚地湧滿了感激：大慈大悲的法王啊，感謝您又回到了我們身邊！聖佛啊，是您給了圖博平安，不管什麼時候，只要有您，博巴就是幸福的，連我的家都是圓滿的。

眾僧人列隊手捧燃香，躬身站在正宮門內外等候。七品官以上的僧俗官員，按品位高低，這時都騎馬立在雄果門兩側，門衛取下虎皮杖，扛在肩上，騎上白馬，前頭開路，而後，組成了一個怎樣井然有序的陣容啊！儘管每一年每個拉薩哇都要經歷兩次，可是，每一次，都讓我不能自已，這是我們拉薩的喜日，看啊——

前陣容：

冰雹喇嘛一人。

經幡騎隊四十人。

牽引馱香馬匹僧官，「百達」數人。

邊行進邊吹樂的宮遷樂師騎隊，直到袞頓下轎爲止，二十人。

桑覺馱馬隊，馱運袞頓臥具的行列，每匹馬由一官員牽引。
仁欽娃騎隊，穿著蒙古王朝官服的俗官十八人。
其米列康薩，馱著宮殿模型的馬匹。
孜仲舉瑪，六、七品僧官數十騎。
列曾巴，五品僧官。
頗本、代本數十騎。
仁細，四品以上俗官的少爺，數十騎。
堪窮，小四品僧官數十騎。
索本，膳食堪布一騎。
基巧堪布一騎。
袞頓的八抬金頂大黃轎——正中位置。抬轎伕八人。轎前，引牽騎的牽伕三十二人。
護駕在前後左右的噶倫四騎。
執鞭，持刀護駕的大力士僧官四騎。
奏佛樂的樂師二騎。
孜准十八騎，專門應酬接哈達事宜。

後陣容：

打著大黃傘的五品僧官一騎。打著孔雀翎大傘的五品僧官一騎。

斯窮，藏王或攝政王一騎。

司倫一騎。

正經師一騎。

副經師一騎。

甘丹赤巴一騎。

其他各大教派首領。迦達欽，楚布噶瑪巴等。

眾位呼圖克圖：功德林呼圖克圖，地珠呼圖克圖，扎雅呼圖克圖，熱振呼圖克圖。

夏降曲吉，東方和北方兩面三刀大著名星相師二騎。

噶蘇，卸任噶倫十騎。

村孝，哀頓哲學侍讀（必有格西學位的僧人）九騎。

上、下密院堪布二騎。

三大寺大殿堪布，仁波切，堪珠，赤珠數十騎。

孜本四騎。

孜恰，孜雪麥本和強佐三騎。

色朗巴二十騎。

仲果列曾巴，五品俗官三十騎。

仲果舉瑪，六品和七品俗官約六十騎壓尾。

出行隊伍離開布達拉宮時，每一位雪巴都手捧燃香，躬身徐步送到琉璃橋。而拉薩市民代表早已等候在那裡了，躬身、手捧燃香，等袞頓一過琉璃橋，便隨隊入城。位於拉薩的上下密院和木汝寺，協德寺三千名僧人，及拉薩哇，匯成彩色的海洋，前來恭迎。卓巴協瑪，杰巴協絨仲則兩個民間舞臺隊，頭戴虎、獅、野牛等面具，在貢色夏地界歡歌狂舞。

出行隊伍來到塔不林地界時，星相師欽噶帕蘇手捧哈達跳「欽噶爾白帽神」舞，迎接上前，袞頓向大家招手，孜准走過去，將哈達回敬神師。

行到達夏仲地方的時候，噶瑪豐曲久跳「獨眼神」舞，迎上前，孜准又將神師手上的哈達接過，回戴在神師的脖子上。

到帕廓夏角仁處時，博軍駐拉薩的一、二、六代本官兵，以軍禮向袞頓致敬。

到松曲熱時，早已等在那裏的乃瓊護法神，跳著「乃瓊曲久帕蘇神」舞，迎接而上，卓尼欽莫代表袞頓接過哈達回贈乃瓊護法神，戴在了他的脖子上。

我和格卓，還有琪美拉姆，一直尾隨著遷宮隊伍，沉浸在見過袞頓的吉祥氣韻裡，手捧燃香，口念頌經，很久，很久，很久。

召見

「袞頓還詳細地問了拉魯色在哪所學校讀書，學習什麼課程，有什麼愛好？也問了朗頓・貢嘎旺秋……」

「朗頓・貢嘎望秋？」我打斷了丈夫。

「他和我們的拉魯色同歲，不記得嗎？」丈夫提醒著。

「聽說，朗頓夫人把那個孩子培養的很好啊！」我想起來了，那一年，朗頓夫人和我一前一後都為公爵生了兒子。

「兩個孩子之後，才是諸位噶倫的坐次。袞頓還叫卓尼欽莫在兩個孩子的桌前，放了糖果。」丈夫停了一會兒，又說，「我倒是想到了袞頓會召見我們的拉魯色，可是，沒有想到這麼快，並且在仲科藝考上！」

「昨天，你一告訴我這個好消息時，我這心都要跳出嗓子眼啦。」

丈夫的眉毛都笑開了。

是呀，直到今天早晨，我才想起該給丈夫和孩子準備衣服。我先給拉魯色穿上蓮紋雙袖緞袍，彩色靴子，腰間掛著藏刀，左耳戴著索吉耳墜，右耳戴著綠松石耳墜，我的兒子看上去就是仙子啊！我又給丈夫穿上了白色內衣，黃緞長袍，黃色中繡著漫捲的祥雲，祥雲之間，是舞動的長龍，給丈夫繫上大紅腰帶時，我忍不住笑了起來。「笑什麼笑，笑老爺的腰帶永遠是紅色的，老爺的春雨永遠是白色的，對嗎？」丈夫低下頭，撫摸著我的笑容。

「見了袞頓，先磕三個長頭……」丈夫一邊囑咐著，一邊蹲了下來，抱起拉魯色，放到早已等在外面的一匹肥壯的西寧馬上，他自己又踩著刻有雍仲圖案的馬蹬，上了馬。早已等在那裏的知賓，長髮上裝飾著松耳石的頂髻寶合，身著棕色緞袍，足穿紫色彩靴，頭戴紅纓帽，左肩挎著彩緞包袱卷，一見父子二人上了馬，立即策馬前行，三名僕人和知賓一樣著裝，左右和身後三面簇擁著，直奔孜雪[15]而去。

「為什麼要選在仲夏藝考這一天召見兄弟二人呢？」

「你深居簡出的時間太長了，我的寶貝！忘了嗎，凡謀求初級俗官職位的人，不論誰，都必須經過一次『仲科藝考』，不得例外。也就是打槍、射箭、使矛的考核。」

「這個我當然沒忘，我的老爺，可是，與今天的召見有什麼關係呢？」

「我想，是讓兩個孩子熟悉這個不能迴避的考試吧？」

「啊——」我恍然大悟，「那，藝考在什麼地方？」

「羅布林卡金色頗章北面的甲錯麥。袞頓面朝競技場而坐。參加藝考的貴族子弟都由一名身穿白袍，頭戴白帽的傭人牽馬走在前面，依次入場。應考人員的騎射成績由孜本評定，再由噶夏呈送袞頓審閱，給優勝者獎賞，獻哈達。」

「然後呢？」

「在『願善神得勝』的吉祥儀式中結束。」

「是啊，在我們圖博，善是頂頂重要的。」我看著丈夫，「我們到湖邊走一走吧。」

「一日中你最喜歡的就是黃昏，我知道。」丈夫把手搭在我的腰間，摟著我，朝湖邊的小路走去。那幾棵老楊樹高得看不見盡頭，只有葉子在空中簌簌地響著。樹下溫暖而濕潤，草，在這裏不算太高，差不多貼著地面。不過，再往前，便是又粗又壯一眼望不到邊的達姆熱了。幾乎人人都知道達姆熱的下面住著水牛，我卻沒有聽過水牛的叫聲。此刻，達姆熱的邊上，已經支起了幾頂帳篷，那不是藏北阿不霍的黑帳篷，是白底鑲著藍邊的林卡帳篷，這是拉薩哇專門來聽水牛叫聲的帳篷。

響起了歌聲。可是，沒有人。是龍和神在唱？是的，一日中，我最喜歡黃昏了。太陽的光線，在這時格外柔軟，天地情意綿綿。丈夫一聲不響了，似乎，也在享受著這個神和龍，還有我們倆人的精神合二為一的時刻。

感謝六世達賴喇嘛開闢了這片園林，不知道那些超越凡俗的道歌，有多少是在這裏寫下的，一定很多吧？

「真是一個寫詩的好地方，每一樣東西，說出來都是詩。」我感慨著。

「那我們看見什麼就說什麼，看看是不是詩？」丈夫夫鼓勵著我，「你先說，我的寶貝。」

15 達賴喇嘛辦公室總稱。

豌豆，我說。
湖水，他說。
亭子，我說。
馬頭木船，他說。

柳樹，我說。
達姆，他說。
水牛，我說。
帳篷，他說。
紅色頗章，我說。

風，他說。
歌，我說。
神，他說。
龍，我說。
太太，他說。
老爺，我說。

噶廈托珠[16]

一

「回你的臥室吧，好好地洗洗身子，今天，你可是主人哪！」我對著丈夫翻了一個身，可是，丈夫不走，硬是在我柔軟的乳房之間，親了一下，又一下，這才懶洋洋地起來了。

我不得不說，儘管在圖博的習俗中，夫妻各有各的臥室，可是，我和丈夫是睡在一起的，夜夜如此。

東面的米窮日[17]，還黑漆漆地立在天空和大地之間的時候，我也開始了打扮：先找出了那雙最喜歡的松巴拉姆，那是嘎恰谿卡的一位坡木為我做的，她的爺爺，還有她爺爺的爺爺，都是衛藏一帶出了名的做鞋好手。我的鞋幫中間，她特別地繡了綠色的三角形，三角形的裏面，繡著兩朵紅色的格桑花。我又找出紅綠黑三色羊毛靴帶。先穿上了丈夫新近從擦絨家為我買來的黑色緞子文久，套上長長的無袖深灰色緞子丘巴，又戴上了珍珠莫地土廓，綠松石艾廓，而後是嘎烏，嘎烏是特別的嘎烏，在金子和綠松石之間鑲嵌了四顆閃著墨綠色光澤的鑽石！而後是處珠。說起來，一般的貴族婦人，一生也只能有一個，幾乎集中了一個家庭的全部財富，而我，有五、六個處珠呢。今天的處珠，鑲嵌著珍

16 即仲夏宴請。指噶廈的俗官們，每年一次在仲吉林卡舉行的大型宴會。
17 指拉薩東面的小人山。

珠、九眼石、珊瑚，珊瑚有鳥，花，寶葫蘆等幾個不同的形狀。右邊的牙籤是金子的，還有裏面畫著玫瑰的鼻煙壺、翡翠手鐲，寶石戒指、鑽石耳環……我又用莫地卓吉在身後壓住了這又濃又長的頭髮，下面是銀子的針線包，綴著長長的銀鏈，走起路來簌簌地響著，如水。最後，我又穿上了緞子做的當薩。

「啊——」丈夫進來了，上下打量著我，像是第一次看見似的，瞪大了眼睛，半張著嘴。而我，也打量著他：他的眼裡，交織著幾條淡淡的紅絲，是昨夜沒有睡足的原因嗎？鼻樑高挺，兩腮略微收縮，稜角分明。左耳墜上的綠松石，格外的閃著沉穩的光芒。丈夫今天穿著紫色為底的蟒緞袍，緞面上的水魚紋，就要跳出來了似的，活靈活現，尤其是朱紅靴，顯得底氣十足。

「丈夫是妻子的一面鏡子呀！看得出，我有一個好得不能再好的嘉古秀吧？」

「瞧你，廢話這麼多?!腰帶呢？」

「在這裡。」丈夫從背後遞給了我。

我為他繫了腰帶，又別上小刀、荷包，在他的臉上吻了一下：「昨夜沒有睡好覺？」

「那是因為有了你呀，」丈夫在我的頭上輕輕地親了一下，「我的寶貝，今天，可別跟人私奔了啊！」

「閉上嘴吧，我的老爺，你應該看看我們這幾天的食譜，很多都是大管家索朗多吉的好主意……」

「看到你，大家就知足了，什麼食譜不食譜的，不吃飯也行啊。」丈夫沒完沒了地耍著嘴皮子。

我不吱聲，一吱聲，他就沒完沒了啦，像個人來瘋的孩子。

「從前，一想到有一天我要負擔噶夏托珠，就多少有點緊張。」丈夫終於一本正經了，「我最擔心的就是不能讓大家盡興，因為每個家庭都變著法讓大家玩好，吃好，像一場比賽。不過，有了你，我放心了。」

「我的義務是專門滿足你的虛榮？」我說著，打開香水瓶，輕輕地在長長的衣袖上點了兩滴，芬芳四溢，丈夫就不住地吸起了鼻子，不僅不生氣，還笑了，「看看，羅剎女的本性露出來了！」

二

金色的太陽完全露出了米窮日的山尖，月亮卻賴著不走，依然有模有樣地懸在天空。伸向仲吉林卡的路上，流動起鮮豔豔的人群，像銜接在天空和大地之間的一座彩橋。毫無疑問，牽馬人丹增和他的三十頭馱著帳篷和鍋灶的騾子，也是這座吊橋中一個光閃閃的亮點。一些沒名沒姓的狗和放生羊，也加入了隊伍。我和丈夫騎著高大的西寧馬，慢悠悠地欣賞著。

「踏踏踏」，幾位少爺小姐，騎著蒙古矮種馬超過了我們。原來，是拉魯色和他的表哥索朗旺秋，還有小表姐拉雲卓瑪跑過去了。

「這孩子，連聲招呼都沒有！」我嘟嚷著。

「簡直像個神氣活現的將軍！」丈夫接過了話頭。

「古措賽唐[18]，拉魯老爺！」凱墨老爺和太太騎著馬過來了，摘下帽子，躬了躬身，雙雙對我微笑，「古措賽唐，夫人！」

「古措賽唐，拉魯老爺！」是擦絨過來了，「還有美麗的拉魯夫人，古措賽唐！」

「我的寶貝，你呀，真正地成了拉薩的月亮！雖然都和我打招呼，可人家的眼睛盯著你呢！」

「該遲鈍時敏感，該敏感時遲鈍，要了命啦。」我叨咕著。

其實，大家感興趣的是我的衣服和手飾。拉薩的貴婦中，常常流行我喜歡的一些衣服的款式。前段時間，在德吉林卡的聚會上，我僅僅把文久的領子開得大一些，露出了貼身的藍緞子內衣，後來，拉薩的貴族夫人、太太、小姐，也學我，把文久的領子開大了，都露出了她們的緞子內衣。當然了，內衣的顏色是五花八門。還有，每當我出現時，太太小姐們，就會立刻把麻將藏在桌子低下。大家誤解了我，儘管我不喜歡麻將，可是，我並不想束縛別人。

人，

牲畜，

爲什麼流向一個方向，

因爲前面是俗界的須彌之巔。

月亮，

太陽，
爲什麼同時懸在藍天，
因爲佛的淨地沒有俗定的界限。

背水女的歌，又響了起來。我看著丈夫：「今天的阿嘎調，也像是我們拉魯莊園的湖水，透明得一眼看到底。」

「班丹拉姆也知道我們不想動腦子，個個懶得像頭騾子。」丈夫喜孜孜地說起了俏皮話。

三

仲吉林卡裡，生長著各種各樣的老樹：柏樹、榆樹、杏樹、楊樹、桃樹、柳樹……還有樹下嫩綠的永不會長高的草。和達姆熱比較，這裏的草柔軟而纏綿，像崗巴[19]的地毯。古老的柳樹，此刻，正優雅地在晨風中輕舞，而又粗又壯的榆樹、楊樹，都沉穩地注視著我們這沒頭沒尾的人流。孩子們已經在樹下奔跑了。我看見了拉魯色平措繞杰！還有小侄索朗旺秋和侄女拉雲卓瑪……今天，我兒拉魯色穿著灰色鑲金邊的古緞短上衣，短統藏鞋，應該神采飛揚才對呀。他偏偏雙眉緊鎖，啊，是被那風箏

18 古措，身體，賽唐，健康。問候語。願身體健康之意。
19 位於後藏日喀則地區。為最早製作西藏卡墊的地方。其卡墊在手工和質地上，都為西藏之最。後傳至江孜、尼泊爾等地。

的長線弄得心煩意亂。

「我敢說，拉魯色，你的風箏不會飛得太高？」小侄索朗旺秋走了上去。

「為什麼？」拉魯色頭也不抬。

「你的風箏線都亂了啊！」

「我去幫他。」丈夫朝孩子跑去。清風飄來，帶著煨桑的香縷，我吸了吸鼻子。林間的空地裡，已經支起了幾頂帳篷。有的用鮮豔的花布借助幾棵大樹，圍起一個私家領地；有的用白色鑲藍邊的帆布支起了帳篷，尖尖的頂，還挖了小窗子。看來，哥哥班覺多吉和二姐龍珍，還有二哥夏蘇・欽繞列謝和大姐德吉都先到了，遠遠地，我就看到了他們的白底藍色鑲邊的帳篷。我竟直向噶廈托珠的大房子走去。夫人廳、薩旺廳、大廳、小姐廳和少爺廳個個擺設妥當。甚至傭人室都已放好了桌子……都是管家康嘎索朗多吉的功勞啊，他從昨天開始，就和幾個管理人在這邊忙了。

「早晨好，夫人！」是龍夏和太太出現了，龍夏的手裏還提著六弦琴呢。

「天才的大藝師也來了！」我寒暄著，向龍夏太太後面的傭人看去，「我要檢查一下孩子的眼睛是不是藍的？」

「這孩子一大早就醒了，通靈似的。」龍夏太太從傭人手裏接過了孩子，送到了我的面前。

「是啊，黑黑的眼仁，白白的眼白，頭髮也是黑，和龍夏老爺一模一樣啊！」我誇獎著。

「千真萬確的博巴，對吧？」龍夏開起了玩笑。

「也有一個博巴的名字吧？」我問。

「龍夏・次旺多吉。」龍夏太太說。

「我不得不說，龍夏先生，你白白在英國待了一回，連孩子的奶味都是我們圖博的呀！」我調侃著龍夏。

龍夏盯著我，笑了，長長的松石耳墜，熱望地前後動了兩下。

四

吃飯時，老爺那邊專門放了一張大桌子，由我的丈夫陪著；夫人、太太這一桌，由我陪著。傭人那邊，由大管家索朗多吉旺陪著，少爺、小姐們各一桌，由格卓和琪美拉姆陪著。

我坐在龍夏太太和吉普太太中間，兩人都是小貴族，尤其吉普太太，此次專門從後藏趕來，是向龍夏夫婦打聽兒子在英倫的情況，這樣的場合，她多少有些不大自在。所以，我坐在了她的身邊。我的對面是宇妥夫人、帕拉夫人、呑巴夫人、大姐德吉夏蘇夫人、二姐龍珍夏札夫人、擦絨夫人、凱墨太太、薩穹夫人、然巴太太……

「哥哥班覺啦有些瘦了，比水鼠年從印度回來時還瘦。」我看著二姐龍珍啦。

「要說在印度那邊，吃住都比家裏好，所有的代表，都被安排在館瑪廳貝拉，那是西姆拉[20]的一座印度政府賓館，應有盡有。就是忙，剛回來那會兒，黑天白天地和白吉赤門巴整理文件，有〈西姆拉

20 印度北方城市。因一九一四年在此簽訂了〈西姆拉條約〉而著名。

條約〉的起因、代表團日誌、西姆拉會議記錄……樣樣都要整理。」

「聽説，噶廈派去了不少代表？」擦絨夫人白瑪卓嘎看著二姐龍珍啦説話了。

「有副代表白吉赤門巴，」二姐龍珍想了想，「還有司倫傳令官小堪布丹巴達杰、四品官達多瓦、下知賓士登阿旺和本塘巴、五品官小瓊然巴和卓尼根敦扎西、甘丹寺代表洛桑央、哲蚌寺代表蒙古吉索、色拉寺代表强敏巴，還有英語翻譯旦巴、醫生欽繞諾布、侍衛邊長一名、排長四名、士兵四十名。」

「為什麼〈西姆拉條約〉一拖就是六個月？」大姐德吉啦放出了謎。

「聽説，這個條約，把咱們圖博分為內、外兩部分，為什麼？」次仁拉姆帕拉夫人和倫丹旺姆吞巴夫人幾乎異口同聲。

「這條約鑑定得不容易……」二姐龍珍看著窗外，猶豫著，又收回了視線，看了看帕拉夫人，最後落在了吞巴夫人身上，「當時，中國説，圖博是中國的一部分，有權派一名公使駐拉薩，還要求派二千六百個中國士兵，一千名駐拉薩，其餘分駐各處。圖博的外交和軍事方面的事都要聽受中國指示，中國與圖博之間的邊界以江達劃分……」

「這不是明擺著胡説八道嗎！」沒等二姐龍珍啦説完，大姐德吉啦夏蘇夫人就忍不住了。

「是啊，班覺啦立刻説明了是中國官員和軍隊不顧國家的臉面和雙方訂立的條約，在圖博的寺廟和百姓的家裏燒殺搶劫，還攻擊色拉寺，計畫縱火焚燒首府拉薩，這些人應該受到懲罰！關於中國和我們圖博之間的邊界，不是江達，而是在打折多，班覺啦還要求了把博巴統一在衰頓的管理之下，特別提到中國官員和軍隊沒有任何理由和權力駐在圖博……」

「兩邊的要求差不多正好相反。」龍夏夫人嗡聲嗡氣地說話了。

「如果不是英國調停的話，永遠不會達成協議。最後，為了防止中國對圖博的入侵，就把圖博分為內藏和外藏兩部分。就是說，一旦我們有實力，還要收復靠近中國的那一部分，有一個緩衝的地緣。」二姐龍珍啦顯得滿有城府。

「聽說我們把圖博的達旺地區給了英國，還有東北部邊境山區部落的一大片土地？」白瑪卓嘎擦絨夫人也好奇了。

「可是，英國賣給了我們五千支來福槍和五十萬發彈藥。」二姐龍珍啦回答道。

「這就是中國和英國的不同。如果我們給中國好處，他們就變本加厲，更加敲詐我們，如果我們給英國一點好處，他們就回報，並且，他們尊重袞頓。從倫欽貝爾大人和袞頓的友好，不，是友情，就看出來了。」大姐德吉啦也忍不住說話了。

「誰尊重袞頓，誰就是我們的朋友。」我直言不諱。

「在西姆拉會議上，中國代表爭辯，『達賴喇嘛是圖博出現許多麻煩的根源』。班覺啦立即回答，『這種指責是荒謬的，甚至造成了中國和圖博的關係破裂。僅僅由於達賴喇嘛完美的品格和眼光遠大，才使圖博完整無損，保持了獨立。可以說，對達賴喇嘛的任何攻擊，都是在剜我們的心』。」二姐龍珍啦氣喘吁吁了。

「對袞頓的任何指責，都是在剜我們的心哪。」白瑪卓嘎擦絨夫人又說話了。

「對付中國，就應該强硬！」倫丹旺姆吞巴夫人沙啞地接過了話題。

「你怎麼知道呢？」次仁拉姆帕拉夫人看著她的同父異母的姐姐。

「不看重道義，必然看重武力。」倫丹旺姆吞巴夫人解釋著。

「儘管我們在水鼠年把中國官兵都趕了出去，可是，中國人還不是在東部駐紮很大一批軍隊，只要有機會，他們就會向我們進攻。」次仁拉姆帕拉夫人又說。

「聽說，袞頓在康區也駐紮了萬人左右的軍隊。」吉普太太小聲地說話了。

「是啊，强巴丹達已經在察木多[21]練兵了。」二姐龍珍接過了話。

「從前我們圖博多强啊，都打到了中國的都城，中國皇帝不得不獻出公主，可是，自從佛教興起，我們竟然一天天弱了下去。」白瑪卓嘎擦絨夫人感歎著。

「可是，佛教保護了我們的心。」我說。

「佛教也保護我們的土地。聽說，自從榮赫鵬得到了那尊佛像，變了。如果每一個進來的人，都能這樣，我們的佛教，也會利益別的民族啊。暫時受挫算不了什麼，也許這正是佛在考驗我們的忠誠。」宇拓夫人說。

「你是說，我們應該打開大門，讓白人多多進來？」大姐德吉啦轉向宇拓夫人。

「也不是沒有道理。我們應該首先和英國搞好關係，這次，倫欽貝爾，給了我們多少幫助？恕我直言，把我們圖博分為外藏和內藏，就是他的主意。」二姐龍珍啦說。

「還是先吃飯吧，吃吧。」我說，「今天，都是圖博的風味：燉羊肉，手抓羊肉，乾牛肉，肉包子，奶酪湯。餡餅，糌粑，乾奶渣餅子，明天是印度餐，後天是中國餐……」

菜，上來了。

「吃好喝好，有不滿意的儘管向吉尊央吉茨仁啦抱怨，都是她背著我搗的鬼！」丈夫過來了，向大家問好後，又向薩旺廳走去。

「拉魯公在表揚夫人哪！……」吉普太太感歎著。

「自從娶了吉尊央宗啦，連蜜蜂都馬不停歇地往拉魯莊園飛呢，不知背地裏拉魯公有多甜蜜呢！」然巴太太開起了玩笑。

「別拿我開心了，嚐嚐糌粑吧，」我轉了話題，「這是我們自己伍佑地方的奴瑪谿卡出的，那裏有一個水磨房，磨出的糌粑就是這樣，又細又白，皮子都能碾得碎碎的。有人說，推動水車的那條小河，是蓮花生大師加持過的呀。」

「早就聽老一輩說過那條小河……」龍夏太太又說話了。

五

借著察看我兒拉魯色的由子，就出來了。其實，是為了讓大家痛痛快快地打一場麻將。經過薩旺廳時，我看見噶倫們在玩紙牌，由丈夫和哥哥班覺啦兩人陪著。甚至都沒有注意到我呢。

21 今昌都。

大廳裏的俗官們，這時，在打克朗棋，還有一部分，已到林卡裏玩射箭了，不時地傳來了「嗖嗖」的聲音。「小妹，我給你們介紹一下，」陪著俗官玩克朗棋的二哥夏蘇・欽繞列謝叫住了我，指著身邊的年輕人，「這是然巴家的二少爺，雪尼・平措杰布。」

「啊，我剛剛和你的嫂子在一起吃了飯。」我看著雪尼。

「真是名不虛傳哪！」雪尼上下看著我，「我早就和夏蘇老爺說，想一睹夫人的芳豔。」

「哪是他的嫂子，也是他的太太啊！」擦絨・達桑占堆走了過來。

「那就恭喜雪尼少爺有這樣一位安安靜靜的太太，幾乎整個用餐時間，她只是耐心地聽著大家說三道四，真是一位安靜的人兒。」我說著，告別了幾位男人。轉身時，看見傭人室也擲起了骰子，琪美拉姆和格卓在忙著倒茶呢。正像我預料的那樣，少爺小姐們早就吃完了，又都跑進了林卡。天空裡，一隻大鷹的雙翅筆直地舒展著，越來越高，高過任何一個對手。那是丈夫的成績啊。他們父子特地在帕廓買了一些夾著格桑花的粗紙，又是上色，又是粘貼，才做出這個獨出心裁的風箏。

「何苦這麼費工夫，一個小孩子的玩具！」我說。

「玩具？這是我們拉魯・平措繞杰的武器呀！」丈夫任性地研著碎玻璃，還自己熬起了麵粥。

「阿媽啦，你轉經吧，別管我們的事。」拉魯色也嫌我礙眼了。

父子倆整整忙了三天。工夫不負有心人哪。風箏還在筆直地上升。孩子們跟著那隻大鷹又是跑又是喊，只有我的拉魯色不動聲色，雙唇閉著，眼睛盯著天空，天空太藍了，像藍色的古緞，連一個折皺都沒有。

翺翅空際的雄鷹，
不要貪戀我這懸岩，
比我好的有須彌山，
我有被霹靂焚毀的危險。

婉轉的百靈，
不要貪戀我這疏落的柳林，
比我好的有茂密的森林，
我有落葉枯黃的危險。

……

從古老的天琴沙啞地唱著〈朗薩姑娘〉。時斷時續。我站住了，向兩邊望去，可是，沒有人，連個影子都沒有。大管家索朗多吉說，覺木隆藏戲團和格薩爾藝人，都將在太陽落山時到達，可是，太陽，那刺眼的光芒，擠過針形的柳葉，亮晶晶地曬在草地上，正高懸在我的頭頂。

……

知道生的末尾是死，
不敢貪戀人生。
知道聚的末尾是散，
不敢貪戀友情。
知道富的末尾是窮，
不敢貪戀錢財。
知道容忍是佛的奧義，
不敢多尋煩惱。
……

當然還是〈朗薩姑娘〉，更加深沉了，像是太陽完全落山，剩下了最後的一抹彩色，是淺淺的紅色，在被深藍色的天空全部淹沒之前，平靜地，甚至是超越凡俗地呈現著柔美。天地，因為這支曲子，而顯得和平，厚重。這一時刻，一切物質：山、樹、河流、深谷，都變成了琴聲。琴聲質樸，迴旋在人間，又超越人間。

我繼續尋找著，在那些蒼勁的大樹之間，還有柔軟的草坪之間，尋找著歌聲。那歌聲，似乎來自河邊。不，是在我的身後，另一個樹下！不，那裏只有兩隻野兔追趕著，閃電一般跑遠了。我還是向河邊走去。我的直覺是對的，聲音來自吉曲河邊，是河邊的一棵老樹下！

「夫人？」天琴嘎然而止。

「龍夏老爺，如果您能一邊唱一邊彈就更好了。」我說。

真的一邊彈一邊唱了起來。幾乎從第一次見面，我就感到了龍夏的身上，有一種讓我不那麼舒服的東西，是什麼呢？應該叫精明。是的，精明，精明得可以讓女人為他而活著，把他保護得好好的。而我喜歡成熟，像我的丈夫拉魯公那樣成熟，知道怎樣保護和寵愛自己的女人。精明和成熟之間，真的是一道鴻溝啊。聽說，現在，龍夏正與擦絨對立，很有可能，他取而代之擦絨的軍隊司令員職位，他的野心不小啊！但是，他的琴聲，為什麼這麼好聽呢？這時，他已不再是孜本龍夏，是另外一個人，另外一個詩情畫意的魂靈附在了他的身上，是的。

在圖博的傳統中，一個官員這樣的彈奏，是有失體統的。我們夏札家族的規矩中就有一條：「主人中間，不得有吸菸、好騾馬、說書、唱歌、唱戲之人」。龍夏是密宗師的後代，出生於後藏一個小貴族家庭，世世代代，也沒有個像他這樣能穿上黃袍[22]的人。所以，拉薩大貴族的規矩束縛不了他，尤其在歐洲一年多，回到圖博以後，常顯得隨心所欲。

「阿媽啦，我要佈施！」是拉魯色跑來了，一邊跑一邊嚷嚷。原來，流浪藝人、乞丐也陸陸續續地來了。有的彈著六弦琴，有的敲著皮鼓。孩子們一轟圍了上去。

「當然可以了。」我說著從懷裏拿出了綢子錢包，「別忘了，再向大管家索朗多吉要一些卡普

22 在西藏，一般來說，為四品官以上的噶廈官員的象徵。

塞。」

天陰了，還下起了雨。淅淅瀝瀝。我向夫人廳走去。「不要怕，夫人，雨就會停了！」龍夏跟了過來，奇怪，他的話音落下時，雨也就停了。太陽再次照耀著仲吉林卡的草地和那些莊嚴的擎天大樹。我走著，看著清澈如洗的拉薩的天空，聽著遠處草坪裏跳起了索那揚珠啦的「踏踏」聲。

土馬年

一

不是夜晚，而是白天，我看見了掃帚星。那個長長的白色的掃把，像格卓用來抽打酥油茶的甲洛[23]，搖擺著貼在了湖面上，決不是幻覺！我甚至從日光室裏跑了出去，說時遲那時快，這掃帚星已經移到了豌豆田上，貼著豌豆秧苗擺動起來。我伸出了手，想抓住這個「甲洛」。

可是，它消失了。天地透明清澈，一絲風兒都沒有，我甚至懷疑那些東倒西歪的豌豆秧是不是也以為我在做夢？

「夫人，好消息！」

「琪美拉姆，你也看見了掃帚星？」我轉過身子。

「掃帚星？」琪美拉姆怔住了。

「是啊，就在這裡，可是，我一來就沒了。」我指著豌豆田。

「我聽到的是好消息，應該是吉星啊。」琪美拉姆前後左右地找著。

「好消息！」丈夫也回來了，「噶倫強巴丹達打勝了！」

「真的？」我不自主地提高了聲音。

事情是這樣的。儘管水鼠年聯豫官兵丟盔卸甲地離開了圖博，可是，中國並沒有放棄佔有的野心。對鄰國，中國一貫這樣。這從〈西姆拉條約〉的鑑定和中國在圖博東部一帶的駐軍中就可看出端倪。為了使圖博不再淪為外道漢人之手，袞頓也保持了萬人左右的博軍，與中國軍隊對峙。

木虎年（一九一四年），袞頓委任首席噶倫強巴丹達為察木多總管（以後形成慣例）。像色拉寺的堪布登珠一樣，強巴丹達也是一位僧人：慈悲，主張以愛治國。但是，和登珠堪布不一樣的是強巴丹達高大，偉岸，像一座山，發出命令時，有如驟雨颶風，山石騰飛。

火蛇年（一九一七年）七月，兩名博兵，因為「過界」割草，被駐守類烏齊的中國兵逮捕，解押察木多。中國軍統領彭日升驕橫地把這兩名博兵斬首示衆。噶倫喇嘛強巴丹達被激怒了，大喊：「過界？中國兵才是過界！佔我圖博，毀我佛教，欺我百姓！」只聽山林巨響，所有的石塊砸向察木多。當然，不僅石塊，博軍裏還有五千支英式來福槍、望遠鏡、照相機，他們的文明是只會塗炭生靈的中國軍無法理解的。並且，博軍訓練有素，在噶倫喇嘛強巴丹達的指揮下，很快圍攻了察木多。當然，雙方的死亡都是慘重的，直到第二年土馬年的（一九一八年）四月，博軍才攻入察木多，活捉了彭日

23 藏語。專用於抽打酥油茶的木棍，頂端是一個小長方形的木塊。

升和一千多名中國兵。

博軍奪回了絨布結熱塘、康布色達、康布塘欽、類烏齊、伽桑卡、多珠古崗、次旺本覺，和拉丹等地後，稍許歇息，噶倫强巴丹達再次率軍前進馬爾康、察雅、桑也、貢覺與德格，而這些地方都是當年慘遭趙爾豐蹂躪的圖博地域！其實，遠在噶倫强巴丹達到來之前，康巴已開始了反抗中國兵。共同的苦難、共同的神靈，還有統領强巴丹達的謙遜和誠實，都吸引著康巴自始而終地對圖博政教大業忠誠不渝。

因此，川邊鎮守使陳遐齡的代表韓光鈞驚歎：「──謂番兵無戰鬥力，以君所見，未可輕視。」勝利的圖博軍前進到打折多時，英國駐北京的使館官員台克曼（Eric Teichman）被派察木多，分別與圖博和中國代表進行了商談，於土馬年八月三日，中國巴塘邊軍分統劉贊廷、英國的駐北京的使館官員台克曼、還有圖博噶倫喇嘛强巴丹達正式在察木多展開議和，八月二十一日（十月十七日起執行）在絨壩岔簽定了〈停戰條約〉，共十三款，以中、英、博三種語文繕寫，選錄如下：

第三條：此合同之後，類烏齊、恩迭、昌都、察雅、寧靜、貢覺、武城、同普、鄧科、石渠、德格、白玉等縣與該處迤西之地方，歸圖博管轄，中國軍文武官員不得駐紮該處境內。

第四條：駐紮南路之中國軍，不得過金沙江之西；駐紮北路之中國軍，不得過雅礱江之西。

這也是為什麼，丈夫如此高興，而我的貼身傭人琪美拉姆也說，「應該是吉星升起。」因為這兩個人，都聽到了停戰協定簽訂的消息。

吉星高懸我們頭頂的時候，
我們的太陽，
照亮了圖博的東方。
……

傳來了背水女嘹亮的歌聲，清清楚楚，一切都盡善盡美。

二

「爸啦，我不用上學了，對嗎？」兒子拉魯色仰著臉，等拉魯公回答。

「是啊，因為今天是班丹拉姆神節[24]嗎，你小夥子是明知故問哪！」拉魯公在拉魯色的臉蛋上掐一了把。

「我能去夏札平措康薩嗎？」拉魯色提高了聲音。

「想表哥表姐了吧？」丈夫又在拉魯色的臉蛋上掐了一把。

24 班丹拉姆是過去佛（燃燈佛）和現在佛（釋迦牟尼）的護法神，也是全西藏特別是拉薩的護法神，同時還是達賴喇嘛和格魯派的護法神。每年的藏曆十月十五日，是班丹拉姆女神與丈夫相會的日子，漢譯吉祥天母節。

「得先去祖拉康，越早越好。」我看著兒子，「知道嗎，第一個趕到神前的人，會有好運的。」

「我先去噶廈，一會兒，直接去夏札平措康薩和你們匯合。」丈夫看著我，站起了身。

今天是班丹拉姆女神化現忿怒相的日子。祖拉康前煨桑的人格外多，香縷濃鬱地向著每一條小巷四散。格卓穿著盛裝，提著一銀壺酒，琪美拉姆拿著神香、經幡、酥油桶，還有哈達，兩人跟在我的後面，邁著四方小步。

「一年中，我最盼的就是這一天啊，就知道你們二位仙女會下凡。」半藏半尼的商人尼瑪，從他的小店裏鑽了出來。

「是盼著琪美拉姆下凡吧，別拿我湊數！」格卓的聲音輕輕的，像蚊子在嗡嗡。

「花兒是多越越好呢！」尼瑪的聲音也放輕了，也像蚊子在嗡嗡。

「你這狗嘴裏什麼時候也吐不出個象牙！」琪美拉姆罵了起來，真是人不可貌相，平日悄聲細語的琪美拉姆，還有這點潑勁！要我說，她罵得對，我支持！

「阿媽啦，我們什麼時候去舅舅家？」拉魯色又著急了。

「得先請班丹拉姆女神護佑我們哪。」我拉起拉魯色的手，緊走了幾步。

轉過帕廓，我們從祖拉康跳經院左邊的小門，直接向班丹拉姆的供桌走去。啊，是女神的面罩打開了：膚色青藍，紅髮燃燒，五個骷髏活靈活現，紅髮之頂的半月和孔雀毛似真似幻，右耳飾著小獅子，左耳掛著小蛇，三隻紅眼，四顆尖利的獠齒，腰掛帳簿專門記載人們所做的惡事，左手拿著專門對付阿修羅的骷髏棒，右手端著盛滿鮮血的骷髏碗，身披人皮。她此刻，正在黑色風暴的中心，騎著帶有白斑的野馬！

這凶煞的形象，曾讓我大大地吃了一驚！小時候，我的想像中，女神即使沒有如月的嬌美，至少也該如希沃拉姆[25]一樣，飄動著白絲長裙，黃色肉綾衣，坐姿雍容，面相平和，束在一起的髮辮，隨風而動。然而，真實的班丹拉姆，讓我愣住了。不過，那是很久很久以前的事了，那時，我比兒子拉魯色還小呢。現在我才覺悟，恰恰是班丹拉姆女神，這比人類的夢幻走得更遠的形象，展示了我們博巴那自由自在，沒有柵欄的天空，她在人類之間又在人類之上。我滿懷敬意在這裏祈禱：「女神啊，請眷顧我。讓我兒子有足夠的學識，讓我的丈夫有足夠的幸福。至於我，請讓我永永遠遠地佈施，無論對天上的飛鳥，還是地下的螞蟻……」

我的兒子，甚至不需要我的指點，也開始了祈禱。看來，他並沒有受到驚嚇，他比我小時候更理解佛。那細嫩的小手已經相合，眼睛微閉……

格卓和琪美拉姆在班丹拉姆的供桌上，供上了切瑪，一壺新酒，一柱神香後，也開始了祈禱。中午過後，僧人們抬著班丹拉姆神像，開始了轉帕廓，並向四方拋食子。我們主僕一行，趕緊去到了主宅夏札平措康薩。這時，僧人們抬著班丹拉姆，恰好走了過來！哥哥班覺啦，二姐龍珍啦，還有我的丈夫，正從樓頂上撒著麥粒發願。

「爸啦先到了啊！」拉魯色喊著，搶先跑上了房頂。

25 一般在班丹拉姆像的背後，騎在白螺之上，一身白色，生有一面二手，面相平和，微笑。

這時，我們夏札家族的大管家丹增杰布用銀茶壺將長腳瓷碗盛滿茶後，供起，把抬著班丹拉姆女神的古修們喝剩的酥油茶倒回銀茶壺。我們從房頂下來，開始了享受僧人們喝剩的酥油茶，這叫獻福力。

孩子們似乎不在意喝不喝酥油茶，在青石板的院子裏跑來跑去地捉迷藏，二姐龍珍叫了兩遍，都沒有人答應。話說拉魯色，早就和表哥表姐們纏到了一起，孩子們今天是太高興了。

「小妹，告訴你一個好消息，」午飯時，二姐龍珍坐到了我的身邊，「水鼠年，川軍入藏事件給咱們家造成的損失，得到了補償！」

「怎麼補償？」我停止了吃飯。

「班覺啦上書了袞頓，請求減輕俄絨地區破產百姓的稅捐負擔。袞頓在批覆中寫道：『內臣夏札·班覺多吉功勞卓著，早該補償……』還加蓋了印章。」二姐龍珍啦解釋著。

「還免除了鐵狗年以前欠下的所有稅款。」哥哥班覺多吉接過了話頭，「並將墨竹工卡莊園賞給咱們夏札家族，補償虧損。」

「想不到袞頓這麼體恤我們！」我忍不住感歎起來。

「聽說，熱振仁波切，早就看好了那個墨竹工卡莊園。」丈夫也說話了。

「前段時間，老爺向袞頓呈一諫書，說明和周邊國家的關係，包括廓爾克、不丹、拉達克、哲孟雄。」二姐龍珍停了一秒鐘，「你說袞頓怎麼說，袞頓稱『司倫夏札·班覺多吉是我的心腹！』」

可是，哥哥班覺多吉啦沒有顯得自豪，相反，臉色居然慘白起來。

「覺啦，你的臉上都是汗啊！」我吃驚了。

「對了，今天您怎麼沒有去噶廈？」丈夫突然想起什麼，看著哥哥。

「早晨一起來，這身子就不舒服，主要是頭暈……」哥哥有氣無力地歪在了墊卡上。

「先休息一會吧，睡一覺，」我說。

「要麼，把醫生叫過來？」二姐龍珍啦建議。

「不是什麼大礙，我先回臥室睡一覺。」哥哥班覺啦說著直了直身子，站了起來，向臥室走去。二姐龍珍啦馬上跟了過去。

沒有想到，哥哥很快地去世了，那一天，是哥哥夏札．班覺多吉任司倫十年頭上，土馬年（一九一八年）十月三十日，他剛好五十九歲。

「夏札先生在印度那邊的喜馬拉雅山區工作時間太長了，那裏的氣候對博巴不利。」後來，倫欽貝爾先生這樣說。

袞頓特許，用內庫貸款為哥哥安排了喪葬。後來，在默朗欽莫等各種法會上，當袞頓為有功之臣祈禱時，總是把哥哥的名字放在第一位。當袞頓在起居室接見新任命的噶倫等高級官員時，也總要他們以司倫夏札．班覺多吉和噶倫喇嘛強巴丹達為榜樣，效忠國家大業。

三

我先進了佛堂，一一地為佛、神和各位至尊大師淨了水，而後，回到臥室，丈夫還是沒有起來。

昨天，是十吉祥聚日，我們博曆的十一月七日。按照風俗，我和丈夫在日光室擺上了豐富的食物，宴請內部管家、司庫、近侍，以及上下傭人。主要是海參火鍋。光閃閃的銀子火鍋旁，圍著八個海味碟子，週邊還有八道菜，芹菜、蘑菇、蘿蔔、白菜、胡蘿蔔、青椒。最後有甜食。還有水果，像林芝的葡萄，曲水和阿里的核桃，塔工的李子。當然，也少不了酒茶招待。

太陽早就落山了，星星擠滿了天空。莊園門外還有人在要賞錢。那是從拉薩過來的痞子、游棍，還有背屍人，對他們，家族專門有一個規定，十吉祥聚日這一天，女性的賞賜是男性的一半，而送屍人的賞賜是女性的一半。昨天夜裡，他們一直不走，直呼到滿足，而後，高唱三句：

願善神得勝！

願善神得勝！

願善神得勝！

嗓音格外高昂，也許吃得太飽，喝得太足了，然後道謝離去。不經他們呼喊的話，是忌諱的，我們盡力使人人滿意。

都很晚了，還響著痞子們的叫聲。不知道丈夫是什麼時候睡的，那與我肌膚相親過的身子，不停地翻過來掉過去的，似乎什麼姿勢都不舒服。我也太累了，懶得再説話。現在，我趴在丈夫枕邊：

「酥油茶已經打好了，不起來嗎？」

可丈夫仍然閉著眼睛。我吻了吻丈夫的額頭：「啊，發燒了！」我又伸出另一隻手，臉貼著他的臉，「是的，你發燒了！」

「身子疼……」丈夫仍然閉著眼睛。

「我去喊醫生！」我的聲音低得像是在喉嚨裏滾動，我怕一旦出口，就會擊壞丈夫。此刻，也只有此刻，我的丈夫脆弱就像一隻乾燥的達姆，碰一碰都可能斷裂。

「別離開我。」丈夫的聲音從嗓子眼擠了出來，又細又輕，連放在被子外面的五指也跟著動了動。我把手放在了他的手裡，他的五指鬆開，又緩慢地合上了。「別——走。」他攥起我的手，仍然閉著眼睛。

「夫人，我去找醫生！」格卓適時地站在了門口。

「老爺病得不輕……」說著，我的淚，大滴大滴掉了下來。

「沒……」丈夫的嘴動了動，想說「沒什麼」吧，可是，話音懸在了空中。卻仍然攥著我的手，不，僅僅是觸著我的手，他已無力攥任何東西了。

「你在哪裡，我跟你到哪裡。」我輕輕地把臉頰貼在他的臉上，他的臉很燙，像火盆，灼焦了我的皮膚。終於，似乎出現了奇蹟，丈夫睜開了眼睛，看著我，一眨不眨，末了，抬起另一隻手，把幾根散亂在我額前的長髮，掖到我的耳後，我面目清晰地顯現在他的面前了，我想。

「我不能再保護你了……」兩滴眼淚從他的眼角溢了出來，我的眼淚卻落在他的臉頰上，鼻子上……

醫生來了。

丈夫打起了冷顫。

「公爵老爺得了天花，夫人，您必須和老爺分開，否則……」醫生咽下了後半句。

「我不能離開他！」我一動不動。

「您在這裡，幫不上什麼。」醫生說。

「夫人，拉魯色要進來。」格卓進來了。

「別讓孩子進來！」醫生果斷地替我回答了格卓。

「照顧好孩子……」丈夫又說話了，聲音很細，細得只有雙唇在動。

我的淚水一串串地落下，攥起他的雙手，讓他感到我的觸摸，如果他還有感覺的話。

醫生似乎往公爵的嘴裏放了什麼。

「你在幹什麼？」我警覺起來。

是一粒被大成就者加持過的「津丹」，用名貴的藥材摻拌著高僧大德的衣飾、頭髮、指甲等製成的，可以幫助臨終者斬斷七情六欲，安然地離去。一般不讓婦人和子女接近臨終者，以免攪亂了死者的心境，在投胎轉世中迷失方向。

我的兩隻胳膊被輕輕地扶了起來，似乎，我成了一團氣體，不自主地遊移著，看到有人用一塊白布蓋住丈夫的面容，我知道，我在向著離丈夫越來越遠的方向挪著，輕飄飄地。同時，古修們也開始了念經，他們是怎麼來的？什麼時候來的？

古修們在做「拋吐」，幫助我丈夫的靈魂從頭蓋骨飄出，升入善趣道。「千萬不要讓他的靈魂從下身排出啊，千萬……」我在心中說著，也不知是不是出了聲。我已在現實和幻覺之間迷失了。

丈夫去世時，三十七歲，如日中天的年齡。

拉魯莊園門口，現在，掛出了一個陶罐，燃燒的香柏木裡，加了糌粑、血、內脂三草，以及乳、酪、酥三素，這其實是在為死去的人供飯。每個經過拉魯莊園的人，看到這個陶罐，都會祈禱的。

除了經聲，莊園裏死一般沉寂，連龍和神也拋棄了我，世界塌了。佛啊，為什麼要讓我和丈夫有過那麼多完美的日出和日落呢？就為了今天懲罰我嗎？

大管家索朗多吉去了門孜康。占卜了出殯時間，在一個黎明，太陽沒有出山的時刻。白油布下，是被捲曲的屍體：手腳相交成一團，如同即將來到人間，母腹中最後一刻的孩子。他就是以這種姿勢來到這個世界的，又是以這種姿勢離開的。我的兒子拉魯色平措繞杰把屍體背出了莊園。

孩子還小，哪能背得動一個屍體啊！可是，他執著地要背，他說，別人家的爸啦去世，都是兒子背呀，我為什麼不能背呢？我的爸啦，是世上最好最好的爸啦！說時，大滴大滴的淚水滚在他的胸前。

在幾個人的幫助下，我兒拉魯色，把他的養父，我的丈夫，一個曾與我相親相愛、夜夜相依的人，背出了莊園，直到出了大門，才交給背屍人。

我沒有去天葬台。聽說，點燃的桑煙，筆直地升上了天空，遠遠近近的神鷹都來了。當天葬師拿起刀，從背面剖開屍體的時候，神鷹簡直等不及了，不住地從天葬台周圍的大石頭上，跳進去。是一隻白鷹最先啄食的，接著，所有的神鷹都上來了，連一粒骨頭渣都沒有剩下。

這一年，還是土馬年。

超渡

一

按照規矩，每月初八、十五和三十日，我們要向乞丐每人佈施一鐵勺糌粑；甘丹燃燈節和驅鬼節，佈施天圖[26]。而現在，拉魯宮的三個廚房，都在忙。不僅要為念經的古修們準備一日三餐，還要為帕廓、林廓、孜廓的窮人熬土巴[27]。同時，在拉魯宮的院子裡，還放了一個裝土巴的大陶罐和酥油茶壺，每個經過的乞丐，都可以隨時進來享受食物。又準備了向三大寺的出家人佈施酥油茶，「一七」一次，「二七」一次，「三七」一次，「四七」一次……僅在七七四十九天的中陰裡，就有七次。

三樓的怙主殿，幾百盞酥油燈，日夜不熄。經聲不絕，撞擊著天空和湖泊，不知道達姆熱下面的水牛，湖邊的龍和神是不是也聽到了，是不是也聽到了我憋在胸口的歎息。我已分不出了白天和黑夜，如果沒有兒子拉魯色的陪伴，真不知道我會不會也隨丈夫而去。

我帶著兒子拉魯色平措繞杰，到了祖拉康的覺佛像前，磕過長頭後，讓拉魯色為三盞長明供燈換上了新鮮的燈油。那三盞長明金燈，還是阿媽啦洛桑卓嘎的捐獻呢，如今想起來，恍若隔世。我又調換了千盞無量壽佛前的燈油。

離開祖拉康時，我又帶著拉魯色轉起了囊廓，差不多從拉魯色六歲起，每天早上，格卓都帶著他轉三圈囊廓。囊廓路上，在那尊釋迦牟尼佛的畫像前，我又獻上了一束鮮嫩的格桑花，這還是我當阿尼時的習慣，一恍，幾十年了。

走出大門，拉魯色站住了，直愣愣地回看著門旁一個凹進去的小石臺上，兩盞燃燒的陶燈：「阿媽啦，那些酥油燈為什麼放在門上啊？」

「因為今天死了兩個人，每個家庭死了人，都要在這裏放一盞油燈，指引死者的魂靈不要誤入迷途。」

「他們的爸啦也死了？」孩子又想起了拉魯公。

「也許是阿媽啦。每個人都要死，不死的是我們的靈魂。所以，要請古修們念經，指引靈魂找到投生的方向；我們還要做善事，為他們積德，當然，也是為自己積德。善的業力不夠的人，在轉生時，會把很醜的胎看得很美，就毫不猶豫地鑽進去，成了一隻蟲子、蒼蠅，或者豬、雞、貓、狗等等。如果你善的業力很大，做了很多的善事，在投生的時候，會看得見眼前的一切實相，準確地投生到人體。這些油燈可以幫助死去的人，不要亂跑亂闖，迷失了方向。」

我兒平措繞杰沉默著，這些話也許太深了，把他弄糊塗了，但是，有一天他會明白的，所有的博

26 手工拉麵。
27 面麵塊。

巴都明白這個道理。

「是的，佈施的越多，對死去的和活著的人就越好。」後邊的格卓也說話了。

「我要為祖拉康的覺佛，打造一頂金質玉佛冠，鑲上各種珍珠寶石，等七七的時候，請袞頓親手戴到了祖拉康的釋迦牟尼塑像的頭上。」我停下了腳步，看著格卓，「我們還應該請袞頓為所有的僧俗百姓講授《菩提道次第廣論》。」

「這樣，老爺的魂靈，準能毫不猶豫地飛向善趣道。」格卓感慨著。

二

幾乎所有的拉薩人都出來了，有的手持燃香，有的捧著哈達，如同迎接袞頓從印度歸來的那個冬天的早晨一樣隆重。長隊從東面的祖拉康向西面的羅布林卡伸延著。當我和拉魯色出現時，大家自動地讓開了一條路，有的還伸出舌頭。幾個孩子，興奮地向平措繞杰喊著「扎西德勒！」

「那是我在塔布林的同學。」平措繞杰拽了拽我的手。

祖拉康的古修們也都出來了，讓開一條路，請我們站在了最前面。

其實，大家尊敬我的原因，主要因為我慷慨的佈施。大家甚至把我看成拉薩的時尚，仿效我的衣服，甚至我使用的英國巴波利香水，也成了拉薩的時髦貨，連那些藏回開的店鋪，也進口了這種擺設呢。我不喜歡的那些事情，即使是合法的，大家做起來時，在我面前，也顯得不大自在。才有了我一出現，那些貴婦們，就把麻將藏在桌子下邊的故事。當然，我從來也沒有對大家的行為說三道四，我沒有權力扼殺別人的愛好。不過，今天，大家的到來，是因為袞頓將親手為我打製的那頂金質玉佛冠，戴在祖拉康覺佛的頭上。

袞頓的馬隊出現了！我已看清了最前頭的幾個騎兵，其中一騎擎著雪山獅子旗，走在最前列，袞頓在中間，索本，森本，曲本，大卓尼在左右簇擁。警衛代本率十餘騎緊隨其後，馬蹄的「踏踏」聲，威嚴而有力。

我和拉魯色，手捧哈達，彎腰上前。袞頓下馬，親自接過哈達：「人生無常，不要太難過了。」說著，又轉向我兒拉魯色，一隻手搭在他的頭頂，撫摸著，「又長高了，騎馬射箭的本領怎麼樣啊？」

當祖拉康的古修們為袞頓鋪上紅色的地毯，當袞頓在導師佛釋迦牟尼十二歲的等身像前磕了三個長頭後，按順時針，轉到佛祖前面，從我的手裏接過那尊金質玉佛冠時，佛，無悲無喜的金顏，放射出柔和的光芒。

三

堅色頗章[28]的院子裏坐滿了人。有噶廈官員、貴族、僧人、尼姑、商人、農民、牧人、乞丐……甚至都坐到了堅色頗章門外的過道和草坪裡，還有的坐到了樹下。樹的品種太多了，單說柏樹，就一千

28 羅布林卡內十三世達賴喇嘛時期修建的夏宮。也是十三世達賴喇嘛居住，接見僧俗官員、社會人士、舉行宗教儀式的地方。

多種，像喜馬拉雅巨柏、大果圓柏、雪松……最老的，有兩千多年了，十幾個人也圍不起來呢。更奇怪的是還有許多只能生長在熱帶的箭竹、合歡，以及八仙花，也在這裏長得好好的，還有許多的花草，比如綠絨蒿、馬先蒿、垂頭菊、紫菀、金蓮花、銀蓮花、木棉花、杜鵑花、報春花、秦艽花……實在太多了，數也數不完。一到了羅布林卡，人們的呼吸也透徹了。我的皮膚，也濕潤了，似乎臉上的皺紋都開了。三界六道之外的佛境，也不過如此吧，我常這樣想。

所以說，袞頓是不同尋常的，連花呀，草呀，樹呀，也因為他的存在，而歡欣鼓舞呢。每到羅布林卡，大家都小心翼翼地穿上軟底鞋子，只怕傷著那些植物，還有小蟲子。

嗩吶響了。提著香爐的僧人，走在袞頓的前面，淡淡的香柏木好聞的氣味，旋轉著散開，清潔著空氣。我和拉魯色平措繞杰跟在袞頓的兩邊，一起出現在人群中，這是每一個施主的光榮。而後，我們走向自己的坐墊。待袞頓向釋迦牟尼佛磕過三個等身長頭，坐在了講經座上時，我和兒子開始了為袞頓磕長頭，不，是所有的僧俗百姓都為袞頓磕起了長頭。

磕完長頭，回到坐墊時，我發現袞頓正看著拉魯色呢，袞頓的黑眼睛裡，儘是陽光。我低下了頭，淚水湧了上來，幾乎每次見到袞頓，我的淚水都這樣洶湧，這是謎。

袞頓看著我們母女，點點頭，打開了黃綢布包裹的經書。

其實，一接到我的請求，袞頓就答應了用三十三天的時間，講授《菩提道次第廣論》。現在，每天早晨，我都和兒子拉魯色一起跟著袞頓走出堅色頗章，當袞頓講經結束後，我們母子要把袞頓再送回去，這是一個人幾世也證不到的福報啊。

木刻印刷的《菩提道次第廣論》，已拿在了衰頓的手裡。我對著丈夫的靈魂，不自主地說了起來：「是誰把你賜給了我，又是誰奪走了你？無常？業力？如果佈施可以讓你到達善趣道，我要佈施，連續不斷地佈施。」

拉魯色的畢業典禮

大管家索朗多吉告訴我，今天的畢業典禮是在老師的林卡裏舉行的。那是一片沼澤地上的草坪，草，濃密而蓬勃，像打了一層墨綠色的蠟，光閃閃的。草下的土，軟綿綿的，走在草上，像漂在海裡，隨時會掉下似的。可是，都安安全全的，從來也沒聽說真的有人掉下去，就是又蹦又跳也不會掉下去的。這樣的地方，拉薩很多。宇拓桑巴（琉璃橋）、盧布那嘎底，還有我家拉魯莊園外面的那片達姆熱，都是這樣的沼澤。現在，孩子們就在那片草坪上跳啊，跑啊，踢鍵子啊……

「學生們早就盼著這一天了。」老師看著大管家索朗多吉，眼睛笑成了一條縫。

有這樣的盼望也正常，拉魯是大家族。一大早，大管家索朗多吉就帶著兩個傭人，牽著一頭騾子，給老師先送去了一袋嘎倫堡雨棧[29]；兩位傭人又與拉魯色一起，為每個學生獻了一條哈達、發放了十兩的章嘎一枚，還為所有的人獻了人參果米飯和酥油茶。

29 指噶倫堡出產的大米。

「少爺心眼好使啊！」大管家索朗多吉說，「學校裏有個規定，考試成績高的學生，要打成績比自己低的學生，這樣下去，最差的學生，挨打最多。打的時候，孩子們要把兩腮鼓得燈籠似的，可是，老師悄悄地告訴我，『拉魯色從沒有用勁打過人』」。

「阿媽啦，我只是用勁地舉起手，輕輕地落下。」我兒拉魯色常這樣告訴我。

「這就對了，這種打人的規定，就像往熱牛奶裏倒了一瓢涼水。」我對拉魯色說。

「什麼意思呢？」拉魯色眨著眼睛。

「讓人心灰意冷唄。」我解釋著。

孩子們自然依依不捨，跳繩的時候，拉魯色跳錯了兩次，可是，並沒有罰他呢。只是，他自己覺得有些悶悶不樂的，自從爸啦去世，他還沒有真正地笑過呢，甚至沒有要求過騎馬。其實，他五、六歲的時候，就開始騎馬了，那時，是把他用兩個木板夾在馬背上，由傭人扶著，他一點也沒有害怕，「阿媽啦，我不要木板夾！」這樣，他七歲左右的時候，木板夾就被撤掉，自由地騎在馬上了。

家裏也為拉魯色準備了畢業慶祝宴會。太陽還在中天的時候，親戚們就陸續地來了。只有二姐龍珍沒有來。自從哥哥班覺啦去世，她的頭髮全白了，一夜之間，四顆牙同時鬆動了。後來，她乾乾淨淨地皈依了佛。出家後的法名叫赤列群宗。我並不吃驚。大凡貴族婦人，當然也有老爺，晚年都以出家為歸宿。我的阿媽啦，在最後的歲月，也出家了，洛桑卓嘎，就是她年老出家後的法名。

我很少回夏札平措康薩了。在那個日光室裡，哥哥班覺啦留下的氣息，總是冷冷地擊打著我。尤其丈夫去世後，我哪兒也不去了，天天守在家裡，像是他還會回來似的。看不見我，他會難過的。我甚至看見了他那失望的眼神，像月蝕。二哥夏蘇．欽饒列謝和大姐德吉啦，三哥群則仁波切，侄兒侄女們也都來了，還有倫丹旺姆吞巴夫人，也讓傭人抱著她出生不久的女兒德吉來了。孩子的眼睛睜得大大的，一個勁兒地東張西望。

「靈秀啊，不知道長大了誰有好福氣娶去呢？」我說。

「就給你的拉魯色當夫人吧，我看好了拉魯色。」吞巴夫人心滿意足地看著遠處走來的拉魯色。可是，拉魯色倒沒有那麼歡天喜地，他雙眉緊鎖，滿臉嚴肅。是啊，拉魯公的早逝，讓他成了小大人。

「夫人，」琪美拉姆走近了我，「龍夏夫婦來了。」

龍夏把一條阿細哈達，戴給了拉魯色：「孩子的下一步，我也想好了，如果夫人您同意，我就在孜康裏為少爺找個老師，專門教籌算。書法嘛，他還得繼續練，我定期檢查，每半個月一次，怎麼樣？這樣，參加孜康考試的時候，就不會那麼緊張了，應該儘早地讓孩子進噶廈工作呀。」

「大管家索朗多吉一直在監督他寫日記呢。有一天，他只寫了『玩捉迷藏』，索朗多吉問了他，『就這麼一句話？政教的事情一點也沒做？』他想了想，『早晨磕長頭三百個，飯前誦經三次……』我的意思是，把練習書法的事也交給管家索朗多吉吧。不過，學習籌算的事，你是孜本，推薦一位老師吧。」

「夏格巴怎麼樣？」龍夏不假思索。

「想的周到啊！」我看了看一邊的龍夏太太。

「如果夫人您同意的話，就從明天開始吧。」龍夏說著，也看了看自己的太太。

「怎麼感謝您呢，龍夏老爺？」我轉向了龍夏。

「能為夫人做一點事，是我們的榮幸。」龍夏太太說話了。

而龍夏，這時的目光，已移向了湖心島。是的，晚飯已經在湖心島那邊擺好了，大人、孩子都已到了對岸。多年以前，那個正午，也是在這個小島上，我和兩位拉魯夫人商量還俗的事，如在眼前，然而，拉魯大夫人索朗邊宗早已去世，朗杰旺姆皈依佛門，連拉魯公也不在了！唉——

湖水靜靜的，仍然是當年那位從桑耶渡口找來的船伕在划船，可是，他再也沒有瀟灑的三百六十度轉彎了，他也在歲月裏失去了往日的激情？也老了？我是最後一個下了船，左腳剛邁到岸上，龍夏就伸出一雙手，扶住了我。

封爵

「我們的王和其他的王不一樣，不是父子相傳稱霸天下，是一個世系，永遠不滅。我們的王可以出生在繁華錦繡的拉薩，也可以出生在只有幾縷炊煙的小村莊、黑帳逢。我們的王的出生，已然超越了俗世間的一切規律，所以，我們的王，不是一般的王，我們叫益西諾布，還叫袞頓，當然，更是嘉瓦仁波切和堅日斯，還是大慈悲大智慧的佛，他的降臨，是為了救渡我們這些在俗世的苦難中無法出離的人；我們的王和其他的王不一樣，沒有他，我們就是一堆隨時腐爛的肉。所以，當我們的王圓寂的時候，那些最了不起的仁波切，還有養尊處優的攝政們，會在卦相上、湖水裡，在所有的預言和暗示中，千山萬水地尋找，他們走啊，走啊……，就是喪失了性命，也不在乎。」

「那麼，這一世的袞頓，在哪裏找到的呢？」我兒拉魯色好奇地看著我。

「在洛嘎的塔波省羨達山的東部，那裏有一座大象山，山下，有一戶農家，大家都叫朗頓，就是大象之旁的意思。那是第十五繞迴的火鼠年五月五日，一個太陽初升的時刻，女主人羅桑卓瑪，也就是你的奶奶，生下了一個男孩。剎那間，天空落下了花雨，朗林拉巴的青山，鮮花盛開，香氣跟著一種只有天目才可以見到的旋律，向四個方向散開。同時，無論第八世班禪喇嘛丹白旺秋打卦，還是乃瓊．多吉扎丹護法降神，都預言，達賴喇嘛的靈童，已經在拉薩的東南方向出世；上密院卸任堪布羅桑達吉和隨從，也在拉蒙拉措裏看見了顯影：房屋，花朵，山脈，一切相吻。而你的親生爸啦，就是這一世袞頓在俗世的兄長。人稱朗頓公爵，名為頓珠多吉。」

「爸啦，如今在那裏？」

「護駕袞頓流亡蒙古的路上，因哮喘病發作……」

拉魯色不吱聲了。

「我們現在居住的拉魯莊園，最早是六世達賴喇嘛的別墅，後來，為八世達賴喇嘛家族的莊園，再後來，八世達賴喇嘛的家庭沒有了繼承人，就和十二世達賴喇嘛的家族合併了。拉魯公晉美朗杰，也就是你的養父，是十二世達賴喇嘛的哥哥噶公益西諾布的公子，所以，人們都叫這裏亞谿拉魯。」

「可是，爸啦，我是說我的養父太好了，真的不知道能不能有比他更好的爸啦了！」

「可是，我們失去了他，所以，你現在就是拉魯家族的繼承人了。」
「如果我死了呢，是不是就沒有了繼承人？」
「別這麼說，我的兒子，拉魯家不能沒有繼承人！」
「所以，袞頓今天給我封爵了？」
「是啊，我該為你高興，這也是你的爸啦晉美朗杰的願望。」
「可是，阿媽啦，你為什麼要哭啊？我要是告訴你袞頓的事，你就高興了吧？」
「說吧，我的兒。」
「袞頓說，『拉魯是幾代亞谿的莊園，應該有繼承人啊』。還說，『你是亞谿的後代，要好好地練習技藝』。」
我雙手合十，「感謝袞頓的恩賜。」
「阿媽啦，如果我告訴你，袞頓還給我糖果和奶渣，你是不是就更高興了？」
「真的嗎？」
「真的，是袞頓親自給我的。」說著，拉魯色平措繞杰從懷裏掏出了兩個糖果，是白雪一樣的『期追泊嘎』和火一樣的『普榮木』。」
「啊，阿里的乾核桃！」我從平措繞杰手裏接了過來。看了又看，「我兒，你含在嘴裏吧，一會兒，硬皮就化了，比乾犛牛肉還有滋味呢，這是拉達克頭人的供奉呀！」
「袞頓還說，等跑馬節到了，還要接見我，要我跟噶倫們坐在一起。」停了一會兒，我兒拉魯色又說，「阿媽啦，跑馬節怎麼還不到呢？爸啦說，如果我騎不好馬，就找不到好姑娘，對嗎？」

我不吱聲。

「阿媽啦，什麼是仲科藝考？」

「你看過那個考試的，那時你還小，是爸啦帶你去的，你和朗頓・貢噶望秋坐在一起，他是你同父異母的哥哥，忘了嗎？」

「那天袞頓也給了我們糖果，硬得軟的都有。不過，我還是不明白仲科藝考是什麼意思？」

「就是每一個在噶廈工作的俗官，擔任初級官員三、四年以後，要參加一次考試，由四品官孜本檢驗登記每個參考人的成績。」

「阿媽啦，袞頓是想讓我長大了到噶廈工作？」

「那是自然的。你是亞谿家族的後代，哪有不為噶廈做事的道理。」

「阿媽啦，仲科藝考難嗎？」

「不簡單。要打槍，射箭，使矛，還要進行遠端射箭，將射出的距離長短記錄名次，凡是想謀求俗官職位的人，不論是誰，都必須經過仲科藝考，不得例外。」

「爸啦的騎馬技術真是好得不得了啊！」

「可是，他不在了……你還要接著學習騎馬射箭，得樣樣都行才是。還有，關於藏文方面，也不能忽視。」

「大管家索朗多吉說，我的進步不小，如果籌算也能行的話，就可以預備考試了。」

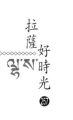

「你會頂起拉魯的家業，毫無疑問。」

「就是說，要我把這個房子頂起來，我可沒有那麼大的勁呀，阿媽啦。」

我笑了，看著孩子，心想，他兩次救了我啊。第一次是朗頓公爵去世時，他的出生；現在，是丈夫去世後，他的成熟。要不是有他在我的身邊，真不知道我能不能挺過這些災難。儘管我知道該珍視生命，可是，活著，即使貴為人身，也是苦的，而幸福，如同露珠，轉瞬即逝。

又多了一盞油燈

「今天的蛋糕，又軟又香，是廚師強巴啦從印度學來的手藝，我的小寶貝，聞到香味了吧？」我親自拿著一小碟蛋糕，向平措繞杰的房間走去。平時，無論從大管家那裏還是從夏格巴的家裏回來，他都要先跟我打招呼：

「阿媽啦，我回來啦！」

「阿媽啦，我可以吃一點東西嗎，就一點點。」

不管我在哪裡，林卡、湖邊、大客廳、小客廳、日光室、佛堂……他都能翻出我，十七歲啦，還像跟屁蟲一樣。可今天，他經過廚房時，看見我在幫著廚師強巴啦做蛋糕，連停也沒有停下，逕直朝著自己的臥室走去。

「我說小寶貝，嚐一嚐吧，保管你嚐了還想嚐。」

「阿媽啦，我想睡。」拉魯色已躺在了床上。

「是不是喜歡上了哪個女孩子，人家……嫌你騎術不高？」

「阿媽啦，別開我的玩笑，我真的想睡。」

「是不是看到了晦氣的東西？有時候，有人從你的身上邁過去，或者一隻豬從你的身邊走過，都會全身不舒服的。呸、呸、呸，吐幾口就好了，不信就試試……」

「不是那麼回事，阿媽啦，是這裡，一剜一剜地疼。」我兒指著太陽穴，不睜眼睛。

「十有八九是染上了晦氣。」我幫兒子脱掉丘巴和靴子，又把他的雙腿往床裏挪了挪，「也好，睡一覺吧，我這就點上香木，薰一薰。」

平時，我們最小心的就是染上不乾淨的東西，也就是晦氣，而晦氣無處不在。晦氣甚至可以使草不再生長，前面我説過，那些染上晦氣的草，就變成了眼石。這倒是晦氣帶來的好事，可，更多的時候，晦氣帶來的總是一個病懨懨的身子。當然，對付晦氣，也是有辦法的。比如燃香。所以，每當袞頓講經之前，都要點燃香木清潔空氣。

現在，我兒拉魯色的臥室裡，迂迴起了香柏木好聞的氣味。他倒咳嗽起來了，是的，在咳嗽！我已經進了佛堂的腳步，又折了回去。咳嗽停了，我也停下了，可一眨眼，又出現了兩聲乾咳，喘不過氣似的。

「少爺在咳嗽。」格卓也來了，「我去叫醫生吧？」

「把欽繞羅布和敏珠林的久美喇嘛一起叫過來吧。」

我兒拉魯色的咳嗽，像從腔子深處發出來的，這會兒，一聲連著一聲，骨頭都要震裂了。

「阿媽啦，這裏疼。」聽到我走近的腳步，拉魯色掀開被子，指著胸口。

我坐在床前，輕輕地揉著我兒的食指和拇指之間的穴位。還好，咳嗽停了，他終於閉上眼睛，睡著了。我兒的鼻子高挺，眉毛濃而黑，波浪般捲曲的黑色長髮，散在枕頭上，像極了朗頓公爵。還有他的上唇，已經長出了毛絨絨的鬍鬚。不知不覺中，我兒長大了，都十七歲了，成了小夥子。不過，那光潔明亮的前額，怎麼現出了灰色？我又一點點掐著他的前額，嘗試著放鬆他繃緊的神經。而後，我又拿起他的手，掐著他的食指和中指之間，可是，他白淨而細緻的一雙正在成熟的手，似乎一點感覺都沒有。然而，他手心都是熱的，在烤著我，就要把我烤焦了。

欽繞羅布和久美喇嘛都來了。說起來，遠在西姆拉時期，欽繞羅布曾一路小心地照拂過哥哥班覺多吉啦，甚至治好了哥哥的癆病。為了使這些醫術益利眾生，他還在藥王山建立了門孜康，甚至，土馬年以後，有一段時間，擔當起了袞頓的私人醫生。現在，他說話了：「少爺的病，和拉魯公一樣，也是天花。」

「天花?!」我的全身縮成了一團。

「是的，夫人，無法醫治了。」欽繞羅布也低下了頭。

「他在前世的時候，本來可以活到七十歲，」久美喇嘛也說話了，「可是，由於一個偶然的事件，使他在五十三歲的時候就去世了，他來到這裡，就是為了完成餘下的生命。」

精神在痙攣

那些淺褐色的龍，居然噴吐著火和白色的乳液，舞動起來。所有的顏色，藍色、白色、褐色，都模糊到一起，膨脹著，向我砸來。我想睜開眼睛，可是，我的眼睛錐心地疼著，就是睜不開。似乎陽光，正透過那個並不太大的窗子，在我的眼前形成亮晶晶的磷片，切割、撕裂著我。我想把蓋在身上的被子往上拉一拉，遮住眼睛，可是，像兩個鉛塊，我的手一動也動不了。我似乎就要死了，那最後一口氣，正在我的胸部一點點聚集，向上湧來，湧來，一旦湧出，我就不再是我了，就成了一堆軀殼。

「你會活得比任何人都長久。夫人，命中註定你要長壽的。」是敏珠林寺的久美喇嘛的聲音。

「請用茶。」格卓的聲音。

「圖潔切。」又是久美喇嘛的聲音。

長壽又有什麼意義呢，如果僅僅為了承受痛苦？死亡，是對死者的解脫和生者的懲罰啊！為什麼在輪迴中，他們成了我的親人，讓我嘗盡了幸福的滋味，又猛然地拋棄了我，一次又一次？

「這是不讓您貪戀幸福啊！讓您在無常中，平平靜靜地進入，平平靜靜地出來。」久美喇嘛又說話了。

可是，我的精神似乎在痙攣。我投降了，讓我死吧，離開這個無常的人間！

「不要執著，夫人。當你快樂時，應該想到，這快樂不是永恆的。當你痛苦的時候，也應該想到，這痛苦不是永恆的。我們的生命，本來就是由一剎那又一剎那的無常構成。」久美喇嘛似乎看見了我思緒的紋理。這不奇怪，敏珠林的天文曆算成就，早已飛越雪域，播種到了喜瑪拉雅地區的每一個皺折裡。但凡星算大師，差不多都出自敏珠林，他們不僅和人，也可以和神直接對話。

「每一種創傷都是一次成熟。無常將使你懂得丟掉我執，更接近了佛境。」久美喇嘛又說話了。

同樣的瓶子，你為什麼要裝滿毒藥呢？同樣的心理，你為什麼要充滿煩惱呢？那麼，我誕生的環境，我相遇的人，僅僅是一個擺設，一個佈景，都不是真的，都是為了考驗我？那麼，人生還有什麼是真的東西嗎？真的東西是什麼呢？

「真的東西，就是空。一切物相的出現，都是為了你的一個欲望。」

「夫人，兩位拉魯公等著你為他們佈施呢，尤其是小少爺，他在中陰的靈魂，這時候，最需要你幫助，你得活下來啊！」格卓的聲音。

「我連起來的勁都沒有……」我在心裏說著，又一次試著往上拉一拉被子，可是，我的手仍然像兩隻鉛塊，一動也動不了，陽光仍然惡毒地刺著我的眼睛，天昏地轉的。

「放心吧，夫人，你這身子沒有毛病，」久美喇嘛又說話了，「如果您願意的話，甚至可以立刻起來為兩位拉魯公爵佈施呢。」

「我會死在佈施的路上，讓我死吧！」我在心裏說著。

「你還會健康地回來。你會活上至少八十五歲。」久美喇嘛接著說，「如果能佈施、朝聖到瓊果節[30]，對兩位公爵，尤其是少爺，來世會更好。」

「你是說，去拉蒙拉措？」我的唇動了動，卻沒有發出聲音。

「是啊，到了那裡，也可以看到你自己的前生和來世。」

「夫人，孜本龍夏老爺來了，在外面等您很久了。」是琪美拉姆的聲音，我甚至可以聽到她輕微的喘息。

可我動不得，也睜不開眼睛。

「夫人現在還沒有力氣見人。」格卓解釋著。

「我已經告訴了龍夏老爺，自從小少爺去世，夫人就昏了過去，都三天了，滴水未進，可是，龍夏老爺還是不走。」琪美拉姆又說話了。

「小少爺」三個字，又引我的淚水流了出來，像一串螞蟻，從我的眼角向下爬著，沒完沒了。

「她的意識還在運行，會好起來的。只是現在還不能見人。」久美喇嘛的聲音。

「夫人，別難過。」是格卓的聲音，又用柔軟的手帕，擦去了我眼角的淚水，一次又一次。我甚至知道，那個手帕是白色的。儘管我睜不開眼睛。

「夫人，喝一點水吧，潤一潤您的嘴唇，全是大泡，看來，毒素出來了，是好事。」格卓的一隻手輕輕插進我的背部，另一隻手扶著我的胳膊。借著格卓的力量，我略微側了側身，可還是睜不開眼

30 位於今山南地區加查縣，朝拜聖湖拉蒙拉措必經之地。

睛，陽光像錐子一樣，扎著我。

「我回了龍夏老爺，說夫人還是起不了床。」琪美拉姆又進來了，「龍夏老爺說，讓夫人不要太難過，愛惜自己的身子要緊，這是龍夏老爺帶來的七十味珍珠丸，專門給夫人補身子的。」

第七章 佈施

趟過有冰碴的河

要不是我的身子軟綿綿的，是決不會坐轎子的。我們博巴都很少坐轎子。因為久美喇嘛說我的身子就會好起來，所以，牽馬人丹增就選了一匹壯實的西寧馬，跟在轎子後面。格卓、丹增、還有為我們安排吃住和帶路的格桑，如果不算四個轎伕的話，我們這一行四人，八匹馬。另外那四匹馬，是專門馱吃的喝的還有馬料等。

讓牽馬人丹增跟著我，原因在於格卓。儘管他們結婚十幾年了，孩子都有了兩個，可丹增的眼睛，還是圍著格卓轉個不停。所以，就選了丹增，趁他們還不算老，應該多在一起，也算做了一件善事吧。本來，格卓可以找一個比牽馬人更有身分的男人，可是，依我看，格卓這一生，只有對丹增叨嘮，才算心滿意足，如果沒有格卓，丹增呢，我簡直不敢想像，也許會拿青稞酒當女人吧？兩個人平常地生活在一起，卻是天上人間。

沒有帶琪美拉姆，一是因為我想簡樸地出行，連醫生也沒有帶，甚至我連平日穿的綢緞衣服都脫了下來，只穿了一件黑色的氆氌丘巴。現在，我最怕的就是引人注意，不誇張，不喧嘩，多好。二是琪美拉姆已和尼瑪結了婚。那麼油頭滑嘴的一個人，還真的對琪美拉姆動了性情。把琪美拉姆留在了拉薩，也算合適吧？

正是秋尾，涼意隨處可見。單說眼前這條流向雅魯藏布的小河吧，淺淺地結了一層冰碴，開始，我沒有發現，太透明了。只是當我光著腳踩進水裏時，才知道自己上當了，冰碴扎得我，連腿都抖了起來，還好，格卓扶住了我。

「太刺骨了。」我說。

「還是坐轎子吧？」格卓看著我的另一隻踩在鵝卵石上的腳，硌得腳背都拱了起來，儘是雞皮疙瘩。

「要不，騎馬吧，這是一條雪水河呀！」丹增也說話了。

「騎馬？那牲口多可憐啊。」我嘟囔著。

四位轎夫望著我過了河，上馬折回了拉薩。我喘過一口長氣，自從丈夫去世，每次喘氣的時候，都像有什麼東西堵在胸口似的，憋得我全身沉甸甸的。而我兒拉魯色的去世，幾乎窒息了我，也許我已經被窒息了，而現在的我不再是我。自從上路後，我感到體內，似乎有什麼東西在生長，又似乎有什麼東西在死亡，我甚至聞到了它們同時生長和死亡的氣味。

我的身子正在好起來。越是難走的路，就讓我越強壯。當我看到寸草不生的石頭山時，我也成了石頭山，不過，是另一座山；當我看到一條河的時候，我也成了河，不過是另一條河。當我看到一隻羚羊跑過的時候，我是另一隻羚羊。現在，我的眼前，又出現了泉，其實，圖博的泉太多了，幾乎像秋天的樹葉一樣多：康布温泉、拉孜温泉、德中温泉、羊八井熱泉……洗温泉，是我這一生最喜歡的事了。而現在，我眼前的這個泉，就是温泉，看得出，牧羊人常來歇腳，四周不僅稀稀拉拉著羊的糞蛋，還被石塊圍了起來，形成了水潭，彩色的風馬幡在四周舒展著，白色的熱氣像煨桑的煙縷，不緊不慢地上升著，甚至繚繞而來，環抱起我。我吸了吸鼻子，「我應該洗温泉」，我說。這時，我變成了另一個温泉，一心和我的另一半親近。

「這兒的水硬，怕是要歇上一陣子才能上路。」格桑一邊吸著鼻煙，一邊咕嚕嚕地提醒著我。

「就住在這裏嘛，不是也準備了帳篷？」我說著，坐在了泉邊的石頭上。

「住在前面的村莊吧，騎馬的話，有兩個時辰。我這就去和莊園主商量？」格桑吸完了最後一撮鼻煙，把拇指和食指往衣服的前襟上擦了擦。

「好吧。」我抬頭看著格桑。

格桑走了，丹增也開始了遛馬。我和格卓進了温泉。

水，有點熱。開始，我們坐在岸邊，僅僅把雙腳伸進了泉裡。向下，再向下，我的腳一沾到泉底的寒水石上，就適應了。隨後，我的整個身子都移到泉下一塊掛著綠苔的大石頭上，一股淡淡的硫磺的氣味，浮了上來，我吸了吸鼻子。我和格卓再沒有說話，彷佛我們彼此在對方的眼裏都不存在了。夕陽西下，我的眼前，一片桔黃色，温温曖曖的。誰會想到在這靜謐的高山和低谷之間，還會隱藏著無常？還有死亡和哭聲？一條拳頭般粗細的蛇爬了出來，從岸邊的石頭縫裡，先露出了頭，而後是身子，一條青蛇呢，不短，也不長。

它也驚訝於我的存在嗎？伸長了脖子，目不斜視著我這赤裸的身子，尤其是這一雙曾經花枝招展的乳房，在不久前兩次死亡的重擊中，已經垂下了頭，向這個世界投降了。青蛇看個仔細後，絲絲拉拉地爬過碎石，移開了。我閉上了眼睛，全身躺進了水裡，枕著一塊寒水石，看著天空。天空仍然藍得透亮，一朵又一朵白雲，飄來飄去，又交融在了一起，像海。我的丈夫，兒子，還有朗頓公爵，漸漸地成了散開的霧，一點蹤影都沒有了。我回到了另外一個時間裡，我筆直的雙腿，這時，在温水裡，格外蓬勃起來，還有我的雙乳居然飛揚跋扈起來。

「真是看也看不夠。」格卓自言自語著，枕上了另一塊寒水石。

「什麼看也看不夠？」我問。

「山。你看，最上邊是雪，中間是石頭，下面是河，河邊是草坪，像綠緞子一樣的草坪！」

「山上，有雪蓮嗎？」

「也許吧，不過，現在還看不見，雪蓮長在八月初。」

「您見過雪蓮嗎？」

「見過，小時候，我和阿媽啦朝聖時，翻過一座雪山，在一個很高的地方，我記得像是一個石頭中間，我看到的。不過，那是一個白雪蓮，聽說，雪蓮有兩種，紅雪蓮最好。」

「我還見過貝母呢。也長在山上，不過，是在山上的砂子裡。不像雪蓮長在那麼高的地方。對了，拉蒙拉措那邊還長蟲草呢。」

「聽說，蟲草只長在四月中旬和五月初。」

我們漫無邊際地聊著，出了溫泉，我不僅沒有天暈地轉，還格外清明了。盛開的晚霞裡，我看見了一個村莊。那是很矮的幾間石頭房子，還有房頂摞起了幾層牛糞餅。也許那幾座房子並不矮，只是在高聳的大山之間，顯得可憐巴巴的。一縷炊煙，從一座石頭房頂上升了起來，不，不是一縷，是幾縷，斜著飄來，我的心，這時，開了一道閘門似的，有什麼東西，奔騰而出，是什麼呢？還真的說不清。

和煙縷一起飄來的，還有細細的歌聲，絲線一樣環繞著我。格卓走了過來，指著下面的平壩子：「他們在唱歌。」

我使勁地向那邊望去，伸長了脖子。原來，是一群男女，他們站成兩排，中間鋪著曬乾的青稞桿，有二十，也許是三十幾頭犛牛，被驅趕著在青稞秧上跑來跑去。歌聲也就越來越嘹亮了，我豎起了耳朵：

我是踩青稞的牛，
不是空跑的馬，
我要快快地跑，用力地跑，
直到稞粒從殼裏掉下。

那夥男女又拿起叉子，翻騰起來：

羚羊角做的青稞叉，
深深地叉進了青稞秧，
風啊，請你來吧！
東風從東面吹，
西風從西面吹，
把麥穀和麥粒分開的如意風啊！
從鄔間國吹來。

如果這個風不吹來，
我們沒事幹，
如果這個風吹來，
我們什麼都不要。

風大了，
穀和麥都跑了，

風啊，請你吹得不大也不小，
只把麥殼帶走。

黃昏已近，
如果風還不吹來，
我就得央求趕羊的人，
把風帶來。

歌聲隨著村民的動作波濤起伏，像是這個世界除了歌聲再也裝不下別的了，而打穀，不再是勞動，是為歌聲伴舞。對了，就是在這樣的時候，一個男人會喜歡上一個女人，而一個女人會喜歡上一個男人，一個新的生命就開始了，就這樣，我們生生不息，體驗著生老病，是的，還有死，死亡……

「一切都妥當了，夫人。」格桑回到了我的跟前，「莊園主堅持前來迎接您！」

「好心的施主啊！」格卓感慨著。

「不必了吧，我們可以自己過去。」我說。

「已經來了。」格桑回身望著。

是的，越來越近了，莊園主騎在馬背上，弓著的身子略微前傾，飛奔的馬蹄，響徹了群山。好英俊的騎姿啊！如果丈夫拉魯公在這裡，該多高興，一生中，他自始而終地喜歡好騎手。

莊園主長長的辮子已放在了胸前，表達著對我的尊敬。他不年輕了，髮絲之間，閃出了一根又一根的銀色，不過，兩撇濃密的鬍鬚，仍然倔强地上翹著，顯得精力旺盛，尤其是他的眼睛，驚濤駭浪似的。

他下了馬，掏出白色的哈達，右手一抖，一條銀河自天而降，我是說，那阿細哈達詩情畫意地展開了。

「古措賽唐，夫人！」說著，舉起了雙手。

「拉依，古措賽唐！」我說著，接過哈達。

「自從您上路，夫人，我就開始了祈禱，現在，如願以償了。」莊園主雙手合十。

「您知道我……上路的時辰？」我看著莊園主，不等回答，又說，「好耳熟的聲音哪！」

「我們見過面，夫人。」莊園主笑了。

「見過？」我仔細打量著。

「一會兒再說吧，現在，剛洗過溫泉，您需要休息。」莊園主轉過了身子。

「你怎麼知道我洗過溫泉？」我緊張起來。

「以您的心性，必定喜歡那溫泉。」莊園主回身看著我，像是看著溫泉的一個倒影。而後，翻身上了馬，「走吧，夫人，您需要休息，越早越好。」

莊園主揚起武都[1]，輕輕地拽了一下馬韁繩，那馬，立時懸起前蹄，跑了起來。

跟著一條乾河床，我們奔跑著。像是不放心或者不相信似的，莊園主幾次回頭，看著我。夕陽西下，河底露出了一條很細的水流，那水是彩色的，是一條舒展的透明的彩線，像是從格薩爾時代流淌而來。不過，不是叫罵如雷打得正酣的時刻，是在大戰停歇的中間，空氣裏流動著深不可知的謎語。那一岸，起伏連綿的土山中間，現出了規則的方形小孔，雅礱河離這兒並不遠，難道這裏曾經繁華似錦？天空紅得透亮，連雲，也燃燒著，流動著激情。穿過幾座冒著炊煙的石頭房子，河床的這一岸，現出了一座高層的石頭大房，本來青色的石頭，上了一層鏽似的，露著古銅色的斷面，成了大地上生長的一叢植物，正在經歷著秋天的凋零。

幾乎和石頭牆一樣厚的木門，立刻開了，打開大門的是兩個又壯又高的傭人。下馬石不偏不倚，在院子中心。和拉魯莊園比，這裏過於簡樸和狹小了，不過，不會讓人感到空虛。主人首先下了馬，而後朝我走來，這時，我才發現，他的一隻腳是跛的，當然不那麼重，只是走路時，一會兒肩高一會兒肩低的。他伸出雙手，有力地，一下子就把我從天空接到了人間，眨眼中，我已穩穩地站在了石板鋪就的院子中間。莊園主向前蹣跚了兩步，站在一邊，親自撩開白底打著藍色吉祥結的門簾。門很矮，我不得不低下頭。樓梯也都是石頭的，中間凹成不深也不淺的弧形，這房子，經歷了多少歲月，連石頭都磨薄了？一、二、三、四、五……我默默地數著，一共十三個臺階，在二樓，我收住了腳。主人上前一步，再次伸手，請我進入迎面的客廳。

窗子不大，糊著油紙，正是夕陽西下，暗色的房裡，帶著絲絲縷縷的憂鬱，還好，牛糞餅已經點

1 羊毛編織的牧馬鞭。

著了，春天正在緩慢而有條不紊地走來。

「請坐。」主人說著，為我往前挪了挪豎在卡墊後面的靠墊，讓我坐得更舒服一些。而後，他在另一邊的卡墊上坐下了。中間的方形木桌，也像拉薩所有的貴族家庭一樣，塗著大紅和大綠，四個側面，分別畫著扎西達杰。對面，豎著一排雕刻精細的橡木櫃子，櫃上，掛著幾個小佛龕，佛龕下，扣著一排青銅淨水碗。

「請喝茶，」主人從傭人手裡，接過茶碗，親自放在了我的眼前。他的五指又粗又長，手背還稀落著幾根絨毛，「夫人，您這樣幾乎帶病離開拉魯莊園，很辛苦啊，我還從沒有見過任何一位嘉古秀，像您這樣簡樸，不講排場。」

「排場不過是一些累贅。再說……」

「接著說嘛，夫人。」

「有什麼好說的呢，我的生活裏儘是死亡，還是說說這裏吧，這房子很舒服啊，」我看著他，「您的太太不在嗎？」

「她在拉薩。我們兄弟兩人娶了一個女人。平時，我住在這個莊園。只有藏曆年的時候，才回拉薩和她見一面。」

「我的確熟悉您的聲音。」我看著莊園主。

「藏曆水鼠年，在盧布那嘎底，您是頭一個給雅索獻扎西得勒的貴婦。那時，您還不是拉魯夫人，是吉尊央宗啦。」

我用勁地想著，可是一點印象也沒有。

「龍夏一見到你，眼睛就不動了，我開玩笑說，如果您被龍夏唬住，這一生就糟蹋了……」

「您，那時和拉魯公在一起，對了，是哥哥班覺多吉啦介紹了你！『這是我們圖博的詩人沁巴！』哥哥當時是這麼說的，是的，是這麼說的。」

「一晃十幾年了。」

「是啊，我老了。小時候，和阿媽啦一起朝聖，都走到了有野人的地方，也不記得有累的時候，現在不同了。」

「是你的心太累了。」沁巴看著窗外，全神貫注。

我也把臉轉向了窗外，窗外什麼也沒有，除了那些起伏的土山還有一條乾河床：「是啊，我經歷了太多的無常。」

「經歷無常，會更清楚生命的實相。」沁巴仍然看著窗外。

「對了，你是怎麼知道了我上路的時辰？」說著，我盤起了雙腿，像在自己的家裏一樣。

「十幾年前的那個早晨，我在盧布那嘎底見到你以後，遇到了一位寧瑪派的僧人，他說的。」他向門的方面看去。門簾撩開了。傭人們送來了晚飯。牛肉蘿蔔湯和洋芋包子，很簡單的飯菜。

「我很久不知饑渴了。」我近乎於自言自語，「現在，像是從另一個星球上回到了人間。」

「就待在人間吧，別走了。」

「明天一早就得上路。」

「明天？」沁巴重覆著，試著理解明天的含意，終於，他說，「那麼，今晚早一點休息吧，您的房間在最上邊，不過，夜裡，可能有一些聲音。」

「聲音？」我迷惑了。

「這裏的鬼，有時候像砂粒一樣多。」沁巴說。

「為什麼？」我盯著沁巴。

「聽說，這裏曾是古代的戰場，那些倒下的人，因為當時沒有佛經指引，靈魂找不到投生的路，只能在中陰裏流浪，他們很苦，也很餓，經常哭叫。」

「聽說有天目的人，是可以看見鬼的，尤其是那些剛剛出生的孩子。」

「但是，過不了多久，俗世就埋藏了他們本來的能力。」他突然看著我碗裏的湯，「吃吧，趁熱。」

「我們應該給那些餓鬼佈施一些吃的！」

「是呀，每晚我都佈施。」

吃過晚飯，在鋪著青石板的院子裡，牛糞火燃了起來，沁巴把蜂蜜、紅糖、白糖，還有牛奶、酸奶、酥油，加進了糌粑，揉到一起，投入火裡。藍色的煙霧緩慢地從沁巴的方形院子裡，打著卷升上了天空：

「吃吧，可憐的迷路的靈魂，但願你們儘快地投生，好好地投生，來世，不要再這樣顛沛流離……今晚，請不要抱怨，哭鬧，請讓我尊貴的客人，好好地休息……」

比騾子還倔強

為我準備的房間，像所有拉薩人家的臥室一樣，兩張床一橫一豎地擺放著，只是中間方形的木頭桌，沒有染色，而拉薩哇都喜歡把桌子、櫃子、甚至床的邊緣，畫上大紅大綠的吉祥圖案，比如七政寶，八吉祥，四和氣等等。保留木頭的本來色，我還是頭一回看見。不過，和床上的兩個卡墊，相映在一起，倒也美。就說床上那兩個老舊的卡墊吧，白色的底上，繪著無拘無束的黑色丹鳳，這黑白兩色之間，竟然交織出一種富貴，當然這是我的感覺了。筒式靠背的外層，包著黑白相間的緞子，白色為底，黑色為圖，仍然是飛舞的丹鳳；長形的鹿戎枕頭，也一樣地包著黑白相間的緞子，白色為底，黑色為圖，仍然飛舞著黑丹鳳。我的被子，是一條上等的鮮瑪氆氌，那是一種隱含不露的富麗。

格卓來了，端著一杯清水和一粒磨碎的七十味珍珠丸，那是醫生欽繞羅布囑咐我服用的，主要是為了儘快地恢復體力：「自從您吃上這藥，一天比一天結實了。」

「多半是命運吧？」我說著，咽下了那粒磨碎的小藥丸，這是用珍珠、九眼石、紅花、檀香、降香、丁香、余甘子、草莓、麝香等，七十種植物和珍品製成的，是欽繞羅布自己製成的。

「再說，您佈施了那麼多，怎麼能不好起來呢?!」格卓站在油紙窗前，看了看窗外，「天黑了，夫人，您也早點睡吧，明天一早，我們還要上路呢。」

「不是每個傭人都如你一樣看到了我的心，可是，和我在一起，卻成了你的不幸，你不得不和我一起承受死亡，從朗頓公爵開始，拉魯公、拉魯色……」我說不下去了。

「我嫁給丹增那會兒，幾乎所有的傭人都輕視我，唯有您，您說，『不要看金子銀子，只看你的心。』您和其他的貴族婦人不一樣，尤其和那些嘉古秀相比，你就像一棵白檀香木。伺候您，是我的福分。」格卓仍然站在窗前。

「可是，我要你離開我，享受自由。」

「夫人，自由對我，還不如一個章嘎值錢，您走到哪兒，我就服侍到哪兒。」

「你的一生都在跟著我，不防試一試離開我的滋味。如果有一天，還想回到我的身邊，我還願意和你在一起。而我，也應該學會照顧自己，什麼樣生活都經歷，才算完整吧？」

格卓不吱聲。

「記得嗎？你結婚的時候，我曾希望把夏札家族在帕廓街出租的一個房子借給你們，不收租金，丹增也可以做一點小生意。現在，我要把拉魯家族在帕廓街達隆夏的三層樓下那兩間店鋪中的一間，送給你們，作為今後生活來源。」

「感謝您替我著想，不過，我還是願意和您在一起。」

「拉魯宮已經沒有繼承人了，遲早，我也會搬出那裡。再說，簡單的生活，也是我多年的夢想，真的。」

「您那麼高貴，為什麼不住在拉魯宮呢？」

「高貴，在我看來，是對眾生的憐憫和對苦難的深刻體驗，能在世俗的貧富和榮辱中，自由地沉浮，和錢財沒什麼關係。」

「不管您在拉魯宮，還是什麼百姓家，我都跟著您。」格卓倔强得像頭騾子。

「起風了。」我看著抖動的油紙窗，又開了話題，「明天，我們還要早早上路呢。」

格卓吹滅了油燈，而後，撩開門簾出去了。

隔著油紙窗

躺下來，才發覺，我的整個身子都支離破碎了，也許是洗了溫泉的緣故吧，一沾枕頭，我就睡了。

風「嗚嗚」地吹著。砂粒擊著窗櫺。也擊著窗上的油紙，發出「崩崩」的聲音。正是這聲音，吵醒了我？我的睡眠，總是很輕，就是熟睡時，也可以感知外面的事，尤其在一個陌生的地方。

「咚咚」，「咚咚」……有人敲起了門。

我完全清醒了，披衣下床，掀起門簾，可是，門外空無一人。我又關上門，仔細地聽著，門外靜靜的，整座房子都靜靜的。

回身躺下時，睡不著了。風還在颳著，似乎更大了，窗上的油紙，顫抖起來，像是擔心隨時被捅破似的。圖博的天，就是這樣，沒有個準兒。昨天還是晚霞漫天，現出和平的兆頭，可夜裡，卻颳起了風，天昏地轉。

「咚咚」，「咚咚」……我臥在床上，側起了耳朵。

「咚咚」，「咚咚」，不，不是敲門，是在敲油紙窗。我起身，站在窗邊。「咚咚」，「咚咚」，聲音更近了，是的，是在敲窗，就要把窗子敲碎了。

我抖了起來。

這是七層樓中的最高一層，別說人，就是蒼蠅也飛不上來呀！難道，是那砂粒一樣多的鬼?!小時候，聽阿媽啦說，鬼的個子很高，所以，鄉下的門，都很矮，除了孩子們，成年人進進出出，得低下頭，門矮，鬼就進不來了，鬼是不會低頭的，也不會拐彎，只走直路。

「咚咚」，「咚咚」，隨著聲音而來的，還有輕輕的啜泣和嗡嗡的低語。窗外，似乎混亂而喧嘩。

我想回到床上，可是，腿卻抬不起來，抖個不停。

「夫人！」輕輕的聲音，輕得像一聲歎息。

「誰？」我本能地轉過身，漆黑中，我的眼睛一點用處也沒有。

「是我。」聲音來自門外。

「沁巴？」我終於認出了這聲音，「進來好嗎？……」

「不怕，夫人，你弱的時候，它們就强，就威脅你。」沁巴舉著油燈進來了，又隨手把油燈放在了方桌上，朝我走來：「你在抖，夫人？」不由分說抱起我，輕輕地放到了床上，又為我蓋上氆氌，「睡吧，我把油燈留下來，不會有事的，不要怕，這是最安靜的夜了。」

「不，不要走！」我拽住了他的手，他聽話地坐在了床邊。我把頭枕在他的胸前，雙手摟著他的腰。不久，我長長的頭髮，在他的手裡，聽話地散開了，他吻著，撫摸著我的長髮，那十指，原是一把溫暖的梳子。

我略微往上挪了挪，臉貼著他的胸口。這時，一種溫熱傳遍了我的全身，那是來自於他身體的中心，那裡，突然生機盎然，而我這一對緊貼著他胸前的燈籠似的乳房，也飽滿了，充溢著奶水！他的身子抖了，雙手，從我的頭髮上移開，撫著我的兩隻乳房，又輕輕地揉著我的乳頭，甚至輪翻地含在嘴裡。而我的雙手，也不自主地柔情蜜意地安慰著他身體的每一個部位，尤其那個溫熱的地方。不僅用手，也用我的身子，我的每一個細胞。這可不是因為我失去了男人，才稀罕他的新鮮，不，不是的！就算此刻我的眼前有一百個男人，我還會選擇他，接受他，他的一切，本來就是新鮮的。他顫抖著，給予我他的一切，不僅他的軀體，還有精神。他的一切都因為與我相遇，而掛滿了露珠。似乎我是他生命中唯一的女人，他不知道該怎樣呵護，怎樣呵護都嫌不夠。「你的一切都是完美的，無與倫比。」他的唇貼著我的耳朵，溫熱地呼吸一起一伏。

「我的完美，是你鑄造的，你先是解體了我，而後，創造我，我是你的作品，我的從前已經死亡了。」我的雙唇也貼著他的耳朵。

是的，他瞭若指掌我的每一次暗示，那暗示，是藏在我意識的最底層，連我自己都不知道，而他總是恰到好處，一擊即中。因為，因為我身體和精神的穴位，都是他埋下的。我不相信，我仍然是人。我是神，一切的悲傷，都留在了那座富麗的拉魯莊園，我又一次誕生，誕生在洛嘎這個最偏遠的小村莊，這個有鬼的庭院裡。

「我愛你。」我脫口而出，我是這樣的不知羞恥，在我的丈夫剛剛去世一週年，我的兒子七七剛過的時候。

「我早就愛你了，」他吻著我的眼睛，「自從我們第一次在盧布那嘎底見面，我就知道我愛上了你，那以後，我一直躲避與拉魯．晉美朗杰見面，我怕從他的身上聞到你們相親相愛的氣味。我無望地愛著你十幾年！」

我撫摸著他寬闊的前胸。

「只有你一個人，可以讓我激情蕩漾。你那自由的天性，一點也沒有被世俗玷污。我是說，你與生俱來的翅膀從來也沒有被人間折斷。你在任性地愛著每一個你愛的男人。」

「你妒忌了？」我說。

「不，是欣賞，忠誠於你的心，比表面的循規蹈矩更可貴。」他說。

「那循規蹈矩是怎麼一回事呢？」我說。

「就是把鮮花折下來後，放在花瓶裡，枯萎。」他說。

「遇到你，就是花兒開在花園裏？」我說。

「這是命運。我從來都在等你。即使那位寧瑪派的老僧人沒有預言，我也會等你。沒有人可以替代你。」他說。

「我成了一個放蕩的女人。」我說。

「你不喜歡我？」他說。

「當然喜歡，你瞭解我超過我自己。」我說。

「這就不是放蕩！放蕩是像牲畜一樣沒有感覺，只有欲望。」他說。

「如果沒有情，對我而言，就沒有欲望。」我說。

「夫人，不，我的吉尊央宗啦，我就是愛你這一點，我早就看出了你這特殊的品質，我要你永遠留在我的身邊！」他說。

「我得繼續佈施，為了兩位拉魯公爵……」我說。

「你走到哪裏我跟到哪裡。」他說。

「拉魯莊園已沒有了繼承人，我決定回去後，搬出那裡，搬到拉魯廓村居住，只是一個普通的拉魯廓巴。」我說。

「那麼，我就是另一個拉魯廓巴。」他說。

為了流離失所的鬼

眼前是一片深藍色，高懸的月亮像一枚上等的鑽石，平穩地閃著清潔的光芒。更遠一些，是淺藍、淺灰、銀白，而後是一抹深色的雲，雲的背後，是淺紅、深紅……最後，是筆直的黛色，是地平線！看著層次有致的天空，我不由誦起了真言：

嗡嘛呢唄咪吽

嗡嘛呢唄咪吽

嗡嘛呢唄咪吽

……

我祈禱著，為那些肉眼無法看見的，砂粒一樣多的鬼早日投生。那些高僧大德，他們甚至可以佈施出自己健康的身子。聽說，佈施身體的時候，首先要入定，而後，卸下自己的皮，在皮上擺好自己身子的每一個部位，希望餓鬼喜歡什麼就吃什麼……

「夫人，」格卓進來了，「丹增已經餵好了馬，就等著上路了。」

「我想留下來，發放一些佈施，請僧人們念經幫助這裏的鬼投生。」

「留下來？好主意！」沁巴也蹣跚著進來了，「是啊，這也是為什麼每個晚上，我都要施食，不然的話，夜裏還會聽到哭聲，不是抽泣，是哭聲。」

「我也聽到了抽泣，昨天晚上。」格卓說。

「是的，是抽泣，不是哭聲，因為它們聽到了你昨晚的那些勸告，看來，任何對他們的幫助，都是有用的。」我轉向沁巴。

「吃過早飯，我們先去村裏的寺廟，然後，去山溝裏那個小寺，不過，很遠，怕是一天回不來。」

「讓格卓代我去村裏的寺廟，我們一起去溝裡。」

「溝裏的那個寺廟該去，那兒的僧人們，專門念經幫助人們超渡，也可以幫助這些鬼魂投生。」沁巴補充著，「村裏的寺廟叫恰嘎拉康，山溝裏的寺廟叫仲伍拉康。」

吃過早飯，格卓拿著一個包了銀子的哈達，也就是我的佈施，就和丹增、格桑先去了村裡。

我和沁巴也騎馬上路了。越過一些曬著牛糞餅的石頭房子，就看見了恰嘎拉康，被大樹圍著，在稀稀落落的秋葉之間，現出了深紅色的邊瑪牆。一條小河，從寺後面經過，向乾河床流去，有兩個女人，背著水走了過來，一看見我和沁巴，就把辮子摘下來，放在了胸前，吐著舌頭。「恰貝襄久！」[2]有一個人大膽地打著招呼。

「雪旦佳廓！」[3]我回答著。

「去仲伍拉康就有點遠，要花上幾個時辰哪。」沁巴解釋著。

「我不怕遠。」我側身看著他。

一群羊，從我們之間走過。

「恰貝襄久！」牧羊人摘下帽子，略微弓身。

「雪旦佳廓！」我回答著。

---

2 歡迎。

3 敬語。坐好，走好，再見之意。

穿過羊群，沁巴側過身，勒住馬，伸出大手，摟住我的腰，在我的額間，輕輕地吻了一下。

前面的房頂上，一個農人，正把一捆捆乾草扔到院子裡，吃著乾草的犛牛，脖子上的銅鈴叮叮咚咚地響著，細聲細氣的，像小孩子的依依呀呀，石頭房子之間，有人牽著毛驢走過，還馱了兩個乾草袋子。鳥兒「吱吱」地叫著。

「我羨慕這種簡單的生活。」我說。

「沒有大富大貴，也沒有大災大難，確是一種幸運。但是，也使他們，顯得不夠厚重。我不是鼓勵人們尋找不幸，但是，不幸有時使人更清晰地看見生命的本質，甚至到頭來，可以分解生命，也可以組合生命，變得自在如雲。你是不同凡俗的，這一點，第一次見到你時，我就感受到了，儘管那時你還年輕，可是，命運有時，早就安排好了。」

我默默地聽著，這會兒，沁巴像是哥哥，即使他蹣跚著走路的時候，也顯得那麼完美，可以說，那隻瘸腿，不過是他的符號，我甚至擔心，因為他，我會愛上所有的瘸腿人。

沿著河水向深谷走去。村頭，出現了瑪尼堆。那些乾牛角已經開裂了，散發著遠古的氣味。還有石刻上的真言、佛像，有一個石刻，只剩下了另一半，從手印的形狀，我分辨出是白度母，我們按著順時針轉了三圈，都加了石子。

河床不再乾枯，出現了水，水聲越來越大，像瀑布砸在耳邊。河岸只有動物踩出的窄路。我們無法並行了，一前一後地走著，都誦起了真言。有時他在前面，經聲就跟著和風拂過我的臉；有時他走在後面，經聲就從後面追來。他音域渾厚，甚至浸著悲涼。經過第一座獨木橋時，經聲被淹沒了，河水暴怒著，硬要把我拽下去似的，我的西寧馬搖搖晃晃的到了對岸，而一條支流又擋住了道路，馬兒向後退了一步，用力一躍，居然過來了。

我們走在濕潤的草地上，走在鮮紅的栗樹之間，走在山坡的青石上。有時，我被大山的突兀、粗獷吸引，仰視起來，有時被河底的灰色條紋卵石吸引，蹲在岸邊……我們總是一前一後。他的經聲有時是深情的唱，有時是抑揚頓挫的說，有時是又唱又說。我們以各種方式誦出的經文，其實，只有六個字：唵、嘛、呢、唄、咪、吽。

總是出現河叉子，有時是一根圓木，有時是兩根或三根方木橫在兩岸之間。每次過橋，都有要掉下去的感覺。還有更糟的時候：眼前只有一條奔騰的水流，除此什麼都沒有，連一根圓木也沒有。他的馬先邁了過去，而後看著我，看著我的馬踏在石頭上，一點也沒弄髒水，經聲就停了，抬頭一看，他在笑呢。

出現了開闊的草地。草葉泛黃了，只有靠著河邊的部分，生長著叢叢綠色。我們坐下，喝酥油茶。不管什麼時候，酥油茶是離不開的。他把幾塊乾牛肉放在我的面前。我拾起一塊，塞進他的手裡，他一點點拿起小刀削著，而後，送進我的嘴裡。

「知道你的身上有一股什麼氣味嗎？」他略微彎下腰，看著我。

我搖搖頭。

「淡淡的白檀香木的氣味。儘管第一天我見到你時，你用了香水，可我還是聞到了你身上天然的香氣。那是你自己的，任何人無法替代的香氣。」他看著遠方，自言自語著，「你是昨天黃昏到這裏的，可是，我好像早就熟悉了你的一切，像是我們從來也沒有分開似的。什麼人都不能讓我有種到了家的感覺，你走在哪裡，哪裏就是我的家。」

他掰了一塊乾牛肉，向天空拋去，眨眼間，一群彩色的鳥兒，圍起了我們，還大膽地到我的手裏啄起了牛肉。

「你的口裏也有香氣呢。」他又轉向我。

「也是第一次見面時發現的？」我逗他。

「是昨晚發現的。」他嚴肅地看著我，向我挪了過來，把他嘴裏的牛肉，送進了我的嘴裡，又為我擦了擦被他弄濕的我的雙唇。

又上路了。連動物踩出的小路也沒有了，我們不得不走在河床裡，河水在石縫間嘩嘩地流著。為了挑選稍微乾爽一點的地方，馬兒在大小不同、形狀不同的石頭之間，挑剔地走著。這條悠長的深谷裡，唯一的人的痕跡，就是被河水浸泡的高高的山岩上，兩處彩色的六字真言，也許這不算人的痕跡！如果算的話，人是怎麼從水面爬到那麼高的地方？如果不算的話，又是誰刻上去的？

終於走出了鋪著各種碎石的河床了。陽光又一次從雲縫裏擠出來時，我剛好看見一個塗著藍瓦的房頂。在圖博，只有最古老的寺廟，才以瓦蓋頂，瓦塗藍色，是從印度傳來的技術，據說，是印度人幫著我們博巴建起了那些最早的寺廟。可是，製造這些藍瓦的技術，早已失傳。不過，衰頓這一次從印度回來，又恢復了，只是還沒有延伸到這裡，想必是一座遠古的小寺了。

敞開的寺廟大門裡，三個年輕的僧人正在擦著銅質的酥油燈。聽到馬兒的「踏踏」聲，都停下了手裏的活兒，張著嘴巴。

打過招呼，我被外牆上那掉了漆的圓形生死流轉圖吸引了。仔細地看了起來。其實，它和其他的生死流轉圖沒有什麼分別，也分內外四層：中心層為鴿、蛇、豬，代表貪、嗔、癡；外層分白黑兩色，代表善趣和惡趣，又分上二，下三共五段。上兩段，表示天界和人界；下三段正中表示地獄，左表旁生，右表餓鬼；最外層有盲人、瓦匠、猴、船、空宅、接吻、眼中箭、飲酒、採果、孕婦、臨產、老人和死屍，表十二緣起。我一直認為，這樣深奧的道理，用這麼美的圖畫展現出來，該是天上的智慧。尤其是各種顏色的搭配，在這個圖上，顯得與眾不同，那剝落的彩漆內層，露出的還是彩漆，儘管內容看上去相同，但是顏色不同，斑斑駁駁的，不知被重繪了多少次？存在了多少個世紀？

「先進去吧？」沁巴說話了。

我就跟著他，進了拉康，出現在眼前的還是壁畫，是佈施圖：最上方，一女子正給僧人佈施食物，僧人捧缽接食。另一邊是焚香圖：還是一個女子，正在點燃碎末香，她鼓腮吹氣，使香氣四溢……

「真美啊！」我感慨起來。

「每座寺廟裡，都有一些俗世難以想像的風光。」沁巴應和著我。

「古卡木桑[4]？」一位年輕的僧人走來，深紅色的袈裟，襯得他神清氣爽。

---

4 你好？身體好嗎？

「拉依，節布仁[5]。」沁巴答著，轉向我，「這是慈誠堪布，這是夏札小姐，吉尊央宗啦。」

「是尊貴的拉魯夫人？」慈誠堪布提高了聲音，「我能為夫人做些什麼呢？」

「幫助我的丈夫和兒子順利投生。還有，幫助那些不能順利投生的靈識，它們簡直像沙粒一樣多。」說著，我為慈誠堪布留下了一些銀子，還有點燈的錢，及僧人們伙食，做為佈施，對了，我還留下了為門廊上的生死流轉圖塗色的錢。

桑耶渡口

沁巴跟隨我一起上路，並沒有讓丹增、格桑，還有格卓吃驚，似乎我們是一起從拉魯莊園出發的，連一個陌生的眼神也沒有。天空裏行走著一片又一片白雲。連太陽也變成了白色，隱在雲後。天地生出一種深沉的寂靜。馬兒慢悠悠地挪著，前面出現了一些大樹，似乎是楊樹，還有橡樹，太遠了，認不準。樹林之間傳出了歌聲，越來越清晰了：

大山的周圍有小山，
母牛的周圍有小牛，
母牛的乳房比山高，
母牛的奶水比雲白。

像雲一樣白的母牛啊！
但願你生的小孩，
和你一樣的白，
孩子不停地生吧！
奶水不停地流吧！

擠奶的聲音，
比山洪還大，
你生出的孩子，
比彩雲還多。

但願青色的母牛生青色的小孩，
綠色的母牛生綠色的小孩，
紅色的母牛生紅色的小孩，

生吧，多多的生，
就像我們的雅魯藏布，
滾滾不盡。

這些歌詞，都是牧羊女，或者擠奶人，隨口之言，怎麼想的，就怎麼唱，他們的生活，儘是歌聲。

「看哪，亞[6]和知[7]都是乖乖的。」我看著遠方。

「這樣一唱，再調皮的牛，也不會踢腳了。」沁巴接過了話題，與我並行地騎著馬。

「我們博巴總是讚美這些為我們勞作的牲畜，和袞頓在中國看到的情形完全不一樣。」我說。

「你是說中國人打罵牲畜？」格桑也湊了過來。

東方的天空就要亮了，
星星就會散去，
讓我走吧！
鄰居阿媽啦，
就會笑我和你在一起。

一個女人的歌聲，打斷了我和格桑的談話。接著響起了一個男人的歌聲：

這不是東方的黎明，
照亮夜晚的是你的美麗，
再鑽到我的羊皮被子裏吧！
讓我們的情話綿綿無息。

又是前面的女人：

話說得再多也沒有用，
我的身子已經，
墊在了你的下面，
再沒有比這更深的情話和心意。

……

6 公犛牛。
7 母犛牛。

連丹增和格桑也笑了，格卓呢，笑得臉都紅了，而沁巴居然勒住了我的馬轡繩，親了親我的唇，很輕，像泉在我的唇邊抹了抹。人類總是離不開情愛。是啊，情愛是美妙的。只要兩個人願意，他們就可以由性子地愛著彼此。

「出生在一個普通農人家裡，很簡單也很快樂啊！」我感歎道。

「也很辛苦。」沁巴說。

「佛是公平的，少給你一些財富的時候，就少給你一些煩惱，多給你一些財富的同時，也多給你一些痛苦。」我說。

沁巴不吱聲了，怕觸到我生命中的那些死亡吧？

一隻小牛皮船，扣在雅魯藏布邊上的一間石頭小屋旁。向陽的牆壁上，歪歪扭扭地用糌粑粉，塗著長角行書：桑耶渡口。江面寬闊起來，天空變得很低，低得伸手可以捅破。

「我們的運氣太好了，有牛皮船呢？」格桑說著下了馬。

「我更喜歡木船，小時候，跟阿媽啦去桑耶寺朝聖，坐在一只有馬頭裝飾的木頭船裡，又大又結實，連馬也可以進入船裡。」我看著不溫不火，平展展的藍緞子一樣的江水。

「馬可以游過去呀！」沁巴說。

「那，為什麼人們要把馬放在木船裏呢？」格卓也說話了。

「怕馬著涼唄。」丹增回答著自己的太太。

「雅魯藏布的上源是冰川，水，的確涼得很。」沁巴說。

「看到了嗎，江那邊有個木頭船，一旦有足夠的人，他們就會開過來。」格桑指著遠處。
「就等那條木船吧。」沁巴建議道。
「我們坐在這裏先喝茶。」我的話音剛落，格卓就從褡褳裏拿出了一壺酥油茶。
「可是，丹增沒有青稞酒呀。」我說。
「怎麼沒有，在另一邊的褡褳裏呢！我囑咐傭人放進去的。」沁巴笑了。
「沁巴老爺給了我一陶罐呢！」說著，丹增走過去，提起酒罐，和格桑湊在一起，摘下氈帽，喝了起來。
格卓和我坐在了一起，我們看著平靜的雅魯藏布。
「水有一百米深，你就能看到一百米。」格卓說。
「風景這麼美，人的生命卻是這麼苦。幾乎每個人，經歷的痛苦，都比快樂多得多。幸福要我說，不過是露珠，而痛苦是這雅魯藏布。」我感慨著。
「這也是為什麼，每個人都想出離輪迴。」沁巴在遠處接過了話，這時，他已摘下身上的墨水瓶和羊皮紙，趴在腿上寫了起來。
那只木船慢慢地開來了，坐滿了穿著紅色袈裟的古修，都是從寺院過來的嗎？
我們起身時，沁巴把那張他剛寫過字的粗紙放在了我的手裡：

黑而濃的長髮，

珍珠一樣光潔的前額，
度母的眼神，
如月的長眉，
還有口中吐納的，
白檀木的芬芳，
都來自你啊！
有著慈悲心腸的我的女人，
你是我在輪迴中連綿祈禱的成就。

博巴的宇宙

上岸不久，出現了砂地。除了一些小灌木，幾乎寸草不見，流動的大氣，似乎在這裏也屏住了呼吸，等待著什麼。這是一個大風景即將出現的預報。馬兒在小灌木之間，撿著平坦的砂路小跑起來，比我們還急。我的心「突突」地跳個不止。

天空越來越低，排山倒海似的壓來。我擔心，我們就會被壓碎了，成了另一個形體。我們五個人都不停地誦著六字真言。誦到第五百遍的時候，一道金色的光芒，穿過世間的塵埃，筆直地投來。那是主殿的金頂啊！又出現了四大洲、八小洲、佛母三洲，還有，白色的鐵圍牆！一個宇宙，我們博巴的宇宙！牆上那一〇二八座陶製尊勝塔，正是先祖夏札．旺秋杰布的成就！而那豐富的裝藏，是外祖父夏札．頓珠多吉的功德。外祖父在這裏七年，先祖旺秋杰布在這裏六年，我的每一輩親人，都在這裏復活了，有了聲音。

我來了。雖然僅僅為了佈施，沒有像先祖那樣帶著神聖的使命，可我還是淚眼朦朧，那是痛苦與喜悅合二為一的複雜心情。

主殿前廊的牆壁上，有序地展開了桑耶寺的故事，有赤松德贊和寂護、蓮花生大師初建桑耶的情景，有水鼠年（一八一六年）大火後，祖父率眾人維修的情景，有火羊年（一八四七年）地震後，攝政王夏札．旺秋杰布對金頂、牆壁，還有鐵圍牆上那些陶製的尊勝塔的維修情景，以及竣工後，我的兩位先祖慷慨捐獻的情景……

「留下這樣的壁畫，得感謝您的兩位先祖啊！」沁巴感歎道。

「家族世代虔敬信佛，只是到了我這裡，連出家也不能到底，居然半路還俗了。」

「知道那個故事吧，說的是一個屠夫，有一天想殺一隻羊，可是，在他磨刀的時候，他看到了那隻羊在流淚。就想，這隻羊在暗示我、求我呢。這以前，我殺了多少隻羊啊！他羞愧難當，感到罪孽深重，絕望中，跳下了山崖，卻立地成佛了。而另一個修行了二十多年的人，看到這個情景，動了惻隱之心：他一個屠夫都能成佛，何況我了！於是，跳下懸崖，卻摔死了。」

「你在安慰我嗎？」

「我只是說修行不在於形式。」

我笑了，轉身看著格桑，「今天，我想住在一個普通的農人家裡。」

裸體神

這是一戶三層的石屋。遠處看去，舊得發黃的祥布與房頂的五彩經幡一起飄動著，像是把我們帶進了老舊的歲月。房裏很暗，幾隻鳥兒從長形的窗子飛了進來，又飛了出去，嘰嘰喳喳的。

沒有別的空房了，我被安排住在三樓的佛堂。

「我很喜歡這種經歷，實實在在地踩在泥土上了。」我看著已經躺在床上的沁巴。

「這樣一來，我們只能說話到天明了。」沁巴說。

「那你還想褻瀆佛不成？」我躺在了另一邊的床上。

「那我就說一個和做愛沒有關係的故事吧，不過，是一個欺騙老婆的故事。」

「你說嘛。」

「話說故事發生在拉薩。有一個收房租人，他的老婆，是出了名的羅刹女，為了芝麻大的事，也會把他關在門外，更別說上床了。有一天，他收過房租，回家的路上，經過宗角祿康時，遇上了幾個老朋友，正在吃喝玩樂。他也就坐了下來，湊個熱鬧。順手把錢袋放在了草地上。離開時，那錢袋早沒了蹤影，一共五千兩銀子哪。他怕老婆發火，把自己的襯衣撕破了，又把土和草塞進了衣服裡。回到家裏時，他老婆說，『哎呀，今天你怎麼回來得這麼晚？』『有人打我，還搶了我的錢袋，幸虧碰上了幾個朋友，要嘛，怕是連命也沒有了。』『哎呀，錢丟了也沒什麼，人在就好，真是三寶保佑。』」

我和沁巴總有說不完的話。從前，和朗頓公爵在一起時，似乎就是為了做愛，波濤洶湧地愛著彼此，只要我們在一起，連每聲呼吸都是愛。和拉魯公在一起時，是體貼，柔情似水，千嬌百媚，只要他幸福，我就幸福。只要我幸福，他就幸福。而和沁巴在一起呢，有說不完的話。也許是過去的激情已經所剩無幾了，就是做愛的時候，也是在說話，連我們的筋骨都可以交流。

格卓用我們馱來的麵粉和肉，做了牛肉包子，羊肉奶酪湯，乾羊肉，乾牛肉，又叫農人一家和我們一起吃。像以往一樣，吃飯之前，我們先誦感謝經：

請諸位佛陀還有尊貴的菩薩，
降臨吧！
美味已經做好，
請接受這虔敬的供養，
與我們有情，
一起享受佳肴。
……

「啊，他來了！」農夫喊了一聲，先跑了出去。

其他的人也都站了起來。一會兒，一個一絲不掛的男人，被農夫拉著，蹦蹦跳跳地進了院子。

「啊，好香的味道。」瘋子說話了，還吸著鼻子。

農夫，還有農夫的太太，搶著往他的手裏放乾肉，格卓也拿出了幾個包子。

「不要了，不要了！」男人赤條條的說話了，把兩塊乾肉扔到了地上，接過了格卓的包子，又連蹦帶跳地走了。

「我們天天盼他，」農夫叨嘮著，「有的人，還專門站在村頭，祈禱他的到來。沒想到，他今天來了，一點也沒有想到啊。」

「為什麼盼著他呢？」沁巴看著農夫。

「他一來，收成就好了，尤其是旱年，他來，雨水就會跟著來了。」農夫解釋著。

「真的嗎？」我看著農夫。

「就是。說起來，他是個活佛呢，因為沒有被認出來，就瘋了。他到哪裡，哪裏就風調雨順。」

農夫又說。

吃過飯，格桑把二十克糌粑，半腔牛肉，放在了農人夫婦屋裏：「夫人說了，如果還有別的需要，儘管列出來，開個賬目。」

「老爺太太，夠慷慨了。」農婦的太太竟把我和沁巴看成了夫妻，「貴族就是不一樣啊，當年，夏札老爺在這裡時，也是這樣，盡想著我們這些農人，還有牧人。不過，聽說夏札家也不是都那麼好，有一位夏札老爺，因為打了一位俗官，被七世達賴喇嘛貶了職呢。」

「如果她知道你是拉魯夫人，就不會這麼口無遮攔地絮叨了。」沁巴開心地笑了。

農夫又回到庭院裏織起了氆氌。夕陽西下，透明的微風飄起，桑耶寺主殿那邊，飄來細細的鈴聲。我和沁巴都停下了腳步，靜靜地聽著，幾隻鳥飛過。我們按順時針，轉起了桑耶寺的鐵圍牆。

在桑耶寺，我捐獻了一盞銀質長明供燈，每年所需六十克酥油，由拉魯莊園所屬的雅德谿卡，長年供應。還有一顆指甲大小的綠松石，以及為僧人們供應一天的茶和粥。

後來，沁巴還陪著我朝拜了桑耶的青樸、澤當寺、敏珠林寺；還有雅隆三佛塔，即達欽奔姆且、茨玖奔巴、公堂奔姆且；三聖地，即昌珠寺，文布寺，迦薩寺；三聖洞，即協扎聖洞、熱瓊聖洞、彬諾聖洞；以及瓊杰若康寺的頓巴參勒佛、堅葉寺仁青過瓦佛……最後，我們才踏上朝聖拉蒙拉措的長路。

前生和來世

雅魯藏布，在這裏一改往日的好脾氣，暴怒著顫抖著，向兩岸猛衝過去，在隆起的石粒子上掀起白色的大浪，發出轟耳欲聾的響聲。

「沒有木船嗎？」沁巴對著船伕大聲地喊著。

「木船？自古以來也沒見過呀，」船主也大聲地喊著，「擔心牲口受涼？放心吧，到了江那邊，只怕還嫌不夠涼呢！」

「找遍了那村莊的前前後後，也只有這一條船。」格桑捏著鼻煙，先在左鼻孔吸一下，咳嗽兩聲，又往右鼻孔送過去，很是對自己滿意呢。

我和格卓先上了牛皮船，一站在底部又窄又硬的橫木上，我的身子就打起了晃，幸好格卓扶住了我。沁巴、丹增，還有格桑，也都上來了。等馬兒都下了水，船主才拿起槳。八匹馬個個輕鬆地浮在水面，昂著頭，我的心裏舒坦了。沁巴看看我，又看看馬，笑了，銀白色的長髮在江風中飄了起來，飛揚著。

像是飄過的毛毛細雨，濕氣不停地打在我的臉上，我眯起了眼睛。就想到了我的先祖唐東杰布，當年，如果也在這裏立起一座橋，多好。

「沒有人可以又寫劇本又架橋樑。」沁巴大聲地喊著，「唐東杰布，是一個奇蹟。」

我仍然眯著眼看，眯著眼睛看沁巴，沁巴也是奇蹟啊，是我生命的奇蹟。可是，我沒有說出來。

船主哼起了歌，似乎習慣了這種划船的生活，或者說，習慣了和水聲一爭高低。格卓，丹增，格桑，還有沁巴，都跟著船主唱了起來。我們是這樣容易快樂，只要能朝聖、念經、佈施，就滿足了。

「又有人往生了！」船主的歌聲嘎然而止。

岸邊出現了三個人，其中一個背著白色的袋子，朝一塊大石頭的背後走去，那裏的水面略微平靜一些。他放下了袋子，另外兩個人湊了上去，一齊打開了那個白色的袋子，一層又一層，最後，露出一具坐著的屍體！

「是在水葬！」沁巴說，「願他早日投生，願他進入善趣道！」

「願他進入善趣道，嗡嘛呢唄咪吽！」我和格卓、丹增、格桑，還有船主，也祈禱起來了。

儘管已上了岸，馬還在抖，江水太涼了。

「走起來就好了，那邊的太陽比野馬還烈呢！」船主看出了我的心思。

「波拉，這是我們的一點心思，還需要什麼，儘管說？」格卓遞過去了一大塊酥油，又道了謝。

「按理，這塊酥油我不該要，送你們去拉蒙拉措朝聖，是我的福氣呀。休啊（再見）！」船主抱著酥油轉身走了。

「佩啊（慢走）！」我們對著船主的背影喊著。

走過一片褐色的山石，雅魯藏布又出現了，不過，是在另一側。道路變得模糊不清，一叢叢灌木，執著地鋪在砂地上，暗紅色的枝條，顯得欣欣向榮，越來越濃密。陽光波濤洶湧，馬兒喘了起來。船主說的對，太陽，在這裡，實在太烈了。

沁巴脫下兩隻衣袖，繫在腰間，下了馬。丹增和格桑也跟著下了馬，拿起長刀鑽進了灌木叢。我和格卓也下來了，把氆氌袋子、鍋、馬料拿了下來，又撿來三塊大石頭和一些乾樹枝。火，點著了。沁巴到河邊打了水，茶葉在鍋裏翻滾的時候，格卓倒進了酥油茶筒，打起了酥油茶，荒山野嶺，飄起了人間的香氣。

我們抓著糌粑，喝著酥油茶，誰都不說話，也沒有了力氣說話。或者說，我們正在恢復力氣準備說話。八匹馬也在和我們一起吃飯，不過，吃的是泡的鼓脹脹的青稞，不緊不慢地咀嚼著，聲音清晰又有條不紊。

「噠噠噠」「噠噠噠」……八匹馬又上路了。格桑在最前面，接下來是沁巴，我，還有格卓。丹增守尾，跟著四匹馱馬。

灌木叢被我們甩在了後面。河邊出現了草地，那是一層緊緊地貼著地面的綠色，在這五月的最後一天，顯得無精打采的。而兩邊的石頭山，高得寸草不生。尤其前面那座山，像是從天空伸延而來，成了連接人間和天堂的梯子！

一條小溪橫在了我們面前，那一岸，幾株核桃樹的背後，出現了一座兩層的石頭房子。「那是瓊果節寺接待香客的地方。」格桑說，「我先去安排一下，今晚，我們不得不住在這裡了，再往前，唯一可以住的地方，是一個牧場，不過，還得走上一天才能到。」格桑的馬兒「噠噠」地快跑起來。

到了近處，我們才發現，這座石頭房子，其實並不孤單，兩邊濃密的樹林裡，還座落著幾戶人家呢，也算是一個村莊了。

瓊果節寺的接待站裡，只有一個眼角掛滿了眼疵的瞎眼老太太，不過，一點也不耽誤幹活，我們進去時，她已打好了一壺酥油茶。我和沁巴的房間，被安排在了第二層，對著瓊果節河。其實，房間的好與壞，已不重要，我一心想躺下來，就算是在乾草垛上，我也會心滿意足地睡著的。沁巴也躺下了，挨著我，一下子就睡了過去，均勻的鼻息，一起一伏。

醒來時，我隨手推開床邊的小窗子，天空一片墨藍，星星早已佈滿了天空，還有月亮，睜著獨眼，冷滲滲地打量著我們，面無表情。面無表情，也是一種表情，在預告明天是一個大晴天呢。沁巴把一隻胳膊，放在了我的枕頭下，另一隻也伸了過來，交叉在一起，摟緊了我。

「醒了？」我的嘴巴附在他的耳邊。

「醒了。我的寶貝，你一翻身，我就醒了。」沁巴扒在我的耳邊，「睡得好麼？」

「好，還做了一個夢，夢見我喝了瓊果節的河水，又甜又涼。」

「是渴了吧？」沁巴從我的枕下抽出手，支起身子，東看西看的。

「一點也不渴，我要你躺下。」我說。

「有這樣一個故事，」沁巴又躺下了，摟緊了我，「說的是瓊果節寺的一個老僧人，有兩個徒弟，一個好吃懶做，一個勤快精進。一天，他囑咐過兩人徒弟好好讀經，就去了拉蒙拉措。然而，他在拉蒙拉措裏看見了那個好吃懶做的徒弟，正忙著把他的所有值錢的東西，埋在了一棵桃樹下！老僧人不由分說，掉頭三步併做兩步地回了寺院。果然，房子空了！他便問那個精進的徒弟，可是，他什麼也不知道，始終頭不抬眼不睜地背著經書呢。於是，老僧人來到那棵桃樹下，一挖，都出來了，佛像呀，財寶呀……他就找到那個好吃懶做的徒弟，給了一記耳光，也許打得太猛了，那懶漢當場就死了。從此，班丹拉拇姆神生氣了，凡是喝過瓊果節河水的香客，到了拉蒙拉措，什麼都看不見。」

「幸好我是在夢裏喝的！聽說，天上有雲的話，到了拉蒙拉措，也是什麼都看不見。」

「也許吧，」沁巴在我的鼻子上刮了兩下，哄著女兒似的，「再睡一會兒吧，明天還要走很遠的路呢。」

「好吧。」我說著轉過了身子。

「別給我脊背，我的寶貝。」

「你呀，真是多事。」我說著轉過了身，手搭在了他的腰間。

「不，我要摟著你，看著你，才能睡著。」

經聲跟著微風一陣陣吹來，還有馬兒的鈴聲。太陽冉冉而升，火紅地照耀著大地。雅魯藏布被我們甩在了後面，瓊果節河出現了。

走了好久，有一劫那麼長，才看見了那插在黑色帳篷上的風馬旗。「這裏是個牧場，我們住下來嗎？」格桑問。

「繼續走吧，我還有些力氣。」我說著，看了看格卓，格卓點點頭，丹增也點點頭，最後，我看著沁巴，他更是重重地點了點頭。就都沒有停下來。馬兒的鈴聲，叮叮咚咚地伴著瓊果節河，有節奏地響著。又是一座座高聳入雲的大山，似乎我們在走向天堂，河邊的草地漸漸地開闊起來，一片盛開的杜鵑突如其來，天地色彩斑斕。又是一條小溪，不，是小河，河上，豎了一塊七扭八歪的朽木，對岸是一大片平坦的草地，一群羊兒中間，走著兩個穿著袈裟的牧羊人。草地的盡頭，聳立著一片石頭房子，老舊而厚重。這就是我夢寐的瓊果結寺？我想著下了馬，馬兒自己走過獨木橋時，朽木吱吱呀呀地響了起來。

「不會被踩斷的。」沁巴安慰著，站在了我的身邊。的確，馬兒平平安安地過來了，所有的馬，還有人，都平平安安地過來了。

瓊果節寺的措欽大殿裡，供奉著宗喀巴大師及其弟子嘉措杰和克珠杰的塑像。這使我感到尤為親切，其實，每次走進格魯教派的寺院，都如同到了家一樣。兩個僧人在念經，綿長的經聲裡，我和沁巴，還有格卓、丹增都按正時針轉了三圈。

「就住在寺院裡吧，」和格桑一起出現的古修說話了，他看上去老成持重，戴著一幅白邊眼鏡：「儘管格魯教派的寺院不允許女人過夜，可是，瓊果節寺例外，專門預備了幾個房間，供觀湖的香客住。」

「這是瓊果節寺的堪布，在哲蚌寺得到的格西學位呢，」格桑介紹著，「已經叫把我們的房間安排好了。」

我和沁巴表示感謝後，就和堪布談起了為兩位公爵超渡之事。

「伙房已為你們準備好了酥油茶和晚飯。」堪布最後又說，「去拉蒙拉措的話，注意別帶任何東西，連一個削肉的刀子，也不要帶，太重了，不僅對人，就是馬也受不了。越往上走，地勢越高，我們出家人去拉蒙拉措，也是連一壺茶也不敢帶，好在山溝裡，有一戶牧人，會照顧你們的。」

第二天，太陽剛剛升起，我們就上路了。兩條一白一黑的狗，從山下牧人的帳篷裏鑽了出來，對著我們「汪汪」地叫著，算是送行了。瓊果節河清亮地流著，馬兒選了一處很淺的，幾乎裸著卵石的地方，過了河。

迎面而來的是四個奇形怪狀地立在天地之間的石柱。像一扇門，一過來，天地就不一樣了，連空氣都變了，那是一種沒有被人類玷污的氣味，讓我多少有些心慌，甚至有種離開地面的恐懼。從前，越是人多的時候，我越孤單，為了躲避人群，當然也是為了修行，我搬進了林卡別墅。而現在，那種孤單，讓我不知所措，像是進入了真空，我正在一點點蒸發。

腳下沒有了路。峽谷之間儘是石頭。馬兒一呲一滑的向更深處走去。我和沁巴落在了後面，他勒住了馬，往上拉了拉我的披巾。我們都不説話了。不是我們不想説，而是大山和石頭，已把我們俘虜了，只要一開口，便是真言的聲音，你控制不了自己。

唵嘛呢唄咪吽

唵嘛呢唄咪吽

唵嘛呢唄咪吽

馬兒喘息了。我勒住了馬，藉著一塊略高一些的石頭，下來了。沁巴也下來了，丹增、格卓、格桑都下來了。數著手裏的念珠，誦著真言，一聲高一聲低的；這聲音的細線，把我們五個人串連在了一起，成了一個人，一個生命，一個很單薄柔弱的生命。幾隻彩色的鳥不緊不慢地飛過。我們的前面，左邊、右邊，都是大山，山連著山，似乎我們正在被夾擊，進了死胡同。可是，到了近處，又柳暗花明了，新的出口悄然而至。

「阿佳啦！阿佳啦！」一個女人突兀的聲音在大山之間碰撞著，發出空洞的回音。馬兒停了下來，我們一行五人也都停下了。是一個牧羊女！正把兩隻手扣喇叭形，呼喚著我，她的背後，是一頂犛牛毛帳篷，我們甚至都沒有注意到，因為帳篷的顏色，幾乎和背後的山石沒有分別。幾隻犛牛，懶洋洋地趴在帳篷的四周，也有幾隻在站立，一動也不動，化石似的。我們向帳篷走去，我們不能不向那裏走去，那是我們唯一的同類。這牧羊女也不能不喊，她也從我們身上遙遠地聞到了她自己的氣味，我們是她的一部分，這就是堪布對我們提起的那戶牧人家吧？犛牛簾沉重得一個人都撩不起來，是沁巴幫了我。牧羊女拿起了青稞酒罐，罐嘴上，還莊重地抹了一綴乳白色的酥油。她款待我們，如同款待她自己，心花怒放的。

丹增樂了，忍不住舔了舔乾燥的嘴唇。格卓呢，對著我擠了擠眼睛。現在，三個男人，丹增、格桑，還有沁巴，都喝起了青稞酒。一隻狗撒嬌地趴在他們身邊，偶爾還搖搖尾巴。我和格卓喝酥油茶，牧羊女把幾張無油餅子遞給了我。我拿起餅子，剛吃了一口，就噎住了。沁巴立刻轉過身。「沒事。」我說著，喝了一口茶，咽下了。

「沁巴老爺對夫人這樣無微不至，把我閒起來了！」格卓調皮起來了。

沁巴就笑，還給牧羊女留了一些紙幣章嘎，因為我們的身上，這時也只有紙幣。又上路了。休息過後，身子更乏了，是沁巴和格卓兩人扶著，我才上了馬。我們小心地繞過橫七豎八的犛牛群，在礫石之間，上下顛簸著。瘦瘦的乾河床裡，幾株紫紅色的小花從礫石之間擠了出來。馬兒不住聞著，喘著氣，再也不走了。我又一次下了馬，可是馬兒看著我，一動也不動。

「上來吧，它在等著你呢。」沁巴看看馬，又看看我。

「夫人，您不上去，它不會走的。」丹增也說話了。

我又上了馬。差不多走了兩三個時辰，眼前開闊起來。很矮的草，均勻地鋪了一片，像展開的綠緞子。而天空呢，像藍緞子一樣鋪天蓋地而來，連一絲雲也沒有，連風也沒有，連鳥也沒有了，世界在這裏靜止了。前面，一座大山，擋住了道路。真的擋住了道路，「我們無路可走了！」我叨嘮著下了馬。

那擋住我們的大山之巔，正有一些碎石在滑落，現出了一個不大也不小的豁口。哪裏是拉蒙拉措？拉蒙拉措在哪裏？

格桑下了馬，丹增和格卓也下了馬，還有沁巴，也下了馬，下馬的聲音響遍了草場和山巒，像是從另一個星球傳來。

「吸一口鼻煙吧！」沁巴從懷裏掏出了他的紅珊瑚鼻煙壺，擰開了鑲著金邊的蓋子。我接過來，把鼻煙倒在指甲上一小捏，又還給了他。

「吸一口煙吧，現在，任何氣味都是香的。」格卓小聲鼓勵著我。

然而，剛一放到我的鼻子跟前，還沒有吸，就嗆得我咳嗽起來了。

「吸鼻煙也有學問哪，不學不行！」沁巴幸災樂禍地趕走了大家的慌亂。

「讓馬兒在這裏吃草吧，我們爬山。」格桑說。

「爬山？」我迷惑地看著四周，現在，我連走路都邁不動了，怎能爬山？

「得爬上那座帶豁口的山，山頂有袞頓的寶座，寶座旁，有香爐，聽說，只有在寶座旁，我們才能集中心思，一旦心思混亂，或者天上有雲，就什麼都看不見了。還有，得耐心，要等。」格桑說。

小時候，阿媽啦說過，到了拉蒙拉措，千萬別急著走，要好好地祈禱，安安靜靜地祈禱，仔仔細細地祈禱，輕輕地祈禱，能看到大象，還能看到水牛，一般人是看不到的，心地善良的能看到。

就開始了爬山，真的是在爬，我雙手雙腳並用，而沁巴呢，更難一些，因為那隻跛腳，有幾次，使他簡直沿著那些碎石，滑了下去，是格桑和丹增救了他，要嘛，怕是一輩子他也到不了山頂了。我又累又想笑，弄得肚皮直疼。也不知過了多久，我的頭頂，忽然涼爽起來，有風從那豁口吹來，清清的，涼涼的。

然而，拉蒙拉措，竟有種意想不到的平凡，如果不是尋她而來，甚至發現不了她。她靜靜的，小小的，像天地間的一滴露水，甚至沒有任何溪流和江河的匯入。我閉上眼睛，閉了好一會兒，睜開時，她依然在雪山之間，靜靜的，小小的，樸素得一如剛剛誕生。然而，她是不滅的，她是護法神班丹拉姆的靈魂湖，千百年來，她給了我們多少啓示啊！她讓我們在迷惑的時候，看清了自己，知道了我是誰。女神的指引，總是最簡潔，直抵根部。儘管常常僅僅是一幅畫，一個意象。

天空湛藍湛藍的，一絲雲也沒有。我們很幸運，更幸運的是我們沒有喝瓊果節河的水！現在，我有足夠的信心了。

我和沁巴拿出兩條潔白的阿細哈達，繫在了袞頓的寶座旁，而格桑、丹增和格卓，開始了煨桑。當白色的哈達和煨桑的煙縷在山頂的微風裏四散的時候，我們都在袞頓的寶座旁坐了下來，我坐下了，倚著沁巴，緊盯著拉蒙拉措。

拉蒙拉措之上，似乎結著一層薄冰。「這個季節，有點太早了。」我說。

「別出聲，我的寶貝。」沁巴說著，把風兒吹亂了的頭髮，為我掖到了辮子裡。

我注視著拉蒙拉措，不自由中，已進入了一片磁場，甚至感到了那種只可意會不可言傳的引力。漣漪最先從邊緣顯現，冰層緩慢地融化了，從外向裡。湖水在變化，變成了深藍色，深藍色在蔓延，向對面划去，冰層完全消融了！四邊又出現了淺藍色，淺藍色向裏漫去，接著出現了褐紅色，褐紅色又向裏移去，開幕了！現在，湖中間，出現一塊白色，白色在游移、游移……游移成了霧靄一樣的大山，一座、兩座，山山相連，連綿起伏中，又現出一縷不規則的乳白色，漸漸地定格為長方形：黑色的窗楣、紅色的邊瑪牆，啊，寺廟，多麼熟悉的一座寺廟！那裏見過呢？共有三層，祥布嫋曼，四種顏色俱全，紅藍黃白……，我又一次聞到了那種氣息，那是清靜如月的女性的氣息，也是祖拉康裡，吉祥天母節打開面罩時的氣息……

為什麼要顯現這座寺廟呢，我已從寺廟裏走了出來了啊……我還會再次出家嗎？我在哪裏見過這個寺廟，多麼熟悉啊！

第八章

沒有儀式的婚姻

拉魯廓巴

當我那玫瑰色的丘巴，引來漫天的朝霞，當我在那麼多婚禮坐騎的護送中，在拉魯主僕幸福的迎接中，將成為大權在握的拉魯夫人的時候，一點也沒有想到，日後，我會一次又一次地陷入死亡的黑色裡。

現在，我又一次體驗到了我沒有體驗的事兒，那就是我成了一個普通的拉魯廓巴。當然，這並不是壞事。做一個拉魯廓巴，並沒有委屈我這個出身貴族世家的女人、亞谿家族的夫人。多一種體驗，就多了一層內涵。像那些老樹，多一層年輪，就多一些滄桑。但滄桑並不是醜陋，是耐人尋味，是厚重。不僅我，連沁巴，也心滿意足呢。他告別了遠在洛嘎的莊園，正像他說的，成了另一個拉魯廓巴。

我和沁巴的房子共三層。在拉薩，我們忌諱房子過高，尤其不能高過袞頓的房子。就是再富有的貴族，房子最高也是三層，房子的好壞，不在高矮，而在於大小。我們的房子不大，無法和我出生的夏札平措康薩相比，更無法和拉魯宮相比，甚至比我從前居住的林卡別墅還小，更沒有我曾經擁有的林卡和吉曲河。不過，我們倒也滿足，眼前是遼闊的達姆熱，遠處是白雲繚繞的根培烏孜山與甲立里蘇山。

「感覺如何？」沁巴側身躺在我的身邊，手拄著下顎，一動不動地看著我。

「好。」我看著房頂那幾根彎曲的，赤裸的圓木。

「你已經很久沒有去德吉林卡，參加任何貴族聚會了。」沁巴仍然看著我。

「自從二姐龍珍啦出家，看著侄兒侄女們也都過得好好的，我連夏札平措康薩都不想回了。」我仍看著房頂那些粗糙的大小不等的圓木。

「你知道拉薩的貴族怎麼說你嗎？」沁巴仍然手拄著下顎，看著我。

「我只在意是不是在做我願意做的事。」我從房頂移開了目光，看著沁巴光芒四射的眼睛。

「你願意做的事是什麼呢？」他明知故問。

「和你在一起。看著你。」我把手放在他寬闊的前胸，撫摸起來。

沁巴放下了那隻拄著下顎左手，貼得更近了，親吻起了我，從我的頭髮到腳丫，我雙手摟著他，吻起了他那前額上的皺紋，他的鼻子，他的唇。我們如膠似漆，纏綿不絕，他的整個身子壓向了我，可是，我並沒有感到他的重量，只感到安全，完整，充滿了力量，他的強壯和堅挺，把我塑造成了一朵盛開的玫瑰，當然，我也曾是風信子、鬱金香、魯冰花、仙客萊……他使我散發出不同馨香。

「離開你，我會死。」當沁巴躺下來，等待著他的精華再次澎湃的時候，他說，「對我來說，你是一座花園。」

「而你是早晨濕潤的陽光，很早很早以前，我們就在一起了，在我們還沒有相遇的時候就開始了，你熟悉我的一切，包括我意識的輪廓。」

「是啊，要麼，我怎麼會在那座洛嘎的莊園裡，等你那麼多年，就為了那一天，你經過我的門前。」

「對了，我想問你……」

「說吧，我的寶貝，我喜歡你所有的問題。」

「和你的太太在一起時，你是什麼感覺？」

「她埋葬了我。」

「我要為你生個孩子，我愛你，我想懷孕。」

「你無法懷孕，我們交融在一起的是語言，不是肉體，肉體在那一刻也成了語言。」

「這座房子，總不算語言吧？」

「也是語言，以一種獨有的語言，留在世上，作為我們在一起的證明，讓我們日後看到它時，就想到我們在一起是真的。」

「就是說，我們還會分開？」

「說點別的吧，我的寶貝。」
「我很慶幸我還俗了，當一個俗人多好。」
「修行是多種多樣的。出家是一種修行，還俗，也是一種修行。」

馬草官

自從住進拉魯廓村，沁巴一改往日不做官的想法，居然向噶廈政府申請了官職，有趣的是，被批准了！現在，他當上了七品馬草官。

從藏曆六月十五到八月十五兩個月期間，是沁巴最忙的時候了。也許因為拉魯的地下藏著一片大海，也許因為海裏住著水牛，達姆長得太好了，風一吹，「沙沙」地響著，像是開始了一場朗瑪。這麼好的馬料，吃得噶廈的馬，個個膘肥體壯。

然而，收割達姆可不那麼簡單。一般來說，每個宗都要派烏拉，大一點的宗要派四、五十人，小一點的宗要派二、三十人。派不出烏拉的宗，就給錢。沁巴不得不用這些錢，再雇用一些烏拉。有時候，烏拉達到了四百多呢。沁巴喜歡從拉魯廓村這裏雇用烏拉，不僅熟悉彼此，還熟悉這片達姆熱，知道哪裏是水，哪裏是泥塘，哪裏是沙地。既是這樣，割草的時候，每個人也都要在身子的兩邊，繫上長棍子，一旦遇到海眼的話，就掉不下去了。

好在馬草官也是一僧一俗兩個人管理。僧官，是哲蚌寺洛賽林扎倉的尼瑪。沁巴和尼瑪兩個人經常在我們家裏見面，商量這個那個的。有一次，尼瑪剛剛進門，我就聽到了水牛的叫聲：嗚——嗚——，尾音很長，又在根培烏孜山和甲立里蘇山之間的山岩上撞擊著，迂迴起來。最後，漸漸地弱了，消失了，一切又歸於寧靜，像從來也沒有發生過。

蹊蹺的是沁巴和尼瑪都說沒聽見。這就怪了。第二天，在達姆熱的邊上，出現了幾座帳篷，都是拉薩哇的，專門來聽水牛的叫聲。有的人還裝著水牛在叫：嗚——嗚——

沁巴雖然是個詩人，卻怎麼也不會在拉魯莊園那邊浪漫地搭起帳篷，專聽水牛的叫聲。就是在割草的季節，最忙的時候，也不在外面過夜。這時，噶廈會給兩個馬草官各派一名占珠（每年輪換），和馬草官一起管理割草，那三個人都把帳篷搭在草場邊上。只有沁巴，不管多忙，活兒一結束，就回到家裡。

「即使我不和你睡在一起，住在自己的臥室裡，只要在咱們倆人的屋頂下，我就心安，我知道你的呼吸離我不遠！」他說。

「人家馬草官，在割草的季節，都是讓管家看守，只有袞頓召見的時候才到，你呢，依我看，把所有的馬草官加在一起，也沒有你一個人待在那裏的時間長。」我還是不滿足。

他笑了，突然摟起我，低下頭，把他的強勁厚唇壓在我的唇上。我們親吻著，好長時間，他說，「你忘了，我的小寶貝，我們沒有管家。」

對了，我們的管家被沁巴留在了洛嘎。在這裡，只有我從拉魯莊園帶過來的格卓和牽馬人丹增，還有一個釀酒婆卓瑪。說起來，卓瑪是我從夏札平措康薩那邊帶來的。人人都知道，我們夏札家族的誦經僧每月所獻的敬神酒，有著非凡的效力。因為我家敬神酒的做法和其他人家不同，是埋在潔淨的馬草、麥秸堆裡，還要蓋上一個古老的盾牌，不管一年四季溫度如何，都可以釀出好酒。這道工序，卓瑪已經磨得滾瓜爛熟了，所以，我把卓瑪也帶過來了。因為敬神的酒，一定要最好的。除此，我們的日子，甚至還不如一個富裕的拉魯宮的傭人。對啦，我幾乎把所有的傭人，都留在了拉魯宮；沁巴呢，也只從洛嘎帶來一個貼身傭人，其他的，都留洛嘎莊園了，每天他們都要為那些鬼施食，祈禱，煨桑。

「噶廈那邊，馬吃完了草，你要親自去送，草沒了，還要親自去買，你啊，太忙了。」我又是心疼又是抱怨。

「再累我都願意，只要能和你在一起。」他看著我，連眼白上交織的紅絲，都在表達著滿足。

對了，占珠和馬草官不一樣，占珠不吃虧。因為最後還要剩一些錢，他們就平分了，占珠得到的錢，就成了自己的，而馬草官呢，拿到錢後，要去各個宗買馬草。馬草官要供應的草很多，包括曲水那邊的賽馬、羅布林卡的兩個馬圈、布達拉宮牆裏的馬圈、雪村的大馬圈，這些馬有一部分專門給布達拉宮擔水，另一部分專門給袞頓馱東西……所以，只有拉魯這邊的達姆，還是不夠用的。馬草官必須自己添些錢到各個宗再買些馬料。

在馬草官任職的三年中，有一年可以從拉薩周圍十八個宗購買馬草，這方面噶廈有個規定，比市場價格低。但是，有一個條件，就是這些宗，得留夠了自己用的，剩下的才可以賣。儘管有這個好處，一年到頭，兩個馬草官每人還是賠了一千多秤藏銀。「這有什麼，算是積了善業。」沁巴說。

後來，三年中，他們兩個馬草官每人差不多賠了三千多秤銀子。當然，噶廈並不想睜一隻眼閉一隻眼，為了補償損失，在沁巴和尼瑪任職期滿後，給了他們每人一個宗，各管理三年。

申扎宗本時代

是色拉寺吉扎倉的僧官普布，和沁巴一起，當上了納倉德巴宗的宗本。其實，從我出生的第六年，也就是一八八六年，噶廈政府已把納倉德巴改為申扎宗了，但是，我還是習慣叫納倉德巴。說起來，申扎宗位於羌塘高原，鹽湖裏有不盡的鹽巴，淡湖裡，有不盡的魚兒，草原上，有各種各樣的動物，羚羊、野驢、盤羊、雪豹，頭頂上，還有黑頸鶴、斑頭雁，山上還有雪蓮花、一枝蒿、當歸，以及各種各樣稀有的花草。可是，申扎宗最多的還是綿羊、山羊，如果不算犛牛的話。所以，申扎宗的羊毛是出了名的。

現在，就是這些羊毛，讓沁巴和普布兩人犯難了。除了上交噶廈政府以外，剩下的羊毛簡直堆成了山。怎麼辦呢？

「幫達倉往印度運羊毛，掙了不少的錢，我們為什麼不試試呢？」我說。

「怎麼試，我們沒有騾子馱，沒有管家監督。」普布說，「能和熱（熱振拉章）、幫（幫達倉）、桑（桑主倉）相比嗎？」

「還是問一問幫達羊培吧，聽說，他的騾幫陣勢不小，還有一名督管，腰別長刀，肩挎步槍，威風凜凜。幫達羊培的貨物，都安全地到了噶倫堡，從來也沒有聽説路上有什麼閃失。」我看著普布。

「要拿出多少賞錢呢？」普布的眉毛向兩邊展開，動了心思。

「到了噶倫堡後，給督管一馱貨物，夠了。不過，我拿不準，還是問問幫達羊培本人吧。」我建議道。

「這個主意不錯，」沁巴幡然醒悟，也轉向了普布，「你説呢，古修啦？」

「噶倫堡那邊由誰來接貨呢？對生意，我可一竅不通啊？」普布還是有些放心不下。

「除非吉尊央宗啦你和我一起去，要麼，我可不想離開這個家！」沁巴單純的像個孩子，而有些時候，他又智慧的像個先知，男人啊，莫名其妙。

「幫達繞嘎長年在噶倫堡，也許能幫上我們，不用我們親自去，我想。」我尋思著。

沁巴和普布都活心了，立刻去了帕廓街幫達倉的宅子。正像我預料的那樣，幫達羊培爽快地答應了，但是，這邊價格由我們説了算，噶倫堡那邊掙多少錢，由幫達繞嘎和尼泊爾的商人對換説了算。

俗話説，好運來了，擋都擋不住。騾隊的監督從噶倫堡回來説，「今年，國際的羊毛價格一天比一天高，印度的羊毛價格也跟著提上去了。往年是一馱五十盧比，現在漲到一百盧比！你能相信嗎?!」

這一年中，申扎宗的羊毛，源源不斷地送到了噶倫堡。拉薩這邊，沁巴、普布，還有幫倉羊培也成了朋友。沁巴和普布掙的錢大部分存放在了幫達倉手裡，小部分存入了加爾各答的中國銀行。

「我要為你蓋一座大一點的房子，儘管你不喜歡太大的窗子，可是，我還是想給你設計一個有落地窗的日光室，你不喜歡太强烈的陽光，我們可以擋上窗簾嘛，對吧？」看來，錢不僅能使鬼推磨，也讓沁巴變了心思。

「和你在一起，我已心滿意足，如果想擺闊，我就待在拉魯莊園了。」

「我是想讓你更舒服一些。」

「一間能裝得下你和我的小屋，足以讓我舒服了。」

「那麼，這些錢用來作什麼？」

「講經。今年，我們做施主，請帕幫卡仁波切，在木汝寺講授《菩提道次》，可以吧?!等你三年宗本期滿了，我們再做施主，讓袞頓講授《入菩薩行》，我都想好了。」

「我的小寶貝，你的還俗，其實是再次出家呢！」

「什麼意思，我不懂？」

「當事者迷啊。看啊，那些撒野的狗，看見你時，都儒雅起來了。」沁巴指著一條懶洋洋地走來的花斑狗，它腆著白肚皮，有節奏地向我搖著尾巴呢。

「你是說，修行是每時每刻的事？」

沁巴就笑。

可是，沁巴在夢裏卻怎麼也笑不起來。他的夢，像一個無底洞，他一個勁地往下沉。他說，幾乎每個晚上，他都在夢裏尋找我，上天入地地找，找也找不到。聽起來就像從前我在夢中找我的兒子平措繞杰一樣。「這就怪了，」我說，「我本來好好的。這樣吧，睡覺前，喝上一盅青稞酒，也許會好一些。」

可他還是作那樣的夢。每次醒來時，他都要上下撫摸我好一會兒。可是，一切，都不能阻止那個惡夢。

「不如去加爾各答找個醫生，好好診斷一下，順便也到噶倫堡那邊看看生意。聽說，印度那邊，就是冬天花也開呢，還有大海，再說了，還可以去藍毗尼、金剛乘、鹿野苑朝聖，還有蓮花生大師出生的措邊瑪，我都想看一看。」

「去哪兒都行，就是有一點，印度人一聽是圖博貴族，使勁要錢。」

「你這個吝嗇鬼，大不了你我扮成咱們的傭人！」

他笑了起來，雙手伸到我的腋下，像個孩子似的咯嘰我，直到我笑得直不起腰，他才鬆了手。

「我這就去和幫達羊培商量，如果他的馱隊最近就走，說不定，我們可以一起跟去。」

「去吧，現在就去。」

沁巴前腳出去，後腳格卓就進來了：「夫人，大管家康嘎索朗多吉來了！」跟著話音，索朗多吉已經進來了。

「什麼大不了的事，把你折騰來了？」

「噶倫老爺擦絨，正在拉魯府那邊等您哪」。

擦絨來了

他似乎來了好一會了。現在，雙手交叉在背後，站在日光室的窗前，窗外群鳥飛翔的跑馬場，此刻，連一個人影都沒有。是啊，只有跑馬節和洛薩（新年）期間，才會熱鬧起來，射箭、騎馬……笑聲一陣接著一陣。擦絨．達桑占堆，這位騎馬射箭的英雄，在空曠的跑馬場上，看到了什麼？他年輕的身姿？的確，他老了，瘦削了，不過，依然筆直。轉身時，嘴角兩邊，出現了深深的兩道弧線。

我也笑了：「來了好一會了？」

「就是吸幾口鼻煙的工夫！」他說。

年輕時，他胖墩墩的，圓潤的下顎，帶著外省造箭家族的憨厚和勇猛。不用太費勁，就能想像出他保駕袞頓撥弓射箭，擊退聯豫騎兵的英姿，也不用太費勁，就能想像出他童年時光的粗糙。後者，讓保守的貴族們，在接受他的時候，的確猶豫了。不過，這並不重要，貴族們尊重也好，輕視也好，擦絨．達桑占堆都穩穩當當地在圖博的上流社會裏站住了腳，不僅如此，還越發光彩奪目了。

也許複雜的生活，歷練了他，也許那些嶄新的思索和成功的經歷豐富了他，也許他的四個美麗而才氣磅礴的夫人滋養了他……他的眼神中，現在，已沒有了山雨欲來，隨時迎戰的勇猛、倔强和執著。他變成了大海，沒有人可以從他平靜的表面，看到海底；連他的面容，也變了：圓潤的下顎瘦削了，微微上翹，連那隆起的下眼袋，都帶著上流社會的精緻和老辣。

琪美拉姆一次又一次地為我和擦絨斟茶，嘴都合不攏了。

「還住在拉魯廓村嗎?」擦絨明知故問。

「是啊，住在拉魯宮的話，我這心，像懸在空中一樣。自從兩位公爵往生，我一直在想，得自佛的東西，應該還給佛。」

「您真是一株白檀香木啊，不為拉魯夫人的赫赫頭銜所累，也不為財富所累，依我看，您才是真正的貴族。」

「我只是由著性子罷了。」

「有時候，看似平常的事情，並不容易做到。儘管博巴看重佈施、善業，可像夫人這樣慷慨之人，還是稀有啊!」擦絨停了一會兒，又說，「要麼，嘉瓦仁波切也不會格外地想到您。」

「想到我，袞頓?」我盯著擦絨。

他咽了一口茶:「是啊，嘉瓦仁波切，今天，站在布達拉宮上面，用望遠鏡觀察了拉魯宮好一會兒呢。」

我等著他的下文。

「『拉魯府衰落了。』袞頓說。」擦絨也歎出了一口氣。

我低下了頭。

「還是搬回來吧。」

我沉默著。

「畢竟，夫人，您是這裏的主人，在拉薩，您其實，早就成了拉魯的象徵。」

我還是沉默著。

「不瞞您說，我是遵照嘉瓦仁波切的吩咐，來這裏的。再說，我早已仰慕夫人的美德，也願意承擔這個使命。」

琪美拉姆又來上甜茶了，可是，擦絨．達桑占堆伸手蓋住了碗，「再也喝不下了，都喝了十幾杯了，喝足了。」

我仍然沉默著。

「是啊，夫人，您是一位敏銳的人，這個大房子帶給您的可能不是驕傲，恰恰是憂傷。不過，俗語說，解鈴還需繫鈴人，也許最終還需要這座莊園，治癒無常給您的打擊。」

「並不是為了逃避，我才搬出去。」

「我知道，夫人。」擦絨點點頭。

「不過，我們博巴世代活著，就是為了遵奉佛意，尤其是觀世音菩薩。」我說，連我自己也不知道是在說什麼。

我仍然坐在日光裡，甚至不記得擦絨什麼時候離開的，怎麼離開的；也沒有注意到琪美拉姆給我換了幾次甜茶。我想著沁巴。他使我成為我自己，脫掉了各種身分。他喜歡我，不因為我是貴婦，看準了機會，逢迎巴結，也不因為我是經歷無常的可憐人，需要同情，不，他只是把我看做他失而復得的那一半，珍視著。當我們天衣無縫地發現彼此的時候，我們都是沒有社會身分的人，我們只是彼此的一半，不管我是下賤的傭人，還是高貴的婦人，對他，都是一樣的，這一點，我十拿九穩。可是，我卻同意了離開他，真是莫名其妙。

第九章

兩種破碎

白開水

那條亮晶晶的光線，不知不覺地，移到了對面的牆上，把六世達賴喇嘛留下的那對達瑪鼓，照耀得「咚咚」直響。不，是上樓的腳步！不是格卓，也不是琪美拉姆，沉沉的，是男人的腳步！

「扎西得勒，夫人！」日光室的門簾被掀開了，我從那對達瑪鼓上收回了目光：「扎西得勒，康嘎索朗多吉！什麼風把你一大早吹來啦？」

大管家索朗多吉笑了，前額的皺紋，堆得像打著折的牛皮。

「坐吧！」我指了指另一邊的卡墊。

康嘎索朗多吉坐下了：「自從夫人回來，拉魯莊園就變了樣。實在說，您不在那會兒，上下傭人都無精打采的，沒了魂似的。」

「到底有什麼事呀？」我的急性子是改不了啦。

「前些天，拉魯宮開了家務會，由小管家晉美和秘書旺杰主持，上下傭人都參加了。大家都說，拉魯宮得有繼承人。」大管家終於開口了。

「還有呢？」我睜睜地看著。

「我們拉魯宮上下，已經徵得了諸位噶倫的同意，決定為您招贅。幾位噶倫還遞上了一些男方家的名單，請求嘉瓦仁波切定奪。」大管家說到這裡，停下了。

「是啊，拉魯宮每遇大事，都要直接稟報袞頓。」我說。

「嘉瓦仁波切已經降旨了……」大管家說到這裏又停下了，上下看著我的動靜。

我沉默著。

「示意然巴家二少爺雪尼・平措杰布為宜。」大管家康嘎索朗多吉終於說了出來。

「雪尼？他們兄弟兩人不是共娶了一妻嗎？」

「是的，大少爺身居台吉，二少爺是雪巴勒空的管事，就因為與兄共娶一妻，入贅拉魯家甚宜。然巴家也高興地同意了這樁婚事。」

「附加了條件吧？」

「雪尼入贅拉魯宮以後，封札薩克爵位。」

大管家走後，我仍然坐著沒有動。格卓進來了，為我倒了一杯酥油茶。

「格卓，你怎麼看這件事？」

「大管家說的……不是沒有……道理，依我看。」

「走吧。」我不願意難為格卓。

格卓能說什麼呢？我又能說什麼呢？大家都是為我好，也是為了這個亞谿家族好。其實，我見過然巴家的二少爺。是在那年的仲夏宴請上。那時大家開玩笑，叫他白開水，因為他沒有喝酥油茶，也沒有喝甜茶，而是要了白開水。他的五官還端正，鼻樑高，大眼睛，笑起來的話，有兩個酒窩。不過，露出了鮮紅的上牙床。俗話說，「男露牙床沒福氣，女露牙床沒正氣。」

然巴家是後藏的一個小貴族，莊園在聶拉木和日喀則之間。拉魯宮對他們來說，應該是豪門望族了。也許，他們期待著和拉魯的聯姻中，實現然巴家族的繁榮吧？誰知道呢。

這是什麼心理呀！我想到了這麼多從來也沒有想過的俗事兒，家族呀，地位呀，錢呀，容貌呀，條件呀……和沁巴那會兒，我可什麼也沒想，連他的瘸腿，在我看來，都是優點呢。可是，我還是離開了他！這一生，我要得到的到底是什麼呢？

白檀香木也是樹

坐在另一個卡墊上的雪尼．平措杰布，吸完了最後一口鼻煙，站了起來，把捏過鼻煙的右手，放在左手上，手心對著手心，搓了搓。貴族們是很少吸鼻煙的，很少。從前和雪尼見面時，也沒見他吸鼻煙，也許，在這個陌生的，只剩下了我們兩人的夜裡，他也有些不大自在吧？我的手，一直握著酥油茶杯，偶爾，轉動幾下，像是一旦鬆開，或者停止轉動，我就完了，掉進了無底深淵，這只杯子，無疑於我的救命稻草。

「像兩條狗一樣，我們突然走到了一起……」我嘲弄著自己，當然也是嘲弄雪尼。

「您是在趕……趕我……回自己的臥室？」雪尼笑了，棕黑色的臉上露出兩個酒窩，顯得憨憨厚厚的，也顯得平平庸庸的。

「我的意思是，我們需要一點時間適應彼此。」我笑了，我的笑容也不過是格薩爾手裏的盾牌。

「你趕我走，我也不走，夫人，什麼都聽你的，唯獨這件事，我不能……」雪尼說著向我走來。在我的正前方站住了，又坐在了我的身邊，還好，我們中間始終有一點距離。

「為什麼？」我的手仍然攥著那只酥油茶杯，緊緊地。

「我們是夫妻了，夫妻就該做夫妻的事兒，別看您的年齡比我大。不過，家裏人都稱讚我的選擇。」

「您為了家庭而犧牲了自己？」我的手從杯子上鬆開了，似乎，我已經抵達了安全的彼岸。

「夫人，您簡直像女巫一樣敏感！」雪尼突然靠近了我，透過彼此的衣服，我感到了他的肌肉在顫動，「我是為了拉魯的繼承人來到這裏的，我們不在一起，怎麼會有繼承人？」

雪尼一下子握住了我閒下來的那隻手，雙手攥著：「不，我不走，今晚，我要和你在一起！」

我似笑非笑，真後悔那隻手離開了杯子。其實，不離開杯子又能怎麼樣呢？那不過是一根稻草，掉入深淵是註定的。

許是後半夜了吧？我甚至聽不到了任何動靜，連那些龍和神的歌聲，都停歇了，連房子下面的湖水，也不再波動了，沒有了「嘩嘩」的聲音。

雪尼吹熄了油燈。黑暗中，摸索著我腋下的扣子。可是，好一會兒，也沒有摸到那個小小的銅紐扣，不能怨他，是那個扣子自己藏得太深了。

「我來吧。」我輕輕的聲音，像是一聲歎息。他開始解自己的衣服了。

好久，我們勉強地脱掉了各自的衣服，赤條條地躺在了一起，一個男人和一個女人。他枕著拉魯家的鹿茸枕蕊，一隻手，向我摸索著，觸到了我的一隻乳房，又觸到了我的另一隻乳房，又開始了細節地撫摸著我的柔軟的乳頭，我挪開了他的手，他停了一秒鐘，又開始了撫摸，這一次是向下，向下……突然，他抬起了整個身子，向我壓來，我幾乎窒息了，疼痛著，我不知道為什麼要疼痛，即使在我由少女變成女人的那個遙遠的夜晚，也沒有疼痛過啊！我想到了朗頓公爵，又想到了我的丈夫晉美朗杰，不，是前夫晉美朗杰，還有，還有沁巴，啊，沁巴！我們在一起時，我可從來也沒有感到他的重量，相反，他給我力量。在沁巴强勁的身子裡，我是一朵盛開的花兒，帶著露珠。

「沒想到，儘管我們年齡不一樣，也就是説，你比我大一些，可是，我沒有感到不同，真的，挺好的……」雪尼擦著臉上的汗。

煮沸的犛牛奶裏被突然倒了一碗冷水，我的身子涼了：「走吧，回自己的臥室睡覺吧。」

雪尼走了。他肯定能睡個好覺，像那個雅魯藏布上的船伕，把我們這一群人送到對岸後，準能睡個好覺，因為，他完成了他該完成的任務。從年齡上説，雪尼．平措杰布的確比我小，小多少歲呢？十歲？也許吧。他為什麼想到年齡呢？如果想到年齡或者條件，就説明，這個婚姻神不知鬼不覺地摻了一些別的。

我的愛，從來沒有條件。我從沒有想到過我和朗頓公爵的年齡差別，也沒有想到我和丈夫拉魯・晉美朗杰的年齡差別，更沒有想到沁巴和我的年齡差別。不過，也許從前我還不懂什麼是生活。生活，本來就是一碗哨子麵，裏面什麼都有。

我睡著了，還夢見了雪尼。雪尼在和另一個女人做愛。不，不是做愛，是性交。他那生殖器比現實中的大，大得很，連那兩根青色的血管都變得又粗又壯，要脹破了，男人很驕傲，在女人面前炫耀著，插入了女人劈開的雙腿之間，可是，那男人的生殖器，就是進不去，憋得紅腫起來。女人急中生智，抓住那東西移進了嘴裡，可以想像，這女人的嘴，還是太小了！於是，她耍起了巫術，捏住自己的兩個乳房，那兩隻黑褐色的乳頭，立刻變成了兩個女性生殖器，男人又試，左一次右一次，自然還是不合適！怎麼辦？女人拋開右胸，拽出了那顆跳動的血淋淋的心，還好，那心立刻停止了呼吸，變成了一個大號女性生殖器，男人如願以償了。就又來了兩個男人，把男性生殖器，一個放進她的兩腿之間，一個放進了她的嘴裡，還有兩個男人，分別把兩個生殖器，插進了她的兩個乳頭。男人越來越多，個個躍躍欲試，好心的女人來者不拒，又讓一個個細胞，變成了生殖器，有多少呢？不多不少，正好一百個，一百個男人和一個女人，就這樣幹了起來，精血遍地，散發出又鹹又腥的惡臭。

就醒了。還好，我並沒有吐出來，只是噁心、反胃。我「呸、呸、呸」地乾吐了三口，為了袪除晦氣。而後，推開窗子：野玫瑰的芬芳，林卡那邊的樹香，還有湖水的清香，以及遠處達姆拔節的「咔咔」聲，撲面而來。像吃了一劑八味阿魏丸，我不再噁心了。窗外仍然是黑的，我又回身躺在了床上，心想，猥瑣和聖潔之間，地獄和天堂之間，醜與美之間，有時，僅僅一步之遙啊！

從前，我的夢，常常是藍天、湖水、草地，還有山脈。綿綿的喜瑪拉雅，像一條翻捲的白色緞帶，而我呢，就在那緞帶上奔跑，有時，還可以飛翔，絲絲清風迎面而來……可是，我兒平措繞杰出生以後，我的夢就摻進了一些憂傷，也就是說，我總是夢到他丟了，漫山遍野地尋找，原來，那不過是一些暗示啊。那麼，今天的夢，在暗示什麼？或者在提醒什麼？我可是從來也沒有做過這麼離譜的夢啊。

一場婚禮總算過去了。該上班的那個早晨，雪尼適時地出現了，穿著札薩克的黃色庫緞大袍，外披一件獺皮鑲邊的章褂子，腳穿深紅色彩靴，頭戴紅寶石鑲綴的大帽子，向我走來，「我去噶廈喝早茶，夫人，休啊（再見）！」

「佩啊（再見）！」我看著他，把早就為他準備的一個「朵雅」，遞給了他。那是一個上了漆的黃色木碗，有好多圓形花紋，產在圖博和印度的邊界，很是名貴。他毫不猶豫地揣進懷裡，走了。

「夫人，我陪您到林卡裏走一走吧。」格卓進來了。

「也好。」話音剛落，我又改變了主意，「還是，我自己去吧。」

就到了拉魯宮後面的林卡裡。那片豌豆田只剩下了幾株乾巴巴的秧，東倒西歪的。那隻帶馬頭的木船一動也不動地浮在湖面。湖水連一圈漣漪都沒有，清晰地看得見湖裏的魚兒，很多，黑壓壓的，幾隻喜馬拉雅兔一閃而逝。遠處，剛剛割過的達姆熱，散發著入冬的淒涼，所有的生命都蔫了。我向拉魯廓村望去，尋找著和沁巴住過的房子。不知道沁巴怎麼樣了？今年的羊毛聽說，又長了一些，算起來，在申扎宗，他還有一年的宗本時光。

一想到他，我的鼻子就酸酸的。那最後一個晚上，他都說了什麼？幾乎什麼也沒有說。只是點頭：「我的夢應驗了，也不用去加爾各答了。」他吻著我的頭髮，如果我的頭髮有感覺，也會流淚的。不，我的頭髮不是以流淚的方式記下了他，而是留下了他的氣息。我使勁地聞著那一撮滑到前額的頭髮，有一股淡淡的，他的洛嘎莊園附近那個溫泉裏硫磺的氣味，那其實，也是他身體的氣味。愛情不能佈施，也沒有規律可循。我愛他，沒有道理地愛著他。

聽說，如果善業俱足的話，八百歲也可以生孩子，可是，他還不到五十歲，我們就生不出孩子了。我們都太精神化了，精神和精神在一起，生出的只有神。我生不出神，沒有那個造化。為了一個孩子，一個拉魯的繼承人，我拋棄了我的精神。現在，還有什麼呢？拉魯的財富？最後的瞬間，沁巴似乎鬆了一口氣：「害怕的事情，都發生了，也好，再也不會有惡夢了。」

「可是，為了拉魯的繼承人，我拋棄了你。」

「別這樣說，夫人，只要你好，我就好。」

「可是，你還喜歡我，愛我嗎？」我蠢笨的像個孩子。

「我愛你，不管你在不在我的眼前，不管你喜不喜歡我，我都愛你。和你表面的富有、貧窮、年齡、地位……都沒有關係。」

「夫人，飯好了，是牛肉包子，還有骨髓湯。」格桌來了。我轉身向拉魯宮走去，數不盡的花兒，在路兩旁盛開著。時光倒流，我回到了那個黃昏。那時，我在夏札林卡的門前向西張望，等待著朗頓公爵的到來；那時，我還是一個阿尼，剛剛十六歲，格卓也正年輕。現在，我們都老了，當年，格卓那挺拔的身子，如今都佝僂成了一棵彎腰駝背的老樹。

我吃著牛肉包子，喝著骨髓湯，還有，酸蘿蔔，朗頓公爵的身影更清晰了。我用勁地甩了甩頭：一、二、三、四、五、六、七、八……我數著數字，分散著注意力。

雪尼回來了。這時，我已進了臥室，不僅進了我的臥室，甚至脱掉衣服準備睡覺了；如果他不進來，我就睡了。

「才回來？」我嘟囔著。

「回然巴家了。」他應著。

「想念你的尼尼啦了？」我特意用尼尼啦，是强調他前妻的年輕。

「瞧你，想到哪去了，是家裏幾個人打麻將，一定要我湊個手。」

我不吱聲。

「我知道您不喜歡打麻將，我也不想告訴你，是你自己想知道。」

「每個人都有自己的喜好，我沒有權力也沒有興趣改變別人的好惡。」

「寬容啊，換了她，一定要强迫我的。」雪尼真的感慨起來了。

「我和她，就沒有一點相似之處？」我逗他。

「怎麼沒有？她是女人，你也是女人，白檀香木也是樹嘛！」他漫不經心地脱掉了外衣。

「是的，從燒火的角度說，我全完贊成。」我一動也不動。

他不吱聲。

「還是回你的臥室吧，早回晚回都得回。」我乾巴巴地擠出幾個字。

他站了一秒鐘，而後，說話了：「是嫌我不如沁巴那樣癡情？」

「你？」我突然坐了起來。

「還是不如拉魯公爵般體貼？」他毫不退縮。

我死死地盯著這張像豬肝一樣鮮紅的臉。

「或者不如朗頓公爵那樣激情蕩漾？」他的酒氣甚至噴到了我的臉上，「我想知道，你和他們在一起時是什麼滋味，也不讓他們上床嗎？」

「你真是一個又忌妒又自私又自卑的人啊，我的臥室不裝垃圾！」我站了起來。

他猛地推開門，走了。

聽說，鷹飛翔的姿勢，可以預報草原的天氣，那麼，性，是不是也可以預報一個婚姻的走勢？

拉薩照常日月同輝，達姆照常一年一度地收割著，人們照樣地搭起帳篷，聽水牛的叫聲。可是，拉魯廓村，我和沁巴住過的那個小房子，還照樣裝著我們的精神嗎？不管我們有沒有孩子，不管拉魯有沒有繼承人，我都要找回我的精神。現在，想起他，這心，就擰著勁地疼。

「應該去拉魯廓村那邊，看看沁巴老爺？」格卓看出了我的心思。我先是一愣，而後，點點頭。

一出門，邦達倉的兒子尼瑪和他的小妾扎西央宗，騎著兩匹高頭大馬迎面而來。兩人都穿著緞子長袍，比陽光還耀眼。要是往常，我會看個仔細。對衣服，不管男人的，女人的，還是孩子的，我都有著比吃一頓好飯好菜更濃的興趣！這一生，我所有的衣服，都是精心選擇的，很好的質地，很沉穩的顏色，很簡單的樣式，還有很精湛的做工。不過，穿在我身上的時候，你看不出這些，你只會感到眼睛舒服。好東西，就是這樣，不誇張，不喧嘩，卻讓人舒服。不過，今天，我可沒有興趣欣賞尼瑪和扎西央宗的穿戴，自從和雪尼不尷不尬地到了一起，我看什麼都提不起精神。

說起來，我與尼瑪同是帕幫卡大師的弟子，按輩份，我是師姐。我和尼瑪之間，其實，比我和二哥欽繞列且、三哥群則仁波切更親，無話不說。這種了不同尋常的教友關係，也使邦達羊培熱心地幫助了沁巴的羊毛生意。不過，我從沒有說出來，否則，沁巴會不那麼自在，他的腳是踩在泥土裏的，踩得很深。

「是爸啦派我來的。」尼瑪劈頭就是一句。

「有要緊事？」我看看尼瑪，又看看扎西央宗。

「爸啦讓您勸勸沁巴老爺，這羊毛生意該做下去啊！」扎西央宗也說話了。

「他，不做羊毛生意了？」我張著嘴。

「您，不知道嗎？聽說，租了出去，就剩最後一年了，眼看羊毛價格還在漲，怎麼能放著利不抓呢？」尼瑪又說。

「我正要去找他呢。」

「趕緊吧，這是大事。」

我和沁巴住過的房子，已經住進了一對從康地來的夫婦。女人響快地告訴我們，她和丈夫為了逃婚，私奔到了拉薩，在帕廓街上，專門做起了綠松石生意。這會兒，丈夫不在家，她一個人正閒著沒事，看到我們，話多了起來。這座房子，是沁巴的祖上留下的。從前，每當默朗欽莫時節，沁巴就來拉薩聽袞頓講經，專門住在這裡，所以，和拉魯公成了好朋友，兩人都愛騎馬射箭，常在拉魯莊園的跑馬場，跑得塵土飛揚。這房子從沒出租過，平時，有一個傭人打掃房間，淨水，燃香。可現在，沁巴卻租了出去。說明，他不會再過來了，就是默朗欽莫，也不會來了，至少不會住在這裏了。「對了，我們一搬過來，就發現了這個！」女人突然想起什麼似的，轉身從櫥櫃裡，小心翼翼地拿出一張貼著兩片玫瑰葉的粗紙。我立刻接了過來，是的，這是沁巴的親筆字，灑脫的長角行書：

然巴依傍河水，
道義拋入水中，
拉魯府在山麓，
夫人奔赴山中。

雪頓節在羅布林卡

夏日安居結束了。大家紛紛地向這些為了保護小動物，閉門修行的比丘送來酸奶，還有各種各樣好吃的，乾牛肉呀、乾羊腿呀、無油餅子呀，還有血腸呢！血腸是牛肚做的，包著犛牛血、糌粑、米粒……不僅如此，全圖博的戲班子都來了：扎西雪巴、迥巴、降嘎爾、香巴、覺木隆、塔仲、倫珠崗、郎則娃、賓頓巴、若捏嘎、希榮仲孜、貢布卓巴……大家跳啊，唱啊，拉薩的大街小巷，都是歌聲。

最好的演出，總是首先獻給袞頓，袞頓也總是在他的子民渴求一見的時候，適時顯現。現在，酸奶甜絲絲的發酵味，在羅布林卡的花草之間、樹林之間有形有狀地飄動著。

袞頓的加持，可以祛除世世代代造下的惡業、苦業，免除地獄之苦。就算得不到袞頓的加持，看一眼袞頓，記住袞頓尊貴的容顏，在生命的最後一瞬間，也會祛除恐懼，平靜地死去，尤其在中陰的七七四十九天裡，不會迷失。僧俗百性無不珍視每一個見到袞頓的瞬間！大慈大悲的觀世音菩薩在哪裡，我們的幸福和未來就在哪裡。

柏樹、杏樹、山丁子、側柏、黎樹、榆樹、楊樹、高山松……每一棵樹下，都聚起了三三兩兩的人群，有的坐著，有的站著，有的走著，孩子們跑來跑去，這是袞頓賜給云云眾生的淨土啊！各種各樣的花，都在盛開。有杜鵑、龍膽、報春、馬先蒿、綠絨蒿、鳳仙花、喬木刺桐、薔薇、越橘、毛葉繡球、黨參、玫瑰、牡丹、水仙……不管是熱帶亞熱帶，還是溫帶的，不管是平原盆地，還是高山的，所有的花朵，都可以在羅布林卡生長，水亮亮的。還有草，這裏的草和一般的草不一樣，又軟又綠，像綠緞子一樣，人們坐在上面，說啊，笑啊，不過，戲班子是不在草坪上的，他們在袞頓的窗下——石板鋪成的略高一點的戲臺子上。

歌聲舞步，更加豐富多彩了。袞頓就坐在宮殿裡，透過那扇伸出來的拉著黃簾的玻璃窗，凝視著戲臺，時而笑容滿面，時而凝神沉思。

知道生的末尾是死，
不敢貪戀人生。
知道聚的末尾是散，
不敢貪戀友情。
知道富的末尾是窮，
不敢貪戀錢財。
知道容忍是佛的奧意，
不敢多尋煩惱。
……

站在熱鬧的臺子邊，我有滋有味地看著覺木隆戲班子演出《朗薩姑娘》。就又回到了那年的仲吉林卡。我甚至看到了我兒拉魯色，在草原上奔跑著，放飛風箏；我的丈夫，當然是拉魯公晉美朗杰，那樣筆直地向孩子走去，天地，那時格外清明，當然，現在的天地也是清明的，可是，人去樓空。無常，居然埋伏在每一個幸福的瞬間。

「正想著您哪，您就出現了。」

「龍夏老爺？」

「一晃，十幾年了！那年的噶廈托珠，夫人避開麻將桌，到了吉曲河邊。我就為夫人又唱又拉了這曲《朗薩姑娘》。」

「那以後，無常就抓住了我。」

「夫人的尊貴，在無常中，才更加清晰。」龍夏陷入了沉思，又說，「真正的尊貴，就是像夫人您這樣，把自己壓得低低的。」

我沉默著。

「我去拉魯宮看望您時，您病得太重了，甚至沒允許我進去，不過，後來，聽說您很是幸福，我也就安心了。」停了一會兒，龍夏轉了話題，「就知道您會來，因為您喜歡看戲。」

「我最喜歡的還是朗瑪。」

「如果不嫌棄，我倒願意改天為夫人獻上一曲朗瑪……」

「雪尼？」我打斷了龍夏的話，看著雪尼走來，經過我們的身邊，離開了戲場，向一個安靜的樹下挪去。他沒有發現我，太專注了，那棵樹下，站著他的前妻，他今日的嫂子。

「是呀，她比我年輕多了。」我自言自語著。

「內在的價值和年齡有什麼關係呢？」龍夏說。

我沉默著。

「您應該知道自己是一株白檀香木啊。」

「白檀香木也是樹。」

「薩迦格言說，『比金子還寶貴的白檀樹，愚人卻把它燒成了木炭』。」龍夏說得一字一句。

不知雪尼對前妻說了些什麼，女子雙手捂起嘴，笑彎了腰。雪尼歪著頭看著女子的臉，也在吃吃地笑呢，我猜。因為他背對著我，所以，我只能猜。

「雪尼札薩今天很高興啊！」龍夏也轉身向雪尼看了一眼。

「在拉魯宮，他可沒有這麼高興過。」我收回視線，看著龍夏，「說到底，人和人的鑑賞力是不同的。」

「所以，才分出高低貴賤。」

「也許沒有高低貴賤，只有不同。」

「這個，我完全同意，您更超俗。」

「我可是一個還俗之人哪！」我自嘲地笑了。

龍夏也笑了，從懷裏掏出了雪白的手帕，遞了過來，我擦去了笑出的淚水。

「如果夫人累了，就讓我陪您……回去吧。」龍夏看著我，接過了手帕。

就是他不說，這會兒，我也要退出這喜悅了。不過，現在，格卓和龍夏的傭人，都在合不攏嘴地看著一位老婦人說唱「拉瑪麻尼」。老人舉著一個釋迦牟尼唐卡，在離戲班子不算太遠的地方，搭起了另一個王國：講授《佛陀本生故事》。孩子們搶先圍了過去，還有大人，越來越多。其實，這老婦人也就是一般百姓，很普通的一個百姓，可講起佛的故事，惹得大家又哭又笑，像一位女菩薩。小時候，每到薩嘎達瓦月，我都跑到帕廓街，聽她一邊講一邊唱。

「她這一生積了多少功德啊。」我感歎著和龍夏向羅布林卡的東大門走去。格卓和龍夏的傭人們也跟上了我們。

「她的文化不淺，還寫詩呢。」龍夏附合著我，放慢腳步，回頭看著兩位傭人，「有我送夫人，你們就留在這裏看個夠吧。」

酸奶的清香漸漸地淡了，還有《朗薩姑娘》的歌聲，「拉瑪麻尼」的故事，也都越來越遠了，我們都騎上馬，直奔拉魯莊園。

龍夏的魔法

拉薩的大小貴族都來了：多仁家族、嘎雪家族，帕拉家族、吞巴家族、擦絨家族、夏札家族、宇妥家族……甚至，懷著身孕的龍夏太太為了給丈夫捧場，也來了。還帶來了大吉嶺出生的龍夏·次旺多吉。

「孩子都這麼大了，那一年，他剛剛睜開眼睛呢！」我對龍夏太太感慨著，又低頭看著孩子，「幾歲啦？」

「十一歲。」孩子脆聲脆氣地答著，偎在龍夏太太的兩腿之間，又溫順又機靈。

「都能哄弟弟吾金多吉了。」龍夏夫人說著，貼在孩子嫩嫩的前額上，親了一口。

「阿尼啦好！」吞巴夫人、帕拉夫人也來了，後面，吞巴夫人的傭人，還抱著出生不久的吞巴家的女孩。

「連你的孩子也都這麼大了，我能不老嗎？」我向孩子走去，撫摸著那胖乎乎的蘋果似的臉蛋，「叫什麼名字呀？」

「索朗德吉。」吞巴夫人應著。

龍夏是一個言而有信的人。雪頓節那會兒，答應為我演奏朗瑪，這不，說來就來了。不僅帶來了太太、孩子，還帶來了他的老六弦琴。「琴是舊了點，可音質好啊。」龍夏說著，又亮出了龍頭三弦琴、橫笛、揚琴……「把所有的手藝都帶來了，就等著夫人您誇獎了。」

「如果不誇獎呢？」

「也喝了夫人的酒，知足了。」龍夏的黃袍今天格外光芒四射。雖然他位居孜本四品官職，但是，噶倫見了他也要下馬呢。不知他施了什麼魔法，成了袞頓的心腹，甚至，袞頓在繁忙的時候，還要將噶廈上呈的部分報告，轉給龍夏批示。

龍夏的確是個會施魔法的人。如今，我的眼睛，一觸到他那飄動的緞子黃袍就舒服了。說起來，拉魯莊園裡，除了黃色，還有紅色、紫色、藍色……人們穿著各種各樣的緞子衣服，戴著各種各樣的手飾，笑呀，唱啊，彈啊。

龍夏把這個朗瑪安排在了我最喜歡的秋天的黃昏，還詩情畫意地建議，在湖邊享受晚餐。對了，龍夏還請來了說唱《格薩爾》藝人格珠。看上去，格珠不過是個孩子，連鬍子都還沒長出來呢。格珠穿著深褐色的緞子丘巴，襯著白色散袖的粗布巴札。

「多大了？」我問。

「十五、六。」格珠含含糊糊地說話了。

「這？」我吃驚了，「怎麼能連自己的年齡也說不準呢？」

「別看格珠什麼都記不住，卻能唱出數也數不完的詩句，並且，不會重複！」龍夏打著圓場。

「那就唱一段吧？」我看著格珠。

龍夏也向格珠點點頭。

格珠搖著頭，雙眉緊蹙，唱了起來。唱完以後，又開始說，連說帶唱，連唱帶說，眼睛時而微閉時而睜開，似乎我們所有的人都不存在了。

「他的眼前，是一個叫霍的國家，出現了香巴梅珠子將軍，為了鎮住對方，將軍在向敵方誇張著自己的優勢；而敵方呢，也毫不示弱，也說了唱出了自己的厲害……」龍夏解釋著。

「啊，實在太深了！格珠，你能唱出多少字數？」我好奇了。

格珠瞪大了眼睛，看著龍夏：「夫人瘋了嗎？哪能數得過來呀！」

我笑了起來，周圍的人也都笑了。

「你是怎麼記住了那麼長的詩句？是怎麼唱起了《格薩爾》的？」

「我在黑河放牛時，突然病了，有個牧人把我背到了山洞，一個月，我不喝不吃，醒來時，說出的都是《格薩爾》。」

「就開始了說唱《格薩爾》？」

「正式說唱格薩爾之前，我又得了一次病，這次，《格薩爾傳》裏的人物煙霧一樣出現了，歌詞呀、山呀、水呀，都出來了。喇嘛說，這是到了說唱《格薩爾》的時候了，要我不吃亂七八糟的東西，不穿髒衣服。這個喇嘛是藏北的德加活佛叫丹增尼瑪……」

拉魯莊園的三個廚房，今天都忙了起來，為大家準備了印度式的，漢式的，當然也少不了我們圖博式的飯菜。不過，銀子的火鍋一露頭，大家都圍了過來。對了，我們還專門從噶雪巴家裡，買來了四大陶罐青稞酒呢。噶雪巴家的作坊裡，有兩樣東西在我們圖博最有名了，一個是女人的幫典（圍裙），另一個就是青稞酒。現在，酒香已經飄在了空氣裡，甜絲絲的帶著青稞的好聞氣味。

自從丈夫拉魯・晉美朗杰去世，這裏變得一片死寂；而我兒拉魯色・平措繞杰的去世，使拉魯莊園成了一座墳墓。「一切歡樂都是虛假的」我常這樣想。可今天，我的心，像冰凍的水遇到了暖風，正在融化。

橫笛響了。低低的，像柔軟的風，在湖面吹拂，緩慢地旋起了浪花，浪花敲擊著岸邊的山石……所有的鳥兒，魚兒，連喜瑪拉雅兔，都靜止了，只有我的心，這顆易感的，對美從來都不能無動於衷的心，這時，像一塊藍色的緞子展開了，又緩慢地落下，發出悠長的歎息，恰好在這時，龍夏的最後一個音符，收了起來。

「再來一個！」我喊著，大家也都鼓起了掌。

「再來一個？」他笑吟吟地看了我一眼，又低頭擦了擦橫笛兩邊的金子鑲邊，放下了，拿起上粗下細的豎笛，雙唇對著頂端那個長方形的吹孔，雙手在正面八個按孔上，優雅地波濤起伏了。那豎笛，鑲著兩顆紅珊瑚和一顆綠松石的普通的豎笛，就成了他那跳動的心臟，他雙眼微閉，顯得幸福而憂鬱，此刻，他不再是一個官員、父親、丈夫，他只是一個情人。

颶風突起，大浪濤天，我甚至沒有任何準備，就進入了炸雷和閃電裡。然而，瞬息之間，烏雲散去，柔軟的陽光普照著大地，無雲的晴空，藍得透明，沒有一點瑕斑……

「龍夏的笛子也被他施了魔法……」我身邊的擦絨．達桑占堆說話了。不知是提醒我還是鼓勵我。其實，龍夏和擦絨已經有了多次較量，而這位赫赫有名的勇敢忠誠的戰士、射箭好手，應該說，在和龍夏的交鋒中失敗了。擦絨被免去了圖博軍隊總司令職務，而龍夏，現在，既是總司令又是孜本，青雲直上。往常，如果龍夏出現，擦絨是不會再坐上哪怕喝口甜茶的功夫。然而，在我回拉魯的事情上，擦絨不僅表達了衰頓的意願，也表達了他自己對我和拉魯莊園的關心，我很是感激，當然，這婚姻的好壞，和他沒有關係，那是一場賭博，或者說，是命運。所以，這一次，我特別地邀請了擦絨和夫人。

擦絨僅僅帶來了大夫人白瑪卓嘎。這位古老的擦絨家族的大女兒，落落大方。是啊，經歷了家破人亡的災難，白瑪卓嘎顯得榮辱不驚。微笑著和夫人、太太、小姐們坐在一起，既不張揚，也不過份謙卑。現在，她移到了自己的丈夫身邊，看著我：「儘管擦絨不會彈琴，可他帶來了會彈奏根恰琴的管家。」

「太好了，好久沒聽根恰琴了！」我提高了聲音。

當擦絨的管家，把根恰琴立在左腿上，左手托著琴把，食指按弦，右手持弓，一曲天上人間的旋律，就綿綿而來了，不由得你不想跳舞。於是，大家就跳了起來，跳的是踢踏舞：踏——踏——踏；踏踏踏……

「我得出去一下。」雪尼走近了我。

「有要緊的事嗎？」踏——踏——踏、踏踏踏……我仍然跳著舞。

「有人從印度帶來了一副馬鞍，說是鞍子的兩端鑲有綠松石和雙龍透雕，腳蹬外側也雕有雙龍，簡直一絕。」他趴在我的耳邊。

「如果你把顯富，看得比什麼都重要，我無話可說。」踏——踏——踏，踏踏踏……我更加有力地跳著，轉過了身。

雪尼離開了，去帕廓街那邊，買那副新馬鞍了。可是，琪美拉姆的男人尼瑪，卻看見雪尼順著帕廓街的胡同，進了然巴家。其實，就算我制止了他的腳步，也制止不了他的心。

龍夏又彈奏起來了。這會兒，是六弦琴，很簡單，簡單的像是牧童的歌聲。我看見了我的圖博連綿的雪山，山谷之間奔跑的野犛牛、羚羊、一群又一群的鹿，還有雪豹、野驢……

我向龍夏伸出拇指，琴聲，更加自由了，撒著歡兒似的。接著，我聽到了更加嘹亮的歌聲，那是龍和神的聲音嗎？還是老爺、夫人、太太、小姐的歌聲？夕陽落盡了最後的餘輝，可是，歌聲不落。傭人們端來了油燈。油燈昏黃的光亮和月光交相輝映。

雪尼帶走了鎏金馬鞍

「早啊，夫人！」雪尼從自己的臥室裏走來，穿戴得整整齊齊，連深紅色的靴子都鮮亮亮的。

我點點頭，仍然在淨水。

雪尼的臉頰出現了可人的笑窩：「想請夫人欣賞一下馬鞍。」

「在哪裡？」我仍然淨著水。

「日光室。昨晚就放在那裡了，希望夫人一起床，就能看見。」

「好吧。」我放下青銅水壺，向日光室走去。

「這是一副鎏金銅質馬鞍！看吧，馬鞍的兩端，鑲嵌著綠松石和雙龍透雕，連兩隻腳蹬的外側，也鑲著雙龍呢！」雪尼看著我的臉色，「我就知道夫人準能喜歡。」

「很值錢吧？」我看著馬鞍，並不觸碰。

雪尼堅硬地點點頭。

「換成我的話，不買。昂貴是一個方面，也太雕琢了，像搔首弄姿的舞女。」

「瞧你說的，馬鞍畢竟是馬鞍，不是人，再說，我和商家都說好了。」

「是和你的嫂子說好了吧？為了侍候她，不得不花個大價錢，拿馬鞍當藉口！」

「你，這不是明擺著忌妒嗎？我就不喜歡你這一點！」

「你沒喜歡過我哪一點，除了札薩克頭銜！」

「這不是存心和我吵架嗎？」雪尼的眉毛立了起來，一對笑窩，添滿了肌肉，兩隻眼睛，瞪成了死魚。

「我失去了一切：丈夫、兒子，還有我年輕的歲月，只剩下了拉魯的財富。」

「你的意思，我是為了拉魯的財富才和你結婚？是，又怎麼樣？」雪尼的聲音平靜了一些，「不為財富，誰會跟一個老女人結婚？」

「這麼說，我是和拉魯的財富一起搭配著出售了？」我看著雪尼，一眨也不眨，「那是你的誤解，我不想出售自己。對於有些人，這個身子，是無價的，對於另外一些人，金山銀山，買不去。這和我的年齡沒關係，就是一百歲，我也不會出售自己，大不了，爛在家裡，也沒有必要讓別人糟蹋。」

「你在趕我？」

「別忘了把你的鎏金馬鞍也帶走。」

接著，我給噶廈寫了一封信。法庭對我和雪尼，都進行了嚴厲斥責。同時，也批准了我們離婚的請求，革去雪尼因入贅拉魯府而獲得的札薩克職銜，委任察木多總管。後來，聽說，雪尼病逝於察木多。

我又給袞頓寫了一封信：

向大慈大悲的觀世音菩薩頂禮！

您對我多方關照，恩重如山，我卻不能爲亞谿家族盡一點力，實在慚愧。拉魯府，是六世達賴喇嘛親自在茫茫雪域選出的吉祥之地，本該越來越興旺，不幸的是，後嗣已絕。

俗語說，得自天上的東西，還是還給大地。與其凋落，不如獻給佛，闢爲寺院，利益眾生，也算我爲早逝的拉魯父子積了善業。

第十章

龍夏時代

火燒雲

逆光裡，我打起手罩，辯認著騎馬而來的人：黃色緞服，披掛朱紅氆氌外套，筆直的身子，向前傾斜著，似乎也在辨認著我呢。

「是龍夏老爺？」我認出了他的孜本帽。

「夫人！您……要出去？」龍夏一抬腿，下了馬，甚至沒有踩那塊下馬石。其實，我和龍夏只差一歲，我出生鐵龍年（一八八〇年），他出生鐵蛇年（一八八一年），可他看上去又靈便又年輕。

「真是精力過人呀，龍夏老爺！」我說。

「連龍和神一到了這裏都要歌唱呢，何況我是個人，能不高興嗎！」說著，龍夏略微收了收笑容，「在轉經？」

「就剩三圈了。說起來，我羨慕那些康巴，天不亮，就到了祖拉康，直到天黑才回去，一天能專心地磕上三千個長頭呢。」

「聽說，您也要在今年一年，轉經十萬遍、磕長頭十萬遍、念麻尼經十萬遍、米字嗎（頌讚潔宗喀巴）十萬遍、獻曼札十萬遍、念三皈依十萬遍……」

「聖尊宗喀巴一生寫了那麼多著作，不是還完成了三十五個十萬長頭?!」我打斷了龍夏。

「是啊，大師是我們圖博的明燈。」龍夏說著，把馬轠繩交給了剛剛走出來的丹增，也隨我轉起了拉魯宮。

「好了，最後三圈結束了。」

「沒有數錯嗎，才一眨眼哪！」龍夏又開起了玩笑。

「一眨眼就是一生呢！」我也笑了，「陪我到島上坐一會兒吧？」

「我就是為這個來的呀！」龍夏向湖邊走去。

「夫人，要划船嗎？」船伕趕來了。

「我來划，也好在夫人面前驕傲一下。」龍夏低下頭，目不轉睛地看著我。解開了船索，拽住船頭，又返身空出一隻手，扶我先邁了上去。而後，借助我的手，一步跳了上來。這才鬆開我的手，拿起兩隻木槳，船，緩慢而平穩地啓動了。

太陽，放射著淺黃色的光芒。魚兒一群又一群地跟著我們的船，比賽似的游著，清亮亮的湖水，染得斑斑駁駁的。湖心那兩塊草帽似的突起的石頭上，立著一隻饞得流著口水的大鳥兒。微風吹來，帶著淡淡的魚腥味，還有煨桑的芬芳，以及時斷時續的經聲。我向岸上望去，是格卓提著青銅香爐，念著真言向湖邊走來。

一貼近湖心島，龍夏先跳了上去，又扶住船頭，另一隻手伸給了我，待我跳下了船，他立刻鬆開小船，趁機把我嵌進了懷裡。

「坐在那邊吧。」我掙脫出來，像什麼也沒有發生似的，指著離亭子不遠的一片淺綠色的草地。

「明天準是個大晴天。」龍夏掩飾著剛剛的失態，看了看遠天，選了一塊草葉枯黃的地方，盤上雙腿。

「秋天的黃昏，是我最喜歡的時刻。」我叨嘮著，用勁地聞了聞拉魯廓村那邊飄過的炊煙，「我很久沒有享受這季節的變化了。」

「佛說，來是偶然，走是必然。」龍夏安慰起了我。

「為什麼偏偏讓我承受那麼多的出其不意的必然呢？」

「你看，」龍夏指著岸邊的林卡，「那最高的樹，總要承受比其他的樹木更多的風吹日曬，不是嗎？」

「我願意和別人一樣，甚至比別人更矮。」

龍夏從對面挪到了我的身邊，半躺在乾草地上，一隻手放在脖子下面，另一隻手，摘起一個草桿，折著：「你願意不願意，都不重要，這是命運。甚至在你沒有出生時，就註定了。要麼，門孜康的天文曆算師，怎麼能把每個人一生的經歷都預測得清清楚楚?!」

這會兒，太陽被根培烏孜山遮住了，只留下了一片火燒雲，紅紅地向我和龍夏移來，天地寧靜。

「如果有六弦琴就好了，」龍夏轉了話題。

格卓這時把打好的酥油茶還有一盒印度餅乾，幾隻不丹的橘子送到了岸邊。「我們有一隻笛子吧？」我向岸邊的格卓喊著。

「很老了。」格卓回應著。

「越老越好。」龍夏接過了話。

「我這就去取。」格卓轉身走了。

「還得再划一次船。」龍夏站了起來。

「再划十趟也累不壞你。」我説。

「別挖苦我，咱倆就差一歲，你就想當家長?!」龍夏嘟囔著，站了起來，向木船走去。時間過得快啊，我們差不多認識一生了。儘管龍夏不顯老，身子挺得筆直，可那步子，還是有些沉了。

龍夏為我倒了一杯酥油茶，又剝開橘子，給了我一半，自己拿起另一半，可是，沒有吃，在自己的那一半中，選了一個最飽滿的，放進了我的嘴裡。而後，拿起另一瓣放進了自己的嘴裡，品著，舉起了笛子——

我的心，

飄揚著對你的呼喚，

天空聽到了，
捧出兩朵寂靜的雲，
在我的眼前，
相擁出，
絢麗的晚霞。

大地聽到了，
湧出了淚珠，
蒲公英盛開了皺菊盛開了牽牛花盛開了，
雌性的動物們都有了身孕。

可是，
我的人兒，
你聽到了嗎？

只有你，
還不知道——

一片羽毛般的聲音，
穿透了我的生命。

末了，龍夏看著我，亮亮的眼睛，變成了深不見底的大海：「夫人，沒有一個女人可以和您相比，時間，只是增添了您的魅力。」

「生活把我折騰得夠嗆。」我看著龍夏的眼睛。

「大災大難，更襯出您的美德。像氧氣一樣，只要您一出現，大家的呼吸都舒暢了。」龍夏鬆開了笛子，拿起了我的雙手。

「聽人說，只要我出現，太太小姐們總是把麻將藏起來。其實，包容別人，而不是塑造別人，是我一直的希望。我的第二次婚姻的失敗，也是這個道理，我不能包容他。包容陌生人容易，包容自己的丈夫，難哪。」我歎了一口氣，從龍夏的身上移來了目光，任他撫摸著我的雙手。

「婚姻不是包容，是愛，沒有愛就沒有一切。怎麼是您的錯呢？」龍夏說著，把我的一隻手，放在他的臉上，似乎讓我感受著他的體溫。

「也許吧。愛，有時候很奇怪呀，沒有任何軌跡，抓不住摸不著。」我繼續說著。

「是啊，第一次在盧不那嘎底與您見面時，我簡直……不能自己了。」龍夏說著，從臉上拿開我的手，放到自己的嘴邊，親了親。

「我不過是一個還俗的尼姑！」我說。

「那時，喜歡上您這個還俗尼姑的，還不只我一個人吶！」龍夏說著，用勁地攥了攥我的手，「不僅拉魯公晉美朗杰，還有沁巴，我一眼就看出來了。」

「沁巴？」我重覆著，心，打起了折，鼻子竟有些發酸，從龍夏的手裏抽回了手。

「是啊，他喜歡您很久了，不過，我知道，你們不會長久，詩人是一棵搖動的柳樹，而您，需要一座山，儘管您有足夠的堅強和成熟，您到底是水……」龍夏說著，又輕輕地拿起我的手，放在臉上，他的臉燒得厲害，我甚至被燙著了，猛地抽了回來。

「您是我唯一朝思暮想的女人，」龍夏像沒有感覺一樣，繼續著，「不可替代。」

「您的女人呢？她為您生了好幾個孩子啊！」我張著嘴。

「只能說明我是一個男人，可是，夫人，您使我成為神，超離了俗世。」龍夏目不轉睛地看著我。

「我們這就在俗世裡呢。」我淡淡地回了一句。

龍夏看著天空，火燒雲已不知不覺地散去了，變成一片深藍，天黑了，我們能看清的，只有彼此的輪廓。

「我的後半生屬於您了，別嫌棄我啊。」龍夏說著，抱起我，把我放到了船上。急不可待地划起了木槳。

「您的身體也是香的，像嬰兒一樣，有淡淡的奶味呢。」他說著，吻起了我。吻我的前額、我的眼睛，又吸吮著我的兩隻乳房，儘管這兩隻乳頭早已從小小的櫻桃，變成了紫紅色的葡萄，並且，在凋謝，耷拉著腦袋瓜。他卻吸吮著，緊緊地，像有乳汁流入了他的胸懷。我也情不自禁地吻起他的身子。「啊，太好了，」他喃喃著，更深地放進了我的嘴裡。「不。」移開了目光。「走光明正道？不管什麼姿勢，只要你高興，我就高興。」他趴在我的耳邊，又開始了撫摸我的乳頭，輕輕地揉著。啊，我摟住了他，緊緊地，就這樣，他興高采烈地進入了我的身體，托舉著我，飛翔起來。

挨著我，他躺下了，一沾枕蕊，就睡了過去。可是，眨眼的工夫，又醒了，開始吻我的腳丫，腳心凹陷的地方。這一次，不再因為情欲，不再因為饑渴而想喝水，是愛，愛著品著他蒙昧了幾乎一生的陳年老酒。

「我交給您的，不僅是我的身體，還有我的精神。」說著，龍夏又摟住了我，他的舌尖與我的舌尖，磨擦著，而後，吸住了我的舌尖，輕輕的，甜絲絲地包裹著我。突然，他翻過身，把我舉到了他的身上，「我要你，以各種方式佔有我！」他濕潤地囈語，使我不自主地坐了起來，似乎有八面的清風，這時吹拂著我，我們身子的重心，也不知不覺的，的確是不知不覺的，又一次合二為一了，成了俗世的巨人。

聖旨

「料事如神哪。」我看著龍夏，笑了。

「我也沒有想到，會這麼痛快，衮頓就在我兒的名字上寫下了『為好』二字。」龍夏的眼仁和眼白，這會兒，更加分明，越發顯得健康、年輕了。

說起來，前段時間，袞頓派人送來桑札，回謝了我奉獻拉魯莊園一事：「捐贈家產的心願，我雖欣賞，可拉魯家業，為布達拉宮背後一景，尤其是先後兩輩達賴喇嘛的父系莊園，不宜交接。」接下來，袞頓體貼地賜我選一繼承人。大管家立刻上報了候選人名單，正像龍夏計畫的那樣，袞頓另選了他的兒子次旺多吉。

龍夏喘過一口氣，轉了話題：「在英國那會兒，我說啥也要回圖博，太想這裡了，也說不清我想的到底是什麼？」

「是啊，英國再好還是英國。」我搭著話。

「在英國，我是一個外人，而這兒，是我的家……」龍夏意味深長地看著窗外。

「不喜歡英國，為什麼當初同意了去英國？」我被寵壞了，哪壺不開提哪壺。

「那是水牛年的事了，將我從孜巴[1]提升為孜本[2]，作為圖博政府的代表，護送門仲．鐃繞貢桑、强歐巴．仁增多吉、吉普．晉美諾布、郭卡瓦．索南貢布四人到英國學習，為了準備四品官服，那時，還真費了不少心呢，因為我的祖上沒有人當過四品官呀。」

「不是為了這四品官，你會去英國嗎？」不等他回答，我又說，「得不到四品官，你會回來

1 孜康裏工作的官員。
2 四品官，孜康裏工作的最高行政官員。

嗎？！」

「你的心眼太壞，專門往暗處想，了不得的女人啊，說啥我今生也不能饒了你！」

「因為我壞？」

「因為你瞭解我！」

「你的太太呢？」

「瞧，你的壞心眼一個接著一個。她是我孩子的阿媽，我希望她好，可是，你呢，我不僅希望你好，還希望一時一刻不離開你，每天都和你在一起，和你做愛，和你說話，或者即不做愛也不說話，只是看著你，就知足啦。我從英國回來，那麼急，一定冥冥中因為你在這裡。」

「你呀，太聰明了，前段時間，求我說服二姐龍珍啦把小女兒拉雲卓瑪嫁給了你的大兒子旺欽玉拉，成了恰巴公子；現在，又把你的另一個兒子變成了拉魯少爺，輕易得到四品札薩官位……」

「你的意思是，我在利用你？」龍夏瞪著我。

「只有你自己知道了。」我不看他。

「我不衰的激情，也是假的？肌膚相親之後，還看不出我的心嗎？」他伸手刮了一下我的鼻子。

「還有那笛聲，我忘不了。」我一本正經了，「對了，得和少爺次旺多吉談談，讓他也有個心裏準備。」

「一個小孩子，突然離開家，是需要一番開導。」龍夏附合著。

迎接義子

那個在媽媽的懷裡，該睡覺的時候而大睜著眼睛的孩子，那個因為出生在大吉嶺，及時地享受了雪域的清風，而沒有變成黃頭髮藍眼睛的孩子，如今十二歲了！他足蹬彩靴，黃色緞袍上，耀眼地繫著大紅綢腰帶，掛著漢刀腕套，墜著黃金嘎烏，左耳是索吉耳墜，右耳垂著綠松石，騎在拉魯家的青驄馬上，正被一左一右兩個牽馬人守護著，一行十騎，說話間，到了拉魯府前。

「扎西德勒，夫人閣下！」孩子仰著臉，脆聲聲地先說話了。

「扎西德勒，我的少爺，一轉眼你就長大了！」說著，我在他細嫩的額上輕輕地親了一下，心想，如果我兒拉魯色平措繞杰還活著，這會兒已經二十多歲了。

「入座吧。」我指著大廳中央鋪著上等氆氌的小座位，氆氌上面是鮮豔的五彩緞。大管家把少爺抱上了座位。可他仍然盯著我的每個動作，黑眼仁上下滾動著。

我朝他笑了，眨了眨眼睛。他也笑了，露出一口透明的還沒有完全長齊的嫩牙。我在少爺對面，自己的座位上坐下了，我的下首，依次坐著大管家康嘎索朗多吉、小管家晉美、秘書旺杰……

都坐定之後，格卓和琪美拉姆分別在我和少爺之間的雕刻著蓮花的木茶桌上，放了一對精美的瓷器茶杯。說起來，這兩個特別的杯子，是拉魯府的珍寶。底部畫有一隻小龍，遇到水，會自動變大。現在，兩個杯子裏放滿了酥油茶，雖說酥油茶的淺褐色，阻礙我看到那隻龍的膨脹，但是，我知道，它是存在的。杯子的另一邊，放了我們的白底藍花瓷碗，裝著措瑪折希[3]，還有銀子的高腳酒杯。這時，格卓和琪美拉姆拿著銀壺，為少爺次旺多吉和我獻上了青稞酒。少爺只用無名指沾了沾酒，上彈三下，以示祈福。看來，是龍夏訓練過了，孩子的動作很是嫻熟。

拉魯宮上下所有的人都來為小少爺獻哈達。客人們、親戚們也都來了，開始了獻禮，大米呀、乾羊腿呀、乾犛牛肉呀、上等氆氌、緞子、綢子、縫好的衣服呀、還有成包的銀子……應有盡有。

「我的馬在哪裏？」少爺仰頭看著我，並不理會那些東西。

「馬圈裏唄。」我低頭看著小少爺。

「我想……想看看我的馬。」少爺小聲地嘟囔著。

「好啊。」我點點頭。那隻小手，立刻拽住了我的食指，我們就離開了喧嘩的大廳。說起來，龍夏器重這個孩子，不僅送了一份豐厚的財物：金銀、衣服、耳環、手飾、頭飾，還送了一匹青花寶馬，又高又大。

「好體形啊，」我自言自語著和少爺站在了馬前。

「夫人閣下，它的毛不漂亮嗎？」少爺等著我的裁決。

「漂亮極了，這麼亮這麼豔的毛，我見過的也不多啊。」

「夫人閣下，您見過好多好多的好馬吧？」

「也許吧，我記不得了。在這座宮殿裡，我記得太多太多的傷心事。」

「我不要你傷心，要你高興，天天高興。」少爺說著，也向我眨了眨眼睛，學著我剛才的樣子。

我笑了起來，在他的額上又親了一口。

「啊，我最喜歡那隻帶馬頭的船了，我要划船！」少爺得到了我的鼓勵後，大膽起來，拽起我的食指，向湖邊用勁。

「今天，你是主人，大家都在客廳裏等著你哪，明天，我專門派人教你划船。高興嗎？」

第二天，龍夏夫婦領著親朋好友，浩浩蕩蕩地到了拉魯府。龍夏的大兒子，入贅夏札家的旺欽玉拉和他的太太，也就是二姐龍珍和哥哥班覺多吉的小女兒拉雲卓瑪也來了。現在，這對小夫妻，就住在我出生的康夏平措康薩，和我的小侄兒孜本夏札．班覺索朗旺秋夫婦一家住在一起。不過，今天，小侄兒班覺索朗旺秋一家沒有來。其實，我早已料到了。

我們在湖邊的林卡裏搭起了四個帳篷。可孩子們硬是在外面跑來跑去的。小少爺更沒有像我想的那樣，興高采烈地跑到龍夏和太太那裡，只是禮貌地和他們打了一聲招呼，就到湖邊的木船旁邊轉來轉去。「我說格卓，讓船伕教少爺划船吧，也順便讓孩子們都過過坐船的癮。」

「我這手又癢癢了，我去為孩子們划船！」龍夏樂顛顛地大步朝湖邊走去。

「有你跟著孩子們，我更放心了。」看著龍夏遠去的背景，我叨嘮著。

「到了這裡，他這一天的雲彩都散了，」龍夏太太說到這兒，話鋒一轉，「這是龍夏家和拉魯府前世的緣份哪，連少爺也喜歡這裏呢。」

龍夏太太看上去已了然我和龍夏之間發生的一切，並心安理得地接受了，不知因為她太聰明，還是太軟弱了。

船伕閒了下來，在乾草地上一歪，擲起了骰子。天天擲骰子，也不膩煩？

幾個小夥子在林卡那邊玩起了射箭，恰巴公子旺欽玉拉彈起了六弦琴，同他父親龍夏一樣，他也喜歡吹拉彈唱。

現在，拉魯宮又熱鬧起來了。連魚兒也不斷地跳出水面，想看看這個世界呢。格卓就取來一些糌粑，撒進了湖裡，也讓那些魚兒高興高興。

「阿尼啦，少爺要我問問您，不去上學行不行？」拉雲卓瑪走近了我，她的背後跟著剛剛上岸的小少爺。

「玩瘋了不是？」我看著少爺，「不僅要上學，還要比從前更加好好地上學！管理拉魯府的大大小小的莊園，不僅要有學問，還要有大學問哩！」

「必須得好好讀書，今後，還要參加仲夏藝考，進噶廈工作，這是每個拉魯繼承人的義務！你今後要做的事不少呢，樣樣都離不開讀書。」龍夏也進來了。

十拿九穩的考試

我和龍夏輪翻地站在窗前，儘管我們對考試的結果早就十拿九穩了，可還是坐臥不安了。

「少爺回來了！」龍夏從窗前轉過身，輕聲地說了一句，「看見了嗎？」

看見了。那繡著金紋的褐色緞袍，正興奮地一前一後擺動著，腰懸漢刀、腕套、筆筒、墨水瓶、網袋，蘭色絲線穗上掛著黃金的吉祥結，足登彩靴，頭戴「博多」帽，牽著青花寶馬，向下馬石走去。

薩迦格言說，「大海要想成為水的寶庫，必須匯集所有的江河。一個人要想變得高貴，就必須儲存所有的知識。」我像當年培養我兒平措繞杰那樣，不，比培養我兒還細心。老了，對孩子更耐心了。

在私塾裡，吃的穿的方面，次旺多吉享受的總是以往拉魯少爺的待遇。比方說，每天騎馬上學，專有一名牽馬人；吃的方面，除了拉魯府的司庫每天準備一籃子好吃的以外，我還要特別為他準備蛋糕啦、炸油果子啦、乾肉啦……。可是，在學業上，他和其他的孩子一樣，成績不好，照樣挨打。我常說，「如果你通過不了孜康考試，就算今後成為拉魯家的老爺，也沒有用，下人都比你有學問，你自己就覺得不僅為拉魯，也為龍夏家族丟臉。」

所以，私塾畢業後，儘管小少爺的成績不錯，我還是給他找了老師，開始了更嚴格的訓練。除了必須誦經、供水、磕頭以外，還制訂了一個學習計畫：

內容	方法	老師
行書、小行書、行草書	紙上練習	私塾老師
《三十頌》《正字法》《音勢論》	聽講解、默寫，對照字典聽正確答案，改正錯別字	博嘎林巴·貢布旺秋
籌算整數演算法	桃核等於一 小木棍等於十 蠶豆等於一百 「普朵」的小石子等於一千	卓嘎沃

當然，這些內容，都是為了最終的仲夏藝考。一般來說，能進入孜康的，都是貴族子弟。但，不是每一個貴族子弟都能進入孜康。首先，要通過考試，任何人不得例外，並且，按照甘丹頗章王朝的慣例，每年只有三次選拔和升任新官員的機會：

第一次，在新年的初二；第二次，在初八食子節，也就是三月初八日。那一天，袞頓遷宮，從冬宮移往夏宮，政府的僧俗官員要脫去冬裝，改換夏裝；第三次，是十月二十五日的甘丹燃燈節；那天，也是袞頓遷宮日，從夏宮移往冬宮，政府官員要脫去夏裝換上冬裝。

每次有兩名貴族申請孜楚巴官職，因此，一年中，只有六名增加的新官。如果考試不及格，只能任命一名。不過，特殊的情況下，成績都很好，也會任命三名。

為了這次考試，我們請了不少拉薩有名望的人訓練少爺。

「扎西德勒，夫人閣下！」

「扎西德勒，我的小少爺！」

「扎西德勒，爸啦！」

「扎西德勒，我的兒子，我和夫人一直都在惦記你的考試呀，儘管我們知道，你做了充分的準備，可天下父母之心，也許是我兒你一時理解不到的。本來作為孜本，我該在考場，可是，我不得不迴避呀。」

「要我從頭說嗎，爸啦？」說著，少爺似乎想起了什麼，馬上轉向我，「您決定吧，夫人閣下？」

「就從頭說吧。」我輕輕地敲了一下他的後腦勺。

少爺笑了：「進入孜康後，我首先向正中的至尊宗喀巴和袞頓畫像敬獻了哈達，然後，向各位孜本，因為爸啦您不在，我就向夏札、卓嘎沃、還有恰魯瓦各獻了一條哈達，又脫帽合十向他們敬禮。對孜巴，雖然他們都在座，因為是五品官，而我是色朗巴副四品官，就沒有向他們獻哈達，孜楚巴[4]也都在場，都按照資歷的深淺就座。」

「後來呢？」龍夏也抬手拍了拍少爺的後腦勺。

4 在孜康工作的初級工作人員，意為學員、學徒。

「按照色朗巴慣例，我坐在排首的一個有條紋白氆氌圓形墊子上，普通的孜楚巴按資歷深淺也坐在白色氆氌的圓形墊子上，只是坐墊略低於色朗巴，也就是說，我坐在所有孜楚巴的最前面。」少爺沒有理會龍夏那不自覺中流露的父愛，繼續著，「大家就坐後，清掃夫依次向孜本，孜巴，孜楚巴，敬切瑪。這時候，我將自己的坐墊移到房間中央，開始應付籌算考試。

「都回答對了嗎？」我目不轉睛地看著小少爺。

「我想是的。因為孜本卓嘎沃對我進行了教誡。我脱帽低頭。他說：『自今日起，須繼續勤習文字與籌算，努力爭做一名卓有業績的公職人員。』」

「儘管你入了這個培訓噶廈俗官的最高學府孜康，可不用功的話，還是會像砂子一樣被淘汰！」我看著少爺。

「是啊，我兒，從明天開始，拉薩時間九點鐘之前，正式到達孜康。不僅要比孜本早，也要比其他人早。然後，練習籌算。」

「聽說每天，孜本到達時，清掃夫要先走進房門，高喊『請進！』而我們這些孜楚巴們要立即起立，排隊，向孜本敬禮？」

「是啊，」龍夏含著笑，「還有什麼問題嗎？」

「孜巴也敬禮嗎？」少爺仰視著父親。

「孜巴就不必了。他們在自己的坐墊上站起來就是了。再說你們孜主巴，只有等孜本就座後，才能落座。這時候，你們就停止了籌算，開始練習書法和寫作。如果你寫得好，孜巴們會首先給你一些工作，讓你得到實習的機會，這就看我兒你的努力了。」

「可是，我覺得，我的籌算還不是那麼好。」

「我已經想到了，夫人閣下的兩位親戚會幫助你，就是現任的孜巴穆加瓦和扎西白熱。以後，你每天下班要輪翻到他們兩家學習籌算。」

「說不定有時要到夜裏一兩點鐘呢。」我補充著。

「這是夫人閣下和爸啦為我好。」少爺說著看看我，又看看龍夏，「現在，是否許允我換掉這身衣服，穿上家裏的便服？」

「那當然，今天你放假了，玩吧，划船哪，擲骰子啊，隨你高興！」

「少爺，廚房裏有你愛吃的點心。」我提醒著。

「是什麼呢，我愛吃的太多了？」少爺調皮起來了。

「一看就知道了，去吧。」我笑了。

少爺走後，龍夏走近了我，「今天晚上，我們要好好慶祝。」

「就喝我們自己釀的青稞酒吧！」

「不，我要讓夫人嘗嘗英國紅酒！」

「英國酒？」

「一看就知道了，在廚房裡！」說著，龍夏拉起了我的手，「我要您親自看一看。」

「啊，單麥芽威士忌！」

「為什麼不和你的太太一起慶祝呢，她一定也在著急小少爺的事啊。」

「我已讓傭人告訴她了，今晚不僅不回去吃飯，也不回去睡了。」

不久，龍夏接到了袞頓的手札：「此次初八食子節，將汝子列入新任候補官員之列。拉魯乃一世家，因族中無人為官，應特殊申請求職。」

雖說袞頓特准申請官職，可還是躲不過文字與籌算考試，而小少爺進入孜康的時間又短，想考試及格，比登天還難。

「袞頓特別准你為官，我滿懷感激。但關鍵在你，若是在短時期內練不好可不行！」龍夏又囑咐起來。

「這麼大的壓力，少爺受得了嗎？」背地裡，我問龍夏。

「人的潛力是無限的，這是我從自己身上摸索的。」龍夏倒滿懷信心。

兩位孜巴的脾氣、性格都不一樣。穆加瓦性情溫和，教得耐心；扎西白熱卻是一個暴躁的人，算錯了，就拿著筆敲桌子，毫不客氣地讓少爺重新開始。兩位老師，都以自己的方式相互叫勁，小少爺就像放在格子裏的草坯土，終於有形了。

過了些日子，龍夏親自面試了少爺，籌算是可以了，可是，口訣還不行，於是，又開始練習口訣。

在初八食子節這天布達拉宮舉行的儀式上，少爺對袞頓進行了「新謁」。那天，是噶廈政府的大典，首先由僧俗官員拜謁達賴喇嘛，然後依照職務高低分別就座。再由新任的兩名官員向達賴喇嘛獻

「曼札」和「三所依」（佛像，佛經，佛塔）。袞頓親自為少爺戴上了鮮紅的護身結。

是啊，少爺通過考試了，能不通過嘛，少爺苦練的內容，正是那張考卷的內容。

袞頓駕臨

像一條枯瘦的河，拉魯宮迎來了雨季。這個土龍年（一九二八年），龍夏又收到了袞頓的木板手札：

「拉魯宮原係第六世達賴喇嘛倉央嘉措修建的遊樂場所，也是第八世、十二世達賴喇嘛會見父母時居住過的地方，我也將於後天前往。」

我和龍夏立刻叫來大管家康嘎索朗多吉，吩咐召開家務會議。現在，拉魯宮上下傭人都忙開了。湖邊的林卡裏搭起了帳篷，湖心島上的各種花卉也修剪了一新，島上的涼亭裡，還掛上了嶄新的黃緞子窗簾，八世和十二世達賴喇嘛坐過的地方——一對折疊的厚墊上，新鋪了黃色的錦緞，左右各陳設了兩個薄墊，左邊為近侍甘丹和南木准的坐墊，右邊為龍夏和貢培啦的坐墊。

說起貢培啦，拉薩僧俗如雷貫耳。應當說，他是繼擦絨．達桑占堆之後，又一個被拉薩貴族階層不得不刮目相看的平民出身的人物。細說的話，貢培啦出生於尼木宗雪地方的一戶農家，世代只有半個崗的土地。但是，還在母親索朗拉姆的肚子裏時，他就顯露了與眾不同的本性。人家都是十月懷胎，可他在母親的肚子裏待了十二個月，還是不想出來。父親扎西急了，祈求一位仁波切占卜凶吉。

「福報啊，你的好運將隨著貴子的出生，雨點一樣飄來，擋都擋不住。不過，災難還是不能不防。」

「怎麼防？」扎西懵了。

「多多行善。還有，取一個女娃名字，可保全母子平安。」說著，那位仁波切給未出生的孩子選了一個名字：德慶曲珍。

德慶曲珍終於出生了，漸漸地，長成了一個牧羊娃。雖說牧羊，羊群是不用管的，只要頭羊老老實實地吃草，別的羊就不會亂跑了。到太陽落山的時候，再向頭羊扔一個茶渣和糌粑攪和的團子，其他的羊兒，也就乖乖地跟著下山了。德慶曲珍有著用不完的精力，又養了幾隻狗、貓，還有花母雞呢。平凡而寧靜的生活，使父母不知不覺地忘記了那位仁波切的囑咐。

然而，十三歲這年頭上，作為尼珠，德慶曲珍被召到了羅布林卡。這，倒也不偶然。噶廈政府每年都要從洛嘎艾和尼木兩個地方，選拔聰明靈巧的孩子到羅布林卡抄寫經文，養花種草，從洛嘎艾地方選出的孩子叫艾珠，從尼木地方選出的孩子叫尼珠。

孩子的教育，在圖博，是頭等大事，也是我們對私塾老師，畢恭畢敬的原因。不管多麼了不起的大貴族，即使贊普的後代，在學校受了鞭打，也不敢吐出哪怕一聲怨言。我們給老師送禮時，總是慷慨的。當然，寺院的教育就更嚴了。這一天，在羅布林卡的恰布日，也就是專為袞頓取水的地方，德慶曲珍看見幾個孩子在擲骰子，也湊過去，玩了起來。一個聲音，鈴玎響了起來：「為什麼在這裏浪費時間?!」說時遲那時快，每個人的頭上，都被佛珠敲了一遍，「不好好學習，明天，我還要鞭子抽你們！」

你當是誰?袞頓，我們的十三世達賴喇嘛呀！

德慶曲珍嚇壞了，天一擦黑，就向著尼木逃去。經曲水，到達朗木地方時，羅布林卡的幾個看馬人追了上來。無處躲藏，他一頭栽進了河裡。幸好被救了上來，並帶回了羅布林卡。他病倒了，一半兒因為怕，一半兒因為著了涼。沒想到，袞頓親自來了，來為他治病。診脈時，袞頓的手，輕如晨風：「肉身易去，人生短暫，而我們有太多的東西要學習，圖博需要有本領的人哪。」

從此，德慶曲珍不僅用心學習，還用心地侍奉袞頓。袞頓逢人就誇他聰明，還給他取了僧家名字：土登貢培。後來，人稱堅色．土登貢培。堅色，是寵愛之意。

貢培啦做了很多了不起的事，比如，維修了羅布林卡的圍牆；興建了奪底電站；為了解決默朗欽莫期間百姓的吃水困難，還制定了一套自來水管的安裝計畫；興建了扎基造幣廠，為鑄造錢幣親自設計圖案。袞頓甚至前去祝賀，親自取名：扎基電術絕妙明術寶庫機關。並任命擦絨．達桑占堆和堅色．土登貢培一俗一僧共同管理。

不僅如此，貢培啦還集中在扎基訓練了一支軍隊，那是專由貴族少爺和富家子弟組成的第二藏軍「富戶兵團」。袞頓也很重視呢，還特別從英國為他們進口了武器。

圖博還進口了兩輛小汽車，一輛屬於袞頓，另一輛給了貢培啦。但是，只有在一些不太重要的場合，袞頓才坐小車。像兩次遷宮，還是八抬大轎。

再說袞頓駕臨這一天，龍夏早早地檢查了午餐的一切原料（廚師和上飯菜的侍者，將來自羅布林卡），接著，又檢查了袞頓將為拉魯宮上下傭人摩頂的寶座，還有用彩色糌粑粉畫在院子中間、大門兩旁的八吉祥，以及那兩條黃白相間的長長的線路，連湖裏木船上的黃色緞子坐墊，坐墊下面鋪的崗巴卡墊，都仔細地看了一遍。待每一個角落都滿意後，龍夏把少爺叫到跟前：

「你已成人，爸啦不能跟隨你一生，今後，全靠你自己的本事了。今天，就是你人生最關鍵的一步，如果給佛爺留下好印象，將對你一生大有益處。現在，你帶兩名傭人，在離拉魯宮兩里開外的地方，迎接佛爺！」

拉魯宮上下傭人，都喜洋洋地拿出了哈達，跟隨我和龍夏，手持花香，站在了門外。千載難逢啊！記住袞頓尊貴的容顏吧，讓我在生命的最後瞬間，平靜地離開肉身。唵嘛呢叭咪吽！唵嘛呢叭咪吽！

但見袞頓的馬隊，從羅布林卡的北門徐徐而來。騎隊中，一人擎著雪山獅子旗走在最前列，袞頓的乘騎在中間，索本[5]，森本[6]，曲本[7]，大卓尼[8]左右護駕。代本[9]，如本[10]及警衛十餘騎緊隨其後。

少爺下馬，在路邊面朝袞頓走來的方向叩首，而後，手捧哈達迎上，大卓尼郭布娃下馬，接過哈達，朝袞頓揮動一下，又將哈達回戴在少爺的脖子上。少爺立即脫帽，後退三步，站在路邊，待袞頓的馬隊走過，少爺躍馬從側邊飛一般地趕到拉魯宮，在我和龍夏身前下馬，手持花香入隊。

袞頓身著黃色團龍飛舞的王袍，越來越近，笑了，那兩撇上翹的鬍鬚，有序地舒展成無雲晴空。下馬後，由森本扶著上樓，在東面寶座就坐。待少爺獻上曼札和三福田後，袞頓在寶坐上賜給我們吉祥的紅色剪堆[11]時，看著我，輕聲地說話了：「你是拉魯的有功之人哪！」

淚水順著我的臉頰，撲簌簌地流了下來。這時拉魯宮上下傭人還有拉魯廓村的百姓，也都接受了袞頓的摩頂祝福。接著，袞頓視察了拉魯宮。面對那些古老的六世達賴喇嘛時期的壁畫，袞頓沉思良久。後來，走出拉魯宮，袞頓又視察了宮下西側的那條水渠，渠水清澈明淨，當地人都在此取水飲用，但今天因為袞頓的到來，這裏靜靜的，只有陽光「嘩啦啦」地波動著。

「這就是冬暖夏涼的八功德水嗎？」袞頓說話了。

龍夏連忙點頭。

「百姓也應該享受呀。」袞頓說著又向湖邊望去，望著島上涼亭四周盛開的花朵，「好吧，我們今天就在那裏午餐，你會不會划船哪？」

少爺用勁地點點頭。

「就讓這孩子送我們過岸吧。」袞頓提議著。

---

5 達賴喇嘛的膳食堪布。
6 達賴喇嘛的衣、臥、轎乘堪布。
7 達賴喇嘛的佛事堪布。
8 指卓尼欽莫，負責達賴喇嘛行政事務的總管。
9 團長。
10 營長。
11 打著結的紅色吉祥布條或絲繩。

少爺麻利地解開了繩索，龍夏扶著船，森本和貢培啦就扶著袞頓上了船。

「夫人閣下，您知道老佛爺是怎麼說我的嗎？『這孩子的划船技術不錯嗎，轉一圈吧！』還對爸啦說，『這孩子很勤快，千萬別嬌慣了，讓他學文化，學本事，對噶廈有用才是。』」

「真的嗎？」我看著少爺，許是興奮的緣故，他那雙鮮嫩的臉蛋紅撲撲的。

「真的。夫人閣下，您不相信嗎？」少爺仰視著我。

「當然信了。」我看著少爺，笑了。

「老佛爺還說，『六世達賴喇嘛修建了這座拉魯宮，因為在湖上，木料受潮有的都爛了，該好好地維修一下』」。

「真的？」

「真的。還說，『拆房前，要把壁畫臨摹下來。』」

「原來的壁畫有些是關於格薩爾王和中國皇帝比武的各種場面，還有商主諾布桑波從康定往圖博馱運茶葉的故事。要是都臨摹下來，得花不少的錢哪。」我自言自語著。

「老佛爺說，政府會撥給一些補助……」少爺滔滔不絕了。

「真的？」

「真的。」

是啊，自打水鼠年擦絨·達桑占堆率領博巴趕走了中國人，袞頓回到拉薩後，無數的寺院建築被保護了下來，尤其是那些褪色的壁畫，多數重新描繪，完美如初。現在，又開始了重繪祖拉康囊廓路上的那些佛陀本生故事，聽說，有一百多名畫匠在一個主畫師和七個副畫師手下幹活！

「對了，夫人閣下，有一件事，我不知該不該說？」

「說吧。什麼都可以說。」

「貢培啦說話的時候，爸啦總是看著外面，可是，您說話的時候，爸啦從來都是看著您，還看著您笑哪！」

我沉默著。

「這個，您看出來了嗎？」

我點點頭。

「不能讓他們和好嗎？」

「試試吧。」我說。其實，這不容易。曾經，邦達羊培的兒子尼瑪找過我，說，「他們兩個人都是佛爺的紅人，如果兩股勁擰到一塊，不僅對他倆，對佛爺也好，這樣下去，怕是要兩敗俱傷啊。」我曾試著說服龍夏，可他說，「他不向我示好，我向他示好也沒有用。」不過，尼瑪和貢培啦交情深，能來找我，必是貢陪啦沒有說出口的意願啊。

直到太陽快要落山時，袞頓一行才離開拉魯宮。打這以後，每年夏天，袞頓都來拉魯宮兩三次。拉魯宮，幾乎成了拉薩貴族社會的溫度計了。

琪美拉姆離開了我

「扎西德勒，夫人！」

「扎西德勒，尼瑪！兩年不見，都不敢認了，請坐吧。」

尼瑪並不坐，木訥地站在小客廳裡，一動不動，懷裏還抱著一卷彩緞。

「琪美拉姆都告訴我了，說你飯吃不下，覺睡不好的。格卓也說，『尼瑪萬事不求人，必有錐心之痛啊。』」

正說著，琪美拉姆進來了，給我和尼瑪各斟了一杯茶。「怎麼還不放下？」琪美啦姆拉從丈夫尼瑪手裏接過了彩緞，放在了桌子上。

「我的一點心意。」尼瑪沙啞地張嘴了。

「怎麼能收你的禮呢？單說琪美拉姆在這裏侍候我，給你辦事也是應該的。」

「這是剛從尼泊爾進來的一疋蒙古五爪飛龍四相彩緞。夫人。」琪美拉姆解釋著。

「說不收就不收。」我轉身向琪美拉姆。

「這是特意在尼泊爾給您買的呀，一定要收下；再說，別把我侍候您也算上功勞，那是您對我的恩賜，一輩子侍候您，我也樂意。」琪美拉姆說著，出去了。

「喲，大商人，請坐呀，琪美拉姆這會兒不在，沒人罰你站！」格卓適時地進來了。尼瑪撇了撇嘴，說不上是笑還是哭，一改當年在帕廓街上和格卓調情的油嘴滑舌相，規規矩矩地，把辮子搭在胸前，弓著身。

「這麼一點心意，您要是不收的話，就是嫌棄了。」尼瑪又擠出了幾句話。

「我也是剛剛知道，龍夏正在追捕的夏巴杰波是你的老朋友。」我轉到了正題。

「開始，他沒有害怕，他說，他應該受兩國條約的保護。直到龍夏老爺抓住了他，他才不得不越獄！」尼瑪低聲低氣地說話了。

「越獄？」我睜大了眼睛。

「已經藏進了尼泊爾使館，求求龍夏老爺……手下留情。」尼瑪說著，頭低得更深了。

這得從軍官藏嘎巴都升任尼泊爾首相說起了，他以圖博方向尼商增加稅額、刁難尼商為藉口，背棄圖博和尼泊爾互不侵犯諾言，在木兔年（一八五五年），挑起了藏尼之戰，後來，我的祖先夏札·旺秋杰布，在火龍年（一八五六年）與尼泊爾簽定了條約，其中一條，就是不徵收尼泊爾商人的商業稅。所以，尼泊爾籍的商人，著實得了好處。

可是，火虎年（一九二六年），龍夏拋出了禁止進口和使用菸草的規定。這樣，尼泊爾商人失去了公開從事菸草貿易的機會，不得已轉入黑市交易，而夏巴杰波，和尼瑪一樣，雖說是半藏半尼，但屬於尼泊爾籍。是黑市交易中最活躍的一個。

「回去好好睡覺吧，照顧好身子要緊。放心吧，聽有好消息的。」我安慰著尼瑪。

晚上，我對龍夏提起夏巴杰波時，沒想到，還是晚了一步。他說，已經派了九十名博軍攻入了尼泊爾使館（一千三百名博軍看守使館週邊），抓走了夏巴杰波。

「尼泊爾方面呢？」我的上眼皮劇烈地跳了起來。

「當然生氣，也拿起了武器，要與我們拚個高低，要不是英國人及時趕來，一場肉搏就爆發了。」

「你去過那麼多歐洲國家，英國、法國、義大利，見多識廣，怎麼可以不顧外交禮節，闖進人家的使館，硬是抓人?!」

龍夏不吱聲。

「那……夏巴杰波呢？」

「正在受鞭刑。」

我還能說什麼呢，糌粑都已攥好了，甚至送進了嘴裡。不過，還是忍不住叨咕起來：「他是琪美拉姆的丈夫尼瑪的好朋友，我們應該幫助他，而不是摧殘他。」

「要不是看在你的面子上，這次，連尼瑪我也想一起抓起來了，竟然敢到這裏說情?!」

「他到這裏說情咋了，過份了？」

龍夏不吱聲。

「夏巴杰波應該受到火龍年（一八五六年）條約的保護！」

「好吧，就照你的話辦。」

沒想到，龍夏帶回來的，竟是夏巴杰波的死訊！尼泊爾方面不依不饒，一定要我方道歉，龍夏拒不認錯。尼泊爾準備派兵打入圖博，那是鐵馬年（一九三〇年）二月，戰爭一觸即發。

龍夏被免除了博軍司令職務。

琪美拉姆連聲招呼也沒有打就離開了我，聽說，和尼瑪一起去了尼泊爾，只是那疋蒙古五爪飛龍四相彩緞，留了下來，像磷火似的，閃著光，尤其在夜裡。

夏札平措康薩的分裂

拉雲卓瑪和旺欽玉拉突然來了，說是孜本夏札・索朗旺秋，已向袞頓請求允許在天暖之前，緩去波密上任。

「新孜本已經宣佈，我想，他不會待在拉薩太久，請求也無防。」龍夏沉思著。

說起來，是我們夏札家族的不幸。哥哥班覺多吉去世後，侄兒侄女之間，卻出現了不和。本來侄兒索朗旺秋是哥哥班覺多吉的掌心肉，連跟隨袞頓流亡印度，簽定〈西姆拉條約〉，都帶在身邊，為日後繼承家業多方培養。可他一向體弱多病，皮膚腫、胃病、肺癆，都纏在身上。占卜說，如果能找一個小貴族的女兒結婚，將是包治百病的良藥。這樣，侄兒索朗旺秋，就與小貴族貢噶・維布嘉措家的女兒央金措姆結婚了。婚後，一直病歪歪的身子，的確壯了一些，還生了兒子夏札・甘丹班覺。

大哥班覺多吉和二姐龍珍的其他五個孩子，都在大哥在世時，早早地有了安排。除了索朗旺秋以外，另外二位男孩，一個出家為夏爾巴仁波切，另一個出家為覺布仁波切，兩個女兒，一個嫁給了吞巴家族的公子，成為吞巴夫人；另一位嫁給了薩穹・晉美仁青，成為薩穹夫人。唯有最小的女兒拉雲卓瑪小姐耽誤了。

水狗年，為了解決拉雲卓瑪的婚姻大事，夏札家上下商議，邀請根本上師帕幫卡仁波切作證人，在家族內部訂立協議：從速為拉雲卓瑪小姐擇一門當戶對之婿，並以夏札家恰巴莊園的名譽，為其申請貴族公子名份。夏札家族的繼承人為夏札·索朗旺秋。拉雲卓瑪小姐，以後所生子女，不論為僧為俗，均按先前已婚小姐的子女同等對待。這樣，龍夏的兒子旺欽玉拉招贅為拉雲卓瑪的丈夫，得名恰巴公子，和索朗旺秋一家，暫住主宅夏札平措康薩。

沒有舌頭不碰牙的，但，兩家的矛盾愈演愈烈，甚至導致了後來夏札家族的衰落。其實，在少爺的籌算上，我就看出了端倪。我說：「我小侄兒索朗旺秋學問深厚，尤其皈依了帕幫卡寺的高僧大德後，佛學方面更是精進，簡直超過了哥哥班覺多吉，籌算方面，更不用說，何不叫他教授小少爺？」

「索朗旺秋嘛，有時太聰明，有時又太木訥，」龍夏一字一頓地說，「必須繞開他，並且，旺欽玉拉住在那裡，早晚是個事兒。」

龍夏料事如神。前段時間，因為旺欽玉拉教訓了大管家丹增杰布幾句，惹得夏札家上下不滿，有人還提議讓他們搬出去呢。不過，土蛇年，衮頓指示：「孜本夏札色，因病請假，不能常去孜康上班，耽誤了工作。為此，免去夏札色的孜本職務，出任五品官波密宗宗堆。」

「依我看，去波密那樣的地方，怕是他的身子的確受不了。」我看著龍夏。

「他待在家裡，我這地位也就完蛋了。」旺欽玉拉說話了，「連罵罵大管家都成了毛病，不是明擺著拿我不當人嗎？現在，下人沒有一個聽我的。」

「那些下人都知道哥哥是家族的繼承人嘛。」拉雲卓瑪說。

「那就搬出去唄。」我說，「省得雙方都彆扭。也用不著費心把他弄到波密呀！」

「拉雲卓瑪在家裏待了這麼多年，哪能和夏札家別的小姐一樣呢。依我看，她比索朗旺秋更有能力。」旺欽玉拉又說。

「你的意思是，當年拉雲卓瑪小姐沒有結婚，就是因為父親，也就是我的哥哥班覺多吉想讓拉雲卓瑪繼承家業？」我看著旺欽玉拉。

「就看你從哪個角度想嘛。」龍夏接過了話，又轉向兒子和兒媳，「放心，早晚索朗旺秋都得離開拉薩。」

日落

我只是感到淚水，蚯蚓似的，在我的臉上爬，爬著爬著，就口乾得連一滴吐沫都沒有了。要不是龍夏懂藏醫，我就死了。我兒平措繞杰去世的時候，我也這麼難受過，但是，這一次，不僅我自己不存在了，連這個世界都沒了。

「快，茴香粉，還有肉蔻粉！包在一起放進酥油裏煮，要煮熱！快!!」

我聽到龍夏在喊，顫抖著。而後，就有什麼東西，貼在了我的頭上、前胸，還有後背。一定是那煮熱的茴香和肉蔻了。而後，龍夏又用銀針透過草藥，扎著我的穴位。等拉魯府的醫生趕來時，我已經睜開了眼睛。睜開眼睛又有什麼用呢，太陽已經隕落了。

龍夏又何嘗不難過呢？只是我這一過去，他連哭也哭不出來了，眼淚都嚇跑了。

那是在水雞年（一九三三年）十月三十日晚上十點左右，在羅布林卡堅色頗章西側的齊美卻且臥室，袞頓示現了圓寂之相，這一年，袞頓五十七歲。

十一月一日，噶廈向全圖博宣佈了噩耗。我就是在這時，急病攻心，突然暈了過去。現在，拉魯府房頂的經幡，已經降下了。不僅拉魯府，所有百姓房頂上的經幡，都降下了，寺廟上的勝利幢，也都取下了。僧俗百姓，都穿上了孝服，圖博陷入了黑暗。

幾乎每一天，龍夏父子下班後，都要說說袞頓的病情。那是從十月十五日開始的。袞頓先是得了感冒。多扎寺僧人、星算專家，也是御醫的强巴，為袞頓號脈，並獻了一副藥。說起來，强巴醫生本是御醫欽繞羅布的學生，可是，水雞年，就是袞頓圓寂這一年的四月，袞頓就一星算難題，問到欽繞羅布。

「待我查對醫書後，再稟告佛座。」欽繞羅布躬身。

「將學問束之高閣，留其何用?!」袞頓失望，隨即命寢宮侍衛官傳令，撤掉欽繞羅布的御醫職務，僅保留五品醫算總管職務，專門從事星算教學。後來欽繞羅布感歎，「這是佛座在有意救我啊。」

十月二十日，上密院衆僧按慣例前來冬朝，袞頓儘管身子不適，還是接受了朝拜並摩頂祝福。但是，十月二十五日甘丹燃燈節時，袞頓卻沒能依照慣例參加任何活動。這一天，我沒有像往年那樣，在拉魯府邸的房頂四周，僅僅點燃了二百盞陶製供燈，而是點燃了五百盞。並且，每年在甘丹燃燈節施捨給乞丐一鐵勺麵疙瘩湯，我增加了兩勺。

可是，十月二十七日，龍夏回來說，衮頓病情日益嚴重，蹊蹺的是土登貢培並沒有向噶廈報告病情，這還是在布達拉宮值班的五品官土登夏佳報告的。後來，首席噶倫格頓曲塔、噶倫赤門巴、噶倫朗窮巴等人，立即約甘丹寺法台到堅色頗章西側的寢宮祈禱。不想，被土登貢培拒絕了。

「爸啦，有一件事，一直堵在我心裡，不知該不該說。」一邊的少爺說話了。

「說吧，我兒。」龍夏鼓勵著。

「二月份的時候，法王前往甘丹寺朝聖，我擔任侍從。親眼看到法王離開甘丹寺時，走到下面磕頭的地方，要求侍寢官鋪磕頭墊。大家一時遲疑不決，可法王再三命令。」

「果真法王磕了頭？」我問。

「磕了三個長頭。」少爺說到這裡，看看龍夏的臉色，又看看我的臉色。

「是啊，按照圖博的規矩，如果離開時磕頭，就意味著今後不會來了。」龍夏直愣愣地看著我。

「後來，我們夜睡甲斯崗。法王一進帳篷，就刮起了狂風，將帳篷的一個木橛拔了起來，繩索也鬆動了。」少爺又說。

我和龍夏默不作聲。

十月二十八日，龍夏回來說，土登貢培請乃瓊護法，明天到法王跟前簡單降神。

十月二十九日，龍夏又說，乃瓊護法前去羅布林卡袞頓臥室降了神，獻了袪感英雄十四味[12]。

十一月四日，袞頓的遺體從臥室轉移到堅色頗章大殿的寶座下，讓公職人員瞻仰。遠遠地，就可以聽到所有僧俗官員嚎啕大哭。接著，拉薩僧俗，也向羅布林卡走去，出現了一條長龍，清一色的喪服，替代了往日五顏六色的緞子，所有的手飾、頭飾都被摘掉了，人們的辮子裏都不再綴著彩色的絲線……

又是哭聲。我前面的一位老人，哭訴著「衆生無所皈依」時，竟昏倒在地，被大卓尼和侍衛官扶起來，安慰著。我倒平靜了，甚至沒有了眼淚。袞頓就躺在那裡，安靜的面容，像是依然有著體溫，正在熟睡似的。我一動不動地看著，等待著，直到侍衛官扶走了我僵直的身子。

修行好的出家人，真身可以保留五百年也不會腐爛。我們並不奇怪，導師佛釋迦牟尼圓寂二千五百年以後，僅僅一顆牙齒，還可以照亮群山。圖博流傳著一句話：「不看你在世間的官位，只看你死後的氣味。」一個普通的人，死後不出三個時辰，就會發出臭味。而袞頓，即使停止了呼吸，還在眷顧我們，為了使圖博僧俗不再迷惘，他的頭，自動地轉換了方向。

與父親擦肩而過

是五世達賴喇嘛在世時立下的規矩：每遇大事，僧俗民衆商量解決，這就形成了民衆大會。現在，會議開始了。司倫朗頓·貢噶旺秋首先講話：「袞頓在世時，對我多方扶持，如今，我面臨尋找靈童，執掌政教大業的重任，事務煩多，需要一名助手。」

「土登貢培啦就是現成的助理啊！」四品官噶雪・曲吉尼瑪說話了。

「我同意，如果把一個連自己的鼻涕也擦不淨的小喇嘛扶上寶座，寶座之下的札薩、管家全是只會大口吸鼻煙的廢料！」江樂金・索朗杰布少爺的話，逗得大家一陣哄笑。不過，三大寺立刻提出了不同意見：「根據慣例，該由一位大喇嘛出任攝政王。」

這樣，在場的僧官多數擁護三大寺的主張，而俗官中有二十多人，堅持讓貢培啦做司倫朗頓的助理。於是，春都杰措上出現了三種意見：

1. 支持選出僧官任攝政王

2. 支持貢培啦任司倫朗頓的助理

3. 保持中立。

「請所有的僧官退出會場，集中到堅林宮陽臺。」大卓尼說話了。當所有的僧官回到會場時，大家的意見基本一致了，都主張推舉一名高僧大德擔任攝政王。

「為什麼袞頓突然圓寂？必須查明實情！」突然，一位龍夏的心腹提出新問題。

「袞頓圓寂之事，讓人悶在葫蘆裡，是諸位噶倫的責任！當然，噶倫占東・久美加措遠在察木多不算，但是，其他三位噶倫，根頓曲塔仁波切、赤門巴、朗窮瓦・白瑪多吉都在拉薩，為什麼對佛座

12 藏藥的一種，祛風、解毒、除邪。

圓寂沒有及時查明？」又有人接過了話題。

「傳訊內侍官土登貢培到場。」會議主持人說話了。

土登貢培來了。穿著黑色孝服，英俊清秀的面容上，掛著一層憂鬱的青灰色，一根木頭似的，面無表情地看著大家。

「事到如今，你還如此傲慢！」

「為什麼密而不報佛座病情，致使噶廈一無所知？」

「佛座圓寂升天，我們連一次長壽經也沒來得及誦啊！」

「你為什麼拒絕卸任甘丹法台入內誦經？」

「佛座的圓寂，就是沒有及時念經的後患！」

「罪惡滔天，於法不容！」

終於，土登貢培明白了眼前的情景，解釋道：「當聖佛從玻璃窗看到甘丹法台和噶廈的俗官們前來臥室時，立即示我，『不要讓穿黃緞子的那些人進來，把他們送走！』所以，我沒讓大家進去。聖佛病情惡化時，我曾多次準備彙報噶廈，但聖佛執意不允，怕驚動全體僧俗官員，導致敬獻永駐禮物。至於說沒有給聖佛念祈禱經這一節，請問，過去佈置你們的誦經作業是否全部完成了？」

僧官土登旺秋立即站起來，走到土登貢培的前面，兩手揮舞，抓到了一塊等不及吃的乾犛牛肉似的，叫開了：「根據誦經簿上的安排，我們遵行無誤！」

「你土登貢培態度傲慢，不躬身，不如實招供，難道，你還有後臺不成?!」會議主持人說著，高喊一聲：「押下土登貢培！」

土登貢培前腳出門，後腳僧官丹巴降央站了起來：「貢培無視大會威嚴，建議逮捕整治！」

第二天，第一兵團警衛營營長恰巴公子旺欽玉拉，率領二十五名軍人，遵大會之命，將土登貢培解押會場。接著，恰巴公子對土登貢陪進行了搜身。在貢培的懷裡，搜出了黃緞子包裹的袞頓生前的念珠，還有幾個放在一起的護身符。

「土登貢培，你是否認罪？」審訊開始了。

「我認罪。不過，請看在我侍奉袞頓的忠心上，乞請慈悲，免我一死……」土登貢培說罷，連連磕頭。

「是否免你一死，要看態度如何！」會議主持人硬梆梆地又加了一句，「明天繼續審問，現將土登貢培關進布達拉宮夏欽角監獄！」

「老爺，土登貢培指揮的『富戶軍團』，正在噶廈門前叫嚷……」守門人上前，彙報了會議主持人。

「叫嚷什麼？」主持人不耐煩了。

「說他們是被強迫徵集的，不願再當兵了！」守門人又說。

其實，門外的士兵主要來自拉魯莊園的幾個富裕戶。我早就看見龍夏和他們一起嘀嘀咕咕的。原來，都是為了今天啊。

於是，幾位噶廈成員，還有大會主持人，又來到了陽臺。

「這是削弱貢培勢力的好機會，可以打擊他的氣焰！」僧官丹巴降央提議。

「同意解散。」意見，立刻取得了一致。

至此，袞頓發展藏軍的宏圖，土登貢培為組建和壯大這支軍隊，付出的精力和財力，就在一夜之間，散了。

把土登貢培關進夏欽角的同時，父親扎西也被關進了朗子夏監獄，還沒收了他們在尼木故居的雅嘎私人莊園，沒收了十三世達賴喇嘛送給土登貢培的「頗章莎巴」等。所有土登貢培的的親戚，連馬廄清掃員熱杰，也被關進了牢房。

民衆大會上，在一般僧俗官員中，能說到點子上的還屬僧官丹巴降央。說起來，他在奉命維修布達拉宮東側圍牆時，多次怠工，被貢培啦免掉了孜恰職務，沒收財產，所以，在貢培的問題上，他和龍夏匯合，堅決主張從嚴，使民衆大會最終做出裁決：「土登貢陪隱瞞達賴喇嘛病情，私獻邪藥，流放工布的則崗宗！」而御醫强巴，被流放加查宗，乃瓊護法羅桑索南交與哲蚌寺洛賽林扎倉看管。土登貢培的父親扎西，解押尼木宗監禁。

當土登貢培從夏欽角監獄押出來，沿著帕廓街，上了曲德林北路踏上流放之路時，貢培的父親扎西，也被從朗子夏監獄押出，沿曲德林向南的驛道蹣跚而來，父親停下了腳步，盯著兒子，大滴的淚水，沿著乾樹皮似的臉頰滴落：

「兒啊——」

「爸啦！」

「不許說話！」兩邊的看守同時發出了警告。

土登貢培僵直地站著，看守不由分說，狠狠地踹了他一腳，於是，他又向前挪去。

和別的孩子不一樣

朗頓·貢噶旺秋的助手候選人，被打得一敗塗地，連影子都沒啦。於是，民眾大會又推出三個候選人，當然都是僧官：熱振呼圖克圖、甘丹赤巴、普覺仁波切。

還是要抽籤。由司倫、噶倫、基巧堪布[13]、仲譯欽莫、孜本以及會議代表等參加。在布達拉宮的帕魯廓秀真[14]跟前，由甘丹赤蘇·江巴曲扎首先祈禱祝願，求靈驗之後，剛足二十三歲的熱振仁波切中籤。

熱振出生於一個靠修鞋和縫紉維持生計的平民家庭。阿媽啦患有嚴重的甲狀腺腫大，爸啦也是帶著老也治不好的眼病，不敢輕易出遠門。三個姐姐都是傭人。自從熱振入母胎後，阿媽啦常在夜裏叨嘮：「怪了，老有一團火鳥在院子裏飛來飛去！」

「我怎麼沒看見？」爸啦揉了揉眼睛，「是看花了眼吧？」

13 達賴喇嘛的近侍，三品僧官。為八世達賴喇嘛強白嘉措時代所設。

14 帕帕，聖者之意，魯廓秀真，是梵語；帕帕魯廓秀真，為松贊干布以來歷代達賴佛喇嘛的本尊佛。即觀音菩薩。供奉在布達拉宮最重要的佛殿帕帕拉康裡。

「你瞎麼胡眼地懂個啥?!」阿媽啦沒好氣了。

「哎，老婆子，是有一團火光啊！」爸啦突然喊了起來。

不僅一團鳥形的火光，在那貧寒的院子裏迂迴閃爍，熱振降生的時刻，阿媽啦還看到了屋頂上蹲著一個女人，便大喊起來：「有什麼好看的，我生小孩和所有的女人一樣！」

「而你的孩子和別的孩子是不一樣的。」房頂上傳來了暖如陽光的回聲。

緊接著，一場大雪紛紛揚揚，覆蓋了整個屋頂。早晨起來，爸啦又揉了揉眼睛，猛然看見積雪裡，儘是長角行書！

「可惜，我老眼昏花。」爸啦歎息一聲，轉身一路小跑，請來了附近寺院的僧人。還是太晚了，兩人進院子時，雪已融化，屋頂上只留了一個「熱」字。

說起來，前世熱振圓寂後，袞頓曉諭：「熱振轉世必在達布，近處有一座雄獅般的岩石，一條向右流淌的小溪，房舍門前生長著翠竹……」於是，熱振拉章派出達珠仁波切一行，在洛嘎一帶尋訪，然而，袞頓警示：「即使有人聲稱，『我是熱振的化身』，並投入懷抱，也斷不可認定！」

當尋訪人來到達布的熱麥村，遠遠地，一個童子正在岩石上釘木樁，並高聲地說：「我要用它拴我的坐騎！」尋訪人向童子走去。而那童子立刻迎了上來，張開兩隻小手，投入了前世熱振的索本（司膳）懷中，撫摸著前世留下的刀，說：「這是我的刀！」

尋訪人沒有忘記袞頓的告誡，於是，立刻請示袞頓。袞頓沉默著。過了一年有餘，方賜佳言：「吾之卜算，神明諭示，生於達布的熱麥童子為熱振靈童無誤。」

靈童迎至拉薩，前去朝拜袞頓時，袞頓大聲質問：「你說過不再轉世降生，這是為什麼？不得已嗎？」

幼小的熱振，笑容頓時全無，凝重地看著袞頓，點了點頭，對證了前世的遺言。

袞頓圓寂前，曾蒞臨熱振寺，賜熱振仁波切白度母女神卜封冊，並囑咐：「此卦冊是今後觀察取捨善惡之明鑑。」

袞頓並同熱振仁波切一起在柏林中散步，那些柏樹，少說也有近千年的樹齡，是仲敦巴大師圓寂後的靈樹，鬱鬱蔥蔥，芬芳彌漫。

「小時候，我常感到住在布達拉宮視野開闊、舒適，年紀大了，又覺得羅布林卡更好；今後，是不是你也夏季住在羅布林卡，冬季住在布達拉宮？」袞頓說著，站在一株柏樹前，端詳起來，做了標記：「我圓寂後，就用它處理我的遺體吧！」

後來，熱振拉章的老隨員常說：「我家的仁波切很可能榮任達賴喇嘛的貼身侍讀呀！」

「說不定，會升任攝政王呢！」還有一些老喇嘛這樣議論。

然而，扎薩．江陽格列聽說後，立即致函修行中的熱振：「聽說，您可能被選為攝政的候選人，我深感震驚，您歷來不適合出任攝政王。為此，我在這裏念經祈禱，切勿使仁波切您入選。也請您誦經祈禱，祈求免選。」

江陽格列是沒有忘記三世熱振攝政王的悲劇。那是十九世紀中期，因哲蚌寺佈施一事引起騷亂，於是，熱振攝政攜帶噶廈印鑒，潛逃中國，由我的先祖夏札．旺秋杰布接任了攝政。

但噶廈已決定，將熱振仁波切從彭波的熱振寺，迎請首都拉薩，就任攝政王，並由司倫朗頓・貢噶旺秋輔佐。

落下帷幄

一

現在，龍夏又找到了丹巴降央，當然，這一次的話題，不再是土登貢培，而是噶廈的實權派。

「英國為什麼强大？」龍夏自問自答，「和社會制度有關。人家上有女王享受榮譽，下有首相、大臣辦理實務。」

「和我們圖博有什麼關係呢？」丹巴降央丈二和尚摸不著頭腦了。

「聯繫圖博，可以讓達賴喇嘛和攝政王的頭銜不變，甚至給予更高的榮譽，由噶倫和各級大臣掌握實權，不過，要選舉產生，人家英國也是選舉制嘛。」

「我們勢單力薄哪！」丹巴降央感歎起來。

「眼下，最要緊的是建立一個組織，提出興盛圖博的政教大業，誰能不參與?!等每一條溪流都匯入了大海，改變圖博的社會制度，也就水到渠成了。」龍夏笑了，「到時候，您就功不可沒啦。」

丹巴降央似乎相信了龍夏。於是，兩人起草了一份盟約，不過，沒有明說為了改革圖博的社會制度，只是提醒僧俗官員：「……為把圖博的政教事務做好，需團結一致，為此，創建『衆聚樂地』組織。」。

徵求簽名是秘密進行的。龍夏負責說服俗官，自己先簽了名，不僅如此，還讓恰巴公子旺欽玉拉和少爺拉魯·次旺多吉也都簽了名。兩個兒子當然毫無戒心，從記事起，就眼看著龍夏從一個成功走向另一個成功，他們崇拜自己的父親。

再說丹巴降央，可沒有簽名，儘管他負責說服僧官，工作成就顯著，八十多人都簽了名，而俗官中，只有二十幾人簽名。現在，僧官中的簽名人召開了大會，向噶廈提出建議：

1.僧官要與俗官一樣，賜封莊園。

2.四位噶倫中，應兩僧兩俗（當時一僧三俗）。

暢所欲言中，似乎是不知不覺的，大家都把意見集中到了噶倫赤門的身上。有人說他辦事不公，有人說他傲慢，總之，建議兩位攝政王罷免噶倫赤門·諾布旺杰。

那麼，誰是合適的噶倫人選呢？十三世達賴喇嘛時期最醒目的兩個人，土登貢培已消失，只有龍夏了，也只能是龍夏。只是，我這心，七上八下的。儘管龍夏沒有對我清楚地說什麼，但我知道，他想趁熱振初掌大權之時，以丹巴降央，這位熱振的心腹，誘導熱振放棄權力，選擇榮譽。而所謂的選舉，就是鋪出一條捷徑，使龍夏自己一躍而為噶倫，或者比噶倫更高的首相。怕人們過早地發現他的謎底，就沒有在盟約中提到社會改革，僅以「衆聚樂地」、「興盛圖博的政教大業」，誘餌下層衆人，尋求支持。

我能說什麼呢，我說什麼都沒有用，他像一棵長歪的老樹，砍掉了又太可惜。再說，我喜歡他，他從沒有誤解過我。從第一次和他見面起，我就感受到了他對我的瞭解，超過了我自己。許多年，我都在抗拒他的誘惑，沒成想，還是豎起了白旗。現在，我只能為他祈禱。為了積德，又請帕邦卡仁波切，在木汝寺[15]為拉薩僧俗講解《菩提道次第廣論》[16]，共一個月零三天。這些天，我都是和少爺拉魯·次旺多吉住在離木汝寺不算太遠的吉堆巴。

「龍……龍夏老爺……被……被……抓了起來！」丹增和格卓三更半夜地敲起了房門，從沒有口吃過的格卓，居然口吃起來了。

我的身子抖成了一團，剛剛拿起丘巴，又掉到了地上。「夫人閣下，你沒事吧？」少爺撿起來，從我的頭上套過去，幫我穿上了。

「害怕的事，終於發生了。」我歎出一口長氣。

原來，有人把「衆聚樂地」的來龍去脈，捎給了噶倫赤門，赤門立刻躲進了哲蚌寺，同時，又報告了熱振攝政王和司倫朗頓。於是，熱振攝政王請龍夏前去布達拉宮參加重要會議。龍夏到達會議室時，立刻被命脫去官服！龍夏幡然清醒，轉身就跑。

「老爺，手槍在這裡！」僕人羅丹，從布達拉宮後門，迎了上去。

說時遲那時快，門房扭住羅丹，龍夏也束手就擒了。令他脫掉鞋子時，他抓起一個紙團吞了下去，人們立刻搶另一隻鞋子，果然裏面還有一幅詛咒輪，寫著：「鎮壓赤門．諾布旺杰！」

儘管有聰明人看破了龍夏謎底，可也有不少人，始終蒙在鼓裡。現在，「衆聚樂地」的成員，秘密地召開著會議，由僧官公朱拉主持，他氣憤至極：「由於我們為公衆，為圖博的政教大業做事，龍夏老爺不幸被捕，我們要呼籲三大寺幫助！」

於是，「衆聚樂地」組織，安排俗官門日瓦和傑卡朗巴分別到三大寺求援。門日瓦說，「平常我雖是個普通人物，但明天我就是代表，要身著四品官服！」

我也終於冷靜了。於是，讓少爺帶著厚禮，求見噶倫喇嘛根頓曲塔和噶倫朗窮瓦，接著，又讓少爺帶著更加貴重的禮物和哈達拜見司倫朗頓・貢嘎望秋——我兒平措繞杰同父異母的兄弟。

像是被冰雹打過的莊稼，少爺無精打采地回來了：「他們都對我很冷淡，尤其朗頓，我向他下跪，請求幫助釋放父親，可他板著面孔，毫無表示。」

傍晚，恰巴公子旺欽玉拉來了，繞過我的房間，直接進了少爺臥室。

「上午『衆聚樂地』會議決定：武力劫獄。大家都認為我們兄弟倆最合適，但是，要帶些信得過，武藝高强的助手！其他人佯裝進攻夏欽角的正門，混亂中，我們從後面的廁所矮牆翻入獄內，救出父親。」恰巴公子停了一會兒，又說，「我是布達拉宮衛兵隊長，可以命令衛兵不准開槍，如果他們不聽，我們就硬拚！」

「我非常同意！」少爺拉魯・次旺多吉站了起來。

兩個人準備好了槍支、彈藥，並挑選了兩名年輕力壯的僕人。臨行前，少爺像往常一樣，到我的房間告別：「夫人閣下，我和大哥出去開會……」

15 始建於五世達賴喇嘛時期，在帕廓街附近。
16 宗喀巴大師的重要著作之一，為格魯教派修行人必讀之經典。

「是開會嗎？」不等他說完，我就接過了話，孰不知，傭人早就把他們的對話通報了我。

「是的。」少爺乾巴巴地答道，恰巴公子站在後面默不出聲。

「去開會，為什麼帶傭人？又為什麼帶槍？少爺，你千萬去不得！」我的聲音提高了。

不得已，少爺說了實話。

「這不是送死嗎？」我擋在了門前。

「請你小聲點！」少爺發了脾氣，「今天，我非去不可，為救出父親，別人都不顧性命，作為兒子，我怎麼能不去？我們有把握救出父親！」

「相互開槍的話，只能送死，」我懇求他，「最好請求赦免，只要我們不怕花錢，總會有辦法的！」

可是，少爺根本聽不進去，和旺欽玉拉向門口走去。我死死地拽住了少爺的手腕，同時，轉身看著恰巴公子：「你這樣做，不僅害了自己，也會連累拉雲卓瑪和孩子們，還是回家吧！」

恰巴公子一個人走了，見了當天準備劫獄的人們，說明了少爺出不來的原因和我的態度。

「我決心為劫獄獻出生命的，可是，你們當兒子的這麼膽小，我這樣付出太不值了！」準備佯裝攻打前門的僧人蝦蟆說話了。

「兒子都不去救父親，別人會去嗎？」其他人也埋怨起來。

也許是我阻攔少爺的聲音過高，第二天，夏欽角後面的矮牆不僅修築了工事，還設了衛兵。最重要的是幾個打頭陣的「衆聚樂地」成員都被捕了，還有，恰巴公子旺欽玉拉和少爺拉魯．次旺多吉也被捕了，被監禁在布達拉宮德陽夏北面的一間牢房裡，除了上廁所，整天都有看守跟著。

我找到了帕幫卡仁波切和熱振的至交色拉寺吉札倉堪布[17]土登伊年。

「放心，就是不能釋放龍夏，至少也會釋放少爺！」帕幫卡仁波切安慰著我，「明天一早，我就登門向噶倫赤門求情。」

「幾位噶倫都表了態，說是很快就會釋放拉魯色和恰巴色兄弟兩人，熱振攝政王的態度也與幾位噶倫無異。我特別見到了他。放心吧，夫人。」吉札倉堪布土登伊年很是信心十足呢。

傭人堆孜日布每天給少爺送飯，有機會進入監獄，於是，也把信兒捎給了少爺。那天，堆孜日回來說，「我一直等在少爺經常去的廁所裡，到底看到了少爺。」

「告訴他沒有？」

「您交給我的話，我一個字也沒漏。」

「少爺怎麼說？」

「他說，他本打算從兩層樓高的監獄窗子裏跳出，滾下山。前些天，他還要我帶去一根繩子，他說，拴在窗子上，便可逃走。但是，夫人閣下您捎去的話，使少爺打消了越獄的想法。不過，他最後說，如果帕幫卡仁波切說情不成，就讓我帶去一根繩子。」

「他說沒說都誰在審訊他？」

17 西藏寺院有學校、學府的性質。而札倉，類似現今大學裏的學院。在色拉寺，有三個札倉：吉、麥和阿巴。每個札倉的主管，藏語稱堪布。

「審訊他的有四個監察官，堪窮丹巴降央、軍隊司令朗噶．旺秋塔、秘書長欽熱旺秋、孜本魯康娃。其中，朗噶．旺秋塔和魯康娃審問較嚴，還有丹巴降央，雖然他平常健談，但是，因為這件事與他有牽連，他一語不發。欽熱旺秋是個善良人，什麼都不說，少爺說，到他家去求情，不會沒有用。」

「丹巴降央在審訊組裡？」我在心裏喊著，卻沒有出聲。那以後，我和侄女拉雲卓瑪一起，各處求情，送了不少的厚禮。但是，結果公開時，我暈了過去。

二

清清楚楚記得，水牛年（一九一三年），也就是袞頓從大吉嶺回來的第二年，圖博廢除了挖眼這一刑罰！曾經，擦絨．達桑占堆，因為砍斷了兩個違反軍紀的士兵各一條腿，而失去了袞頓的寵愛，現在，圖博的當權者，居然公開地殘害生命了！袞頓啊，您的轉世在哪裡？

三

「我是僧人，挖眼的事，有悖於我的比丘戒，交給司倫朗頓處理吧。」攝政王熱振說。然而，朗頓．貢嘎旺秋怎能不簽字？那張紙，在他的手裡，不過是債單，他不同意，債主是不會答的。

少爺拉魯．次旺多吉和恰巴公子旺欽玉拉兄弟二人，判處砍斷各一隻手臂，但因帕幫卡仁波切的說情，從輕發落，每人交納黃金百兩。恰巴公子旺欽玉拉，交由夏札家族管束，保證今後遵紀守法，免去官職。龍夏家族永遠不許為官。

凡與龍夏事件關連的人，都受到了或大或小的懲罰。比如，在盟約上簽名的人員，均由譯倉[18]提審，堪窮級別的，罰黃金四兩，五品級別的，罰黃金二兩，一般級別的，罰黃金一兩。有的人，還被流放到了荒野之地。

四

遠在波密的侄兒夏札·索朗旺秋，早在水雞年（一九三三年），就接到了袞頓的桑札：「任你為甘丹秋季法會的管理人，速來拉薩。關於波密，可囑一幹練人代理。」

夏札·索朗旺秋立即啓程。途中接到袞頓圓寂的噩耗，突然昏倒，從此染上昏厥病。經南路到達工布的德吉康薩時，又收到噶廈的快馬信差公文：

「攝政王熱振呼圖克圖和司倫朗頓·貢嘎旺秋二位指示：三品官噶倫阿沛·達真平措病逝，需速返，代其職務。」

夏札·索朗旺秋賞快馬信差哈達，並接受隨從們的祝賀。房東德康·阿達達瓦也向索朗旺秋祝賀，不僅獻了哈達，還贈送了一個精製古磁高腳藍花茶碗，配有黃銅茶托，內裝滿滿的人參果。然

18 成立於第十三繞迴的水猴年（一七五二年）七世達賴喇嘛時期。總管各級僧官和堪布、執事的任免等等。遇重大事件，受噶廈委託，同孜本一起負責調查，呈報噶廈批准。

而，這一切吉祥的祝願，並沒有減輕侄兒索朗旺秋的病情。直到木狗年（一九三四年）三月才抵達拉薩。噶倫赤門巴立即派人送來朋友之間的木簡信札：

「時局混亂，敝人時時警覺，以避生命之虞。望君珍重貴體，不可疏忽為盼。」

夏札・索朗旺秋惴惴不安。龍夏出事，他本應高興，家裏的糾紛，也許隨之大事化小，還有望小事化了。然而，剜去龍夏的雙眼，致使夏札・索朗旺秋病情加重，他說：「如此處置，違反嘉瓦仁波切的心願哪！」

不久，與世長辭。他的太太央金拉姆，於是到高僧大德前求法，口誦經懺，磕長頭數十萬，並在拉薩塑建了一人多高的強巴佛和空行母銅像各一尊，又在色拉寺麥扎倉工布康村的夏爾巴大師尊前，得到《甘珠爾》經傳承。

五

再說恰巴公子旺欽玉拉出獄後，獨出心裁地剪掉了長髮，梳起了分頭，就像當年榮赫鵬手下的英國軍人，不僅如此，他的兩個傭人嘎瑪和多布杰，也被唆使，梳起了分頭。這在拉薩，等於爆破了一枚炸彈，惹得大街小巷議論紛紛。夏札家的司庫自然也不能沉默，向布達拉宮夏欽角龍夏事件審判庭呈交了報告：

「恰巴公子老爺，不但自己剪了辮子，還讓兩位傭人也改留了外國式分頭。今後，公子老爺能否遵紀守法，小人實在無法保證。敬請追究責任。」

審判廳立刻傳令恰巴公子旺欽玉拉，並宣判：恰巴公子因不滿判決，行為乖謬，發往夏札家族工布地區的俄絨谿卡，以示懲處。其兩位傭人施以鞭刑，恰巴公子的三個子女，按照應得的份額，保留三名男女傭人和三百克糧食，搬出另過，不得留於夏札家中。

第十一章 黑色十七年（二）

第三次婚姻

要不是出家的邦達倉之子尼瑪的到來，我甚至沒有注意到少爺已經長大成人了。是啊，時間就在這些幸福與不幸，顯赫與卑微的隙縫中溜走了，如今，少爺拉魯·次旺多吉二十一歲了。

他鼻樑高挺，眉毛深重而寬闊，只是，又黑又大的眼睛裡，蒙著一層迷茫，像是透明的窗子，多了一層飄浮不定的薄簾。也許，過剩的精子，正在灼燒著他，無可奈何地尋找著出口，也許，龍夏的遭遇，使他對這個苦辣酸甜的世界產生了疑慮。不過，這些都不算毛病，最大的毛病，是他不得不裸著又粗又長的辮子，頭頂上沒有了象徵著噶廈官員的帕角。此刻，他穿著家常淺褐色緞子丘巴，坐在我的對面。當然，他也不是總這樣沒事可幹。前段時間，為了免去被砍手的懲罰，還專門到帕幫卡仁波切那裡，表示了感謝。

「這是我們修行人應做的事，你還年輕，目前又沒有什麼事，多讀些書，尤其多讀些歷史、傳記，將來，會知道什麼事該做，什麼事不該做。」帕幫卡仁波切囑咐著。還指點少爺繼續修福懺罪，向釋迦牟尼佛磕頭十萬次，供淨水十萬盞，塑泥佛十萬尊。

可是，尼瑪的突然出現，幾乎打亂了少爺的修習。

「尼瑪是專為他的私事而來。」我看著少爺，先開口了。

「私事？他已經出家了，還有什麼私事？」少爺張著嘴巴。

「就因為出家了，和從前的小妾扎西央宗再住在一起，有些不便。他說，『我一個出家人和一個婦道人家在一起，不合適。再說，她還年輕，不能就這樣下去，在這件事情上，還得請您幫忙』。」

少爺低下了頭，尋思好一會兒：「尼瑪雖未說明讓我入贅，但是，話中有這個意思。」

我盯著少爺，光明逐開了他眼裏的迷茫。

「我，可以與她結婚。今後，得到一官半職已經很難了，倒不如從商謀生。一來，邦達倉的資本殷實，能給我帶來一份財產；二來，有機會去印度，說不定可以為父親報仇！」他直視著我。

「你不能離開這裡！」我迎著他雪亮的目光。

霧幔又遮住了少爺的眼睛。此刻，雖然睜著，已與瞎子無別：「主不主，僕不僕地待在這裡，還不如出去經商。」

「你是十三世達賴喇嘛派到這裏的，我和管家，還有上下傭人們，都把拉魯宮的希望寄託在了你的身上，你必須重新獲得官職！一切挫折，都是暫時的。」說到這裡，我停了下來，喘出一口長氣：

「打消離開拉魯宮的念頭吧，你已成人，我倆暫時結婚。我們的年齡差別太大，今後，你還可以納妾。」

少爺的眼裏放出了光芒，温暖地洗漱著我：「入贅到別人家，的確，不是什麼上策。」

「我們的婚姻也不必太操辦，讓大家都知道就行了……」我的聲音越來越輕了。

乘願歸來

像迎接十三世達賴喇嘛從印度歸來一樣，不，比那一天還隆重，我早早地翻出所有的好衣服，一件又一件地試穿起來。從前，爸啦在大吉嶺為我買下的深紅色的緞子丘巴，穿不進去了，我胖了。還有其他的衣服，也都不能穿了。最後，我選了一件新近買來的黑色文久和灰色的丘巴，還好，正合身。我又把伯珠、艾廓、嘎烏，還有上等的鑽石耳環，鑽石戒指，白金鑲嵌的綠松石手鐲，都戴在了身上，我喜歡古典地打扮自己，儘管現在有些年輕人已經不再戴伯珠、艾廓了，可是，我不行。不戴那些東西，就像沒有洗臉梳頭一樣，總覺得對不起別人。我站在鏡子前，前後左右地看著自己。這是女人的天性，不管多大年齡，都喜歡打扮，或者說，是一個女人，還沒有完全對生活絕望的徵兆吧？

我老了，原來，嘴角兩邊若隱若現的弧形，如今，像刀割一樣的清晰，眼角下垂，眼袋鼓脹著。不僅如此，那又粗又黑的長辮子，如今，又乾又細，還出現了稀稀落落的白髮，尤其是兩鬢之間，簡直一片銀色呢。

「飽經風霜，也是美，就像那些老樹。」格卓出現了。

「如果少爺也像你這麼想，就好了。」我在嗓子眼裏咕嚕著。

格卓沒再吱聲，也許壓根就沒聽清。

鮮豔的人流，不約而同地向著北方的林廓路匯集。因為，我們的袞頓、法王十四世達賴喇嘛，今天將從安多，穿越廣袤的藏北高原，經澎波、吉雪、日加桑旦、崗堆古唐進入拉薩！聽說，熱振攝政王親自去了當雄的烏瑪札西唐恭迎，還請十四世達賴喇嘛到了熱振寺歇息。

拉魯廓巴、八朗雪巴、雪巴、拉薩哇，還有剛剛趕來朝聖的康巴、阿布霍，都來了！所有博巴的臉上，都笑成了花兒，有牽牛花、格桑花、繡球花……拉薩的春天啊，一夜之間，悄然而至。這是木兔年（一九三九年），噶廈全體僧俗官員、三大寺喇嘛、各大小寺院的僧人、博軍所有的兵營，都列隊迎接。百姓，如我一樣，捧著阿細哈達，有的手持燃香，還有的既捧著哈達也持燃香，躬身等在路旁。

四歲的十四世達賴喇嘛——我們的袞頓，由格烏昌仁波切[1]陪同，進來了！黃色的八抬大轎裡，那神聖的窗子，現出了袞頓紅潤的雙頰。每當凝視著他的子民時，就在笑，是調皮地笑呢！

首先進入了祖拉康，對著覺仁波切，袞頓磕了三個長頭，獻上哈達，又按正時針，繞過三圈後，再次起程，向羅布林卡緩慢而行，直接進入了格桑頗章。但是，人群並沒有散去，有的誦經祈禱，有的還唱起了歌，甚至跳起了踢踏舞。

第二年，也就是鐵龍年（一九四〇年），經過小心翼翼的占卜，噶廈政府選擇了元月十四日，作為十四世達賴喇嘛的坐床日。電報也一併拍往英國、中國、尼泊爾、不丹、印度、錫金等諸多國家。

典禮是在布達拉宮的思西平措大殿舉行的。巨型的大供食，擺在中間，十四世達賴喇嘛坐在正中，由五個無畏大獅子伏馱的黃金法座上。印度、尼泊爾、不丹、中國，以及錫金等國的代表，一色地站在法座的左邊，而熱振攝政王和各位高僧大德站在法座的右邊。

朗杰札倉的松桑巴、仁欽巴，首先向達賴喇嘛緩緩走去，敬獻了達吉、則吉、拉堆；接著，熱振攝政王站在達賴喇嘛法座前，恭敬地講解了曼札；後來，噶廈政府也向達賴喇嘛敬獻了各種禮物。參加典禮的官員們，也都按照官職的不同，向達賴喇嘛敬獻了哈達。哲布林還向達賴喇嘛敬獻了曲珍那杰，說了許多許多的吉祥話。雪列空，也專門為這盛大的坐床典禮，敬獻了豐厚的貢品。全體僧俗官員，都在寶座前面向十四世達賴喇嘛叩拜祝福。後來，人們一邊享用茶點，一邊還觀看了兩場覺木隆戲班子的演出。

各位外國代表，也都帶來了豐厚的禮物。中國代表吳忠信的賀禮更周到一些。比如，給達賴喇嘛的禮物有綢緞、茶葉、兩幅銀白色鏡框，寫著對達賴喇嘛的頌詞；給攝政王禮物有：一枚金質重九錢的紀念章、一套銀質餐具、綢緞、地毯、銀器、茶葉，還給朗頓司倫和達賴喇嘛的父親也送了厚禮。

誰會想到，噶廈安排吳忠信借住色新家的別墅時，色新的阿媽，居然通過吳忠信，向噶廈政府請求，以後，凡是外國官員，都不要再借用她家的房子。噶廈礙於禮貌，同意了，並給了色新阿媽啦一

1 負責尋訪和認定十四世達賴喇嘛的色拉寺吉扎倉堪布。

張加蓋了印章的字據，瞧，天下還有這樣的事！

再進噶廈

構成萬物的微妙的原子，不會因為肉眼看不見，就不存在。如同風，無形，無影，卻可以感受。命運，也如此。

現在，我的親戚多央來到了拉魯莊園。她本是德格台吉的二房，自從丈夫去逝，與大太太的兒子格桑晉美，各揣起了心腹事。也就是說，都想得到德格台吉留下的房產。於是，兩人都向噶廈呈交了訴狀。可多央萬沒想到，陷入了進退兩難的漩渦，所以，一心想聽聽我的主意。

「自從打起這個官司，沒想到，認識了赤門巴。」多央眼巴巴地看著我。

「是好事呀。他是當今有權有勢的噶倫，如果肯幫忙……」

「又怎樣？」不等我說完，多央就接過了話，「不怕您笑話，他暗示我做他的小妾！可他已經是六十多歲的老人了。」

「不同意的話，這個官司肯定打不贏。」我的心猛烈地跳了起來，因為，噶倫赤門，是少爺做官的最大攔路石。龍夏事件，與他深不可測。也可以說，正是因為他，龍夏犯上了牢獄之災，還被挖去了雙眼。但是，在多央面前，我沒有太多的表情。「喝茶呀，依我看，是件好事。」

多央端起了茶，不再吱聲了。

「年齡嘛，不重要，我和少爺，也相差三十幾歲呢。」我推心置腹起來。

多央放下酥油茶，臉紅了。看來，她對噶倫赤門，也不是一點意思也沒有。

「應該抓住這個機會。下次找他，打扮得漂亮些。」我出著主意。

多央的頭低得更深了。

「至於費用方面，我幫你。」說著，我回身進了臥室，取出一對鏤花銀子手鐲，中間鑲嵌著紋路清晰的深色綠松石，「我先派三位傭人服侍你每天的穿戴，如何？」

多央來得正是時候。昨天晚上，大管家索朗多吉還跟我叨嘮著，說是拉魯府的家務會上，大家一致要求設法為少爺謀求官位。拉魯府是兩世達賴喇嘛的父家莊園，不能這樣無聲無息地衰落。

「這，正合我意。不過，暫且忍耐。你不是不知道，只要做官，就得向噶廈申請，而噶倫赤門，是我們目前還無法逾越的障礙。」我當時對大管家索朗多吉這樣說的。

再說多央，完全把我當成了親人。常常來往。那是八月份一個下雨的午後，多央終於在這間日光室裡，提到了我期待太久的話題：「儘管有龍夏事件，可赤門巴很是敬重您，他對我說，『你和拉魯家的關係這麼密切，我很高興，拉魯夫人善良慷慨，心腸像度母一樣，以後有機會，可以請夫人到家裏做客。』」

「有機會，我倒願意在拉魯宮好好地款待噶倫赤門老爺。」

「他會高興的！他還說，有什麼事，他能辦到的，請您儘管說。」

「如果可能，我倒想為少爺求個官職，一來，是拉魯府上下的願望，二來，他現在已成了我的丈夫，我不得不為他著想。」

「這個……」多央吞吞吐吐起來，雙眉聚攏著，往常的笑容也沒有了，「這個……赤門巴還真的提到了，他說，只要不是求官職的事，拉魯的什麼忙都可以幫。因為這件事情上，當初政府有個規定：龍夏的後代今後一律不准擔任官職。」

「拉魯能謀求官職的也只有少爺一個人，所以，懇請你在噶倫老爺面前多說些好話。」我的聲音越來越低了，差不多只剩下了耳語。

「好吧，我只有對他軟磨硬纏了。」多央說著，站了起來，一手提起緞子丘巴的一角，赴湯蹈火似的，向門口走去。

不久，多央透出了新消息：「赤門巴說了，拉魯府沒有一個做官的人確實不行，但是，龍夏的後代政府明令不准做官。只有另想辦法了。」說到這裡，多央向兩邊看了看，等傭人都出去了，才接著說，「如果能證明少爺不是龍夏的後代，另有生父的文書和請求官職的報告，或許……有希望。」

為了給少爺尋找生父，拉魯府上下再次召開家務會。一開始，就難住了所有的人。因為在拉薩，幾乎盡人皆知，那年，就是怕生出藍眼睛黃頭髮的孩子，龍夏和太太才回到圖博，在大吉嶺，生下了少爺。

後來，我如實地把大家的憂慮轉告了多央。

多央又轉告了赤門巴。

「赤門巴說了，即使有人提及大吉嶺，我也有話對付他們：『知其子之生父此其母也，知其子之生母乃眾人也。』所以，應當讓他母親承認誰是真正的生父。」多央旋風般地傳來了赤門巴的主意。
為了定奪少爺的生身之父，拉魯府上下又召開了家務會。同時，少爺也回到了龍夏的宅子德吉夏，和母親也商量了此事。
「儘管這類事情很難堪，不過，只要對我兒你的前途有益，讓我做什麼都不後悔。」這是少爺捎回來的話。

司倫朗頓卸任

熱振攝政王比誰都清楚，那個居住在彭波森格崗的喇嘛，有著明鏡圓光的占卜術。自然地，在這幾乎性命攸關的時候，熱振攝政王想到了他。
這是鐵龍年（一九四〇）最後一個月份太陽初升的時刻。彭波森格崗的喇嘛，坐在熱振拉章與攝政王臥室連在一起的小佛堂裡，撿起三個方形的白骨，對著天空投擲三次後，說話了：「您繼續留任的話，對達賴喇嘛的身體不利，還會導致達賴喇嘛不能長壽。並且，容我直言——」
「請講。」攝政王睜著大大的黑眼睛。
「也對攝政王您本人不利。」
「怎麼講？」
「會……會……」

「請直言！」

「會危及您尊貴的生命。」

「只有退隱了？」

「辭職靜修的話，可消除災禍。」

攝政王轉向窗外，可是，窗子是關著的，窗上現出一層冰花。他眯起了睛睛。長久以來的各種預兆，還有夢中的異象，都和森格崗喇嘛的預言有關。

說起來，拉薩的大街小巷，早就在議論攝政王的破戒了，甚至有鼻子有眼睛地貼出了佈告，宣稱攝政王與弟媳次央，已生有一子！別的不說，熱振攝政王擔任達賴喇嘛經師的資格，正在被質疑。

當然，這並不奇怪。熱振在執政中確實惹惱了一些人。遠的不說，司倫朗頓·貢噶望秋就是一例。儘管朗頓·貢噶望秋長得端端正正，可在熱振眼裡，鼻子眼睛嘴巴，都是歪的，越看越彆扭。為什麼輪到我這兒，就一定要兩個人共同執政？歷史上，也沒有這個先例呀！到了土虎年（一九三八年），熱振終於按奈不住地向噶廈提交了辭呈：

「吾年紀較輕，又無實際經驗，無力勝任教政兩務之重擔。再者，屬下多不從吾使喚，願辭去攝政一職……」

噶廈自然挽留，並召開了全體僧俗官員大會，向熱振表示了「忠誠勤奮供職」的決心。司倫朗頓還陪著笑臉，特別地和諸位噶倫、基巧堪布、仲孜、三大寺堪布聯名保證：絕對服從熱振攝政王！

然而，第二年的土兔年（一九三九年），當噶廈收到格烏昌仁波切的來電時，熱振攝政又一次提出了辭職。於是，三大寺堪布，一齊向熱振稟奏：「請我王賜教，在您執掌教政大業時，到底出了什麼障礙？」

「俗話說，一教無二佛……」熱振故意咽下了後話。

大家立即跪拜，再三乞求言明。

「以往攝政王均無助手，唯我一身二任，這樣下去，我委實擔心……尋訪達賴喇嘛之轉世受到影響。」熱振歎出了一口氣。

「尋訪靈童，關係圖博未來，請我王放心，任何人妄想做梗！」

「關於朗頓一事，這就開會解決！」

大家爭相勸慰後，一齊退下了。說做就做，傍晚，在祖拉康的門庭樓上，召開了僧俗官員大會。色拉寺麥扎倉葉巴康村的堆巴堪布[2]首先說話了：「司倫朗頓巴本是助手，反而給攝政工作製造障礙，不撤銷，對不起達賴喇嘛！」

「同意立即撤銷司倫朗頓的職務。」色拉寺的其他堪布也發了言。

接著，哲蚌寺和甘丹寺的堪布們，羅列了各種罪名，證實司倫朗頓如何不尊重攝政王，並要求懲辦。不過，還是有人說了實話：「司倫朗頓，其實沒有可以抓住的毛病，如何讓他辭去司倫一職？並且，他是十三世達賴喇嘛的親侄兒！」

2 每個大寺院，即高等學府的扎倉，都由許多個康村組成。每個康村，也都有自己的主管，藏語也稱堪布，但比扎倉的堪布，在地位上要小。

商量來商量去，最後，大家一致同意給予朗頓「卸任司倫」之名，維持原有薪俸。我的丈夫拉魯・次旺多吉，被噶廈指令，前往朗頓官邸預先通知。

當年，也是在那間高宅裡，我的丈夫跪在朗頓跟前，請求赦免龍夏，可是，朗頓連看也沒有看他一眼。而現在，他熱切地看著我的丈夫，千言萬語擠在微微抖動的嘴角。好在各位噶倫適時抵達，出示了帶有四方印章的會議議定書，明示朗頓，停止前去攝政處辦公。至此，任何語言，都多餘了。

釋放龍夏

「不上班，就不知道當日的情況。」再進噶廈，丈夫變了另一個人，他知道，不僅拉魯的前景，還有龍夏的生命，都繫在他的一言一行裡呢。

四位噶倫中，常有缺勤者。第二天，丈夫總是主動滙報頭天發生的事情。當別的噶倫遇到一時想不起來或不明確的問題時，他也能站起來恭敬而有條不紊地回稟。天長日久，得到了四位噶倫的共同賞識。

時機漸漸地成熟了，丈夫向噶廈寫了請求信：

「我父龍夏因龍夏事件，被判無期徒刑，時下年事已高，又無視覺，加上長期的地牢生活，病魔纏身，懇請准許回家調養。」

「你提出的申請我們可以考慮，但不可操之過急。」幾位噶倫口徑一致。

「這是有意拖延，要再次提出請求。」我提醒丈夫。

他照辦了。噶倫朗穹瓦終於説話了：「你平時在噶廈盡職盡責，我理應幫助你，但是，釋放你父親，必然引起連鎖反應，請耐心等待。」

丈夫進言：「我父身體虛弱，加上雙眼均無，難保失之毫釐，謬之千里。」

噶倫朗穹瓦沉思片刻：「既然如此，再苦求其他幾位噶倫，我一定盡力幫忙。」

一年後，丈夫接到了噶廈指令：

「關於申請釋放令尊之事，眼下難以立刻赦免，但是，牢中寒冷，定會影響身子，可暫時安置在牢房的頂屋，以示減輕刑罰。」

自從龍夏入獄，衣食等日常所需，主要由龍夏家負責，拉魯這邊每天派傭人送食兩次。一日，龍夏通過送飯人轉告：「為了我獲釋，你們費了不少工夫，而我得到的只是從下面搬到上面，僅此而已，今後不要再費心機，況且，我毫無視覺，上面和下面完全一樣。」

我們又和丈夫商量，讓他再次上呈噶廈：「從地牢搬住牢房頂屋，我等感恩不盡，但仍屬鐵窗，有礙病體康復。父親年邁體弱，為了便於侍候，懇請恢復自由。」

土虎年（一九三八年）的一天，幾位噶倫指示：「令尊轉移牢房頂屋，實有欠妥之處，可以考慮赦免。」

「即然噶廈有了活口，也許直接找熱振攝政王更管用。」我再次提醒丈夫。

「聰明啊，沒有你，我這身硬骨，也會散架子的。」丈夫直點頭。

果然，熱振聞風而動。他熱情地接待了我的丈夫：「開始，我不知龍夏事件原委，後來，審閱噶廈報告時，司倫朗頓和赤門等幾位噶倫，多次要求逮捕龍夏。我初出茅廬，缺乏經驗，並且孤單一人，不由自主地同意了。我當時被他們團團包圍，連個口信也無法捎出呀。審閱判決意見時，看到挖眼的條目，我當即提出，『我乃活佛，不能傷及衆生肢體』本想以此為藉口推翻原決定，但朗頓說，『作為出家人，攝政王您當然難以斷行，可由我簽批。』至此，我已毫無辦法。現在，既然有赦免報告，或修改，或補充，你儘管提。可惜龍夏雙眼皆失，不然，還可以恢復名譽。」

我和龍夏，像陌生人一樣，在日光室相視而坐。他已看不見了我，而我看見的，也不是當年那個笛聲纏綿，意氣風發的人了。他的嘴角不停地蠕動著。在監獄裡，他已念了一億遍真言。傳說，真言誦過億遍，可長出新牙，我讓他張嘴，的確是真的。

晚上，我們曾躺在一張床上。這張床，說起來，承載過我們波濤起伏，如膠似漆的歲月，如今，它又承載著一片苦滲滲的寂靜。

「不要太醒目。樹大招風。做個平常人，默默無聞，最好。」他後來告誡兒子。那顆狂野的心，被馴服了。

「德吉夏那邊更適合我。」龍夏後來提了出來。德吉夏，就是布達拉宮下面龍夏自己的家。其實，也沒有什麼人了，龍夏太太已再婚。

一九四〇年，龍夏在自己的家裏去世了，那一年，剛好五十九歲。

吵翻了天的「春都杰措」

與仲敦巴大師時代相比，熱振寺已是天上人間了。尤其熱振仁波切執政後，又修繕一新，使別墅之上隆起的砸花金銅圓頂，輝映著華麗的光芒。竣工時，拉薩的各大貴族，都喜洋洋地前來熱振寺祝賀。

說起來，這是土兔年（一九三九年）的事，我和丈夫自然也去了，一待就是十幾天。那時，家家都搭起了帳篷。我們的帳篷，建在面朝熱振寺的平壩子上，白底藍花，還帶著一個透明的小窗子呢。早晨，當遠處牧羊人的笛聲，絲絲縷縷地響起的時候，小窗子裡，便出現了忙碌的戲班子，面具啊，彩衣啊，皮鼓呀，都拿了出來。

不僅彭波戲團，覺木隆戲團，還有其他十個戲團也來了。熱巴、朗瑪、歌莊、堆協、果協……這些民間舞，輪翻跳著，比賽似的。大家在那時，都對熱振很滿意，因為，熱振找到了我們十三世達賴喇嘛的靈童！

怎麼感謝攝政王呢？

噶廈當然更少不了表達一番心意了。就召開了僧俗官員大會，由卓尼欽莫和孜本主持。專門商討怎樣獎勵尋訪十三世達賴喇嘛靈童的功臣。

「就是給五、六個莊園也報償不了熱振攝政王的功德！」色拉寺麥扎倉葉巴康村的堆巴堪布又首先說話了。上一次，在祖拉康的門庭樓上，召開僧俗官員大會時，就是他首先站起來主張撤銷司倫朗頓職務的。

「噶廈政府應該維修熱振拉章的佛堂。」又有一位僧官說話了。

「我建議，先獻上一兩個莊園，既不損大局，又不致引起爭議。關於維修熱振寺佛堂，自然是應該的，不過，建材和烏拉，應該全國支派，或者從三大寺和僧俗官員中募捐。」魯康哇不知好歹地插了一句。

「難道攝政王是乞丐，還要湊錢供養?!」堆巴堪布站了起來。其實，他這時已得知，熱振將提升他為色拉寺麥扎倉的堪布。

「堆巴堪布老爺忘了，我們早就養成了洛薩[3]期間，由各大寺院和僧俗官員湊錢，為佛座獻『長壽經』的習慣？」大堪仲阿旺接住了話頭。

「我完全同意魯康哇和大堪仲的意見。」台吉[4]瓊讓巴扯著粗嗓門實打實地說開了，「噶廈正是困難時期，可有些人居然『吞山嫌不飽，飲海不解渴』！」

「老爺，您是指熱振攝政王嗎？」堆巴堪布又站了起來，轉向了台吉瓊讓巴，眼睛瞪得溜圓。

「堆巴堪布老爺，實話告訴你，我瓊讓雖然祖輩沒穿過黃袍，而我穿上了，現在，也不指望後輩再穿了！」說著，台吉瓊讓巴站起來，抖抖身上的黃袍，「這句『吞山不嫌飽，飲海不解渴』，究竟是不是指攝政王，大家心裏明白。我像阿古頓巴[5]一樣，無權無勢，誰想剝這身黃袍，就請便吧！」

「其他人都向攝政王道歉了，包括魯康哇和大堪仲阿旺，為什麼你還不道歉？」熱振攝政的心腹，雍乃喇嘛專程到了瓊讓巴家裡。

「加巴索[6]！我沒作過對不起誰的事！」瓊讓的倔強又發酵了。

但是，緊接著瓊讓的清白就被玷污了。說起來，是霍爾三十九族的酋長們，居然聯合向噶廈遞交了一份〈控訴書〉，有鼻子有眼睛地揭發了台吉瓊讓巴出任那曲總管時，對蒙古後裔的「敲詐勒索」。

噶廈立刻組織了審查小組，並指定四位仲孜[7]專門負責。我丈夫拉魯・次旺多吉，這時，恰好擔任噶準[8]的傳達官，早早地得知了消息。

「就是佛陀在這裡，他們也會加上罪名的。」我叨嘮著。

3 新年。

4 爵號。四品官。

5 西藏傳說中的一位聰明機智的人物

6 大便、狗屎。在這裡，為輕視責備對方之意。

7 主要負責記錄達賴喇嘛事蹟，以及日程、行程的官員。

8 主要負責呈報傳達噶廈公文的噶廈官員。

「可我們也是小人物，父親還在監獄，自身都難保……」丈夫越來越現實了。

「至少應該把消息透露瓊讓，也好有個準備。」我堅持著。

丈夫就悄悄地給瓊讓過目了訴狀，再三囑咐：「這狀子有些來頭，不可掉以輕心！」

然而，當仲孜派人提審時，瓊讓還是沒放在心上，也許認為自己清白，無需操心那些閒言碎語吧？誰知道呢，反正他拒絕前往審判廳。孜仲們立刻通知了四位噶倫，噶倫們又立刻呈報了熱振攝政王。

一個雨點劈啪的夜晚，藏軍第二代本中的如本扎拉丹增，率兵包圍了瓊讓的宅子。扎拉丹增首先登上房頂平臺，居高臨下地吆喝起來，而後跳下平臺，踢開瓊讓臥室：「攝政王請你去一趟協德寺[9]！」

瓊讓撂了幾個蹶子後，還是去了協德寺。胳膊終於沒有擰不過大腿。接下來，他被剝去官服，投入了朗子夏[10]。圖博早有定制，四品官以上，不動刑罰。可是，瓊讓被當成了比屠夫還下賤的賤人，狠狠地抽了皮鞭。

「你們這些野騾患癩瘡，害了整個上牙堂[11]！」瓊讓的罵聲，引來審訊人親自監刑，不消說，接下來，打得瓊讓皮開肉綻。

「乾脆，把我的屁股割下來吃了吧！」瓊讓又撂起了蹶子。

後來，我們才知道，瓊讓也不是一點也沒有準備。他甚至擬好了給十四世達賴喇嘛的申訴書，細述了三十九族對他誣陷的來龍去脈，只是，噶廈官兵搶先了一步，不僅沒收了申訴書，還罪加一等。

瓊讓被帶上木枷，打上腳鐐手銬，又被抬到黃牛背上，是倒馱在黃牛背上，當眾羞辱，並判處瓊讓終身流放阿里的日土宗。

瓊讓上路時，他的兩個妻子，一個倒在地上嚎哭，一個抱著小孩默默地落淚。而噶廈，沒收瓊讓的全部財產時，把他的女人都趕回了娘家，並規定，凡瓊讓家人，今後不准三人以上在公開場合的席位就座。瓊讓的大兒子被噶廈撤職後，抑鬱成疾，不久，便往生了。

後來，拉薩背水女那霧靄般的歌聲，追逐著雲層，久久不散。

鵬爪已被打斷，
還需取出熊膽，
若能得到龍頂髻，
國王的病才會癒痊。

9 為雍乃喇嘛的寺院。位於拉薩。熱振攝政王執政期間，經常在這裏居住和接見僧俗要人、處理政務。但因雍乃喇嘛在熱振事件中受到株連，其寺院也受到破壞。
10 負責管理拉薩市區的社會治安。也可以關押犯人。但遇到殺人、盜竊等重大案件時，需呈報噶廈批准後處理。
11 意為破了法規，毀了噶廈的名聲。

獻出墨竹工卡莊園

滄桑巨變。儘管小侄兒索朗旺秋已經去世，拉雲卓瑪和恰巴公子旺欽玉拉也已離婚，在貢布，甚至恰巴公子已和小貴族巴噶家的女兒赤來央宗生有一子，可是夏札家族的官司並沒有大事化小，小事化了。

好在，還是有了尾聲。這次，噶廈的通知上，由我的丈夫拉魯・次旺多吉和居美扎拉兩人，負責裁決夏札家族糾紛。

「你是拉雲卓瑪前夫的弟弟，而居美扎拉是夏札・索朗旺秋的岳父。這是在搞表面平衡。」我尋思著。

「誰知道熱振的葫蘆裏賣的是什麼藥！」丈夫對熱振雖然表面恭順有加，可私底下，從來也沒有忘記過，正是熱振當政時，挖去了龍夏的雙眼。

「人心都是肉長的，拉雲卓瑪給熱振送了不少告助禮，會有效果的。」我又說。

「熱振兩次派咒師洛桑頓珠去噶廈，令速提解決夏札家族糾紛的方案。」丈夫沉思著，「也許，對我們有利，只要我全力幫助阿佳拉雲卓瑪。」

「熱振退位已成定局，他是想早早瞭解這件事。」我猜測著。

雖然居美扎拉也憋足了勁，但，依我看，是我們獲勝了。像俗話說的「子比母富」那樣，噶廈不僅要索朗旺秋的後代向拉雲卓瑪支付分家份額，還要由夏札本家，一如既往地向各寺廟提供原有的供養。

沒有想到的是，熱振完全推翻了噶廈的方案。批文下來時，拉雲卓瑪立刻病了，咳嗽得連牆根都在顫動。原來，我的侄媳，也就是索朗旺秋的太太央金措姆和兒子夏札·甘丹班覺，在熱振攝政王批示之前，給雍乃喇嘛送了厚禮，因此，雍乃喇嘛出了主意：「拉雲卓瑪已準備為熱振獻出一些莊園，而你們，是否考慮一下，將墨竹工卡莊園獻出？」

夏札·甘丹班覺與大管家丹增杰布一起商量了又商量，忍痛割愛，將墨竹工卡的谿卡，寫入了告助帖中。我記得清楚，當初，十三世達賴喇嘛將墨竹工卡賜給先祖時，是作為永久經營的產業，眉批中特別提到，不得轉讓他人。但是，熱振早就看中了那個莊園，他甚至顧不了別的了。

其實，不管勝訴還是敗訴，雙方都沒有得到什麼，祖上留下的大量珍玩寶物，在這場沒完沒了的官司中，散失殆盡。夏札家族已衰落到僅能保住不減少施捨寺廟的常例供養。而司庫房內甚至出現了隨時難以拿出足數五十兩博銀的窘迫。直到數年後，夏札·班丹甘覺和擦絨的大女兒貢桑拉吉結婚，夏札家族才枯木逢春。

丈夫的婚禮

性，其實，囊括了一個宇宙。即使我們結婚的那個夜晚，我對丈夫拉魯·次旺多吉來說，也僅僅是一個女人。儘管有時，他性急一些，那是因為年輕，而不是愛。同樣，我也從來沒有像和他的父親在一起時那樣，成為翻捲的波浪。

性愛以後，我常撫摸著他健壯的身子，尤其喜歡把五指插進他濃密的長髮裡，吻著他的前額（幾乎從沒有吻過他的唇）。我喜歡他，因為，他總是撿起我思維的末梢，可著勁地伸展，從沒有誤解過我。和他說話，像喝著用雪村的鮮奶打出的甜茶，每根血管都被滋潤著。這，頂多算是親情吧？

現在，他性急的時候越來越少了，像並不饑餓的人見了飯菜一樣，一點也不急於靠近，而後，立即睡去，沉沉地進入了另一個世界。一切，都不再意味深長，也許，一切也從來沒有意味深長過吧？對他來說，我不過是一株老樹，可以實實在在地遮風避雨，吃喝拉撒。

今天，在他二十六歲生日的時候，似乎也自認為成了另一株樹，當然不是老樹，是枝繁葉茂的大樹，可以好好地為另一個人遮風避雨了。所以，大管家索朗多吉畢恭畢敬地到了我的房間：「我們拉魯家族勢單力薄，沒有子嗣不行啊。」

「到了迎娶一位年輕姑娘的時候了？」我看著他。

「我只是希望拉魯府不要衰落，畢竟，這裏是兩代達賴喇嘛的父系莊園。」大管家很是負責。

「當初我也口頭答應過日後為他納妾。」我又盯著大管家索朗多吉看了起來，「如果你認為時候已經到了，我沒有意見。」

大管家索朗多吉沒再吱聲，臉上，卻出現了大雨過後的一道彩虹。

「迎娶我的親戚吞巴夫人的女兒怎麼樣？」我移開了目光，看著窗外，窗外是一片欲言又止的茂密的達姆熱。

「就是您的外甥女德吉小姐嗎？」索朗多吉眨了眨眼睛。

「她媽媽吞巴夫人才是我的外甥女，她是我的外甥女的女兒。」我收回了視線，站起來，把早就準備好的德吉的生辰屬相，推到了大管家面前。

大管家索朗多吉如獲至寶，捧著離開了。

各位神靈都一致稱善。這就定下了鐵龍年的二月三日，為我的丈夫拉魯·次旺多吉和吞巴小姐德吉的訂婚日子。

丈夫摟著我睡去了，進入了另一個世界，也許，那個世界，對他，才更真實吧？不過，他很快地醒了，換了一個姿勢，從我的身上翻過去，又用另一隻胳膊摟住了我。「舒服嗎，只要你舒服就好！」他輕輕地，睡意朦朧地叨咕著。呼出的熱氣在我的耳邊迂迴不散，和他的身子一起灼燒著我。我知道，如果說他的無微不至是為了我，還不如說為了滿足另一位年輕的姑娘，讓她圓滿地進入拉魯府。

一晃，他來到拉魯府十五年了，我已習慣了滿足他。他呢，也時刻在揣摩我的心，尤其是龍夏事件，使他更老於世故了。

「夫人，我陪您到湖邊走一走吧。正是夕陽西下，父親說，您最喜歡的就是秋天的黃昏了。」

「還是等在這裡吧，他們就要回來了。」我站在了窗前，看著滿天燃燒的晚霞，「明天，準是一個好天氣。」

丈夫不吱聲了。

「他們回來了！」我說。其實，我知道丈夫已先我看到了，但是，為了不讓我看出他的急迫，他沒吱聲。

說起來，今天一大早，大管家索朗多吉請來了能說善道的貴族少爺波雪，兩人率領七個傭人騎著馬，帶著禮物，去了吞巴家。

進了日光室，甚至沒有坐定，大管家索朗多吉先說話了：「經過布達拉宮，我們下馬轉了一圈孜廓，要嘛，早就回來了。」

波雪少爺也說話了：「我們首先給吞巴府的大門，敬獻一條上等阿細哈達，又向吞巴夫人和吞巴家的證婚人瓊讓少爺，各敬獻了一條阿細哈達。吞巴夫人笑哈哈地請我們就座，向我們敬獻了切瑪和果品。我和瓊讓少爺都把自己看到的和聽到的寫在了紙上，蓋了我們的印章，進行了互換，這是此次婚姻建立的證明。」說著，波雪少爺從懷裏掏出了那張婚姻證明，請我過目。

「之後，彭雪少爺把夫人您托帶的禮品：葡萄、柿子、紅棗、桃子、酥油、印度大米、茶葉、紅糖，還有綢緞布料，都敬獻了吞巴夫人，並轉告了夫人您和拉魯老爺的祝願之詞。」大管家索朗多吉又插話了。

「吞巴夫人起身給我們每個拉魯家的代表敬獻了哈達。這時，我們把吞巴小姐請到另一間屋子裡，讓她坐在雍仲圖形的坐墊上，索朗多吉也為她獻上哈達，小姐一個勁兒地低著頭，抿著嘴笑。」波雪少爺終於說完了。

我看了看丈夫，他也笑了，露出一對不太明顯的淺淺的酒窩。

「後來，我們又給這次婚宴的主廚和吞巴主宅的僕人，每人兩個二十五兩的章嘎，並獻了哈達。總之，吞巴家非常滿意，非常贊同這件婚事。」大管家索朗多吉總結道。

「下一步，就是準備婚禮了，更要體面一些，讓老爺和吞巴小姐什麼時候想起來，都甜絲絲的。」我笑著看了看丈夫。

「感謝夫人的周到。」丈夫雙手合十。

「也要給吞巴小姐一份豐厚的聘禮，我都想好了，除了奶錢以外，我們還要準備這些珠寶。」說罷，我拿出了一個列單：

松石佛珠一串

荷花金戒指一枚

雕刻精美的銀戒指一枚

鑲有三顆寶石的戒指一枚

最上等哈達囊崔一條

阿細哈達一條

旁崔，清崔，穗達哈達各一條

紅藍綠等九色上等緞子塊狀混合疊在一起的叫庫約的緞子一捆

五色混合緞子疊在一起的盎他兩捆

天藍色有圖案和無圖案的藏服各一件

沒有圖案的無袖藏服一件

深色呢子無袖藏服一件
紫色長袖藏服一件
深綠色呢子長袖藏服兩件
未成衣的紫色呢子料一捆
土布製成的襯裙四條和一條碎花襯裙
靴子共四雙
幫典六條其中幫典的兩邊飾帶各不相同，有的是金絲綢製成
絲線製成的襯衫一件
藍色、粉紅色綢緞子襯衫各一件
白色綢子襯衫兩件
土布襯衫兩件
一件進口藍色綢子襯衫
披風一件
上等珍珠製成的伯珠一個，珍珠間夾有上等玉石，珊瑚和一般玉石
金製玉石嘎烏一個
銀手鐲一隻
珊瑚手鐲一隻
……

第十二章

黑色十七年（二）

多央的官司

丈夫拉魯・次旺多吉穿上了他的父親龍夏在巔峰時期的衣服：朱紅氆氌外套之內，飄動著鮮亮亮的黃緞長袍，高腰長靴若隱若現時，又瀟灑又威武！也是命中註定。這一年，申請孜本的人比往年多了一倍。可是，攝政王塔湯的占卜結果是「拉魯色好」。

陰差陽錯，輪到我的丈夫拉魯・次旺多吉處理多央啦的案子了。說起來，那年因為多央和德格台吉的兒子格桑晉美打官司，遇上了赤門。我利用她和赤門的關係，使丈夫拉魯・次旺多吉，重入噶廈，而現在，多央又犯上了官司。

赤門巴如今，多病的身子，已變成了臨風的乾達姆，隨時都會被一陣風折斷。而少夫人多央晚年的依靠，迫在眉睫。也是不幸中的不幸，赤門世襲莊園的頭人晉美夫婦，拒絕在赤門過世後，贍養多央啦。赤門一氣之下，硬著心，提出了把家產獻給公德林拉章的決定。而晉美無法忍受，向噶廈起訴了。

奉噶廈之令，由我的丈夫拉魯·次旺多吉和仲譯欽莫共同受理此案。於是，赤門捎信，請我去一趟。

「怎麼可以這樣隨便使喚夫人呢?!」格卓不平了。

「不看僧面看佛面，多央啦對我們有恩哪。」我安慰著格卓，立刻動身上馬了。

幾年不見，赤門老得夠嗆，還拄起了拐杖，說話，也顫微微的，全身發抖。痰罐放在桌邊，一會兒順手拿起來吐一口，這樣咳痰，看來，有些時日了。多央啦倒不顯老，可是，不大說話，眼神散亂，看著我時，那雙眼睛像乾枯的河床，一片空白。

「要不是多央啦向赤門求情，這一生，你也不會有做官的機會，到今天，我們也不會有出頭之日。」從多央那裏回來後，我幾次勸說丈夫。

「我盡力公平斷案，絕不偏袒一方。」丈夫吐口了。

不久，赤門去世。多央啦接著打官司。我的丈夫拉魯·次旺多吉，也的確像他說的那樣，斷了案：

1.父世產業及主宅判給赤門本家。

2.原德格台吉的房屋和應得份額判給了多央啦。多央啦原為德格台吉的二房，其夫去世後，與大房太太之子訴訟，依照法律，德格台吉的房屋應為多央啦所有，後因與赤門結婚，德格台吉的房屋就為赤門所有。

3.噶廈賞賜給赤門的後藏谿卡限期判給公德林拉章，期滿退還赤門。

沒想到的是，塔湯攝政王和噶廈極力支持公德林，原判方案被否定。改判後藏谿卡和主宅，歸功德林，原德格台吉房屋歸赤門後代，多央啦有生之年的生活費用由公德林供給。

升任噶倫

火狗年（一九四六年），察木多出現了旱災，禾苗枯乾，糧價上漲，百姓的吃喝成了天大的要緊事。說起來，熱振攝政時期，改變了察木多總管由噶倫擔任的慣例，只派一名扎薩管理。可扎薩品級低，難以應對公益事業和百姓的生計大事。所以，這次塔湯攝政王一接到察木多的急電，馬上做出決定，由噶倫擔任察木多總管！

然而，就是太平年月，也沒人願意接受這個差事，何況天災驟起，誰願意撇家捨業，遠離繁華似錦的拉薩？於是，噶廈又想到了老規矩，先在部分孜本和扎薩中，擬定名單，而後，呈交攝政王塔湯卜卦。結果，我的丈夫拉魯·次旺多吉再次上卦。

「沒有人幹的差事，偏偏落到了你的頭上。」小夫人德吉炸開了。

「你以為，這噶倫官階，是大風颳來的？」我轉向德吉，「要不是塔湯攝政王念在咱們家和熱振水火不相容的份上，會輪到我們？畢竟，我們沒送大禮。往常，僅僅塔湯的管家丹巴塔青一人，就夠我們傾家蕩產了。」

「傾家蕩產倒談不上，丹巴塔青的胃口不小也是真的。聽說，瓊讓的太太多次到噶廈鳴冤，要求重新審理瓊讓的案子，不僅毫無結果，連平時的維命錢也被丹巴塔青吞得一乾二淨。」丈夫說著停下了，看了看我，又看了看小夫人。

小夫人憋了回去。

自從進了拉魯府，小夫人德吉像隻小鳥兒，連走路都輕手輕腳的。今天，還是第一次嗆著少爺。我理解她捨不得和他分開，兩人一直熱呼著。按照老規矩，她和丈夫睡三夜，我也該和丈夫睡三夜，可我說：「人生苦短，別盡想那些老規矩，規矩也是人定的。」

那以後，倆人總像欠我金山銀山似的，唯命是從。

火狗年（一九四六年）九月十九日拉薩時間十點，丈夫穿著黃緞長袍，足蹬朱紅彩靴，辮子上綴著鑲嵌綠松石的頂髻寶合，頭戴紅纓帽，踩著鋪有雍仲圖案的緞墊馬蹬上了馬。左肩挎著彩緞包袱卷的知賓和三位僕人，立刻簇擁在丈夫的前後，「踏踏踏」地飛奔起來，向達賴喇嘛和攝政王獻謝恩哈達去了。

親朋好友，陸陸續續地來了。有吞巴家族、帕拉族家族、宇妥家族、擦絨家族……只是大姐德吉和二哥欽繞列謝，如今都已往生，只有三哥群則仁波切還活著，沒有忘記從色拉寺那邊捎來了哈達。拉雲卓瑪沒有來，自從與龍夏之子旺欽玉拉離婚後，她一直躲避著人群，儘管經噶雪巴介紹，拉雲卓瑪已和班禪大師堪布廳的札薩克·索朗多杰一家合併成了朵吉[1]，也就是說，她和索南卓瑪母女倆，同時嫁給了札薩克・索朗多傑及其兒子格桑晉美。日子正在熱鬧起來，可她偏偏喜好上了清淨。不過，也捎來了哈達。

拉魯宮的平頂上，今天裝飾著新鮮的柱面幡和勝利幢，莊嚴而輝煌。為了吉祥，還特別從扎西寺請來了八位僧人念誦《八現相》和《八瑞物》。

謝恩歸來，丈夫立刻走近了我：「馬隊首先到了祖拉康，我向覺仁波切磕了三個長頭，獻上哈達後，去了布達拉宮。佛王端坐大殿正中的寶座上，諸噶倫坐在佛王的對面。右邊是攝政王塔湯和所有的僧官，左邊是所有的俗官。我躬身在佛王跟前，磕了三個等身長頭，獻上曼札，三佛田……」

「佛王給了你加持？」我打斷了丈夫。

「佛王點頭，接過上等阿細哈達，繫上金剛結，雙手相合，揉搓。」丈夫又不疾不徐起來。

「那是讓他的意念，融入這條哈達，今後，一直護佑你呀！」我接過了話題。

「佛王用雙手為我摩頂賜福。」丈夫心滿意足地也伸出雙手。

「為公職人員摩頂，一般說來只用一隻手，只有對獲噶倫職位的人才用雙手啊。」我解釋著。

「請噶倫大人坐在正中的墊子上！」有人向我們這邊喊著。

「去吧，趕緊換上那件繡有『七政寶』圖案的王子裝[2]，德吉啦都為你準備好了！」

1 指兩家合併為一家。
2 噶廈政府舉行重大慶典時，俗官的禮服之一。

我再次走進日光室時，丈夫已經筆直地坐在了正中的墊子上，笑盈盈地看著大家呢。前面的桌子上，擺著青稞酒，切瑪；一邊的知賓頭戴娃格帽，身著八環花紋黃緞袍，連四名隨從，也換上了嶄新的棕色緞袍，顯得格外華麗。府中上下的人們，還有所有的親朋好友，便開始向丈夫獻哈達，隊伍伸延著，只有開始，沒有結束。

「噶倫的衣服，比天上的彩虹都顯眼哪！」吞巴夫人走近了我。

我點點頭，笑了。是啊，到現在，我還能記住幾種噶倫必備的衣帽呢，比如：

彩雲騰龍圖案的緞子袍服

黃藍四相緞子服

妝花緞子裝

印花緞子裝

紅緞服裝

黃色團龍緞袍

庫倫裝

海龍皮大褂

……

飾有紅寶石的「娃格」帽（冬季戴的一種帽子）
江克達帽（四品以上俗官戴的帽子之一）
普珠帽（與江克達帽相似，頂上綴有紅纓）
……

不僅噶倫自己要準備如許的衣帽，還要為布達拉、祖拉康的各殿堂主佛像換袍服，設雲供，向釋迦牟尼佛像供奉金輪。金輪的大小視各自的經濟情況而定。丈夫拉魯．次旺多吉的金輪是我後來用三十枚金幣打造的。

現在，少爺又換上了彩雲騰龍的黃緞長袍服。然而，我的眼睛，被扎疼了。這身噶倫服，喚醒了那些憂傷而幸福的往事。從前，朗頓．頓珠多吉公爵和我的前夫拉魯．晉美朗杰兩人，都是穿著這身衣服時與我相識，相知，甚至離去的。佛說，無常是由每一個剎那構成的。那麼，這一剎那，又預示著怎樣一個無常呢？

南京密電

火豬年（一九四七年）二月二十三日上午，丈夫拉魯．次旺多吉趕到噶廈上班時，其他三位噶倫然巴、索康、噶雪巴都已到齊，大家緊盯著一張電文，默不出聲，甚至沒有履行慣常的禮節：彼此雙手合十，相互問候。丈夫的心，猛地一沉，也湊了上去。首先進入他眼裏的是電文上面醒目的批註：僅供噶倫以上官員閱示！

「只許噶倫以上？」丈夫吃驚了。

「小聲點！」噶倫然巴立刻警告，「秘書就在門外呢。」

「是駐南京的代表發來的電報，據說是土登貢培為他們提供的資訊。」有人加了一句。

「土登貢培？不是從流亡地逃到了印度嗎？」丈夫更吃驚了。

「他得到了中國領事館的簽證，輾轉到南京。聽說，是他先發現了熱振人馬在南京的活動，立刻報告了南京代表處。」

丈夫又埋頭看起了電文：「熱振代表頓朗和土多二人，正在請求南京政府派軍隊、飛機等，支援熱振，蔣介石答應，五日內予明確回覆。請指示。」

其實，是印度大使館代表英人日迦森最先提供了這個情報。那天，他沒有經過例行通報，就來到了攝政王塔湯面前。直接說出了熱振派人抵達南京，要求國民黨派兵入藏，支持熱振大師重任攝政等秘密。甚至還告誡塔湯攝政，警惕熱振拉章與扎什倫布寺聯合起來，在色拉寺建立軍事基地等等。

日迦森走後，塔湯立刻召集四位噶倫（喇嘛然巴、索康·旺欽格勒、噶雪·曲吉尼瑪，還有我的丈夫拉魯·次旺多吉）到了跟前，不僅透露了日迦森的情報，末了還告誡大家：「諸位不僅要密切注意熱振喇嘛的動靜，還要注意色拉寺和扎什倫布寺。」

「若不是日迦森，我們還蒙在鼓裏呢。立即給南京代表處發送加急密電，調查熱振代表去南京的目的到底是什麼？」索康尋想著。就這樣，才有了以上南京代表處的回覆。

「事到如今，只能先下手為強了。」索康先說話了。

「你的意思是，逮捕熱振？」我的丈夫拉魯．次旺多吉慢慢地抬起了頭。

王與囚犯

索康輕輕地碰了一下我的丈夫拉魯．次旺多吉的肩頭，先走出了會場。一前一後，兩人來到了布達拉宮的亞谿內室。

「什麼時候出發？」索康劈頭便是一句。

「今晚準備，明天一早出發，怎麼樣？」我的丈夫看著一向不温不火，喜怒無色的索康，此刻，他瘦削的瓜子臉上，雙眉緊鎖，顯得心事重重。

「還是今晚出發好。」索康的聲音小得怕是他自己都難以聽清，「一旦走漏了消息，後果不堪設想！」

「那就取消馬差，騎自家的馬上路！」我的丈夫拉魯也提出了建議。

拉薩時間晚上十一點，部隊準時從扎基軍營出發了。這時，四品官夏格巴率領二五〇名博軍已先行到了彭波果拉山口。索康、拉魯一行，與他們順利匯合後，繼續前進。次日上午，到達彭波。拉薩時間晚上九點，進入達隆。現在，已接近熱振地方，繼續長驅直入，發生戰事，都會有生命危險。

但是，拉魯，我的丈夫並不想直說。於是，拐彎抹角地開始了：「我們晝夜趕路，人困馬乏，不如今晚休息一夜，明天一早動身？」

「也好。」索康同意了。索康的貪睡是出了名的，當然，也不排除，他和我的丈夫拉魯一樣，對這片越來越接近熱振寺的地方，心有餘悸。

凌晨一點左右，達隆路上的哨兵突然跑了回來：「老爺，有數騎飛奔而去！」

兩位噶倫「嚯」地坐了起來。「如果這數騎先期到達，怕是我們就白白地折騰了。」丈夫尋思著。

「拔營上路！」索康立即站了起來。

天亮前，兩位噶倫率軍過了鐵橋邊的渡口，沿大路向前走去。這時，熱振河源頭，冷不防地出現了三隻乘騎。一見大隊人馬，便掉頭涉水，當馬到河心，水深浪大，行動慢了下來時，幾個軍官立刻端起了槍。

「暫時不要開槍。」索康伸手叫停。

「先觀察一下，如果這些人到達對岸後，直奔熱振寺方向，必會走漏我們的消息，再開槍不遲。」我的丈夫補充道。

還好，過河後，三隻乘騎，沿河向下游溝口的方向去了。這樣，噶廈的部隊可以搶先到達熱振寺。到底省了幾顆子彈。

一縷又一縷的炊煙，環繞著熱振寺，不緊不慢地升入藍天。曾經表演藏戲的壩子上，如今，盛開著各種各樣的野花：龍膽草、綠絨蒿、毛莨、人參果、馬先蒿……清爽的香縷迎面而來。多麼安靜的地方啊！十四世達賴喇嘛，我們的佛王，初進拉薩時，就休息在這裡。還有十三世達賴喇嘛和熱振散步的那片柏林，正在清風中發出窸窣的聲音。可是，那些往日飛來飛去的斑頭雁，高山雀，兀鷲，甚至還有一些無所事事的毛腿沙雞，都到哪裏去了？只有一群又一群黑色的烏鴉，「呱呱」地叫著。

「阿南達哇！」隨著索康的聲音，一名如本站了出來，「率五十名士兵直撲熱振寺！」

「格桑！」索康又喊一聲，轉眼之間，站出了好幾個官兵。索康無奈地加了一句，「我是說第四如本格桑，你和熱振的私人關係好，率另外五十名士兵直入熱振別墅！告訴熱振，我們正副噶倫和各位司令，隨後就到！」

熱振寺毫無防範，阿南達哇帶領的政府軍，轉眼之間，出現在樓頂，並吹響了軍號。同時，第四如本格桑也突然出現在熱振跟前，叩過三個長頭後，躬身獻上哈達：「我們是特地來請大師前往拉薩，著手準備吧。兩位噶倫馬上就到。」

盤坐在床上的熱振，此刻，正閉目誦經，一串琥珀念珠，在那細膩的大手上，緩慢地移動著。格桑的話，震得熱振一抖，睜開了眼睛。熱振的臉，剎那間白了。伸手抓起床前桌上的護身符，伸開雙腿，連鞋子也沒顧上穿，轉身朝後門奔去，直入馬棚。可是，如本格桑上前一步，擋住了熱振：「就算您逃脫了，還有熱振札薩．江白堅村等人在拉薩，他們會吃苦頭的！」

熱振停下了：「熱振札薩他們，是不是已經被捕了？」

「還沒有，詳情等兩位噶倫來了以後，同他們面談就知道了。」如本格桑答道。

索康和拉魯兩人說到就到了。

「我們文官武將特地前來請你回拉薩，準備啓程吧。」索康一如既往地喜怒無色。

「怎麼突然要我回拉薩？」熱振看著索康。

「熱振拉章的情形，最近不怎麼好，詳細情況到了拉薩以後會清楚的。不過，你本人不該出什麼事，因為你是佛王的剃度師嘛！」說罷，索康命馬伕立刻備馬，又轉身看著熱振，「去拉薩的隨從人員只許帶兩名，三匹乘騎，一匹馱馬就夠了，除了武器，生活必需品可以任意帶。」

熱振回身換了一件嶄新的袈裟，又拿出一大捆百兩的博幣。選定了一個侍寢官和一個司膳官。這時，馬伕為熱振也備好一匹玉龍馬。

「這鞍子是給騾子備的，馬跑起來，有丟掉的危險。」索康又說話了。

馬伕轉身時，流著淚，為熱振換了一匹騾子。

「那匹玉龍馬可不一般，曾經在一塊岩石上踩出過腳印，也許索康聽說過，怕我騎著那匹馬跑得無影無蹤吧？」後來，熱振身陷囹圄時，還忍不住對獄卒感歎。

「我和熱振大師先走，你們留下查封拉章和其他房間。」索康看著我的丈夫拉魯。

「既然同來，就該同歸。」拉魯也看著索康。

「不要這樣嘛，您當過孜本，對於查封一類的事有經驗。」索康軟磨硬泡起來。於是，拉魯等人就留了下來。

當拉魯與索康在達隆會合時，恰好收到了噶廈的指令：

沒有打草驚蛇，派適當數量軍隊，突擊進軍，隨後一位親自出馬，直插其住處，稱迎請，講明情況，一舉成功，甚為得體。準備安頓熱振於夏欽角。進入拉薩路線，對外要散佈經果拉山口，並向該方向派遣軍隊，以掩人耳目。實際路線：經堆隆進入拉薩。原打算就地管制協德寺的雍乃喇嘛，但他託辭去熱振寺拉章。實際上，已不知去向，尋找中。也許暗地裏已到達你們那裡，請搜查，緝拿歸案。回拉薩不可白天進城，把握時間或早或晚，相機行事，但必須在來函中明確到達時間、經過路線。

看過指令，索康突然想起什麼似的，直視拉魯：「熱振寺留下守軍了嗎？」

「沒有，貼完封條後，都交給了熱振寺的禿頭老司庫代管了。」

「那麼，雍乃喇嘛……」索康暗示著。

於是，拉魯命十六名官兵留下，看守熱振寺。

大隊人馬帶著熱振，經過彭波果拉山口到達新林布宗時，噶廈又傳來了新情況：色拉寺吉扎倉的僧人隨時準備劫持熱振，已在寺內殺死了堪布索不丹達主僕等人，沿途務必加强警戒！

「他的袈裟太扎眼了，色拉寺那些禿驢下來，會毫不費力地認出目標！」索康說話了。

拉魯就走到了熱振跟前，「請大師換上一件更合適的僧服，攝政王和囚徒之間，不能同日而語呀。」

不等熱振說話，兩個士兵立刻拽下了那嶄新的紅色袈裟，把一個舊得褪色的東西，扔到了熱振的肘間。

熱振的侍寢官上前，幫助熱振穿戴妥當後，和司膳官兩個人，站在遠處，對望著流下了眼淚。熱振發現後，歎息一聲，從隨身帶來的那捆紙幣中取出一半，塞進兩人手裡：「別難過。」不想，轉身時，拉魯、瑪基格桑次仁、雪古巴等人，把熱振的金「嘎烏」不由分說，摘了下來。「你沒有權力帶著這樣的聖物。」拉魯說著，命兩名士兵一左一右抓起熱振的馬轡繩，將他夾在馬隊中間。而如本格桑始終手握槍柄，不離熱振左右。

噶雪巴保衛色拉寺

「對吉扎倉的違法行為，決不能像菩薩那樣，狗吃了供品笑眯眯，打滅了神燈笑眯眯，熏臭了佛堂還是笑眯眯。」孜本夏格巴接著說，「別說一個扎倉，就是滅了整個色拉寺也不要吝惜！」

「我們決定派一名噶倫，為軍事總指揮，平息色拉寺叛亂，剪除禍根！」噶倫會議上，仲孜代表也表了決心。

「寺廟原本是人蓋的，以後可以再蓋。」攝政王塔湯也說話了。

自從熱振被捕，色拉寺吉扎倉的僧眾，忙得不亦樂乎。不僅在前大門修築了碉樓，還佔領了孜日山的高地。寺院內，更是人仰馬翻。一聽說索康和拉魯二位噶倫去了熱振寺的消息時，吉扎倉僧眾同聲疾呼：「決不袖手旁觀！」隨即召開仁波切和格西的緊急會議，派代表前往堪布和強佐處，請求為熱振拉章查封事宜，問明情由。

「熱振拉章被查封是自食其果，與我吉扎倉無關。」强佐回答得乾脆俐落。僧眾憋不下這股火，衝進强佐處說理，强佐呢，舉槍打死了最前面的江巴益西，打傷了跟隨而至的洛巴嘎珠。說時遲那時快，僧眾一呼上前，奪下强佐的槍支，打死了强佐和兩名隨從。堪布索丹達一時大驚，從窗子跳下，也被當場打死。

吉扎倉僧眾計畫下山阻擊索康和拉魯的軍隊。不想，中了噶廈聲東擊西的圈套，只有一名放哨僧人，發現熱振被挾持著前往拉薩，立刻開槍，打死了押兵夏江仁增，佔據山角的僧人也邊打邊衝，嘗試劫回熱振。可是，扎基那邊的輕、重機槍，剎那間，張大了血盆大口，子彈如雨。僧人們不得不撤回寺內。押送隊伍，經流沙河，登上布達拉宮後山，直入夏欽角。

吉扎倉的僧眾，再次發誓，與政府軍決一死戰！

「如果我要求前去，保住色拉寺，圖博僧俗必將感激，自己又積累了功德，豈不是一舉兩得？」噶雪・曲吉尼瑪尋思著，躬身走到塔湯攝政王跟前，磕了三個頭：「然巴噶倫年邁不便離開，其他兩位噶倫索康和拉魯前往熱振寺剛剛回來，這次，到我報效您的時候了，永遠銘記，我的噶倫職位，是您的恩賜……」

噶雪巴後來聽到噶廈任命他為總指揮時，立刻去了布達拉宮，在帕帕魯廓秀真（觀世音菩薩）跟前，雙手合十：「佛啊，請給我力量和智慧，我要保衛您的事業，就是死也算不了什麼！」

回到家裡，噶雪巴直奔二樓甘丹赤巴倫珠遵追的房間。倫珠遵追曾為三大寺辯經第一名，圖博有名的高僧。此刻，正住在噶雪巴的家裡。可對噶雪巴的到來，他面無表情。想必聽說了噶雪巴主動攻打色拉寺的請求。噶雪巴在甘丹赤巴倫珠遵追的門前恭敬地磕了三個頭才進去：「明天，我前往色拉寺，想……請您加持……」

「砍了頭還要親熱地摸摸人家的臉。給你加持，我不敢當啊！」不等噶雪巴說完，甘丹赤巴開口了。

噶雪巴就講出了壓在心頭的秘密。

倫珠遵追聽罷，大滴淚水落下，不由環顧四周，身邊的侍者立刻退了出去。他關上了門，為噶雪巴做了加持。那是很神密，當然也很有力的一種加持，甚至會讓甘丹赤巴自己減壽。

全副武裝的官兵向扎基軍營出發了，儘管看上去威風凜凜，可瞭解內情的人都知道，大部分，是些老弱病殘，因為精壯兵士都在嚴守布達拉，以防夏欽角裏的熱振長出一雙翅膀，神不知鬼不覺地飛了。再說噶雪巴一行，抵達軍營後，立即召開了軍事堪布和仲孜會議：「現在，我們沒有實力馬上採取行動，魯莽行事，定會後患無窮。」

「當然，做好準備工作是大事。」大家附合著。

抓住了這個空檔，噶雪巴秘密派卓木總管邦達羊培和他的弟弟占堆巴，當天夜裡，回拉薩請求甘丹赤巴倫珠遵追幫助。

第二天一大早，拉薩的大喇嘛、大商人、大施主、都到了扎基。於是，噶雪巴向噶廈報告：「我們本打算立即摧毀色拉寺，沒成想，甘丹赤巴倫珠遵追率領各位施主，親自前來調解。」

噶廈同意了談判。地點設在色拉寺前面的沙灘上，甘丹赤巴對色拉寺派出的九人代表，摯誠相見：「噶廈的兵力，大家都知道，即使剩下的都是老弱病殘，硬拚的話，對你們來說，也是雞蛋碰石頭，色拉寺很可能被毀滅，我們也給後代造了孽。」

「請大師言明。」色拉寺的九位代表異口同聲。

「如果交出首惡，我想，一切都好商量。」甘丹赤巴看著大家。

色拉寺的代表相互看著，好一會兒，才有人張口：「容我們回去再商量商量，明天十二點前回話，不過，這期間請不要進攻。」

第二天，色拉寺只來了一封信：「沒有其他要求，只要不交出主犯，願意全體投降。」

噶雪巴立刻捎去了信兒：「可以再次判談。」

但是，色拉寺那邊又傳來了口信：部分吉扎倉的僧人拒絕談判，主張與噶廈軍抗爭到死。

於是，噶雪巴召開了第二代本、扎基代本、第一代本、第四代本和江孜代本的如本，甲本、定本、久本等全體軍官會議。宣佈：

明日清晨，攻佔色拉寺各山頭！希望各軍英勇奮戰，凡自願充當先鋒而立功者給予獎勵，違令者以軍法論處。

第二天，太陽剛升上山頭，第二代本和扎基軍營的官兵，就攻佔了色拉澤日山的兩處山頭！第四代本和江孜軍營的官兵，攻佔了曲桑山頭和拉旦嘎布山的各山頭！第一代本官兵攻佔了仁青山頭！色拉寺周圍的山頂，現在都插上了雪山獅子旗，並且，鳴槍聯絡。同時，扎基軍營駐次公唐警衛部隊開炮轟擊，打死了這次事件的主犯項東格西羅桑旦巴和康色拉章的管家等三十二名僧人，噶廈方面被打死三名。

「是炮擊色拉寺的時候了！」不斷有官兵向噶雪巴請求。

「我們最需要的就是進行必要的軍事準備。」噶雪巴終於發令了，「先從四面八方對色拉寺喊話，要他們放下武器，若能投降，可以保證不攻打寺院！」

俗話說，征服一個愚人比征服一百個聖人還要難。吉扎倉的僧人硬是不投降。於是，嘉獎了攻佔各山頭的立功者後，便部署了攻打色拉寺的具體方案，再三囑咐，不要在僧兵之間互相殘殺，不要損壞和搶劫色拉寺措欽大殿，還有吉扎倉、麥扎倉和阿巴扎倉的任何財物！同時，噶雪巴派人從拉薩買來了幾十把大鎖，發給先頭人員。

「進攻寺院，但不准向寺內發射炮彈！」噶雪巴又一次下令。

激戰開始了，政府軍的優勢顯而易見，第一代本和江孜軍立刻攻佔了阿巴扎倉，並在房頂插上了旗幟；第二代本和扎基軍不久，也攻佔了措欽房頂，插上了旗幟，這時，大部分僧人投降，只有孜娘仁波切和同夥，跑到吉扎倉關緊大門死守。

「火燒吉扎倉！」進攻吉、阿兩扎倉的軍官不斷派信差到扎基軍營請示。

「決不能用火攻！」噶雪巴聲聲如雷，「違者以軍法論處！」

但是，當噶雪巴帶著傭人進入色拉寺時，只見吉扎倉的拱門抱廈柱子上，已澆了煤油。原來，是軍事指揮格桑楚成和堪仲阿旺朗杰，背著軍事基巧輔佐，從扎基軍營拿來一百多桶煤油。

吉扎倉的僧人正一個個從後門逃命，孜娘仁波切和另外一些主犯逃到了山上。

自此，噶廈軍在色拉寺吉扎倉的拱門抱廈上面的房間，設立了軍事指揮部，召集吉、麥、阿三個扎倉，還有康參、米參的頭人審問。大家流淚鞠躬：「噶雪老爺一心保全色拉寺的良苦，我們看得清清楚楚，如同上弦月……」

熱振死亡之迷

熱振在牢房的卡墊上坐下，環顧著這個對他來說，怕是做夢也沒有見過的陌生地方：狹小，陰暗，房頂舉手可及，隨時都會砸下來似的。熱振長長地歎了一口氣：「先生，為什麼把我關在這樣一間房子裡？」

「除了命令之外，我們什麼都不知道。」看守土登尼瑪說話了，他是僧官。在圖博，總是由一僧一俗擔任職位的，連熱振的看守也不例外。再說俗官看守龍夏・吾金多吉，也就我的丈夫拉魯・次旺多吉的弟弟，這時，也說話了：「我父親龍夏坐牢時，眼前黑得連自己的腳都看不見，同是囚犯，你就別挑了。」

熱振沒有理會吾金多吉，又說：「丹吉林攝政王（第穆喇嘛）也被監禁過，是住在布達拉宮的德陽廈。請轉奏一下，我要一間像樣的房子。」

「是。」兩位看守這回異口同聲。

但是，他們並沒有匯報。

「吾金多吉在報復我，其實，挖去他父親眼睛的並不是我，他那時還小，不懂事啊。」熱振對著土登尼瑪有氣無力地埋怨著。

當天晚上，熱振又說：「我有血氣病，請把我的枕頭墊得高一些？」

土登尼瑪立刻照辦了，而後，雙手合十，等熱振半躺半坐地睡了，才在熱振的腳邊躺下。吾金多吉也挨著熱振，在另一側躺下了。外面五個全副武裝的士兵，這時，也傳來了鼾聲。但是，最外層，還有二百名精壯士兵，都是從扎基第四兵營抽調來的，儘管他們在夏欽角周圍搭起了帳篷，這時卻一點也不敢有貪睡念頭，不停地走動著，伸長了耳朵。

熱振的飯菜，由熱振拉章送來，每日兩次。每當送飯人到夏欽角時，總是由看守接過飯菜，轉給熱振。土登尼瑪常在這時主動地問熱振：「下頓想吃什麼？」

「米飯。」熱振會機械地說一句，也許他自己都不知道在說什麼。「麵食。」有時也這麼說。

「送什麼都行。」後來，他常這樣說。熱振的飯量越來越小了。

槍聲在拉薩的上空響了起來，擊得熱振的鐵窗「嗵嗵」直響。

「外面在打槍？」熱振的大眼睛裡，湧起一層灰雲。

「是政府軍在和色拉寺開火。」吾金多吉回了一句。

「痛心呀，打死了喇嘛沒有？毀壞了寺廟沒有？」熱振的身子前傾著，像飛翔的姿勢。可是，即使他變成一隻飛螢，怕也出不去了，因為，在這間憋悶的監牢裡，連個透風的縫隙也沒有。

大約三天以後，塔湯攝政的管家丹巴塔青，傳令吾金多吉：「這次噶廈調任你為看守，是對你的信任。要知道，熱振幹了不少壞事，當然也包括挖去了你父親龍夏的雙眼。他的一舉一動，都要立即匯報，記住，服從看守長的安排和命令！」

同時，僧官看守土登尼瑪被換掉了，沒有公佈的理由是，他對著熱振雙手合十。現在，孜仲益西土丹代替了土登尼瑪。因為，熱振時期，沒收了他家族的祖業，也算仇人相見了。

第一次提審熱振是被關押的第六天。看守長和十多名衛兵在前面帶路，吾金多吉和益西土丹分別攙著熱振跟在後面，緩慢地向德陽廈的夏熱賽房間走去。

到了門口，衛兵們自動向兩邊散開，吾金多吉和益西土丹陪熱振進去，待熱振在審訊室正中的卡墊上坐定，也立即退了出來。這是春都杰巴的規定：審訊熱振時，不得有外人在場。

參加審訊的主要人員有堪仲大喇嘛土丹諾桑、堪仲崩塘·土丹群佩、堪仲·阿旺朗杰、孜本魯康娃、孜本夏格巴、孜本阿沛巴、孜本南林巴、札薩擦絨·達桑占堆、藏軍司令札薩格桑次臣、札薩多嘎瓦和札薩凱墨，以及三大寺堪布。

「知道你為什麼被捕嗎？」

「不知道。」

「不知道？你指使熱振拉章的人，陰謀刺殺攝政王塔湯！」

「我和塔湯仁波切之間畢竟還是師徒，雖然他背信棄義，幾次陷害熱振拉章，但，這是萬萬不可能的。」

「不許狡辯！」

……

審訊持續了大約兩個小時。回到牢房後，熱振的呼吸一陣緊接一陣，什麼話也不說。兩三天後的一個黃昏，他看著吾金多吉出神：「我手下的官員們弄糟了很多事情，這些情況我根本不知道。」

「您放心，會水落石出的。」吾金多吉半譏半諷地搭著話。

熱振被先後審訊了三次。第二次是被指控以獻禮的名義，派人攜帶炸彈，企圖炸死塔湯。還說，熱振拉章的人，曾趁攝政塔湯回山中熱珠（小寺）的機會，埋伏在堆龍赤桑橋上，試圖行刺。

熱振說：「我除了求見攝政塔湯解釋以外，沒有必要對無中生有作出回答。」

「攝政王豈能見囚徒？不從實招來，就讓你的親筆信作證！」

第三次，春都杰巴真的把熱振的親筆信拿了出來。

第一封，是雍乃喇嘛給熱振的密信：「塔湯胡作非為，已達到不可容忍的地步，吾等決心趁塔湯冬季回寺的機會，在東嘎徐古狹道，設下埋伏！」

「佛塔雖倒，層級仍存，如果再鬧，恐怕難以維持現狀，還是等中國援助為宜。」熱振的回覆。

……

關於炸彈一事，人證物證早已俱足。說起來，是雍乃喇嘛將一枚手榴彈，偽造成禮品，由一名西康生意人，送到了塔湯的秘書長堪仲阿旺朗杰的家裡：「這是宇妥給攝政王的禮物，老闆未到，可否暫存這裏？」

阿旺朗杰同意了。不久，那屋子裏發出了「嚓嚓」的響聲，全家人一溜煙地跑了出來。手榴彈爆炸了，沒有一個人受傷，除了屋內的佛龕。

聽說，雍乃喇嘛本來不願這麼做。他說，「堪種阿旺朗杰是我的恩人，曾賜我措默林掌書人的職位，每月有二十五克糧食的薪金呢。再說，我們打擊的是塔湯，不是別人。」

「老鴉之不安，因神鬼所鬧，加瑪草擺搖，因風吹不止。攝政王周圍的人出了事，他自己就不能泰然！」眾人一再堅持。

「這些信中，我並沒有說別的。而你們春都杰措，在我提出辭呈時，一再求我留任，並許諾，一旦熱振拉章有困難，春都杰措，將全力幫助，還寫好了契約，蓋上大印交給了我，今天，是你們實現諾言的時候了！」

不管熱振怎麼辯護，都沒有人甚至點一下頭。那麼，為什麼塔湯和熱振之間如此水火不相容？

這得從彭波森格崗的喇嘛卜卦說起了。當這位星相師謹慎地宣佈了結果以後，熱振立馬召集了現任札薩江白堅贊、前任札薩江白德來，以及雍乃喇嘛等人，共同商議由誰接任攝政王大事。

「設代理攝政比較妥當，兩三年後，避過凶光，再繼任攝政不遲。倘若讓功德林呼圖克圖，或者普覺仁波切接任，怕是不會交出政權。塔湯．阿旺松繞是您的經師，年事已高，完全可以信賴。」雍乃喇嘛尋思著。

「依我看，塔湯心毒手辣，讓他掌權，就是潑出的水，吞下的肉。」森本阿旺頓典說。

「對我師如此非禮，不肖啊！」熱振說話了。

後來，大家都同意了雍乃喇嘛的主意。雍乃喇嘛，說起來，是熱振小時候的玩伴。熱振出任攝政王後，任命他為熱振拉章的譯倉統領，以熱振的智囊而聞名。出生於貴族世家，幼年被認定為協德寺的轉世靈童。熟讀宗教教義，精通藏醫學，治癒過不少病人。還能在骨頭上刻出人物、猴、鳥、樹等，會修理手錶、照像機、留聲機、槍支……知足常樂。

話再說回來，不同意熱振辭職的，不僅森本阿旺頓典，還有熱振的心腹噶雪巴：「失去權力就會失去一切，不如暫時離任，靜修以避凶光，只讓塔湯代理攝政，主持達賴喇嘛的沙彌戒儀式和日常政教事務。遇有重大事情，向您請示。」

「我考慮一下。」熱振點點頭。

後來，熱振告訴噶雪巴：「一個代理攝政，不宜主持達賴喇嘛的沙彌戒，我還是決定讓塔湯仁波切正式接任攝政王。他已經表示了二三年內盡心盡力地主持政教事務，還發了誓，到期一定將攝政王位還我，不忘我的恩情，照顧好噶廈政府中我委任的所有官員。我也把提升你為噶倫之事對塔湯仁波切作了交待，他表示一定照辦。現在，請你設法在春都杰措上，就我辭職由塔湯接任一事，排除異議。」

「我想給幾位貴族和仁波切寫信。」無望中，熱振想到了幾根稻草。

「一定有好處，特別是噶雪巴，他會幫助你的，他現在有權有勢。」吾金多吉鼓勵道。

「幫我找幾張紙好嗎？」熱振請求著。

兩位看守將此事轉告了總看守格桑阿旺。「我得向上級請示。」阿旺格桑轉身離開了。第二天，拿來紙時，對兩位看守眨了眨眼睛：「叫他寫。」

給噶雪巴的信中，熱振談到了噶雪巴曾通過雍乃喇嘛給過他一封密信，寫道：「……熱振拉章和塔湯之間的不和，來龍去脈你是知道的，請想辦法解救我。如果繼續扣押和折磨我，那麼，水乾魚出時，必會有結果。謹記。敬獻一對貓眼琥珀。」

在熱振的護身符上，拴有十八顆貓眼琥珀，他取出六個，每封信裏都裝了一對，作為隨函禮。

總看守格桑阿旺收走信的同時，對兩位看守說，「記住，要保密！」

熱振大口大口地喘著氣，血氣病日益嚴重了：「請轉告熱振拉章，把平常我服用的瓶裝白色西藥送來。」

兩位看守告訴了送飯人，藥，立即送來了。可是，報告春都杰巴後，回答：「不能服。我們自己派醫生！」

一天夜裡，熱振在睡夢中大聲呼喊，驚醒了兩位看守。

「有個猴子戴著長沿帽從視窗跳了下來……」熱振指著牆外。

兩位看守相互看了一眼，立即提起油燈了去了。結果，什麼都沒有。他們把熱振的病情匯報了春都杰巴。好久，春都杰巴委派欽繞羅布來到獄中。孰不知，拉雲卓瑪出家後，成了欽繞羅布的明妃，最好的朋友。無法猜測，當欽繞羅布看到被折磨得脫了相的熱振時，什麼心情。

「熱振得了血氣病。」診過脈以後，欽繞羅布立刻開了處方，給了藥。熱振的病卻沒有見好。

「還是請德吉林卡的英國醫生吧？」熱振有氣無力地求著。

但是，春都杰巴命令：「不准！」

後來，欽繞羅布在總看守的陪同下，再次來到牢房。「血氣病上升，又患了中風，要服『阿格爾三十五』」。診脈後，欽繞羅布說話了。

「中風是我的老毛病，請上報多給我一些『阿格爾三十五』」。熱振的聲音，像蚊子在嗡嗡。

當天下午，火豬年（一九四七年）三月二十八日，熱振病危，總看守格桑阿旺送來了三粒丸藥，說，「這是『阿格爾三十五』，用肉湯服下去，一次服一丸。」

藥服下後，熱振的病情加重了。傍晚，格桑阿旺又來到牢房，看著兩位看守：「效果怎麼樣？」

「服藥之後，病情越來越嚴重了。」吾金多吉答道。

「剩下的兩丸也要服下，我一會兒再來。」格桑阿旺囑咐後，轉身離去。

吃下那兩丸後，熱振直想吐，又吐不出來，他有氣無力地掙扎著，急促地喘著粗氣，已經支持不住了。不過，意識還是清楚的，他用微弱的聲音請求著：「快去德吉林卡！請那裏的醫生，快……」

「三更半夜的，真是異想天開！」聽到兩位看守報告後，格桑阿旺回答。

當夜三點多鐘，熱振在劇痛中去世了。處理屍體的軌範師發現，熱振口鼻流血，一隻睾丸腫脹得燈籠似的。後來，班丹拉姆女神，就給了我們謎底：

毒蠍吾金，
雙手沾滿了山羊的鮮血，
他的回報，
是米本的頂戴和名譽的毀滅。

一個人的監獄

祖拉康「松瑪」護法神的頭，突然轉向東方，這是千百年來沒有的事。博巴，尤其拉薩哇，都慌了手腳。於是，噶廈請求乃瓊護法降神。

「我們政教大業的敵人來自東方，而居住在此的漢人是藏在我們腹腔中的禍根，一旦外敵入侵，就會從內部呼應。」

乃瓊護法的預言差不多應驗了。的確，到了土鼠年（一九四八年），連共產黨的特務，也在拉薩出現了，還在帕廓街上開張了甜茶館。以前，只有國民黨的特務在拉薩活動，他們內部也矛盾重重，甚至相互暗殺。噶廈對他們的一舉一動，早就瞭若指掌，只是表面上閉了一隻眼。現在，既然時機已到，噶廈決定，請所有的漢人，不管是國民黨的軍統中統，還是共產黨一併離開圖博！

但是，不包括那些在帕廓街做生意的漢人。他們主要賣綢緞、瓷器、玉器、銅器、絲線等小手工藝品等。綢緞的品質太好了，都是從蘇杭進的貨，絲線是北京的貨物，而瓷器是景德鎮的。他們的規矩很嚴格呢。聽說，姑爺，少爺，舅爺，這「三爺」不許在一個商店，免得裙帶關係排擠了他人。為了商號的榮譽，也不欺老騙幼，對乞丐還肯施捨。博巴親熱地叫他們「色古學」（少爺，公子），叫尼泊爾商人「索達拉」（商品的主人），叫回族商人「百衣拉」（白帽人）。他們已經成了帕廓街的一部分啦。

被遣返的漢人分三批，經印度回中國，同時，收繳了漢人的所有通訊設備。在東部的察木多，拉魯·次旺多吉也配合噶廈，心平氣和地把漢人都送了出去。

沒想到，出現了一個不算太小的插曲。是把漢人剛剛送走的第二天，也許是第三天吧，噶廈召開會議時，有人走近噶雪巴：「塔湯攝政王有請。」噶雪巴奉旨立刻到了攝政傳令室。左等右等，終於，知賓土登列門在攝政座椅旁出現了：

「在遣返漢人的事件中，一名小乞丐向漢人通風報信。聽說，和你家的傭人有些瓜葛。現已任命仲譯欽莫和孜本八人負責審查此案。從今天起，你暫住羅布林卡孜恰列空，接受審查，不准與人通信！」

噶雪巴家的三名僕人貢桑仁青、頓珠、彭多，也同時被抓了起來，打得皮開肉綻，但是，他們始終咬住：「那小乞丐和我們沒有任何關聯！」

噶雪巴又被召到攝政王傳令室。仍然是知賓出現在攝政王座前：

「經審查，那小乞丐確與你無關，但，你和卸任攝政狼狽為奸，本該像對熱振一夥一樣，沒收你的家產，但念你平時勤於公務，從寬處理，撤銷噶倫職務，終身監禁！」

噶雪巴被解押洛嘎（山南）的乃東宗時，新建的監獄已經落成，四周築有高牆，一樓一頂，樓上只有一扇門，沒有窗戶，經石階進入。噶雪巴被關在樓下，數平方米，只有一個小通氣口，從天窗口架樓梯可上下。樓口是看守人員的臥室，南邊有一個小廚房和一個廁所專供看守用。一名鄉吏和十名百姓日夜看守。洛嘎總管和乃東宗宗本時來檢查。

塔湯的隱修室

鉛灰色的陰雲下，熱振河谷尤其徘徊著廢墟般的寥落。每日的經課就要開始了，僧人們照例向措欽大殿走去，有人突然停了下來，盯著熱振別墅的房頂，而後，又有人停了下來，接著，幾乎每個僧人都停了下來。

「別墅的金銅圓頂被揭去了！」

「誰幹的？」

「這不是明擺著欺負我們嗎?!」

僧人議論著。

經課開始了，經聲響起，渾厚低沉中，參雜著時斷時續的抽泣。

「你這頭禿驢，憑什麼不讓老子朝佛?!」留下的那群政府兵來了。

「這是規矩，念經時外人不能進去。」守門僧不溫不火。

「外人？老子是這裏的主人！」十六名官兵一擁而入。

「下頓想吃什麼？」午餐過後，老司庫札巴堅贊走近了官兵。

「好吃的都送過來，現在是老子們的天下！」吼叫道。

老司庫沒再言語，轉身回去了。

「不拿出好吃的，老子殺盡你們這些禿驢！」吼叫尾隨而來。

「論說這些當兵的是來看守封條的，憑什麼欺負我們！」一個僧人跟著老司庫進了房裡。

「仁波切已經被挾持了，我們斷不能再忍受欺負了！」另一個僧人也湊了上來。

「今晚就撕掉封條，拿出所有的武器！」先進來的僧人又說。

「周圍的百姓都氣不過了，要和政府軍拚個高低，還有康巴人，喀甲那木部落的人（沒有頭髮，留著大鬍子的藏北匪徒）都來了，隨時準備和噶廈軍作戰呢！」另一個僧人接過了話。

「萬萬不能這樣，會招來大禍事啊，求求你們……」老司庫帶著哭腔，雙手合十。

「你們領頭人不知好歹，劫持仁波切的人已經到了門口，還向我們保密，究竟有什麼不可告人的？」又來了幾個僧人。

「領頭人都是飽漢不知餓漢饑，我們的糌粑口袋已經被人偷走啦！」

「斷不能再忍受這等欺侮了!!」

僧眾喊了起來。

當晚，熱振寺的僧人們灌醉了噶廈官兵，揭了封條，取出武器，同守軍發生了槍戰，最後，十六名官兵，全部被擊斃，不僅如此，還殺死了噶廈派往藏北的信差。

「看看吧，信上都寫了些什麼?!」僧人們拿著噶廈的信，來到熱振拉章的老司庫和其他領頭人面前，「再阻止，連你們自己的命也沒了！」原來，信是寫給守兵頭子的：要求他捉拿和處決熱振寺所有外逃僧人，並嚴加看守熱振的僧眾！

「不得不鋌而走險了。」

「不豁出去也不行了！」

僧人們和當地的百姓開始了搶修防禦工事，並控制了隘口。

噶廈接到十六名官兵的死訊，立即召集了仲孜會議，為防止僧眾取道北路逃跑，派扎基兵營的第三代本雪古巴率二百騎兵，配備兩挺機槍，經墨竹工卡宗的直貢寺，再次進攻熱振寺；派少爺拉魯·次旺多吉和江孜兵營營長平措宇拉，率二百士兵，配備一挺機槍和一門大炮，由彭波果拉山沿大道前進，與北路人馬匯合，直取熱振寺；派四品官夏格巴等人，隨同格桑楚臣的七兵營的五十名藏軍，和四兵營的一部分藏軍，經彭波向熱振寺進發。

在熱振寺的東西隘口，政府軍同熱振僧眾交上了火，剎時，槍聲大作，硝煙滾滾，兩名百姓被打死，熱振寺馬倌受傷，第三代本的夏歐單增，也被當場擊斃。

這座保留著阿底峽遺骨的地方，寄託了仲敦巴大師殷殷期望的噶當派祖寺，十三、四世達賴喇嘛散步歇息過的神聖地方，一時間，哭聲、喊聲交織著，在天地之間擴散，子彈飛舞，鮮血橫流。

一夜激戰後，兩邊都死傷慘重。第三代本雪古巴靈機一動，乘上牛皮船，硬是向對岸划來。熱振寺僧眾使足了勁狙擊，熱振河水，瞬息之間翻滾起來，鮮血一片又一片地聚了又散，散了又聚。政府軍終於上岸，眨眼間，無辜的民房燃起熊熊大火，官員們甚至發瘋地搶走了措欽大殿和其他佛堂的金燈，又砸扁了白銀燈，揣入懷裡，扯開經書包，丟掉經書，拿走經布，接著，燒死了成群的牛羊。

「占卜說，熱振仁波切和我有生命災禍，你年紀尚小，至少沒有生命危險，快去向佛母講明情況，越快越好。」危急之中，雍乃喇嘛囑咐著熱振・江白堅贊。

當江白堅贊到了亞谿達孜（也叫堅斯廈，十四世達賴喇嘛的母親住處）時，噶廈仲孜已派人等在門口，毫無疑問，江白堅贊被捕了，判處二六〇皮鞭，又籠上白氆氌長袍（對犯法僧人的非人污辱），終生戴枷勞役。

而雍乃喇嘛，從協德寺曲熱後門逃走後，在甲爾康薩住了一晚，被朗子廈查覺，走投無路中，進入廁所，把手槍插入口中，扣動了扳機。

熱振所有的親信和隨從人員，都被關進布達拉宮的夏欽角監獄，有的被殘害、有的被驅逐……

再說熱振寺的布匹、氆氌、皮張、毛料，全部被打包運到拉薩，廉價賣給了塔湯拉章的官員和拉薩的各大貴族。塔湯攝政王本人，利用拆下來的熱振別墅的上好木料（不知道是否包括那個金銅圓頂），為自己修建了一處隱修經堂。其他物品，就地在布達拉宮的德陽廈大院，還有祖拉康的協繞大院拍賣一空。

班丹拉姆女神無法沉默了，拉薩的大街小巷，迴旋起苦滲滲的歌聲：

熱振的噶當巴法座，
像一片古老的廢墟，
塔湯的佛法隱修處，
比國王的宮殿還富麗。

拉魯莊園又歸於寂靜了，像三十年前，我的兒子平措繞杰去世時那樣寂靜。只是，我這顆心，不再痙攣，沒有憂傷，也沒有絕望，和那隻泊在湖岸的馬頭船一樣，安靜了。

想聽佛法，比以往任何時候都想。當一個人經歷了太多的無常，成熟以後，才會發現，佛，為我們的一切疑慮，早就提供了答案。但是，沒有上師，你就找不到那條通向佛的路，會迷失，我們都太容易拐入死胡同了，而上師是明燈。

在大小顯密乘中，佛初轉法輪先說《四聖諦》，也就是苦、集、滅、道。滅諦中提及涅槃，為了證明涅槃的內涵和存在，佛陀更深入說明空性之理，所以二轉法輪，講解《心經》，藉由空性的認知，證明煩惱是可以斷除的。這是佛陀講給菩薩和天人的，要有根器才能聽懂。後來，佛又對無自性再做解釋，便是三轉法輪，講授《解深密經》，《如來藏經》和慈氏菩薩的《相續本母經》，詳細說明心的體性，是唯明唯知，具有原始自然之光明。

也是尋著這個道理，哲蚌寺洛賽林扎倉的洛桑丹巴仁波切，在拉魯宮裡，為我講解了《四聖諦》，後來，又講了《心經》。是的，只有緣空性的止觀雙運，才能消滅煩惱的根，反覆思惟空性的道理才能產生定解。儘管小時候，我也多次聽過上師的講解，可是，並沒有真的懂，就像解一道高深的籌算應用題，沒有基礎，就是給了你一個解，也沒用。

聽聞的力量了不得啊！天黑了，龍和神的歌聲就要開始了。我走出佛堂，轉起了房子。近來，我常在黃昏時轉房子，一邊轉，一邊誦卓瑪，誦完卓瑪誦嘛尼。

「一晃，人就老了。」格卓從我的身後走了上來，感歎著。

「是啊，看到少爺和孩子們都長大了，才不得不承認，自己老了。」

「他帶走了一切，老婆和孩子，」格卓噘起了嘴，「連大管家康噶索朗多吉也被帶走了！」

「我們新近提升的小管家晉美也不差嘛。索朗多吉的心，早就不在這裡了，留住人，又有什麼用呢。再說，大女兒還不是留給了我。」我放慢了腳步。

「她十天半月才來一趟，不是我心眼不好使，依我看，她想的，只是您的財產。當初，如果知道少爺不能老來時與您相守，還不如找個外人，也有個伴兒。」格卓不依不饒起來。

「沒有人能守住幸福。」我看著一動也不動的湖水。

「話雖這麼說，可看到您孤伶伶的，我這心就不好受。他在您這裏長硬了翅膀，就飛了，一點情份也沒留下。」格卓不服氣。

「他在小時候，給了我不少樂趣。再說，在察木多的日子，依我看，也不好過。自打『松瑪』的頭轉向了東方，我這心也七上八下的。聽說，紅漢人只花了幾天的工夫，就把馬步芳打敗了，劉文輝也投降了共產黨，察木多，怕是難保了。」我轉了話題。

「聽說，青海玉樹的新官廖代表，連個知會也沒有，率騎兵抓走了我們的兩名報務員，還運走了電臺。」

「我也聽說了，可少爺那邊連口氣也沒喘一下，不知道他葫蘆裏賣的是什麼藥？」我的五臟六腑都彆扭起來了。

「拉薩那邊也在議論呢，說少爺怕紅漢人，不敢和他們正面打仗。」格卓解釋著。

「紅漢人就那麼可怕？」我納悶了。

「聽說，紅漢人見什麼搶什麼，還吃人哪！」格卓也放下了怨氣。

「吃人？我倒不相信。不過，依我看，比趙屠夫趙爾豐來勢還凶呀。」

「不少的人，都要求達賴喇嘛親政，還在帕廓街那邊貼出了告示，連阿嘎歌也在唱呢。」

「我早就天天祈禱祈求袞頓登基了。熱振時期，土登・貢培組建的富家軍，一夜之間，成了開花的豌豆，稀裏嘩啦地散了。塔湯時期，政府軍除了對付熱振，沒幹什麼正經事。攝政王們，到頭來，維護的總是自己的地位。十三世達賴喇嘛活著的時候，關心的，才是圖博的政教大業：維修古老的寺院，重繪千年壁畫、尋找印刷失散的經書，製造錢幣，設立電廠，開鑿水渠，派人去國外學習，鼓勵新技術，很多失傳的技藝，都得到了恢復，還製造槍枝彈藥、擴建軍隊，尤其沒有放鬆過看護與中國交界的東部康地。」

軌範師長名副實，
只等您來執政急，
您若執掌政教業，
天地神佛均無災，

但需參問乃瓊神。

……

格卓小聲地哼起了阿嘎歌。

「是應該問問乃瓊護法了。」我沉思著，

「對了，格卓，十三世達賴喇嘛留下過預言哪。」

「什麼預言？」格卓停下了。

「為時不久，赤色的屠殺必將闖入我們的前門……我們必須隨時準備保衛自己。否則，我們的文化和精神傳統將被徹底根除。喇嘛及其他世系聖職，甚至達賴和班禪喇嘛的職稱都將被刪除。僧院將被劫掠和損毀，僧侶和尼姑將被驅散或屠殺……當和平與幸福的力量仍與我們同在，當改變現狀的權力仍在我們手中，我們應該盡一切努力，保衛自己，面對這即將發生的災難……」

「聽說，蓮花生大師也留下了預言呢。」格卓突然站住了，「啊，夫人，怎麼天昏地轉的？不行，我走不了！」格卓喊道。

「啊，是天，要塌了嗎?!」我說著，倒了下去，格卓伸手扶我時，不想，也倒了下來。

「看哪，夫人，著火了！」格卓躺在草地上，指著天空，「快，快看！」

一陣接一陣的轟隆聲相繼而起，天空在爆裂！一、二、三、四、五、六、七、八、九、十、十一、十二、十三……一共四十次爆裂聲後，一道鮮紅鮮紅的紅光，從爆破的地方射出，直向南方，向著印度而去！

第十三章 日出

大赦

像十三世達賴喇嘛一樣，他站在布達拉宮之上，用望遠鏡，細節地凝視著拉薩。而凝視最長久的，總是雪下面的囚犯，約好了似的，他一出來，囚犯們就磕長頭，一個接著一個……

「送些吃的吧。」他看著膳食堪布。就這樣，囚犯們常得到他悄悄送去的食物。

我不吃驚，當他一擁有達賴喇嘛的地位時，首先釋放了囚犯！圖博的監獄空了！所有的人都自由了！法王啊，您的心，裝著怎樣沒有分別的慈悲?!

「終於，衰頓執政了！」我不住的叨嘮著，著了魔一樣，站在了鏡子前，打扮起了自己。

可是，這個眼角下垂的老人是我嗎？還有眼袋，鼓脹得快要擋住眼睛了，我的臉，變形了！變形的，還有我的身子，過去的好衣服，一件也穿不進去了，我從鏡子前走開了。老了，最怕的是照鏡子。

丹增牽來了一匹壯實實的西寧馬。可我的腿，抬了幾次，還是搆不到那只鏤花的銀子馬蹬。

「骨頭架都上鏽了。」我看著格卓，「待在家裡吧。」

「我這就叫人把卡墊鋪到房頂。」格卓慢悠悠地走了，格卓也老了，都有孫子了，能不老嗎，都數不盡那些日出和日落了。

「阿哈，房頂上觀看也過癮哪。」丹增安慰著我。

最先傳來的是長長的嗩吶聲，還有鼓聲，鈴聲……二十六種音樂，三十六種舞曲在演奏，這是達賴喇嘛出行時，我們圖博歌舞隊的獻禮啊。清晰得像花雨，灑在我的臉上，我的臉，是掛了一層露水，還是淚水？老了，感覺也遲鈍了。濃得棉絮似桑煙，從布達拉宮和帕廓街那邊，一縷又一縷地飄來，我用勁地吸了吸鼻子。

佛母是什麼心情呢？我是見過佛母的。那會兒，亞谿家族剛剛從安多進入拉薩，噶廈要我示範佛母，按照拉薩貴族婦人，主要是亞谿家族的習慣打扮自己。「還是穿著安多的衣服舒服。」佛母的臉頰微紅。

「是啊，多麥的衣服更適合您。」我看著佛母，的確，當她只穿著深藍色的緞子丘巴，滲著銀髮的頭上，沒有誇張的伯珠，飽滿的雙鬢沒有絢麗的艾廓的時候，我更感到這才是真的佛母，雍容沉靜，一如多麥的山野，美極了。

聽說，善念與惡念的交替頻率，可以控制人的容貌。也就是說，多行善事的人，大腦的右側，會格外活躍，使五官之間，升起光華，讓人隨喜。而一個被惡念控制的人，大腦左側的部位，也會發達起來，導致五官錯位，面相猙獰。我說的佛母之美，就是前一種，和年齡、財富無關，那種美，在時間裏不滅。聽說，佛母總是把最好、最新鮮的食物送給乞丐呢。是善，築起了佛母之美。

佛公的性子直爽，盡說真話、仗義、正氣，心裏沒有死角。和佛公打過交道的人都說，佛公是個安全的人。他喜歡馬，尤其西寧馬。就是走路時，迎面來了西寧馬，也會忍不住停下，摸著上翹的兩撇鬍鬚，笑了。可惜，佛公早早地過世了，如果等到兒子執政這一天，該什麼心情呢？

十四世達賴喇嘛，這一世的袞頓，相容了母親的淳樸，父親的率真，還有佛，與生俱來的大智慧和大慈悲的本性。

話說土登貢培從流放地工布逃入印度後，噶廈曾要求引渡回國，還正式轉交了英國政府一紙照會。土登貢培，於是，向英國駐印總督提出政治避難，雖然最終被接受，但幾次身陷囹圄，折騰了好多年，輾轉到了南京，這時，已窮困潦倒，由達賴喇嘛代表處資助，回到了拉薩。

開始，土登貢培借住宇妥家的房子，幫助宇妥做生意時，自己也兼做點外快糊口，後來又借住達孜的房子，連個固定的窩也沒有。雖說他的對手龍夏早已作古，他多次向塔湯政府申訴，可就是無人理睬。

「聽說，您擔任十三世達賴喇嘛近侍時，各方面都搞得很好。如今，回來已經幾年了，仍然得不到公正對待，不應該呀。我會把您的經歷轉告袞頓，也請您自己向噶廈寫個報告。」現在，達賴喇嘛的哥哥羅桑桑天與土登．貢培相識了。桑天甚至不敢相信，這位看上去，像一枚青杏子的苦澀老人，竟是英俊而才華橫溢的十三世達賴喇嘛的寵臣土登．貢培啦！

果然，噶廈退還了土登・貢培的房子「頗章莎巴」，還發給了二千品（每品為藏銀五十兩）藏銀。

瓊讓的案子，也被十四世達賴喇嘛重新審理了！不僅歸還了沒收的莊園，還讓瓊讓的另一個兒子申請了官職。只是瓊讓本人，那飽受皮鞭和嚴寒的身子，承載不下這天大的喜訊，返回拉薩的路上，病故於日土。

噶雪巴也被從洛嘎乃東宗，那個孤獨的監獄中釋放了！

所有因熱振事件被抓起來的人，都釋放了！

圖博的監獄空了！

分家

「老爺回來了！」代理大管家晉美一上樓，就報了喜訊。

「總算體面地回來了！」我歎出一口氣。

「為了迎接老爺，噶廈專門設灶，布達拉宮膳房也賜了酥油茶和卡普塞！」代理管家晉美喜滋滋地搓著手，「在波拉翠克林卡那邊，搭起了大小三座帳篷呢！」

「回來了，是真的回來啦！」我說著，走到門前，打起了手罩，遠遠地，少爺，不，是老爺拉魯・次旺多吉，穿著黃緞長袍，外套金絲緞長褂，腰間掛著全副漢刀腕套，大紅彩靴，頂著金色紅頂子，正面繡著金花的紗帽，比他的爸爸龍夏那會兒，更英俊、更威武！

八名侍衛，也都穿著黃色長袍，戴著黃色旅行帽；兩邊身材高大的馬吏，身著氆氌長袍、足蹬長筒靴，頭戴黃色帽，帽上的長紅纓穗繞在脖子上，一左一右，牽著老爺的乘騎，越來越近了。

他變了，眉宇之前的距離凝固不動，亮閃閃的眼裡，浸著不易察覺的喜怒哀樂。小夫人也變了，自信地昂著頭。從前，常聽人議論：「吞巴小姐的眼睛只看著天。」要我說，她的眼裏還有少爺。那雙黑眼珠老是滴溜溜地圍著少爺上下打轉。孩子們也都長高了，憋足了勁兒朝我跑來，除了女兒次仁旺姆，因為她一直待在拉薩。

「扎基的軍人也列隊歡迎我們哪，阿媽啦，您沒有看到嗎？」

「在貢布那邊，我們老是擔心紅漢人。」

「阿庫啦恰巴如蘇[1]，差一點就被紅漢人抓去，如果不是換上了房東的衣服，我敢肯定，早就被紅漢人吃了。」

「總算體面地回來了。幸好噶廈一再施壓，要嘛，不管打起來還是和談，都不會這麼快。」老爺拉魯·次旺多吉的聲音，一下子壓住了孩子們的嘰嘰喳喳。

「為什麼中國這麼快地打我們？」我一直納悶。

「我也問了格達仁波切，他說，中國不叫打，叫『解放』。我說，『為什麼這樣急著解放我們

1 阿庫啦，對父親的兄弟的稱呼；恰巴如蘇，指拉雲卓瑪的前夫龍夏的公子旺欽玉拉。

呢？』他說，『解放圖博是毛主席和史達林商量的，因為圖博是世界屋脊，與國際上爭奪世界屋脊有關。』」

「原來是要搶佔我們的國家呀！」我看著老爺拉魯．次旺多吉。

「那當然。我後來也想了又想，搶佔我們國家，就可以牽制印度，在冷戰中，縮小不結盟範圍，這一來，蘇聯就控制了亞洲。」老爺拉魯．次旺多吉振振有詞。

「可惜的是熱振和塔湯，沒有像十三世達賴喇嘛那樣擴軍練兵，要嘛，察木多也不會這麼快失守！」我尋思著。

「漢人派格達仁波切勸說和談，噶廈遲遲不表態，我也藉此理由，讓格達給解放軍寫了一封信，請求推遲進攻時間。沒想到，他病了，醫生說，是腸胃絞痛。問：『吃什麼藥好？』格達說：『我自己有藥』，就從一個隨身的小藥袋裡，取出了一粒藥丸，吃了。可是，不僅沒有好轉，還在當天夜裏往生了。」老爺拉魯．次旺多吉停了一會兒，又提起了話頭。

「那又怎麼樣?!」小夫人插話了。

「我是怕共產黨來了，藉格達的死，跟我過不去。」老爺拉魯．次旺多吉轉向了小夫人。

「在貢布那邊，你不是也幫過共產黨的忙嗎，他們應該感謝你才對呀！」小夫人提醒著丈夫。

「你幫過共產黨？」我轉向威武挺拔的老爺拉魯。

「在工布期間，解放軍派人送過一封信。送信的是巴塘人，叫强曲。在通過邊防哨所時，穿著丘巴，裝扮成行人的樣子。我接待了他。」最後一句話，儘管老爺拉魯．次旺多吉只在嗓子眼裏咕嚕著，我還是聽清了。

「信裏說了些什麼？」我揉著眼睛，因為上眼皮「撲騰撲騰」地跳了起來。

「說是藏、中雙方正在北京和談，一定會達成協定。希望我和解放軍和睦相處云云。我向各軍部下了命令：切不可挑起事端，如果破壞和談，嚴懲不貸……」

「你這不是護著紅漢人嗎?!」我提高了聲音，「那是解放軍的信，又不是噶廈的命令！」

老爺拉魯·次旺多吉的視線移向了窗外。

「聽說，青海玉樹的新官廖代表，突然率騎兵，抓走了我們的兩名報務員，還運走了電臺。那次，你怎麼按兵不動呢？」我突然想起了前段時間，拉薩大街小巷的議論。

「小聲點。我是再三考慮，我的昌都總管任期已滿，如果和漢人發生槍戰，不能速戰速決，後果不堪設想。再說，阿沛正在北京和談，誰知道今後的形勢？」說著，他的雙眉鎖了起來。

「總不會和盜匪成為一家的！」我盯著老爺拉魯，「如果你和阿沛都拚命抵抗，像噶倫喇嘛强巴丹達一樣，察木多也不會這麼快失守！當年趙爾豐絞盡腦汁沒有達到的，你們就這麼輕鬆地給了共產黨。」

「說來說去，還不是為了早點回拉薩！這還沒等熱乎，就挑肥揀瘦的，咋還能過到一起了？」小夫人向前邁了一步，站在了我和老爺拉魯·次旺多吉之間。

「你，不是……要分家吧？」我看看小夫人，又看看一聲不響，仍然站在窗前的老爺拉魯·次旺多吉。

「我可沒這麼說，」小夫人臉紅脖子粗了，「別以為，噶廈的烏紗帽可以嚇住我們！」

「你是指當年雪尼・平措杰布與我離婚後，被噶廈摘掉了四品官札薩克的頭銜嗎？」我盯著小夫人。

軍營

分家後，噶廈政府免去了拉魯・次旺多吉的噶倫職務。但是，和雪尼・平措杰布不一樣的是，拉魯・次旺多吉和小夫人的日子更加幸福了，還熱鬧地生下了第五個孩子。

像剛喝過大吉嶺的茶，我的日子苦滲滲的。從前，我所有的苦，都源於太愛自己，太愛屬於我的一切：兒子、丈夫，親人……，這和菩薩的愛多麼不同！菩薩愛的是所有生命，沒有分別心，所以，菩薩沒有痛苦，只有慈和悲。而我的生活儘是苦，苦苦，壞苦，行苦，心苦、身苦，粗苦、細苦，歸根到底，還是苦。因為我的愛是有分別的，狂妄的，必然到處碰壁。

是啊，幸福總是轉瞬即失，而無常才是永恆的。這也是為什麼，人，要修行，擺脫這無窮無盡的輪迴之苦。

「如果能請袞頓為我們講法，就再好不過了。」格卓端著酥油茶進來了。

「說到我的心裡啦。」我看著格卓，眯起了眼睛。這個世界裡，不管什麼時候，只要格卓出現，就有花香。儘管她都佝僂得像一株被風吹彎腰的達姆，我還是聞到了香氣，「就讓大管家晉美啦張羅吧。」

「在說我嗎，夫人？」傳來了男人的粗聲粗氣。

「隔牆有耳呀！」格卓的視線轉向了門口。

大管家晉美啦穿戴得整整齊齊地出現了，還搓著一雙剛剛攥過馬韁繩的起著白茬的大手：「聽說，進來了兩批解放軍，我就去了帕廓街那邊。」

「兩批？」我和格卓異口同聲。

「第一批是從西康那邊騎馬來的，帶隊的叫王其美。噶廈在拉薩河大橋附近搭了帳篷迎接他們，可他們不領情，在樹林裏和牆上都貼了標語：『為格達活佛報仇！』『英美帝國主義滾出圖博！』……」

「老爺怎麼樣了？」我打斷了晉美啦，猛然想起了拉魯·次旺多吉講給我的關於格達仁波切的死。

「拉魯老爺嗎？我也拿不準，反正我看到他給王其美獻了哈達。王其美個子不高，說話凶得狠，手敲著桌子。」

「噶廈都說什麼了？」我又問。

「說啥的都有。有人說共產黨拉攏阿沛，圖博的實權都丟了。」

我向窗前走去，透過敞開的窗子，凝視著無邊無際的達姆熱。

「第二批到拉薩的是步兵，」晉美啦又說開了，「帶頭的叫張國華，還有一個，叫……譚什麼……對了，叫譚冠三。吹著軍號，在帕廓街威武地轉了一圈，噶倫和官員又都去了，獻了哈達。還在東郊曲吉河邊，搭了臺子，臺上有張國華、譚冠三，還有，還有我們的噶倫老爺，都站起來閱兵……」

「班丹拉姆說話了嗎？納悶，很久沒有聽到背水女的歌了。」我打斷了晉美啦。

「那些漢人已經下令了，說阿嘎調是諷刺他們，再唱出來的話，一律嚴懲不殆，就是以海報的形式貼出來也不行……」

「我們的聖城，如今成了軍營啦！」這一次，是格卓打斷了晉美啦的話。

「越是這樣，我們越要請袞頓講法，《金剛經》怎麼樣？」我看看格卓，又看看晉美啦。

佛音

所有的教派：寧瑪、薩迦、噶瑪噶舉、息結、覺囊、格魯的僧人和阿尼都來了！所有的高僧大德、仁波切、朱古、呼圖克圖都來了！

大家靜悄悄地坐在了格桑頗章的窗前，仰望著前方。長長的法號響了！天地飛揚起吉祥的花雨，所有的植物，甚至連那些奔跑的小動物，野兔啊，高山蛙啊，都掛上了一層露珠。桑煙，緩慢地上升著，又向四方散開。

袞頓，我們的十四世達賴喇嘛，在清潔的天地間出現了！首先對著導師佛釋迦牟尼磕了三個等身長頭，而後，走上了神聖的法座。所有的人，僧人、俗人、老人、孩子，這時，都開始了向袞頓匍伏。看著他的子民時，袞頓的眼裏儘是笑容，像父親看著孩子。

長大了，那端正的五官之間，儘是王的尊貴，當然不是統治我們的王，而是保護我們的王。佛有八十相好，我們的王，也有八十相好啊！尤其是袞頓的雙耳，是怎樣的紋理圓潤，宛若珍寶啊！那是佛，最為清晰的標記。

只要我的視線一落在袞頓的身上，眼裏就湧滿了淚水。袞頓是一個磁場，一個聳立著慈與悲的宇宙！為了救渡如母有情，他拋開了佛界的鳥語花香，甘願化現降生在一戶普通的農人家裡，承受各種誤解和詆毀。

感謝熱振攝政，儘管他有如許的不足，可是，在認定十三世達賴喇嘛的轉世時，建立了多麼宏偉的功勳！感謝塔湯攝政，儘管他有如許的不足，可是，悉心地培養和服侍了袞頓！

「因緣《金剛經》講座，使我們今天聚在了一起，我非常高興。」

袞頓說話了，聲音平和而寬宥，安慰著他的雪域教化之地。聽說，我們的高僧大德們，修練到卓有成就時，常把自己的聲音定格在適時的音律上，儘管低沉，卻可以越過茫茫山巒，回音不絕。

我雙手合十，更深地低下了頭。聯合祈禱開始了，我辨出了袞頓的聲音，厚重雄渾，這聲音本身，就可以洗滌我們在輪迴中浸染的污點，毫無疑問。

「我不在乎一個人的身分地位和背景。乞丐、富人、窮人、理髮師、王子、僧侶都一樣，每個人我都喜歡。回顧我的上一世，他的一生很是坎坷。但他對慈和悲有著堅定的信心。也正是這種慈悲之心，規範了我的人生……」

淚水又流了出來，袞頓的聲音，讓我們這些不知所措的靈魂，有了家，那種安全，是一個外道人，永遠無法明白的。不是我一個人在流淚，大家都在流淚，屏住呼吸，目不轉睛，多聽一句話，多看一眼袞頓，就少一些恐懼：

「今天的講義可以分兩類：一類是佛親自說的《般若波羅蜜多》中的一部。許多佛教徒都會念誦這一部經，作為每天的功課……

「我仍然可以回想起一位出家人，他是我的前一世十三世達賴喇嘛的侍衛，身體非常高大，當我從塔爾寺安多地區上路，接近拉薩時，熱振仁波切來看望我，想要與我在一起，但是，我沒有興趣，我只想回到母親的身邊，我那時有四、五歲吧。於是，聰明的熱振，就叫這位侍衛站在他的前面，想逃走的我，看到他的身材這樣高大，非常害怕，就悄悄地回到熱振仁波切的帳篷裡，乖乖地待在裏面。我記得這位出家人每天都念誦這部經。當他念誦時，後來，我都會跟他開玩笑、給他搔癢、有時還會打他的頭，製造一些障礙。那個時候，我經常聽到念誦這部經文的音調，當然，那時我並不知道經文的內涵。這部經文並不容易理解……」

焚屍

白煙，從羅布林卡那邊，慢悠悠地飄來，飄到半路，就沒了，只剩下了灰雲，一團又一團地壓來，帶著白煙留下的氣味，固執地穿過又厚又硬的石頭牆，進入了我的房裡，那是衣服和人體被燒糊的血淋淋的氣味，我的汗毛都立了起來。

「吉曲河邊燒人哪，夫人。」大管家晉美啦進來了。

「他們一家……還……還安全嗎？」我急得嘴都歪了。

「老爺還活著，就是——」

「就是什麼？」

「就是——」

「快說呀！」

「被抓進了監獄。還有，夏札老爺甘丹班覺也被抓了，噶廈所有的官員，只要沒跟嘉瓦仁波切走的，都被抓了起來，除了幾個一開始就跟共產黨跑的膽小鬼。」

「沒有死?!」我喘過一口長氣，「小夫人和孩子們呢？」

「都活著。大炮一停，我就派丹增去了老爺那邊。對了，丹增說，他在路上看到好多屍體，大部分都是四水六崗的，也有我們藏兵的，解放軍的，他一個也沒看見。後來，他們把那些屍體都拖到羅布林卡南圍牆那邊，燒了，燒了七天哪。」

「幸好袞頓離開了。」

「什麼都沒拿走，布達拉宮地下的那些金磚，都留下了。」

「只要袞頓安全，就比什麼都强。」

「中國的大炮，直打到羅布林卡首席噶倫的寶座上，警衛喇嘛在屋裏被打死啦。」

「唉——」

「小昭寺那邊也死了不少人。僧人們本來在上邊，看起來挺有利的，可只花了兩個多小時，地上就鋪滿了古修啦的屍體。那些吃人的漢狗，在下面，也能射中我們的腦門，中邪了！」

「召集大家！」我的聲音從沒有過的響亮，連我自己都嚇了一跳。

晉美啦點點頭，走了。一會兒，上下傭人都陸陸續續地來了，在我面前站定。

「聽說，在安多，那些吃人的漢狗，找我們的仁波切、朱古開會，去了以後，不少人都沒有回來。而在康省，他們比趙爾豐的軍隊，還要毒，毒上千百倍。不僅搶佔了頭人的財產，聽說，還把無辜百姓綁在狂奔的馬後，硬是拖死、開膛破肚、分屍、綁住手腳丟進冰水，因為他們高喊了『達賴喇嘛萬歲』！……聽說，在崗波扎西將軍的帶領下，四水六崗組織起來了！

「對了，解放軍甚至威脅袞頓的安全！今年的默朗欽莫，在桑頗家的房子上，他們用機槍對準講經場松卻熱。在布達拉宮到祖拉康的路上，從工委的碉堡裡，伸出了數不清的機槍，個個對著馬路，因為袞頓要經過那裡！所以，當中國人請袞頓看戲時，所有的拉魯廓巴、八朗雪巴、拉薩哇、雪巴，也就是說，所有的博巴，都奔向了羅布林卡，保衛袞頓的安全！當然，你們中的很多人也都去了。那些早就準備好的解放軍的大炮，有條不紊地向我們開了火！我們的人死後，像狗一樣，被托到吉曲河邊燒了，連個超渡的機會都沒有。

「遲早，我們還要和他們打仗，如果你們願意，現在，可以找崗波扎西將軍，加入四水六崗！也可以追趕袞頓，去印度！我都支持！帶上你們用得著的東西，走吧！」

「我不離開您，到死也不離開您，您在哪裡，我就在哪裡……」格卓小聲地嘟囔著。

我突然癱軟了，像是所有的筋骨都在瞬息之間被抽走了，沒有了支撐，要不是格卓及時地扶住了我，我會一下子變成一堆肉的。我深呼吸起來，求我的骨，回到我的身體。差不多用了一劫那麼長，格卓才幫我挪到了佛堂。對著袞頓，十四世達賴喇嘛的畫像，我坐下了。這裡，是我每天讀經的地方。在這裡，每當達賴喇嘛的長壽經從我的口中誦出的時候，血液就會通暢起來。

消失的緣

儘管黑壓壓的一群，我敢肯定，那個穿著淺褐色丘巴，彎著腰，甚至彎得比別人更低的人，是少爺！對了，他早就不再是少爺了，已經長大了，老了。

活著，的確活著，這就好。聽說，在康區和安多，只剩下了一些女人。男人們要嘛被打死了，要嘛進了監獄，要嘛跑到山裏打紅漢人了。他在那邊幹什麼？他們都在幹什麼？挖水渠嗎？水都放走了，這片達姆熱不是成了沙漠？所有的拉薩哇都知道，達姆熱是拉薩的肺！肺沒有了，拉薩怎麼呼吸呢？

聽說，主宅夏札平措康薩被沒收了，住在裏面的夏札·甘丹班覺也被抓了起來。不過，夏札家族的林卡沒有被沒收，是贖買，因為拉雲卓瑪的孩子們都跟了共產黨，所有跟共產黨跑的貴族的財產，都被贖買了。

如果少爺不和我分家的話，這會兒，拉魯宮也保不住了。我老了，無法出門，算沒有參加「叛亂」。雖說財產保住了，可紅漢人的臉，跟小孩子的屁股一樣，一會一變（便）。這不，說是修路，把拉魯宮活生生地拆開了。

再說朗頓．貢噶望秋，把他的父親朗頓．頓珠多吉公爵留下的那片林卡，戰戰兢兢地獻給了解放軍，作了軍區司令部。還有妥宇家族，也把私家財產獻了出來。每個人都想保命，殷勤地祈求著平安。

沿著吉曲河谷，從前分佈的那片綠色，差不多一四〇塊林卡呢，像多洛林卡、强措林卡、涅章林卡、朗敦林卡、察絨林卡、夏札林卡、宇妥林卡、欽秘林卡，波林卡，熱廓林卡，嘉瑪林卡……還有專供政府俗官享用的仲吉林卡、僧官享用的孜仲林卡、印度大使館享用的德吉林卡……如今都在消失，被五花八門的中國房屋取代了。

拉魯莊園裏的湖水，在乾枯，那隻有馬頭的木船，四分五裂了。黃昏裡，再也聽不到了龍和神的歌聲。連背水女也不再唱了，早就不唱了。紅漢人說了，那些歌，是專門嘲諷他們呢！說起來，我們的阿嘎調，也嘲諷過噶廈的官員，連班禪喇嘛也不例外呢！可是，從沒有被禁止過，不僅沒有被禁止，大家都在注意聽呢。現在，只有青蛙的叫聲，沒有被禁止了。

物價上漲得神不知鬼不覺的。過去，一克糧食只值四十五兩銀子（一克糧食等於三．二八斤）。而今，每克糧食漲到了二百兩銀子！不僅如此，紅漢人還貼出了佈告，强令用銀元對換我們圖博的章嘎，說銀元是用銀子做的，比我們圖博的章嘎可靠。可是，我們圖博的章嘎，也是用銀子做的，比如一．五兩的章嘎，還是純銀做的呢！

拉魯莊園裏的林卡蔫了，那些曾經肥碩的葉子，長出了奇形怪狀的褐斑，就是沒有風的時候，也在一片又一片地脫落，用不了多久，拉魯莊園的林卡，也會消失的，瞧著吧。

沙土吹進了日光室、臥室、佛堂。達姆熱一片枯色，還有祖拉康的經聲，也啞了，高僧大德們都被抓了起來。

「新鮮的糌粑，一點都沒有了。」格卓端著糌粑和酥油茶進來了，「丹增說，那邊幹活的人，有的，偷偷地把地裏的蟲子都撿起來吃了。」

「給少爺送點吃的吧。」我接過酥油茶放在了桌子上，一口也沒喝，先抓起了糌粑。

「糌粑也不多了。從尼木的雅德康薩谿卡收穫的五千多克青稞，還有伍佑的奴瑪谿卡收穫的四千克青稞，硬是都被紅漢人收購了，留下來的這點糌粑，也不知能不能應付到秋天？往年，從印度進來的蔬菜，因為邊境封鎖，都運不進來了，現在，連一棵青菜葉都沒有了。」

「應該給他們送點吃的。」我堅持著，並不回答格卓，「一會兒，吃完早飯，帶上一些糌粑，還有酥油。不僅給少爺，包括那些所有被改造的人，我們比他們強，在吃的方面……」

太陽再次移到了六世達賴喇嘛留下的那對達瑪鼓上，日光喧鬧起來了。「走吧，時候不早了。」我說，先抱起了一壺酥油茶。丹增提著糌粑，格卓捧著酥油，我們一行三人，向拉魯廓村那邊正在接受改造的少爺走去。深一腳淺一腳的，那些堅硬的砂土，透過我的松巴拉姆，直硌腳。

現在，走進達姆熱，再也不用在身子的兩邊繫上長木棍了，地下水都被放走了，拉魯宮下面，也早就聽不到「嘩嘩」的水聲了。達姆也稀稀落落的。往年的這個時候，正是收割達姆的好季節。天上飛翔著黑頸鶴、胡兀鷲、紅隼、岩燕、灰沙燕、大山雀、雪雀、戴勝，還有成千上萬叫不出名字的鳥兒；地上，奔跑著高山蛙，裸趾虎，喜馬拉雅兔，還有成千上萬叫不出名字的小動物；水裡，游著橫口裂腹魚、雙腹重唇魚、鏟齒裂腹魚、裸腹重唇魚、拉薩裸尻魚……不僅有魚，還有人人都沒見過的水牛。達姆熱的邊上，還會搭起一個又一個帳篷，那是專門來聽水牛的叫聲的。我是真正聽過水牛的叫聲，那時，我還和沁巴住在一起，作為噶廈的馬草官，他總是在烏拉之間走來走去的……

想到這裡，我用勁地甩了甩頭，不知中了什麼邪，近來，這些往事老纏著我不放。

尾聲

央宗茨仁：在讀經中，盤坐著去世，那一年，八十六歲。

拉魯．次旺多吉：度過六年的鐵窗生活後，與他的太太索朗德吉一起，被發配到鄉下務農。文化大革命期間，作為「叛亂分子」，受盡虐待。一九七〇年代末，平反，在西藏政協工作，並擔任西藏自治區政協常務委員等職。共有五個男孩一個女孩，其中三個男孩，被認定為朱古。他說，共產黨時代，是他一生中最好的時光。也不知真的還是假的。

拉魯宮：一九九〇年代末期，只剩下了主宅也就是頗章的一小部分，並改為街道辦事處。

達姆熱：通常被稱為拉魯濕地。指從甲立里蘇到根培烏孜山下的一片自古以來的沼澤地。是世界上最大的城市天然濕地，離布達拉宮僅三公里，拉薩人喻為城市空調——具有調節氣候、調節蓄水量、降解水污染物、維持城市生態平衡等功能。也有人稱為拉薩之肺。一九六〇年以前，超過十平方公里，到二〇〇〇年為六．二平方公里。但是，一九六四～一九六五年，軍隊在濕地開挖排水渠和修築道路，七〇年代，在濕地邊沿圍耕、建房（建房單位有：居委會、征稽、高炮連、十六團……）；八〇年代，在巴爾庫興建採石場，石塊和沙礫阻塞了娘熱溝與奪底溝的來水和輸沙，使濕地北面以每年十～二十畝的速度被覆蓋而沙化；九〇年代，「三三五七」工程之一的幹渠建設，嚴重地破壞了濕地水文狀況：中幹渠只能排水，不能灌溉，每年直接將濕地七〇％的水量排入拉薩河（吉曲河），使地下水位嚴重下降，加速了濕地自然植被的減少和荒漠化，使優良牧草由一九八〇年代初的十三種下降為現在的三～四種，優質牧草產量由八四六・三公斤／畝，銳減到六三一公斤／畝。以達姆（蘆葦）為主的建群種正在逐漸消失，迴游魚類、野生動物、水禽基本絕跡，邊沿的草皮、泥炭已被挖光呈風化裸露狀態。

後記

那迎面而來的磅礴和雍容，即使在無法抗拒的潦倒中，仍然征服了我。我的腿不聽使喚了，竟忘記了去帕廓街的目的，逕直進了那個大門。這是我初見夏札家族的主宅——夏札平措康薩時的不能自已。那天，我還打聽到了這個家族的繼承人夏札先生[1]和夫人[2]的去向。

在「政協」大院一間狹窄的小屋裡，夏札先生正盤坐在床上讀著經書呢。

「還習慣嗎，被迫離開那個祖傳的房子搬到這裡？」我看著夏札夫人。

「已經很好了。他（指夏札先生）在監獄裏一待就是二十多年，文化大革命時，連暖瓶都被沒收了，買一個，他們就沒收一個。」夏札夫人一邊為我倒著甜茶一邊回答。

夏札夫婦的平靜、敬佛，包括對我，一個突然闖入的漢人的真情，使那間簡陋的小屋，在我的眼裡，成了一座桃花源。後來，我成了夏札家的常客。話題，自然地多了起來，也就涉及了夏札家族的女兒——拉魯夫人央宗茨仁的一些往事。

那個冬天，朗頓夫人南杰拉孜[3]，還請我為她的父親恰巴．格桑旺堆[4]先生寫回憶錄，我毫不猶豫地答應了。恰巴先生的家，就座落在拉薩河邊的林卡裡，那是拉魯夫人央宗茨仁還俗前靜修的地方，儘管面目皆非，但，那座石頭老屋還在，還可以想像從前的美景。

那個冬天的很多午後，我都是和恰巴先生一起度過的。守著甜茶和卡普塞[5]，還有拉薩的日光，我們沉浸在很深的往事裡。偶爾，恰巴夫人索南卓瑪也會和我們一起坐上幾分鐘。有一次，她甚至提起了拉魯夫人央宗茨仁，那溫婉的聲音，更加溫婉了：「她是在讀經中盤坐著去世的。」

就這樣，從不同的源頭，拉魯夫人央宗茨仁的故事，匯入了我心。

那時，我在拉薩西郊的《西藏文學》雜誌社工作，卻住在東郊的文化廳院裡。儘管文聯有班車，我還是常常選擇走路回家，就為了繞經拉魯莊園時好好地停一會兒。當時的拉魯莊園，只剩下半壁老屋和暗紅色的邊瑪牆了。像隨時都會被一陣風兒吹倒似的，顯得格外單薄。還有達姆熱，砂化得非常嚴重，風「嗚嗚」地吹著，每次經過時，我的臉上都會掛一層細沙。眼看著往日的輝煌一點點地消失，就要了無痕跡了，我就蒙生了寫這部小說的想法。

可是，我不敢輕易下筆，畢竟，我是一個中國人。怎麼才能無誤地把握我的主人公呢？

拉魯夫人央宗茨仁的第一位情人和丈夫，以及僅有的孩子，都不幸病逝。按中國傳統，該叫剋夫，都會避之唯恐不及。另外，她的生命中，有過不少男人，甚至垂暮之年，還和義子，也就是她的情人龍夏的兒子結婚。按照中國的倫理，也是走不通的。中國社會提倡守節。男人死後，女人要麼殉葬，要麼枯守空房，才可以被社會接受，立個牌坊。

然而，拉魯夫人央宗茨仁在西藏社會享有顯而易見的聲譽。這說明，西藏和中國，在風俗、倫理等方方面面，都截然不同。是的，藏人珍視生命，心性自由，真誠守信，同情弱者，沒有那麼多的精神柵欄，很接近西方的理念；而我們，更習慣於屈服傳統，扼殺個性，崇尚強者，甚至背信棄義……所以，藏人的精神甚至包括物質，在中國「解放」西藏以前，已走在這個世界的前面，更不要說中國人的前面了。半個世紀以來，我們批判的，其實，正是我們應該學習和尊敬的。穿越中共的謊言，不消說，呈現在我們眼前的，是一個十善[6]飄揚的國度。

中共定性的「三大領主」，正是西藏的文化主體。他們中的大多數（當然不是全部），血脈中流淌著千百年來從先祖那裏承繼的慈悲和智慧。他們是優雅的、光明的、善良的，他們的行為操守和對佛教的忠誠，壯大著西藏世界的文明，尤其是利他精神。

一個國家是不是獨立的，不僅體現在地理上，還體現在歷史上，以及風俗習慣等諸多內容上。不管你承認與否，西藏，這個高原佛國，從形式到內容，都是獨立的。然而，如果不是走進西藏，就永遠也發現不了這些。就是走進西藏，仍然狹隘地以中國的陳規陋習為標準，也是無論如何，不會理解、發現西藏的。

帶著這些思索，我嘗試著寫一些比較小的場景，表達對西藏的認知。就誕生了我的一些中、短篇小說。比如：〈嘎瑪堆巴〉、〈蒼姑寺阿尼〉、〈巫師的女兒〉、〈瑪姬溫泉〉、〈第三次生命〉等等。

回饋的意見給了我信心。二〇〇一初春，我為這部醞釀已久的長篇提筆了。開始，我虛構了一連串的名字。可是，寫作的時候，那些名字，一次又一次地刺痛著我的眼睛，心，也如同一塊平展的綢緞，突然皺巴巴起來。後來，我決定了選用小說中出現的大多數人物的真名。這也是這部長篇，和以往我的作品的不同之處。

選用地名時，也遇到了同樣的問題。開始，我把達姆熱稱作蘆葦林；溪卡稱作莊園等等，也是因為無法逾越精神的障礙，最後，我還是選用藏語譯音；有的被更改的地名，我也盡力恢復原貌。比如山南、亞東等地，我就寫為洛嘎、卓木等。另外，西藏的貨幣單位和度量衡，也和中國不一樣。比如，我在書中提到的「克」，和我們平常所說的一公斤等於一千克，不是一個概念。舉個例子，這裏的四〇〇克，實為二八〇〇市斤……總之，我盡力保持原貌：地名、人名、律制、貨幣單位、度量衡等等。

遺憾的是，寫作的時候我接到了移民加拿大的通知。從此，停筆八年。

二〇〇八年西藏抗暴傳來，看到中共官媒，甚至某些中國人，再次以救世主自居，毫無顧忌地對一個並不瞭解的西藏社會，進行方方面面的曲解和臆想，就有一種被扼住了喉嚨似的難過，於是，我開始續寫這部小說。

感謝摯友唯色的耐心閱讀和推薦；感謝無數的藏人朋友，尤其是民族學家仲次仁（Chungtse）和格桑堅贊先生的幫助；感謝允晨文化，在繼《傾聽西藏》之後，使我又一次有機會向中文讀者，盡可能地還原一個被共產主義的炮火和官媒，藏匿了半個多世紀的西藏文明。

二〇一〇年十二月完稿於加拿大卡爾加里

1 夏札先生：指夏札·甘丹班覺。為十三世達賴喇嘛時期西藏首相夏札·班覺多吉的孫子。中共「解放」西藏後，因參加「叛亂」，曾在中國的監獄裡，度過二十多個春秋。

2 夏札夫人：救過十三世達賴喇嘛性命的擦絨·達桑占堆的女兒貢桑拉吉。

3 朗頓夫人南杰拉孜：西藏首相夏札·班覺多吉的小女兒拉雲卓瑪的後代，後嫁給司倫朗頓·貢噶望秋的兒子朗頓·班覺。

4 恰巴·格桑旺堆：拉雲卓瑪的女兒索南卓瑪的丈夫。歷任多種中共官職，文化大革命期間，飽受劫難。

5 卡普塞：藏語，油炸果子。

6 十善：圖博社會的法律規範即：不殺生、不偷盜、不邪淫、不妄語、不兩舌、不惡口、不綺語、不貪心、不邪念、不錯觀。

國家圖書館出版品預行編目資料

拉薩好時光／朱瑞作．——初版．—— 臺北市：允晨文化，2011.03
面；　公分．——（當代名家；37）
ISBN 978-986-6274-34-3（平裝）

857.7　　　　100002668

當代名家 37
拉薩好時光

作　　者：朱　瑞
發 行 人：廖志峰
責任編輯：楊家興
美術編輯：劉寶榮
法律顧問：蔡欽源、邱賢德律師
出　　版：允晨文化實業股份有限公司
地　　址：台北市南京東路三段21號6樓
網　　址：http://www.asianculture.com.tw
e - mail：asian.culture@msa.hinet.net
服務電話：(02)2507-2606
傳真專線：(02)2507-4260
劃撥帳號：0554566-1
登 記 證：行政院新聞局局版臺字第2523號
印　　刷：欣佑彩色製版印刷股份有限公司
裝　　訂：聿成裝訂股份有限公司
初版日期：2011年3月

定價：新台幣350元
ISBN：978-986-6274-34-3